Tobias Jäger
Nur fünf kleine Worte

TOBIAS JÄGER
NUR FÜNF KLEINE WORTE

© 2019 Tobias Jäger. Alle Rechte vorbehalten.

Website: www.tobijaeger.de
Kontakt: tj@tobijaeger.de

ISBN: 9781092915380
Imprint: Independently published

Printfassung
1. Auflage

Covergestaltung: indiepublishing.de
Bildnachweis: © naumenkoek / depositphotos.com

Kapitel 1:
Zufällige Begegnung

Der Morgen dämmerte klar und kalt über der Stadt. Der Frost an den Ziegeln der Gebäude schimmerte im Schein der langsam aufgehenden Sonne. Unter dem makellos blauen Himmel begann sich ein Zeitungshaufen in einem Hinterhof plötzlich zu regen. Die Bewegungen waren zuerst subtil, doch dann lugte unter dem Haufen ein alter, ramponierter Turnschuh hervor, der offenbar schon bessere Zeiten gesehen hatte. Es dauerte nicht lange, bis eine kleine Hand zum Vorschein kam, die die Zeitungen zur Seite schob. Jamie blinzelte, als ihn die Sonne blendete. Die Kälte ließ ihn dennoch erschauern. Er streckte sich, um mehr Gefühl in seine Glieder zu bekommen. Nach Sonnenuntergang waren die Temperaturen so tief gesunken, dass seine Finger und Zehen taub geworden waren. Es war eigentlich viel zu kalt, um unter freiem Himmel zu schlafen, aber das Knurren seines Bauchs erinnerte ihn schnell daran, dass die Kälte nicht sein größtes Problem war. Er hatte am Vortag nichts gegessen, jedoch am Tag zuvor Glück gehabt und in der Mülltonne eines Fast-Food-Restaurants einen kalten, aber unangetasteten Hamburger gefunden. Das konnte man zwar nicht gerade als Haute Cuisine bezeichnen, aber Jamie war ganz sicher nicht in der Lage, wählerisch zu sein. Vielleicht würde es heute besser laufen. Weihnachten stand vor der Tür und er hoffte, dass die Menschen vielleicht etwas spendabler mit ihrem Wechselgeld sein würden. Ihm war bewusst, dass er bald auf die eine oder andere Weise an etwas Geld kommen musste. Er erschauerte abermals, aber dieses Mal lag es nicht an der Kälte, sondern an den Gedanken daran, was er vielleicht würde tun müssen, um sich seine nächste Mahlzeit zu verdienen.

Jamie zog einen alten, lädierten Rucksack unter den Zeitungen hervor, der all seine Habseligkeiten enthielt. Er atmete erleichtert auf, als er feststellte, dass noch alles da war. Auf der Straße konnte man nie vorhersagen, was in der Nacht passieren würde. Jamie war erst zwölf, klein und dünn. Ihm war bewusst, dass seine Erscheinung niemanden einschüchtern würde, wenn der sich an seinen Sachen zu schaffen machen wollte. Er wusste, dass es auf der Straße Leute gab, die noch verzweifelter waren als er. Jamie hatte jedoch Fähigkeiten, die nicht viele Menschen auf der Straße hatten. Er war immer vorsichtig, wachsam und er war nicht auf den Kopf gefallen. Seine Intelligenz hatte ihn schon in mehreren, brenzligen Situationen gerettet. Unsichtbar zu bleiben und zu beobachten war eine Kunst, die der Junge schnell gelernt hatte.

Gestern hatte er es im Geschäftsviertel versucht, aber das hatte sich als nicht besonders ergiebig erwiesen. Es war ein langer, harter Tag gewesen, der ihm lediglich achtundfünfzig Cent eingebracht hatte, die er von den Passanten hatte erbetteln können. Mit dem, was er bereits in seiner Tasche hatte, waren es insgesamt zweiundsiebzig Cent, die er besaß. Das reichte natürlich nicht für eine ordentliche Mahlzeit. Jamie wusste, dass diese noch in weiter Ferne lag. Er beschloss, an diesem Tag sein Glück an der *North Road Mall* zu versuchen. Die beste Zeit, um ein wenig Kleingeld von den Passanten zu bekommen, war die Mittagszeit, wenn alle in Eile waren, um etwas zu essen und danach gleich wieder an die Arbeit zurückzukehren. Wenn er an ihr Mitgefühl appellierte, gelang es ihm vielleicht, die Leute dazu zu überreden, ihm ein oder zwei Münzen zu geben. Jamie hatte gelernt, nie um zu viel auf einmal zu fragen. Auch wenn er von einer einzelnen Person nur ein paar Cent bekam, waren die Chancen größer, zu einer ausreichenden Summe zu kommen, um sich etwas Essbares kaufen zu können. Selbst wenn er bei den Leuten kein Glück haben sollte, die dort waren, um ihre Weihnachtseinkäufe zu erledigen, konnte er immer noch auf die Großzügigkeit derer hoffen, die in den angrenzenden Bürogebäuden arbeiteten. Jamie hatte an der Mall schon einmal Glück gehabt, also beschloss er, es erneut zu versuchen. Er schulterte seinen Rucksack und machte sich auf den Weg. Allein der Fußweg dorthin nahm mehrere Stunden in Anspruch, doch Zeit hatte Jamie genug. Mit dem Bus zu fahren kam für ihn nicht in Frage. Zum einen hatte er auch dafür nicht genug Geld, zum anderen konnte er sich für den gleichen Betrag, den eine Fahrkarte kostete, bereits etwas Ordentliches zu essen kaufen. Jamie wusste, dass er mit seinen bescheidenen Mitteln haushalten musste und sich nur das absolut Nötigste leisten konnte. Irgendwann würde er sich den Luxus einer Busfahrt erlauben können, aber noch war es lange nicht so weit. Er hatte keine Ahnung, wann das sein würde, aber auf die eine oder andere Weise würde er überleben. Dazu war er fest entschlossen.

Der kalte Winterwind wurde langsam stärker und er hatte unglücklicherweise nur eine leichte Übergangsjacke, die wie der Rest seiner

Kleidung schon bessere Tage gesehen hatte. Die Kälte und der Hunger ließen ihn erzittern. Er versuchte, etwas schneller zu gehen, um seine müden Knochen aufzuwärmen, aber er hatte nicht die Kraft dazu. Der klare Himmel verriet ihm immerhin, dass die Temperatur im Laufe des Tages etwas ansteigen würde und er nicht die ganze Zeit lang frieren musste. Allerdings war ihm auch bewusst, dass es auch wieder bitter kalt werden würde, sobald die Sonne unterging. Bis dahin hatte er jedoch noch ein bisschen Zeit und er versuchte, nicht darüber nachzudenken, wie er die Nacht überstehen sollte. Bald würde er sich aber Gedanken darüber machen müssen, einen neuen Schlafplatz zu finden, an dem es wärmer war. Vor gut einem Monat hatte er es in einer besonders kalten Nacht in einer Obdachlosenunterkunft versucht, aber das hatte nur dafür gesorgt, dass die Betreiber die Kinderfürsorge angerufen hatten. Das war das Letzte, was Jamie wollte. Seinen Erfahrungen nach war für die Beamten die einzige und wohl auch bequemste Lösung, ihn einfach zu seinen Eltern zurückzuschicken. Er wollte es um jeden Preis vermeiden, dass dies noch einmal passierte. Das, was in seinem Zuhause vor sich ging, war doch der eigentliche Grund gewesen, warum er weggelaufen war und sich jetzt auf der Straße durchschlug.

Jamie kam auf seinem Weg an einer Schule vorbei. Er blieb einen Augenblick lang stehen und beobachtete die Kinder, die in etwa in seinem Alter waren. Sie alle wirkten fröhlich und unbeschwert. Sie rannten umher und lachten miteinander, bevor es einen Augenblick später klingelte und die Kinder wieder im Schulgebäude verschwanden. Jamie wäre gerne mit ihnen gegangen, denn er wusste, dass es in den Klassenzimmern warm sein würde. Jedenfalls würde es bedeutend wärmer sein als draußen. Er überlegte einen Moment, ob er es riskieren könnte, ihnen zumindest in das Gebäude und in die Wärme zu folgen. Es waren jedoch auch mehrere Erwachsene vor dem Gebäude, die die Kinder beobachteten. Ihm war bewusst, dass er mit seinen alten, schmutzigen Kleidern zweifelsfrei sofort auffallen würde. Es wäre sinnlos, es auch nur zu versuchen, denn es würde ihn nur in Schwierigkeiten bringen, wenn man ihn schnappte. Jamie seufzte und schlang seine Arme um seine magere Brust, um sich aufzuwärmen. Er warf noch einen kurzen Blick zum Schulhof, der inzwischen fast leer war, dann schüttelte er den Kopf und ging weiter in Richtung Osten.

Ein paar Minuten später erreichte er ein Wohngebiet. Noch eine Stunde und er würde endlich die Mall erreichen. Es dauerte nicht lange, bis er zu einem Park kam. Er liebte die hohen Bäume des Parks, die scheinbar bis in den Himmel ragten. Diese grüne Oase war fast wie eine Insel in dem Betondschungel, der ihn umgab. Er betrat den Park und sah sich um. Es war jedes Mal erstaunlich. Umso tiefer er in den Park eindrang, umso mehr verstummte der Lärm der Stadt, bis er nur noch hier und da einen Vogel singen oder andere Tiere hören konnte, die in dem Wäldchen des Parks lebten. Manchmal war Jamie stehengeblieben, um die Eichhörnchen zu beobachten, die auf der Suche nach Futter durch den Park wuselten. Ein paar Mal hatte er versucht, sich ihnen zu nähern, aber sie waren immer zu scheu gewesen und ausgerissen, wenn er ihnen zu nahe gekommen war.

Er ging einen schmalen Weg zwischen den Bäumen entlang und wünschte sich, an einem solchen Ort leben zu können. Weit weg vom Lärm und den Bedrohungen der Stadt, weit weg von den Problemen, mit denen er sich Tag für Tag auseinandersetzen musste. Weit weg von dem Hunger, der oft kaum auszuhalten war und weg von den Hinterhöfen, in denen er schlafen musste und wo er sich nie sicher sein konnte, ob er am nächsten Morgen noch einmal aufwachen würde. Vor allem wollte er aber weit von anderen Dingen weg, an die er besser erst gar nicht denken wollte.

Nach einer Weile verließ Jamie den Park auf der anderen Seite und er konnte in einiger Entfernung sowohl die Mall als auch die Bürogebäude erkennen, die sie umgaben. Als er sich ihr näherte, wandte sich er sich jedoch leicht von der Mall ab und ging zur U-Bahn-Station, die an das Einkaufszentrum grenzte. Er hatte auf die harte Tour lernen müssen, dass es besser war, das Grundstück der Mall nicht direkt zu betreten. Er würde dort Ärger mit dem Sicherheitspersonal bekommen und das wollte er auf alle Fälle vermeiden. Jamie kannte jedoch einen guten Platz auf der Fußgängerbrücke, die die Mall, die U-Bahn-Station und das nahe gelegene Bürogebäude miteinander verband. Abgesehen von den vielen Passanten, die seine Chancen auf ein bisschen Kleingeld erhöhten, gehörte die Brücke nicht direkt zur Mall und das Sicherheitspersonal hatte dort nichts zu suchen. Das Personal, das in der U-Bahn-Station für Sicherheit sorgte, störte sich hingegen nicht an Leuten, die dort bettelten, solange man den Verkehr nicht aufhielt oder andere Probleme bereitete. Die Mitarbeiter in der Mall verfolgten einen jedoch oftmals einfach nur, weil sie sich in ihrem Job langweilten.

Jamie fand seinen Platz und war erleichtert, dass er nicht besetzt war. Er setzte seinen Rucksack ab und ließ sich neben ihm nieder. Als er sich umsah, konnte er einige Teenager sehen, die ebenfalls bettelten. Es war für ihn jedoch sofort klar, dass sie das Geld nicht nötig hatten, sondern sich einfach nur die Zeit vertrieben. Man konnte es an ihrer ordentlichen Kleidung, den gewaschenen Haaren und sauberen Schuhen einfach erkennen. Für diese Leute war es einfach nur eine andere Möglichkeit, um an ein bisschen Geld zu kommen. Für Jamie ging es hingegen ums Überleben. Er konnte nicht jederzeit einfach nach Hause gehen, eine warme Mahlzeit zu sich nehmen und sich in ein bequemes Bett legen wie diese Jugendlichen. Ein bisschen erbetteltes Kleingeld würde für ihn den Unterschied zwischen einem Abendessen oder einem leeren Magen machen. Falls es ihm nicht gelingen sollte und wenn er auch nichts in Mülltonnen finden würde, würde er auf andere, unangenehmere Methoden zurückgreifen müssen, um sich etwas zu essen kaufen zu können. Genau das würde er tun müssen, wenn er an diesem Tag kein Glück haben sollte. Ihm schauderte bei dem Gedanken daran, aber ihm würde nichts Anderes übrig bleiben. Er rutschte einen Moment auf dem harten Beton umher, um es sich so bequem wie möglich zu machen, bevor er seufzte, die Hand ausstreckte und die Leute beobachtete, die an ihm vorbeigingen – oftmals, ohne ihn auch nur eines Blickes zu würdigen.

✳ ✳ ✳

Graham Martin nahm seinen Aktenkoffer und ging zum Aufzug. Der Kalender seines Computers hatte ihn gerade daran erinnert, dass er zu einem wichtigen Termin in der Innenstadt aufbrechen musste. Während der Fahrt von der zweiunddreißigsten Etage ins Erdgeschoss betrachtete er sich im Spiegel des Aufzugs und rückte seine Krawatte zurecht. Er war noch nie ein großer Fan von solchen Meetings gewesen, aber seitdem er vor einem knappen Jahr befördert worden war und seinen neuen Job angetreten hatte, schien sein Arbeitstag aus fast nichts Anderem mehr zu bestehen als Meetings, Besprechungen und ähnlichen Terminen. Manchmal hatte er den Eindruck, dass einige seiner Kollegen es nicht schafften, auch nur die einfachsten Aufgaben zu erledigen, ohne vorher ein großes Meeting einzuberufen. Obwohl ihm solche Termine nicht gefielen, wusste Graham, dass es in seiner Karriere ein notwendiges Übel war. Manchmal fragte er sich, warum er sich all das antat. Brauchte er das Geld? Graham führte kein extravagantes Leben und auch wenn er alles andere als reich war, war er zumindest finanziell abgesichert. Über die Jahre hatte er eine beträchtliche Summe sparen können und würde ohne Schwierigkeiten damit auskommen, wenn er eines Tages beschließen sollte, seinen Job an den Nagel zu hängen und in den Ruhestand zu gehen. Tatsächlich hatte er sogar das kleine Haus bereits abbezahlt, das er sich im vergangenen Jahr für den Ruhestand gekauft hatte. Er fragte sich, was ihn noch zurückhielt, diesen Schritt zu gehen. War er an der Aussicht auf die Macht und an dem Prestige interessiert, das ihm ein geräumiges Büro in der Chefetage des Unternehmens vielleicht eines Tages bieten würde? Unglücklicherweise hatte er auf diese Frage bisher noch keine Antwort gefunden. Die Wochenenden, die er außerhalb der Stadt in seinem kleinen Heim verbrachte, waren immer ruhig und entspannend. Vielleicht würden ihm die Weihnachtsfeiertage dabei helfen, eine Entscheidung zu treffen. Er freute sich darauf, sie abseits der Hektik der Großstadt zu verbringen.

Die Aufzugtür öffnete sich im Erdgeschoss und Graham durchquerte die Lobby, um zum Ausgang zu gelangen. Sobald er durch die Drehtür gegangen war, spürte er die kalte Dezemberluft im Gesicht. Er blieb einen Moment stehen und zog sich ein Paar Handschuhe über, um seine Hände warm zu halten, dann zog er den Reißverschluss seines Mantels höher. Als Nächstes zog er einen Schal aus der Manteltasche und legte ihn sich um den Hals. Zufrieden ging er weiter zur Fußgängerbrücke, die zur U-Bahn-Station führte. Mit der Bahn wollte er ins Stadtzentrum fahren, wo das Meeting mit einem potentiellen Klienten stattfinden sollte. Sein Boss wollte, dass Graham die letzten Verhandlungen führte und den Deal abschloss.

Die Fußgängerbrücke war voller Menschen und er konnte sich nur langsam fortbewegen. Hier und da blieben Leute unvermittelt stehen, sodass sich Graham um sie herum schlängeln musste. Er machte sich jedoch keine Sorgen. Er organisierte seine Termine immer penibel und war extra früh aufgebrochen, sodass es fast unmöglich war, zu dem Meeting zu spät zu kommen. In seinen Augen war es besser, etwas zu früh da zu sein und sich vielleicht noch ein bisschen die Zeit vertreiben zu müssen, bevor er sich am Empfang anmeldete. Das gefiel ihm besser, als in letzter Minute zu einem Meeting zu hetzen und vielleicht etwas Wichtiges zu vergessen oder völlig außer Atem bei seinem Termin zu erscheinen, weil er sich hatte beeilen müssen. Graham konzentrierte sich auf den Verkehr vor sich und kümmerte sich nicht um die Leute, die am Rand standen oder saßen, als er plötzlich eine jung klingende Stimme hörte.

»Bitte, Sir. Haben Sie ein bisschen Kleingeld? Nur, damit ich mir etwas zu essen kaufen kann?«

Graham stöhnte innerlich und seufzte. Er hatte diese und ähnliche Fragen in den vergangenen Monaten unzählige Male gehört. In letzter Zeit schien an fast jeder Straßenecke ein Bettler zu sitzen. Er hatte einen Termin und wollte zur Bahn, aber irgendetwas an dieser Stimme ließ ihn einen Moment lang innehalten. Graham drehte den

Kopf nach rechts und sah nach unten. Er konnte nicht mehr als elf oder zwölf Jahre alt sein, auch wenn es schwer zu schätzen war. Da der Junge auf dem Boden kauerte, konnte Graham hauptsächlich die Jacke sehen, die für die Jahreszeit viel zu dünn zu sein schien. Das obligatorische Baseballcap, das alle Jungs zur Zeit zu tragen schienen, war tief ins Gesicht gezogen, sodass Graham die Augen des Jungen nicht sehen konnte. Dennoch war der Bengel viel zu jung, um dort zu sitzen und um Geld zu betteln, um etwas zu essen. Graham betrachtete ihn ein bisschen genauer und konnte schmutzige Wangen sehen, über die Streifen verliefen, die auf lange getrocknete Tränen hinwiesen. Am Allermeisten fielen ihm jedoch die blauen Flecke auf, die er an der Seite seines Gesichtes und am Hals sehen konnte. Das war offensichtlich keiner der gelangweilten Teenager aus einem der Vororte, die sich die Zeit damit vertrieben, um ein bisschen zusätzliches Taschengeld zu betteln. Die üblichen Anzeichen dafür fehlten bei diesem Jungen – die relativ saubere Kleidung, die neuen Markenturnschuhe an den Füßen und auch der bereits mit ein paar Münzen gefüllte Pappbecher. All das fehlte bei diesem Jungen, der stattdessen eine kleine, dreckige Hand ausgestreckt hielt.

Graham seufzte, sah sich einen Augenblick lang um und traf eine Entscheidung. Er würde zu spät zu seinem Termin kommen und würde sich eine gute Ausrede dafür einfallen lassen müssen, aber einen kleinen Jungen, der dringend Hilfe brauchte und offensichtlich auch verletzt worden war, konnte er nicht einfach ignorieren. Er würde sich später nicht mehr im Spiegel betrachten können, wenn er einfach weiterging. Das wusste er genau.

Er ging vor dem Jungen in die Knie, um nicht bedrohlich über ihm aufzuragen, sondern ihn auf seinem Level anzusprechen. Der Junge rutschte von ihm weg, offenbar ängstlich und unsicher, was Grahams Motive angingen. Graham hielt inne und achtete darauf, dem Jungen nicht zu nahe zu kommen. Er wollte ihm nicht noch mehr Angst einjagen als er offensichtlich ohnehin schon hatte.

»Hallo du«, sagte Graham ruhig. »Kann ich dir helfen?«

Jamie blickte auf und betrachtete Graham aufmerksam. Als er keine Bedrohung in den Augen des Mannes erkennen konnte, schluckte er und wiederholte seine Bitte.

»Haben Sie vielleicht ein bisschen Kleingeld, damit ich mir etwas zu essen kaufen kann, Sir?«

»Ist es schon eine Weile her, seitdem du etwas gegessen hast?«, fragte Graham.

»Ich hatte am Dienstag etwas«, antwortete der Junge und schnief-

te. Das war inzwischen zwei Tage her. Graham versuchte, sich sein Entsetzen nicht anmerken zu lassen. Er wusste, dass er die richtige Entscheidung getroffen hatte. Vermutlich nicht aus der Sicht eines Geschäftsmannes, der auf dem Weg zu einem Meeting war, um einen siebenstelligen Vertrag unter Dach und Fach zu bringen, aber aus Sicht eines Menschen, der sich noch im Spiegel ansehen wollte, ohne sich schämen zu müssen.
»Anstatt dir ein bisschen Kleingeld zu geben, was würdest du davon halten, mit mir zu kommen und ich kaufe dir etwas zu essen?«, schlug Graham vor, stützte sich von der Wand ab und stand langsam wieder auf.

Jamie sah auf und Graham konnte zum ersten Mal sein ganzes Gesicht sehen. Unter dem Baseballcap lugten ein paar braune Haare mit blonden Highlights hervor und das Gesicht des Jungen war ausgemergelt. Am bemerkenswertesten waren jedoch die hellblauen Augen. In ihnen stand deutlich Angst geschrieben, aber während ihn der Junge aufmerksam und abschätzend betrachtete, lag noch etwas Anderes darin. Graham wusste jedoch nicht genau, was es war. Trotz vielleicht? Nachdem Jamie ihn einen Augenblick lang gemustert hatte, nickte er schließlich und erhob sich ebenfalls.

Sobald der Junge aufgestanden und damit beschäftigt war, seinen Rucksack aufzusetzen, konnte Graham das ganze Ausmaß der Male an Jamies Gesicht und Hals erkennen. Die blauen Flecke schienen sich selbst bis in den Nacken zu ziehen. Für Graham sahen sie frisch und schmerzhaft aus.

»Dir hat jemand wehgetan«, bemerkte er.

»Es geht mir gut«, sagte Jamie schnell und hob die Hand, um die Male zu verdecken.

Sie waren nur ein paar Tage alt und stammten von einem Mann, der Jamie eine Mahlzeit versprochen hatte, wenn er mit ihm ging. Er hatte gewusst, dass er einiges würde ertragen müssen, um etwas essen zu können, aber er hatte nicht geahnt, dass er bis zur Bewusstlosigkeit gewürgt werden würde. Glücklicherweise war rechtzeitig ein Lieferwagen in die Seitengasse eingebogen, in der Jamie darum gekämpft hatte, sich zu befreien. Aus Angst, erkannt und entdeckt zu werden, hatte der Mann von Jamie abgelassen und das Weite gesucht.

»Es tut mir leid«, sagte Graham schnell. »Ich wollte dich nicht in Verlegenheit bringen. Ich war nur besorgt. Lass uns gehen und ich besorge dir etwas zu essen.«

Jamie entspannte sich und senkte die Hand wieder. Dennoch blieb er weiter auf der Hut und hielt sich bereit, jeden Moment wegzulaufen, falls es nötig sein sollte. Graham bemerkte die Unruhe des Jungen und versuchte, ihn freundlich anzulächeln und ihm so zu verstehen zu geben, dass er keine Bedrohung war. Jamie folgte dem Mann zum Eingang der Mall, wo er sich noch einmal besorgt umsah, bevor er das Gebäude betrat. Es war eine große Mall, die alles zu bieten hatte, was man von einem Einkaufszentrum erwartete. Abgesehen von vielen kleinen und größeren Geschäften gab es natürlich auch einen Food-Court.

Graham behielt den Jungen im Auge, der inzwischen neben ihm ging und sich nervös umblickte. Sie waren nur wenige Schritte gelaufen, als Jamie den Blick senkte, sodass das Basecap sein Gesicht verbarg. Er gab sich offenbar große Mühe, für seine Umwelt unsichtbar zu sein. Graham sah sich ebenfalls um und entdeckte auch sogleich den Grund für die Unruhe des Jungen. Ein Sicherheitsmitarbeiter der Mall lief in ihre Richtung, wenn auch nicht direkt auf sie zu. Graham konnte sich denken, dass der Junge bei mehr als einer Gelegenheit von diesen Angestellten schikaniert worden war. Er positionierte sich schnell und so unauffällig wie möglich zwischen Jamie und die drohende Gefahr. Der Mann ging kaum mehr als zehn Schritte entfernt an ihnen vorbei, ohne den Jungen zu bemerken. Sobald der Mann außer Sichtweite war, entspannte sich Jamie und blickte auf. Graham wackelte mit den Augenbrauen und Jamie schenkte ihm fast so etwas wie ein dankbares Lächeln.

»Es ist alles in Ordnung«, versicherte Graham ihm. »Ich passe auf dich auf.«

Diesmal lächelte der Junge tatsächlich und Graham bekam sogar ein paar glänzend weiße Zähne zu sehen. Es war kein großes, breites Grinsen, aber Graham spürte, dass es aufrichtig war. Er war sich sicher, dass Jamie nicht besonders viel zu Lachen hatte. Deshalb bedeutete es ihm viel, dieses kleine Lächeln zu sehen.

Als sie den Food-Court erreichten, sah sich Graham einen Augenblick lang um. Es gab zahlreiche Stände mit verschiedenen Gerichten aus der ganzen Welt. Er sah zu Jamie und bemerkte, dass der Junge den Hamburgerstand im Auge hatte.

»Was hättest du gerne?«, fragte er.

»Ein einfacher Hamburger wäre okay«, antwortete Jamie schüchtern und blickte auf.

Der Konflikt, den der Junge im Inneren mit sich austrug, stand ihm deutlich ins Gesicht geschrieben. Er hatte großen Hunger, war aber auch besorgt, dass Graham sauer werden und ihn ohne Essen

stehenlassen könnte, wenn er um zu viel bat.
»Klingt gut für mich«, sagte Graham, um den Jungen zu beruhigen. »Komm, stellen wir uns an.«
Sie gingen zu dem Stand und stellten sich hinter zwei anderen Kunden an. Jamie blieb ein bisschen hinter Graham zurück, um nicht aufzufallen. Gleichzeitig konnte er jedoch genau beobachten, was der Mann machte. Als sie an der Reihe waren, bestellte Graham ein großes Frühstück, eine Portion Pommes, etwas zu trinken und einen Jumbo-Burger. Die Mitarbeiterin auf der anderen Seite der Theke tippte die Bestellung in die Kasse ein und nahm den Zwanzig-Dollar-Schein entgegen, den Graham ihr reichte. Es dauerte keine fünf Minuten, bis die gleiche Frau ein Tablett mit Grahams Bestellung über die Theke reichte. Er nahm das Tablett entgegen, wandte sich von dem Stand ab und sah sich nach einer Sitzgelegenheit um. In einer Ecke des Food-Court entdeckte er einen freien Tisch direkt an der Wand. Er sah zu dem Jungen und deutete in die Richtung des Tisches. Jamie folgte ihm stumm durch die Mengenmenge. Graham konnte noch immer die Unruhe in Jamie spüren. Deshalb hatte er diesen Tisch ausgesucht – weg von der Menge und dem größten Lärm. An ihrem Tisch angekommen, setzte sich Graham mit dem Rücken zu den anderen Gästen, sodass Jamie an der Wand sitzen und seine Umwelt im Auge behalten konnte. Er hoffte, so die Nerven des Jungen ein wenig beruhigen zu können. Jamie nahm den Rucksack von den Schultern und setzte sich, bevor er die Tasche zwischen seinen Beinen abstellte.
»Bedien dich«, sagte Graham lächelnd und schob das Tablett näher an Jamie heran.
Der Junge zögerte einen Moment, betrachtete aber das Essen vor sich. Graham konnte den Hunger in seinen Augen sehen. Als Jamie bemerkte, dass Graham ihm das Tablett nicht wegziehen und ihm sagen würde, dass er ihn nur verkohlt hatte, nahm er das Plastikbesteck vom Tablett und machte sich über das Frühstücksmenü her. Er hatte etwa die Hälfte davon hinuntergeschlungen, bevor er zu dem Mann aufsah, der ihm gegenübersaß.
»Vielen Dank, Sir«, brachte er höflich zwischen zwei Bissen heraus.
Graham lächelte und knabberte an ein paar der Pommes, während er dabei zusah, wie Jamie mit dem Essen vor sich kurzen Prozess machte. Sobald er aufgegessen hatte, trank er von dem Orangensaft, der zum Frühstück gehörte.
»Möchtest du noch mehr?«, fragte Graham und schob den Burger auf dem Tablett zu dem Jungen.

»Aber ist das nicht für Sie?«, fragte der Junge, offenbar überrascht darüber, dass Graham ihm auch das Essen anbot, das doch für Graham selbst gedacht sein musste.

»Nein, ich war eigentlich auf dem Weg zu einem Meeting«, antwortete er. »Das habe ich alles für dich gekauft.«

»Vielen Dank, ich hatte so großen Hunger. Ich schätze, das war nicht zu übersehen, oder?«

Jamie senkte verlegen den Blick, griff aber dennoch nach dem Hamburger.

»Das konnte ich mir denken«, antwortete Graham freundlich und der Junge sah wieder zu ihm auf und lächelte. »Außerdem konnte ich nicht einfach weitergehen und dich dort einfach so sitzen lassen. So etwas könnte ich einem netten Jungen wie dir niemals antun.«

Die Worte waren ohne darüber nachzudenken aus seinem Mund gekommen, aber sobald er sie ausgesprochen hatte, wusste Graham, dass es die falschen Worte gewesen waren. Jamies Lächeln verschwand augenblicklich von seinen Lippen und der Junge starrte ihn ernst an, als würde er ihn mit seinen Augen durchleuchten. Ihm wurde klar, dass dieser Straßenjunge jedes seiner Worte sezierte und nach versteckten Bedeutungen untersuchte. Es dauerte jedoch nur einen kurzen Moment, bis sich Jamie wieder entspannte und erneut in seinen Burger biss.

Jamie hatte oft genug mit Männern zu tun gehabt und er wusste genau, wie sie waren. Seiner Erfahrung nach waren sie gefährlich und jeder Einzelne von ihnen hatte als Gegenleistung für die Aussicht auf eine Mahlzeit oder ein wenig Geld etwas von ihm haben wollen. Einen kurzen Moment lang war er sich sicher gewesen, dass dieses unverhoffte Geschenk dieses Fremden, den er gerade erst getroffen hatte, dem selben Muster folgen würde. Aber als er Graham in die Augen sah, war da nichts. Er konnte weder die kaum verhohlene Lust entdecken, die er so oft bei Männern gesehen hatte, noch erkannte er in diesen Augen die Abscheu und den Ekel, den andere verspürt hatten und kaum verbergen konnten, wenn sie ihn ansahen. Anteilnahme und Sorge waren die einzigen Dinge, die er in Grahams Augen fand. Er war scheinbar keiner der Männer, mit denen man es immer zu tun hatte, wenn man auf der Straße lebte.

»Es tut mir leid, aber ich kann nicht länger bleiben«, bemerkte Graham mit einem Blick auf die Uhr. »Ich habe ein Meeting in der Innenstadt, zu dem ich fahren muss.«

Er bereute die Worte, sobald sie seinen Mund verlassen hatten. Die Miene des Jungen, die sich gerade etwas aufgehellt hatte, verfinsterte sich sofort wieder.

»Ich war auf dem Weg dorthin, als ich dich gesehen habe«, versuchte er zu erklären.

»Ist schon okay«, murmelte der Junge, den Mund voller Pommes. Er begann, schneller zu essen und den Rest seiner Mahlzeit hinunterzuschlingen. Er wusste, wenn er nur schnell genug aß und alles schaffte, würde er einen oder zwei Tage auskommen, bis er wieder etwas zu essen brauchte. Wenn er nur schneller essen konnte.

Graham sah dabei zu, wie Jamie das Essen in sich hinein schaufelte und verstand, was vor sich ging.

»Du musst dich nicht beeilen«, sagte er schnell. »Lass dir Zeit.«

Jamie verringerte das Tempo, hörte aber nicht damit auf, die Pommes schnell zu kauen und herunterzuschlucken, bevor er sich die nächste Ladung in den Mund schob. Graham atmete tief durch und versuchte, die Gedanken in Worte zu fassen, die ihm durch den Kopf geisterten, seitdem er mit Jamie die Mall betreten hatte.

»Ich muss das für meinen Job tun oder ich bekomme großen Ärger mit meinem Chef«, versuchte er zu erklären. »Ich werde in drei oder vier Stunden wieder zurück sein. Ich schätze, am späten Nachmittag. Wenn du dort warten würdest, wo wir uns begegnet sind, könnten wir uns vielleicht unterhalten, wenn ich wieder da bin. Vielleicht kann ich irgendetwas tun, um dir zu helfen.«

Jamie sah vom Tisch auf und betrachtete Graham aufmerksam. Ein weiteres Mal suchte er nach einem verborgenen Motiv in den Augen des Mannes, konnte aber wieder nichts finden. Jamie glaubte nicht daran, dass der Mann es ernst damit meinte, ihm helfen zu wollen. Er hatte schnell gelernt, Männer richtig einschätzen zu können. Mehr als einmal hatte sein Leben davon abgehangen und er hatte sich nicht oft getäuscht. Irgendetwas an Graham war jedoch anders als an den Männern, die Jamie hatte erdulden müssen, um zu überleben.

»Okay, vielleicht«, sagte er schließlich, senkte wieder den Blick und begann von Neuem zu essen.

»Ich möchte dir helfen, aber ich muss mich auch beeilen oder ich komme zu spät.«

»Das ist schon okay.«

Es war nicht das erste Mal, dass Männer ihm etwas gegeben hatten und dann so schnell wie möglich verschwinden wollten. Irgendetwas an Grahams Art wirkte für ihn jedoch anders als sonst.

Graham stand von seinem Platz auf und räusperte sich unbehaglich. Er fühlte sich grauenvoll. Vor ihm saß ein Junge, der offensichtlich dringend Hilfe brauchte. Wie konnte er einfach aufstehen und gehen? Sicher, er musste zu seinem Termin, aber was bedeutete das im Vergleich zum Leben dieses Kindes? Graham wusste, dass er rational gesehen keine andere Wahl hatte, aber sein Gewissen zerrte an ihm. Er wusste, dass er mit dem, was er tun musste, nicht würde leben können, aber gleichzeitig wusste er auch, dass er seinen Verpflichtungen nachkommen musste.

»Bitte sei da, wenn ich zurückkomme«, sagte er. »Ich werde alles tun, was in meiner Macht steht, um dir zu helfen.«

Er betrachtete den Jungen noch einen Moment lang, dann wandte er sich von ihm ab und ging davon. Tief in seinem Inneren wusste er, dass er den Jungen nie wiedersehen würde. Und ihm war auch klar, dass er sich niemals verzeihen würde, dass er gegangen war – auch wenn er eigentlich keine andere Wahl gehabt hatte. Er hoffte inständig, dass der Junge da sein würde, wenn er zurückkam, zweifelte aber nicht im Geringsten daran, dass er sich damit selbst belog.

Als der Mann davoneilte, sah Jamie ihm nach und beobachtete ihn dabei, wie er mit schnellen Schritten den Leuten auswich, die langsamer vor ihm gingen. Während er ihm nachblickte und den Rest von seiner Mahlzeit aß, wurden die Streifen unter seinen Augen abermals nass.

Kapitel 2:
Verpflichtungen

Graham verließ die Mall und beschleunigte seinen Schritt, während er über die Brücke zur U-Bahn-Station ging. Er versuchte, sich zu beeilen, aber er wusste, dass er so oder so zu spät kommen würde. Hektisch kramte er in seiner Manteltasche und zog den Fahrschein hevor, den er brauchte, um durch das Drehkreuz zu gelangen. Er rannte regelrecht die Rolltreppe hinunter zum Bahnsteig. Er schaffte es gerade noch, durch die offenen Türen in die Bahn zu schlüpfen, bevor sie sich hinter ihm schlossen. Graham war stolz darauf gewesen, immer pünktlich zu sein. Seine Verspätung war aber das Letzte, was ihm in diesem Moment durch den Kopf ging. Alle Sitzplätze waren bereits besetzt, also blieb ihm nichts Anderes übrig, als an der Tür stehen zu bleiben. Im Schein der Lampen konnte er seine Spiegelung in der Scheibe erkennen. Vermutlich bildete er es sich nur ein, aber sein Spiegelbild schien ihn abschätzig zu betrachten und es schien nicht von dem beeindruckt zu sein, was es sah. Grahams Verantwortungsgefühl im Bezug auf seinen Job kämpfte im Inneren mit seinem sozialen Gewissen. Er wusste, dass er keine andere Wahl gehabt hatte, aber das half nicht dabei, die Übelkeit loszuwerden, die er empfand.

Die Fahrt ins Stadtzentrum kam ihm länger vor als sonst. Graham war froh, als er endlich aus der Bahn aussteigen konnte. Er rannte zum Ausgang, wurde dort aber von einer Menschenmenge aufgehalten, die die Rolltreppe blockierte. Ungeduldig mit den Fingern auf das Geländer trommelnd wartete er, bis die Rolltreppe langsam nach oben gefahren war. Es waren noch zwei Blocks, die er laufen musste, um zu seinem Termin zu kommen. Trotz seiner fünfundfünfzig Jahre legte er den Großteil der Strecke rennend zurück.

Am Gebäude angekommen, blieb Graham kurz stehen, um wieder zu Atem zu kommen. Er war körperlich in keiner schlechten Verfassung, aber er war es auch nicht gewohnt, so viel zu rennen. Erst als sich sein Puls wieder beruhigt hatte, betrat er das Gebäude und ging zum Aufzug, mit dem er in den siebenundzwanzigsten Stock fuhr. Während er in den Spiegel starrte, setzte er ein Lächeln auf. Es wirkte ein bisschen gequält, aber er hoffte, dass es seine Gesprächspartner nicht bemerken würden. Sobald sich die Fahrstuhltüren öffneten, ging Graham an den Empfang und wartete, bis die Frau hinter dem Tresen ihr Telefonat beendete.

»Guten Tag«, begrüßte sie ihn, nachdem sie den Hörer aufgelegt hatte. »Sie warten bereits auf Sie.«

Graham hatte sich ihr nicht einmal vorstellen müssen. In den letzten Wochen und Monaten war er oft hier gewesen und die Empfangsdame kannte ihn. Er konnte sich allerdings nicht an ihren Namen erinnern.

»Die Verspätung tut mir leid, aber es ging nicht anders«, entschuldigte er sich.

»Ich sage Bescheid, dass Sie jetzt da sind«, erwiderte sie und griff abermals zum Telefon.

Graham musste nur fünf Minuten warten, bis sich eine Tür öffnete und ein großer, grauhaariger Mann auf ihn zukam und ihm die Hand entgegenstreckte.

»Schön, dass Sie da sind«, sagte der Mann und Graham schüttelte seine Hand.

»Es tut mir leid, dass ich zu spät bin, Don«, sagte er verlegen und spulte die Entschuldigung ab, die er sich auf dem Weg zurechtgelegt hatte. »Als ich gerade losfahren wollte, kam mein Boss und wollte noch ein paar Dinge klären.«

»Das ist in Ordnung«, versicherte ihm der Mann. »Sie sind sonst immer pünktlich, also wussten wir, dass etwas Wichtiges dazwischengekommen sein muss.«

Wenn Sie nur wüssten, dachte Graham, nickte aber nur zustimmend.

»Lassen Sie uns in den Konferenzraum gehen. Alle anderen sind bereits da. Ich hoffe, sie haben das ganze Gebäck noch nicht aufgegessen.«

»Davon sollte ich mich lieber fernhalten«, sagte Graham grinsend. »Ich muss auf meine Linie achten.«

»Oh, bitte«, lachte Don. »Sie haben weniger auf den Hüften als jeder andere in dem Raum.«

Graham begrüßte die anderen Anwesenden mit einem freundlichen Händedruck, bevor er sich setzte. Während der Besprechung versuchte er, sich auf die Verhandlungen zu konzentrieren, aber in Gedanken war er bei dem Jungen, den er in der Mall hatte sitzen lassen. Während er an einem der ihm angebotenen Muffins naschte, sah er vor seinem geistigen Auge das Bild des Jungen, wie er vor ihm auf der Straße saß und um Geld bettelte, um sich etwas zu essen zu kaufen.

Graham betrachtete den angebissenen Muffin einen Moment, dann legte er ihn auf seinem Teller ab. Er schämte sich für sein Verhalten. Das Meeting dauerte lange – viel zu lange für Grahams Geschmack. Mindestens ein dutzend Mal wäre er am liebsten aufgestanden und einfach gegangen. Aber irgendwie gelang es ihm, sich zumindest so weit auf die Besprechung zu konzentrieren, dass sie im Laufe des Nachmittags eine Einigung erzielten und Graham den Deal unter Dach und Fach bringen konnte. Sein Chef würde zufrieden sein. Mit einem Vertrag über die Installation, Wartung und Betreuung des gesamten Firmennetzwerkes in der Tasche verabschiedete er sich. Als er Don am Fahrstuhl die Hand schüttelte, erhielt er noch ein nicht gerade subtil vorgetragenes Angebot, den Job zu wechseln und für Dons Unternehmen zu arbeiten. Graham versicherte ihm, dass er darüber nachdenken würde, aber er sollte sich keine großen Hoffnungen machen.

Sobald er aus dem Fahrstuhl gestiegen war, machte sich Graham ohne Umwege auf den Weg zurück zur U-Bahn-Station. Während er zu seinem Büro zurückfuhr, hatte er immer wieder den Jungen im Kopf. Er sah noch einmal vor sich, wie er mit diesen traurigen, blauen Augen angestarrt wurde. Ein paar Stunden zuvor hatte er sich beeilt, um zu seinem Termin zu kommen, diesmal hatte er jedoch keine Eile. Er wusste genau, was ihn erwarten würde, wenn er zurückkam. Der Junge würde verschwunden sein und Graham würde eine ganze Weile kein Auge zubekommen, weil er sich Vorwürfe machte.

* * *

Zurück in der Mall wischte sich Jamie mit dem Ärmel seiner ramponierten Jacke die Tränen von den Wangen und trank den letzten Schluck des Orangensafts, den er zusammen mit dem Essen bekommen hatte. Er versuchte, es so lange wie möglich hinauszuzögern, aber er wusste, dass er wieder nach draußen gehen musste, wo die Kälte auf ihn wartete. Jamie wusste, dass er den Mann niemals wiedersehen würde. Er machte sich da keine Illusionen. Er war einfach nur ein Fremder gewesen, der ihm aus Pflichtgefühl etwas zu essen gekauft hatte. Mehr als einmal hatte er Erwachsene erlebt, die darauf hofften, sich mit Gesten wie diesen das Gewissen reinzuwaschen. Ab und zu hatte er das Glück gehabt, so an eine kostenlose Mahlzeit zu kommen, aber im Normalfall hatte er sich diese auf andere Weise verdienen müssen. Grahams Großzügigkeit bedeutete, dass er ein paar Tage lang nicht darüber nachdenken musste, was er würde erdulden müssen, wenn er wieder etwas zu essen brauchte und dafür war er dankbar.

Noch nie hatte sich jemand Gedanken um ihn gemacht und er war sich sicher, dass das auch niemals passieren würde. Welchen anderen Grund könnte es auch sonst dafür geben, dass die Leute der Kinderfürsorge es abgelehnt hatten, ihn anzuhören, als er versucht hatte, ihnen zu erzählen, was zuhause mit ihm geschah? Warum hätte er auch sonst von seinen Eltern weglaufen müssen, einfach nur um zu überleben? Jamie hatte sich die größte Mühe gegeben, es zu erdulden, aber er hatte es einfach nicht mehr ausgehalten. Der letzte, mitternächtliche Besuch, der ihn verletzt und blutend zurückgelassen hatte, war zu viel für ihn gewesen. Niemand würde sich jemals um ihn kümmern oder ihn haben wollen. Dessen war er sich sicher. Er wusste, was die Leute hinter seinem Rücken tuschelten, wenn sie ihn sahen. Er war nur dazu da, um von jedem nach Belieben benutzt und dann weggeworfen zu werden wie eine alte, schon viel zu oft gelesene Zeitung.

Dennoch wurde er das Gefühl nicht los, dass an diesem Mann etwas anders gewesen war als an all den anderen, denen er bisher begegnet war. Das war ihm fast sofort aufgefallen und es verwirrte ihn. Auf der Straße lernt man schnell, Männer richtig einzuschätzen und Jamie hatte bisher großes Glück gehabt, dass ihm noch nichts Schlimmeres passiert war. Er hatte jedoch noch bei keinem der Männer einen so liebenswürdigen und einfühlsamen Ausdruck im Gesicht gesehen. Er fragte sich, was es zu bedeuten hatte.

Während er darüber nachdachte, bemerkte er etwas aus dem Augenwinkel. Als er aufsah, entdeckte er ihn sofort und wusste, dass es Gefahr bedeutete. Von der anderen Seite des Food-Court aus kam ein großer Sicherheitsmitarbeiter der Mall mit schnellen Schritten direkt auf ihn zugelaufen. Jamie wusste, dass das nichts Gutes zu bedeuten hatte. Er musste weg und zwar sofort.

Jamie ließ den inzwischen leeren Becher fallen und sprang auf. Er schnappte sich seinen Rucksack und rannte los. Er war zwar klein, dünn und unterernährt, seine Beine waren jedoch schnell und sein Verstand hatte ihm schon oft aus der Patsche geholfen. Jamie rannte sofort zur nächsten, größeren Menschenansammlung und versuchte, sich zwischen ihnen zu verstecken. Er hielt jedoch nicht inne, sondern lief einfach weiter. Sobald sich eine Lücke zwischen den Einkäufern auftat, schlängelte er sich durch sie hindurch. Er musste ein paar Müttern mit Kinderwagen ausweichen und mehrmals gelang es ihm gerade noch so, einen Zusammenprall mit den Leuten zu vermeiden. Als er sich umwandte, bemerkte er jedoch, dass der Sicherheitsmann noch immer auf seinen Fersen war. Er erkannte ihn sogar wieder. Dieser Mann hatte schon mehrmals versucht, Jamie zu fangen, aber er hatte es immer wieder geschafft, zu entkommen. Es machte den Mann vermutlich wütend, dass ein Straßenkind clever genug war, um ihm zu entwischen und es musste frustrierend für ihn sein. Dennoch war Jamie fest dazu entschlossen, ein weiteres Mal zu entkommen. Er wollte diesem Mann den Triumph nicht gönnen, ihn doch noch zu fassen zu kriegen. Jamie war erleichtert, als er endlich die Ausgangstüren sah. Er hatte noch immer ein paar Meter Vorsprung, aber musste weiter aufpassen, nicht mit den anderen Passanten zusammenzustoßen. Der Sicherheitsmann hinter ihm hatte diese Probleme nicht. Jedes Mal, wenn ihm jemand im Weg stand, schob er diese Person einfach zur Seite. Jamie beschleunigte sein Tempo noch einmal. Er durfte jetzt nicht nachlassen. Er kannte die Regeln genau: Sobald er draußen vor der Tür war, durfte der Mann ihn rechtlich betrachtet nicht mehr anrühren. Ihm war aber auch klar, dass der wütende Mann nicht direkt an der Tür anhalten und auf ein anderes Opfer warten würde. Deshalb blieb Jamie auch nicht stehen, nachdem er bereits durch die Tür gelaufen war und die kalte Luft im Gesicht spürte. Er lief so lange weiter, bis er sich sicher war, weit genug von der Mall weg zu sein, bevor er anhielt und sich umdrehte. Er hatte Glück gehabt. Weit und breit war von dem Sicherheitsmann nichts zu sehen. Er stützte sich mit den Händen auf seinen Knien ab und versuchte, zu Atem zu kommen.

Sobald er wieder normal atmete, richtete er den Blick nach oben in den Himmel. Es hatte sich zugezogen und die drohenden Wolken schienen entweder Regen oder vielleicht sogar Schnee anzukündigen. Immerhin war sein Magen voll. Dieses Gefühl half dabei, sich um das Wetter für den Augenblick keine Sorgen zu machen. Stattdessen lief er eine Weile ziellos umher, setzte sich hier und da hin, um vielleicht doch noch ein paar Münzen zu ergattern. Er hatte jedoch kein weiteres Glück. Irgendwann kam er zur U-Bahn-Station zurück, ohne gezielt dorthin zu gehen. Aber wenn das Wetter umschlug, war es vermutlich eine gute Idee, dort zu sein und sich unterstellen zu können. Unvermittelt kamen Jamie die Worte des Mannes wieder in den Sinn. Er hatte ihn gebeten, auf ihn zu warten, wenn er später am Nachmittag zurückkam. Warum war ihm das gerade jetzt wieder eingefallen? Er wusste, dass er diesen Mann niemals wiedersehen würde. Jamie war dankbar für die Mahlzeit gewesen, aber gleichzeitig wusste er auch, dass er nicht auf mehr hoffen konnte. Eine Mahlzeit, mehr würde er nicht bekommen. Der Mann hatte ihn bestimmt längst vergessen. Irgendetwas in seinem Hinterkopf sagte ihm jedoch, dass er trotzdem hier warten sollte.

Er konnte nicht dorthin zurückgehen, wo sie sich zuerst begegnet waren. Der Sicherheitsmann der Mall war sicher wütend, dass Jamie ihm ein weiteres Mal entkommen war und er war sich sicher, dass er seine Kollegen schon in Kenntnis gesetzt hatte und dass diese bestimmt nach ihm Ausschau halten würden. Ihre Jobs waren langweilig und schlecht bezahlt. Jamie wusste das genauso gut wie sie. Andere zu drangsalieren war das Einzige, was diesen Leuten Freude bereitete. Er wusste, dass er sich um jeden Preis von ihnen fernhalten musste.

Jamie beschloss, in der U-Bahn-Station zu warten. Wenn er davon ausging, dass der Mann tatsächlich zurückkam, würde er ihn sehen, sobald er aus dem Zug stieg. Er war erfahren darin, sich unsichtbar zu machen und er war zuversichtlich, den Mann beobachten zu können, ohne selbst von ihm entdeckt zu werden.

Manchmal machte er ein Spiel daraus und Jamie stellte sich vor, er sei ein Spion oder Spezialagent, der beobachten musste, ohne selbst gesehen zu werden. Wenn ihn jemand entdeckte, hatte er das Spiel verloren. Das Leben auf der Straße hatte ihn gelehrt, dass es nicht gut war, dieses Spiel zu verlieren. Inzwischen war er so gut, dass er nicht mehr verlor. Wenn Jamie unsichtbar sein wollte, dann war er es auch.

Er würde dem Mann folgen, einfach nur um herauszufinden, was passieren würde. Dann würde er sehen, ob er wirklich an die Stelle zurückgehen würde, an der Jamie ihn um etwas Kleingeld angebettelt hatte. Er war sich jedoch sicher, dass er das nicht tun würde. Er glaubte nicht einmal daran, dass er überhaupt auftauchen würde. Vielleicht würde er nicht einmal zu dem Büro zurückgehen, wie der Mann behauptet hatte. Falls es überhaupt ein Büro gab. Es konnte genauso gut eine erfundene Geschichte sein, um von Jamie wegzukommen und einen Vorwand zu haben, die Mall zu verlassen. Dieser Mann war vermutlich auch nur wie alle anderen. Jamie war sich da sicher, aber er wollte trotzdem Ausschau halten, nur um sich davon zu überzeugen, dass er recht hatte. Dann würde auch er verschwinden und sich einen Schlafplatz suchen. Vielleicht wäre es unter den Büschen im Park wärmer als in einer Seitengasse oder in einem Hinterhof. Das wäre dann okay, auch wenn ihm klar war, dass es in der Nacht wirklich kalt werden würde.

Jamie lehnte sich an eine Säule in der U-Bahn-Station an, senkte den Kopf und zog seine Jacke enger um seinen Körper. Er glaubte, so wie jeder andere Junge auszusehen, der sich an einem kalten Tag in der Station aufhielt. Nur wer genauer hinsah, würde den Unterschied erkennen und seiner Erfahrung nach machte sich niemand die Mühe, ihn so genau anzusehen. Jamie wusste, wie es funktionierte: Mache den Eindruck, als würdest du einfach dazugehören, verschwinde in der Menge und verschmelze mit dem Hintergrund. Niemand in der U-Bahn-Station schien Notiz von ihm zu nehmen, doch Jamie sah und bemerkte alles und jeden. Nichts entging seinem wachsamen Auge. Jetzt hieß es warten.

* * *

Die Bahnfahrt zurück schien sich unendlich lange hinzuziehen. Graham hatte wieder nur einen Stehplatz an der Tür und er vermied es nach Kräften, sein Spiegelbild darin zu betrachten. Er hatte ein ungutes Gefühl im Bauch, als er schließlich aus dem Waggon und auf den Bahnsteig trat. Er würde sich jetzt den Konsequenzen seines Handelns stellen müssen. Seine Beine fühlten sich schwer wie Blei an, als er sich langsam vorwärts bewegte. Er würde an jeder Stelle, die ihm einfiel, nach dem Jungen suchen, aber er war sich sicher, dass dieser schon längst weg war.

* * *

Jamie entdeckte Graham sofort. Er war noch nicht nicht einmal ganz aus dem Zug ausgestiegen. Der Junge richtete sich aus seiner lehnenden Haltung an der Säule auf und behielt den Mann fest im Blick. Gleichzeitig achtete er aber weiter darauf, dass ihn niemand bemerkte. Jamie würde ihm folgen und sich davon überzeugen, dass er wie alle anderen war. Dann würde er verschwinden und sich um sich selbst kümmern, wie er es in den letzten Monaten immer getan hatte.

* * *

Graham sah sich vorsichtig um, während er durch die U-Bahn-Station ging. Der Junge war nirgendwo zu sehen. Graham hatte gewusst, dass er längst nicht mehr da sein würde. Wenn er darüber nachdachte, war es ein lächerlicher Gedanke. Warum hätte der Junge auch auf ihn warten sollen? Dennoch musste Graham sichergehen. Sein Gewissen verlangte von ihm, dass er sich erst vollständig davon überzeugen musste, dass der Junge nicht mehr da war. Er wandte sich zum Ausgang und ging denselben Weg zurück, den er zuvor gegangen war –

zurück zur Fußgängerbrücke, die zur Mall führte. Als er die Stelle erreichte, an der er von dem Jungen angesprochen worden war, blieb er stehen und blickte sich abermals um. Kein Glück. Weit und breit war nichts von dem Jungen zu sehen. Die Leute, die an ihm vorbeigingen, warfen ihm böse Blicke zu, weil er mitten auf dem Weg stehengeblieben war. Aber das interessierte ihn nicht. Er blieb einfach stehen und starrte die Stelle an, an der Jamie gesessen hatte. Nichts. Nicht einmal ein Fleck oder irgendetwas, das darauf hinwies, dass der Junge jemals dort gewesen war. Graham wurde bewusst, dass er eigentlich auch nicht damit gerechnet hatte, eine Spur des Jungen zu finden. Warum auch? Dennoch hatte er sich vergewissern müssen.

Er sah sich ein weiteres Mal um, aber es waren so viele Menschen unterwegs, dass es unmöglich war, eine bestimmte Person in der Menge auszumachen. Ihm wurde klar, dass er in dieser Menschenmasse niemals einen kleinen Jungen finden würde; selbst wenn er da war. Dennoch sah er sich weiter um, beinahe verzweifelt. Er ging langsamen Schrittes weiter, blieb aber nach ein paar Metern wieder stehen und sah sich um. Kein Glück. Graham hatte eine Idee. Vielleicht hatte der Junge ihn so verstanden, dass er an der Mall auf ihn warten sollte. Einen Versuch war es allemal wert. Er machte kehrt und ging direkt zur Mall. Währenddessen blickte er sich weiter um. Er war stur und wollte noch nicht aufgeben.

Als er an der Eingangstür der Mall ankam, durch die sie ein paar Stunden zuvor gemeinsam gegangen waren, drehte er sich in alle Richtungen und blickte sich um. Er sah sogar kurz nach oben, als könne der Junge über ihm schweben. Er schüttelte den Kopf, als er realisierte, wie unsinnig dieser Gedanke war. Es war aber an der Zeit, sich einzugestehen, dass der Junge tatsächlich nicht auf ihn gewartet hatte. Er ließ die Schultern hängen und ging mit langsamen Schritten zurück über die Brücke, um zu seinem Bürogebäude zurückzukehren. Graham musste jetzt damit klarkommen, dass er den Jungen nie wiedersehen würde. Dieser Gedanke tat fast körperlich weh. Er hatte jemanden im Stich gelassen, der dringend seine Hilfe gebraucht hätte. Und wofür? Nur, um seinen Boss glücklich zu machen, seiner Firma einen ordentlichen Profit einzubringen und selbst am Jahresende einen dickeren Bonusscheck einzustreichen. Da er den Deal noch vor dem Jahresende unter Dach und Fach gebracht hatte, war er sicher, dass sein Scheck üppiger ausfallen würde als sonst. Er wusste auch, dass der Scheck in seinen Fingern brennen würde, wenn er ihn entgegennahm – die gleichen Finger, die einem kleinen Jungen in Not hätten helfen können. Aber er hatte es nicht getan. Ihm war kotzübel und er war froh darüber, keinen Spiegel vor sich zu haben. Er war sich sicher, dass ihn sein Spiegelbild angewidert anstarren würde.

* * *

Von dem Moment an, als der Mann aus dem Waggon gestiegen war, hatte Jamie ihn nicht aus den Augen gelassen. Mit den Fähigkeiten, die jeden Spion neidisch gemacht hätten, schlängelte er sich durch die Menschenmassen um ihn herum, ohne weiter aufzufallen. Er folgte Graham und beobachtete ihn mit Argusaugen. Er sah dabei zu, wie der Mann an die Stelle zurückging, an der Jamie ihn angesprochen hatte. Dann beobachtete er ihn dabei, wie er zur Eingangstür der Mall ging und sich suchend umsah. Zuletzt sah er dabei zu, wie Graham schließlich aufgab und mit hängenden Schultern und gesenktem Blick zurückging. Es war offensichtlich, dass der Mann tatsächlich nach ihm gesucht hatte, aber er war unsicher, was er tun sollte. Das war nicht so gelaufen, wie er erwartet hatte. Ganz und gar nicht. Er war überrascht, dass der Mann überhaupt aufgetaucht war – ganz zu schweigen davon, dass er sich tatsächlich die Mühe machte, nach ihm zu suchen.

Sollte er verschwinden?

Oder sollte er zulassen, dass der Mann ihn entdeckte?

War dieser Mann wie alle anderen oder war er doch anders?

Er hatte Jungs gekannt, die mit Männern mitgegangen waren und dann nie wieder aufgetaucht waren. So wollte er ganz bestimmt nicht enden. Es war die Reaktion des Mannes, die ihn am Ende dazu brachte, sich zu entscheiden. Es war für Jamie offensichtlich, dass der Mann enttäuscht darüber war, ihn nicht gefunden zu haben. Die Enttäuschung wirkte zudem so authentisch. Das und der Ausdruck, den Jamie in der Mall im Gesicht des Mannes gesehen hatte, ließen ihn seine Entscheidung treffen.

Kapitel 3:
Wendung des Schicksals

Sobald er erst einmal seine Entscheidung getroffen hatte, war alles andere ganz einfach. Unsichtbar zu bleiben war das Schwierige, sich aber finden zu lassen war simpel. Jamie bewegte sich zum Rand der Menschenmenge und sah sich um. Er entdeckte schnell eine Frau, die mit zwei großen Einkaufstaschen in den Händen durch die Massen stapfte. Sie nahm keinerlei Rücksicht auf die anderen Passanten und rempelte rechts und links jeden an, der ihr im Weg stand. Jamie wusste genau, dass er die Richtige gefunden hatte. Diese Frau würde genau das Theater veranstalten, das er brauchte, um Aufmerksamkeit auf sich zu ziehen. Jamie beobachtete die Frau und ihren Laufweg einen Moment, dann ging er ein Stück vor ihr an den Rand der Menschenmasse. Er wartete kurz und im genau richtigen Moment stellte er sich ihr in den Weg. Die Frau, die ihn nicht bemerkt hatte, rannte direkt in Jamie hinein und ließ beide Taschen fallen.

»Pass gefälligst auf, wo du hinläufst«, blaffte sie ihn lautstark an.

»Das tut mir so leid, Ma'am«, sagte Jamie, als er sich nach unten beugte, um der Frau dabei zu helfen, ihre Einkäufe einzusammeln. »Ich schätze, ich habe nicht richtig aufgepasst.«

»Pass das nächste Mal besser auf«, brüllte sie und sah Jamie zum ersten Mal richtig an. »Kinder wie du haben hier nichts zu suchen. Geh weg von mir.«

Sie schnappte sich ihre Taschen und ging schnellen Schrittes weiter. Die Leute vor ihr versuchten diesmal, der Frau auszuweichen, aber sie rempelte immer noch reichlich andere Passanten an. Jamie war es gewohnt, dass die Menschen so mit ihm sprachen, aber dieses Mal machte es ihm nichts aus.

Der Zusammenstoß und das Theater der Frau hatten genau das bewirkt, was er wollte. Unter all den Leuten, die sich umgedreht hatten, um zu sehen, was passiert war, war natürlich auch der Mann gewesen. Jamie sah in seine Richtung und ihre Blicke trafen sich.

Graham war sofort klar, dass der Junge den kleinen Unfall mit der Frau seinetwegen inszeniert hatte. Sie sahen sich einen Moment lang an, dann machte Graham einen Schritt auf Jamie zu. Der Junge tat es ihm gleich und machte ebenfalls einen Schritt. Keiner von ihnen wusste, wie es von hier aus weitergehen würde, aber beiden war von diesem Moment an klar, dass sich in der Zukunft einiges ändern würde. Graham wollte den Jungen nicht verängstigen, aber da er ihn jetzt endlich gefunden hatte, wollte er ihn auch nicht wieder aus den Augen verlieren. Gleichzeitig war ihm klar, dass der Junge in Panik geraten und weglaufen könnte, wenn er jetzt zu ihm eilte. Graham lächelte ihn freundlich an und machte einen weiteren Schritt.

Jamie beobachtete ihn misstrauisch und zögerte einen Moment, bevor auch er einen weiteren Schritt auf den Mann zu machte, den er erst ein paar Stunden zuvor kennengelernt hatte.

Als Graham sah, dass Jamie auf ihn zugegangen war, warf er alle Vorsicht über den Haufen und schloss die Lücke zwischen den beiden.

»Ich habe nicht geglaubt, dass ich dich wiedersehen würde«, sagte Graham. »Ich hatte nicht gedacht, dass du zurückkommst.«

»Das habe ich auch von Ihnen nicht erwartet«, antwortete Jamie. »Bisher ist noch nie jemand für mich zurückgekommen.«

»Es tut mir leid, dass ich so schnell verschwinden musste«, entschuldigte sich Graham noch einmal. »Ich habe mich den ganzen Tag schrecklich gefühlt, weil ich dich allein gelassen habe. Ich hatte aber keine Wahl. Mein Chef hätte mich umgebracht, wenn ich dieses Meeting verpasst hätte.«

»Das ist schon okay. Sie müssen Ihre Arbeit machen. Es ist ja nicht so, dass Sie mich kennen würden oder so.«

»Ich glaube, das würde ich aber gerne, wenn du es zulässt«, sagte Graham.

Sobald die Worte seinen Mund verlassen hatten, war er unsicher, ob er damit nicht einen Fehler gemacht hatte. Der Junge taxierte ihn vorsichtig. Er fand in Grahams Blick aber nichts als Sorge, also ließ er kleines Lächeln in seinem Gesicht aufleuchten.

»Ich muss kurz ins Büro, meine Sachen hochbringen und mit meinem Boss reden«, erklärte Graham und deutete auf das Bürogebäude, in dem er arbeitete. »Aber ich komme gleich wieder. Vielleicht können wir dann zusammen etwas zu Abend essen. Was hältst du davon?«

»Ich werde hier sein«, sagte Jamie.

Graham wandte sich um, aber nach zwei Schritten machte er noch einmal kehrt.

»Mein Name ist übrigens Graham«, sagte er. »Ich bin so froh, dass du zurückgekommen bist.«

Der Junge schenkte ihm ein weiteres, diesmal breiteres Lächeln.

»Jamie«, sagte er. »Mein Name ist Jamie.«

»Ich komme so schnell wie möglich wieder, Jamie«, sagte Graham und lächelte ebenfalls, bevor er sich umdrehte und zum Eingang des Bürogebäudes rannte.

Er nahm den Fahrstuhl in den zweiunddreißigsten Stock. Als er in den Spiegel sah, blickte ihn ein erleichtertes und deutlich besser gelauntes Spiegelbild an. Sobald der Fahrstuhl in seinem Stockwerk angekommen war, stieg er aus und lächelte der Empfangsdame kurz zu, bevor er schnellen Schrittes zu seinem Arbeitsplatz ging. Er musste den unterschriebenen Vertrag nur noch bei seinem Chef abliefern, dann konnte er gehen.

Graham legte seinen Aktenkoffer auf dem Schreibtisch ab, öffnete ihn und nahm den Vertrag heraus. Er überflog noch einmal die erste Seite, dann ging er zum Kopierer. Er machte sich für seine eigenen Unterlagen eine Kopie, dann ging er zum Büro seines Chefs. Die Tür stand offen und der Schreibtisch war leer, also wusste Graham, dass er nicht mehr im Haus war. Er legte den Vertrag auf den Tisch und nahm ein Blatt vom Zettelblock, um noch eine Notiz zu hinterlassen.

Er schrieb, dass er am Abend noch einen Bericht über die Besprechung verfassen und am Morgen bei ihm abliefern würde. Mit einer Büroklammer befestigte er die Notiz am Vertrag, dann ging er zurück an seinen Platz.

Dass sein Vorgesetzter nicht im Haus war, war ein echter Glücksfall. Er war kein schlechter Kerl, aber Graham wusste, dass er gerne redete. Was bei anderen fünf Minuten Zeit in Anspruch nahm, dauerte bei seinem Chef mindestens zwanzig Minuten. Im Normalfall störte Graham das nicht, aber nach allem, was er heute erlebt hatte, war er erleichtert, diese Unterhaltung verschieben zu können. Das Glück hatte ihm eine zweite Chance mit Jamie gegeben und er wollte es nicht vermasseln.

Er packte seine Sachen zusammen und anstatt den Weg zurückzugehen, den er gekommen war, verließ er das Büro über den Seitenausgang. Er musste nur kurz auf den Fahrstuhl warten, der ihn wieder ins Erdgeschoss brachte. Dieses Mal war er nicht so angespannt. Er war sich ziemlich sicher, dass Jamie auf ihn warten würde. Dennoch wollte er ihn nicht länger als unbedingt nötig warten lassen, also ging er schnellen Schrittes durch die Lobby und verließ das Gebäude. Als er sich umsah, entdeckte er den Jungen ziemlich schnell. Obwohl er sich sicher gewesen war, dass er da sein würde, zauberte ihm der Anblick ein Grinsen ins Gesicht.

»Entschuldige, dass es so lange gedauert hat«, sagte Graham, als er bei Jamie ankam. »Ich musste ein paar Unterlagen und eine Notiz

bei meinem Boss abliefern.«
»Ich habe mir keine Sorgen gemacht«, sagte Jamie und lächelte. »Dieses Mal wusste ich, dass Sie wiederkommen würden.«
»Es ist eigentlich ein bisschen früh, um Feierabend zu machen, aber für heute bin ich fertig. Möchtest du mit zu mir nach Hause kommen? Wir können etwas essen und vielleicht ein bisschen reden.«
Bei der Erwähnung von Grahams Zuhause betrachtete Jamie den Mann abermals mit misstrauischem Blick, aber Grahams Gesichtsausdruck sagte ihm, dass hinter dem Vorschlag kein Hintergedanke steckte. Anteilnahme war das Einzige, was er in Grahams Gesicht lesen konnte. Seinen Erfahrungen nach war das sehr seltsam und ungewöhnlich, aber er konnte einfach kein verborgenes Motiv im Verhalten des Mannes erkennen. Und er war stolz darauf, Männer gut einschätzen zu können.
»Ich schätze schon«, sagte er vorsichtig. »Wo wohnen Sie denn?«
»Ich habe ganz in der Nähe ein kleines Apartment, das ich unter der Woche nutze. Die Wochenenden verbringe ich aber auf Hornby Island. Ich habe dort ein kleines Haus und fliege hin und her, damit ich dort meine freien Tage verbringen kann.«
»Sie wohnen auf einer Insel?«, stieß Jamie überrascht aus.
»Ja, aber nicht ganz alleine«, versicherte Graham ihm. »Das sind noch eine Menge anderer Leute.«
»Wow! Warum machen Sie das? Ich meine, es muss ziemlich schwierig sein, in die Stadt zu kommen, wenn man so weit weg wohnt und so.«
»Wenn ich nicht arbeiten muss, bin ich gerne weg von all den Menschen und dem Lärm in der Stadt. Außerdem werde ich auch langsam älter und ich möchte meinen Ruhestand an einem schönen Ort verbringen.«
»Ich wünschte, ich könnte so einfach von allem weg«, sagte Jamie leise, aber nicht leise genug, dass Graham es nicht hören konnte.
»Um zu meinem Apartment zu kommen, müssen wir den Bus nehmen«, sagte Graham und tat so, als hätte er Jamies Bemerkung nicht gehört. »Ich hoffe, das ist okay für dich. Normalerweise mache ich mir nicht die Mühe, mit dem Auto zur Arbeit zu fahren.«
»Das ist okay, aber ich habe kein Geld für den Bus«, erklärte der Junge besorgt.
»Das macht nichts«, erwiderte Graham lächelnd. »Das übernehme ich für dich.«
Jamie nickte und ging gemeinsam mit Graham die Fußgängerbrücke entlang zur U-Bahn-Station. Dort nahmen sie einen Aufzug,

der sie auf die Straßenebene brachte, wo sich die Bushaltestelle befand. Graham griff in seine Manteltasche und zog einen Stapel Busfahrkarten heraus. Er riss zwei davon ab und reichte Jamie eine davon.

»Stecke sie einfach in den Automaten im Bus, wenn du einsteigst«, erklärte er dem Jungen.

»Danke, Mister«, antwortete dieser und nahm den Fahrschein entgegen.

Graham fühlte sich bei dieser Anrede etwas verlegen.

»Graham«, sagte er. »Nenn mich einfach Graham.«

»Ja, Sir ... äh ... Graham.«

Jamie fühlte sich ziemlich unbehaglich. Er konnte sich klar daran erinnern, wie er bei mehr als nur einer Gelegenheit von seinem Vater verprügelt worden war, weil er seine Manieren vergessen hatte. So hatte er es jedenfalls immer gesagt. Es war ein bisschen beängstigend, einen Mann, den er gerade erst kennengelernt hatte, mit Vornamen anzusprechen. Er hatte jedoch keine Zeit, um lange darüber nachzudenken, denn sobald sie die Haltestelle erreicht hatten, kam auch schon ein Bus.

Als sich die Türen öffneten und Jamie einstieg, sah ihn der Fahrer streng, fast schon abwertend an. Er wandte den Blick jedoch ab, als ihm der Junge den Fahrschein zeigte und sie kurz darauf in den Automaten zur Entwertung steckte. Graham stieg direkt nach Jamie ein und gemeinsam gingen sie bis in die Mitte des Busses, wo noch ein paar Sitzplätze frei waren.

»Es ist nur eine kurze Fahrt«, sagte Graham, als er sich setzte. »Nur ein paar Haltestellen.«

Unsicher, was er darauf antworten sollte, nickte Jamie nur. Er wusste, dass er auf dem Weg in ein unbekanntes Abenteuer war, aber er war sich noch nicht sicher, welche Art Abenteuer es sein würde. Er hoffte, dass es eines war, bei dem er noch am Leben sein würde, wenn es vorbei war. Da war allerdings das Mittagessen in der Mall gewesen und es hatte so geklungen, als würde eine weitere Mahlzeit auf ihn warten.

Schon seit Wochen hatte er nicht mehr so viel an einem einzigen Tag zu essen bekommen. Dieser Teil war offensichtlich gut. Genauso gut wusste er jedoch auch, dass irgendwann das Unvermeidliche passieren würde. Er würde für das Essen und die Freundlichkeit, die ihm entgegengebracht worden war, bezahlen müssen. So viel war klar. Er wusste, dass er diesem Teil des Deals nicht entkommen würde. Dennoch schien dieser Mann anders zu sein als all die anderen, denen er begegnet war. Vielleicht würde es nicht allzu schlimm werden. Jamie starrte aus dem Fenster zu den vorbeifahrenden Autos und den Geschäften, die an ihm vorbeizogen. Er versuchte, die Gedanken an das, was ihn später am Abend noch erwartete, aus seinem Kopf zu verbannen.

Graham beobachtete Jamie aus dem Augenwinkel, der tief in Gedanken versunken aus dem Fenster sah. Sein Gesicht war vollkommen ausdruckslos. Graham öffnete den Mund, um etwas zu sagen, entschied sich jedoch dagegen. Der Junge war offensichtlich nicht bei ihm im Bus, sondern in Gedanken ganz weit weg. Er überlegte stattdessen, wie es dazu gekommen war, dass Jamie auf der Straße lebte und um Geld betteln musste. Keine der Möglichkeiten, die ihm in den Sinn kamen, erschien ihm positiv.

Es dauerte nur ein paar Minuten, bis die automatische Stimme die Haltestelle ankündigte, an der sie aussteigen mussten. Graham berührte Jamie vorsichtig am Arm, der daraufhin zusammenzuckte und in die Realität zurückkehrte.

»Entschuldige«, sagte Graham. »Ich wollte dich nicht erschrecken, aber der nächste Halt ist unserer. Wir müssen aussteigen.«

Jamie schüttelte den Kopf. Es war, als müsste er sich erst einmal wieder daran erinnern, wo er war und was um ihn herum passierte.

Sobald der Bus angehalten hatte, erhob er sich von seinem Platz und folgte Graham gehorsam nach draußen. Er wandte sich um und sah dem Bus einen Moment lang nach, während dieser langsam davonfuhr. Als er wieder zu Graham sah, deutete der Mann in die Richtung, in die sie gehen mussten. Jamie nickte und setzte sich in Bewegung.

Während sie die Straße entlanggingen, beobachtete Graham den Jungen neben sich. Er versuchte, es unauffällig zu tun. Jamie brauchte eine ordentliche Dusche, das war nicht zu übersehen. Es musste lange her gewesen sein, seitdem er sich zuletzt hatte waschen können. Graham konnte es nicht nur sehen, sondern auch riechen. Nicht nur der Junge, auch seine Kleidung war schmutzig und stank unangenehm. Er würde dem Jungen anbieten, die Kleidung zu waschen, während er duschte. Irgendetwas sagte ihm aber, dass er seine Worte gut wählen sollte, wenn er es Jamie anbot, damit der Junge nicht auf komische Ideen kam. Graham musste sich eingestehen, dass ihm nicht wirklich bewusst war, worauf er sich hier einließ. Ihm war nur klar, dass er Jamie nicht einfach auf der Straße zurücklassen konnte. Erst recht nicht in der Kälte, die in den nächsten Tagen noch schlimmer werden würde. Er hatte nur vage Ideen im Kopf, was die Kinder auf der Straße tun mussten, um zu überleben, aber ihm war klar, dass alles, was er sich vorstellen konnte, vermutlich nur die Spitze des Eisberges sein würde. Wenn es sich vermeiden ließ, wollte er darüber im Moment aber auch nicht nachdenken. Er wollte nicht herausfinden, wie nah an der Realität seine Vermutungen und Gedanken wirklich waren. Graham wollte sich und auch den Jungen ablenken, also versuchte er, eine kleine Unterhaltung in Gang zu bringen.

»Also ...«, begann er und räusperte sich unbehaglich. »Wie alt bist du?«

»Zwölf«, antwortete Jamie, der den Blick auf den Boden gesenkt hielt, während er neben Graham lief.

»Bist du ...«, sagte Graham, stockte dann aber, als er realisierte, dass er nicht genau wusste, wie er die Frage formulieren sollte. »Bist du schon lange ... äh ... alleine?«

Jamie blickte zu ihm auf.

»Seit Anfang des Frühlings.«

Neun oder zehn Monate auf sich allein gestellt, dachte Graham überrascht. *Wie um alles in der Welt schafft es ein Kind, so lange zu überleben?*

In seinem Kopf ging er diverse Szenarien durch. Vielleicht war den Eltern des Jungen etwas zugestoßen und die Behörden hatten nicht die geringste Ahnung, dass etwas passiert war und Jamie Hilfe brauchte. Das musste es sein. Andere, viel düstere Erklärungen wollte sein Verstand einfach nicht zulassen.

»Es muss hart gewesen sein, deine Eltern zu verlieren«, fuhr er schließlich nach einer Weile fort.

»Verlieren?«, fragte Jamie verständnislos. »Wovon reden Sie?«

Graham bemerkte, dass er auf dünnem Eis ging.

»Ich habe gedacht, dass ihnen etwas Schlimmes passiert sein muss und dass du deshalb ganz alleine bist.«

»Denen ist überhaupt nichts passiert«, stieß Jamie wütend aus, bevor er leiser hinzufügte: »Leider.«

Graham wurde bewusst, dass er einen großen Fehler begangen hatte und er hoffte, den Schaden in Grenzen halten zu können.

»Es tut mir leid«, sagte er schnell. »Ich wollte dich nicht verärgern. Ich habe mich nur gefragt, ob das vielleicht der Grund ist, warum du auf der Straße lebst.«

Jamie sah ihn kurz an, senkte dann jedoch wieder den Blick, ohne etwas zu sagen.

»Ich würde gerne helfen, wenn ich kann«, sprach Graham weiter. »Wenn wir über das reden, was auch immer passiert ist, gibt es vielleicht eine Möglichkeit, um dir zu helfen.«

»Das bezweifle ich«, antwortete Jamie unverblümt, fast schon belustigt. »Niemand ist wirklich daran interessiert, jemals etwas in Ordnung zu bringen.«
Graham versuchte, die Unterhaltung mit einem Themenwechsel aufrechtzuerhalten.
»Es muss schwer sein, sich ohne Hilfe von anderen um sich selbst zu kümmern.«
»Ich komme klar.«
»Aber was, wenn du krank wirst oder so?«
»Dann werde ich eben krank«, antwortete Jamie gereizt.
Die Fragen nervten ihn. Graham hatte offenbar nicht die leiseste Ahnung, wie sein Leben funktionierte. Die Frage mit seinen Eltern war beinahe schon lächerlich gewesen. Wenn er sie denn bloß verlieren könnte. Dann wäre einiges besser und es würde all seine Probleme mit einem Mal lösen. Hier auf der Straße hatte Jamie wenigstens eine Wahl. Er konnte selbst entscheiden, mit wem er sich einließ und mit wem nicht. Es war besser, als keine Wahl zu haben.

Die unbehagliche Situation löste sich jedoch erst einmal auf, als sie Grahams Apartment erreichten. Es war eine wirklich winzige Wohnung im Erdgeschoss eines älteren Hauses in einer ruhigen Nebenstraße. Jamie war nicht beeindruckt. Es war wirklich nichts Besonderes. Aber es war ordentlich, warm und trocken. Jamie fragte sich jedoch sofort, ob Grahams Geschichte von einem Haus auf einer Insel nichts Anderes als ein Märchen war und dass dieses kleine Apartment der Ort war, an dem er lebte. Es spielte natürlich keine wirkliche Rolle. Es war wärmer als draußen und Jamie hatte schon Wohnungen gesehen, die weniger einladend waren. Für den Augenblick würde es auf jeden Fall reichen.

Graham schloss die Tür hinter ihnen, zog seine Jacke aus und hängte sie an einem Haken an der Innenseite der Tür auf. Als Nächstes zog er die Schuhe aus. Jamie, der den Mann ganz genau beobachtete, tat es ihm gleich. Zuerst nahm er seinen Rucksack von den Schultern, hielt ihn jedoch fest. Seine Jacke hängte er neben Grahams Jacke an einen freien Haken. Zu guter Letzt zog auch Jamie seine Schuhe aus und entblößte seine dreckigen Socken. Er folgte Grahams Blick auf seine Füße und war sofort verlegen.

»Es tut mir leid«, murmelte er und senkte verlegen den Blick. »Ich habe nicht oft die Möglichkeit, meine Wäsche zu waschen.«

»Das ist meine Schuld«, sagte Graham schnell, der sich unbehaglich dabei fühlte, den Jungen so in Verlegenheit zu bringen. »Ich hätte damit rechnen müssen. Warum gehst du nicht ins Badezimmer

und machst dich ein bisschen sauber? Du kannst deine Sachen vor die Tür legen und ich wasche sie für dich, während du duschst. Ich finde bestimmt etwas, das du anziehen kannst, während du auf deine Sachen wartest. So wird dir in der Zwischenzeit auch nicht kalt.«
»Danke, das wäre schön«, antwortete Jamie ohne Begeisterung.

Er wusste ganz genau, wie die Sache ablaufen würde und heute hieß es wohl, dass er arbeiten musste, bevor er etwas zu essen bekam. Nichtsdestotrotz war Jamie dankbar für die Möglichkeit, sich waschen zu können. Es passierte nicht oft, aber manche Männer, mit denen er mitgegangen war, wollten, dass er sauber war, bevor sie loslegen wollten. ›Das Huhn muss erst gewaschen werden, bevor man es kocht und serviert‹, hatte einer von ihnen gesagt und sich anschließend fast totgelacht. An diesen Tag erinnerte er sich jedoch nicht gerne zurück. Jamie hatte danach eine Woche lang nicht richtig laufen können.

»Wirf deine Sachen einfach vor die Tür, nachdem du sie ausgezogen hast«, schlug Graham vor, der keine Ahnung hatte, was in dem Jungen vorging. »Ich hole sie mir dann und werfe sie in die Waschmaschine.«

Jamie hatte solche Sätze so oft gehört, dass er es nicht mehr zählen konnte. Danach lief alles immer nach dem gleichen Muster ab. Aber da musste er durch, wenn er auf eine zweite Mahlzeit an diesem Tag hoffen wollte.

Jamie nickte und ging mit seinem Rucksack in der Hand ins Badezimmer. Sobald er die Tür hinter sich geschlossen hatte, legte er ihn auf den Boden und öffnete ihn. Alles, was er in seinen Hosentaschen hatte, wanderte in den Rucksack, bevor er sich schnell auszog. Zu seinen Habseligkeiten gehörten auch ein paar weitere Kleidungsstücke. Er legte sie sorgfältig auf die Sachen, die er gerade ausgezogen hatte. Seine Kleidung war in keinem besonders guten Zustand und das meiste hatte mehr als nur ein Loch zu bieten. Es war nicht viel, aber es war nun einmal alles, was er besaß. Es war besser als nichts.

Die Tatsache, dass er überhaupt noch am Leben war, konnte man unter den Umständen, mit denen er in seinem kurzen Leben zu kämpfen hatte, bereits als Erfolg bezeichnen. Er würde jedenfalls niemals aufgeben und er hoffte darauf, dass es eines Tages irgendwie besser werden würde. Er wusste natürlich nicht wann und schon gar nicht wie, aber wenn Jamie eines noch hatte, dann war es Hoffnung. Die meiste Zeit war es zugegebenermaßen eine schwache Hoffnung, aber Jamie war ein sturer Junge. Er würde sich nicht unterkriegen lassen und um jeden Preis durchhalten. Da konnte kommen, was wolle.

Jamie ging zur Badezimmertür und lauschte einen Moment. Er

konnte den Mann in dem anderen Zimmer hören. Leise öffnete er die Tür einen schmalen Spalt breit und spähte hindurch. Graham war in der Küchenzeile beschäftigt, die an das Wohnzimmer angeschlossen war. Jamie öffnete die Tür ein Stück weiter, schnappte seine Kleidung und legte sie vor die Tür, bevor er sie schnell wieder schloss. Er sah sich einen Moment lang um, dann ging er zu dem kleinen Schrank unter dem Waschbecken. Er öffnete ihn und legte seinen Rucksack hinein, damit man ihn auf den ersten Blick nicht sehen konnte, wenn man ins Badezimmer kam. Er sah noch einmal kurz zur Badezimmertür, bevor er in die Dusche stieg und den Vorhang zuzog.

* * *

Das Rauschen des Wassers in der Dusche lenkte Grahams Aufmerksamkeit zum Badezimmer. Vor der Tür lag ein kleiner Kleidungshaufen, den er aufsammelte und in seine kleine Waschküche trug. Er warf die Wäsche in die Maschine und schüttete eine doppelte Ladung Waschmittel dazu, bevor er die Maschine schloss und einschaltete. Er war sich nicht sicher, ob die Sachen wirklich sauber werden würden, aber sauberer als vorher sollten sie auf jeden Fall sein, wenn sie fertig waren.

Sobald die Maschine leise summte, ging Graham in den Wohnbereich seines Apartments zurück und warf einen Blick in seine Kleiderschränke. Er war sich sicher, ein paar Sachen zu finden, die ihm zu klein waren und die Jamie zumindest für eine Weile tragen konnte, bis seine eigene Kleidung sauber und getrocknet war. Er zog eine alte Jogginghose und ein T-Shirt hervor. Er wusste, dass dem Jungen beides viel zu groß sein würde, aber die Jogginghose hatte eine Kordel, sodass Jamie die Hose eng genug machen konnte, dass sie nicht von seinen Hüften rutschte. Unterwäsche würde er keine finden, mit der Jamie etwas anfangen konnte, aber er fand ein Paar warme Socken, die helfen würden.

Er legte die Sachen vor die geschlossene Badezimmertür und wartete eine Weile, bis das Wasser abgestellt wurde.

»Ich habe etwas zum Anziehen vor die Tür gelegt«, rief Graham durch die Tür, nachdem er gehört hatte, wie der Vorhang zurückgezogen wurde. »Deine Sachen sind in der Wäsche und brauchen noch eine Weile.«

»Okay, danke«, hörte Graham gedämpft als Antwort.

Er ging ins Wohnzimmer, setzte sich einen Moment auf die Couch und wartete. Die Waschmaschine piepte und verkündete, dass sie fertig war, bevor Jamie aus dem Badezimmer kam. Er ging in die

Waschküche zurück und holte die Wäsche heraus. Er begutachtete sie kurz, bevor er sie in den Wäschetrockner legte. Die Sachen waren weder richtig sauber geworden, noch wirkten sie besonders frisch.

* * *

Nachdem er sich abgetrocknet hatte, saß Jamie auf dem geschlossenen Toilettendeckel und starrte die Wand an. Graham schien ihn immer wieder zu überraschen. Er hatte gewusst, wie es laufen würde, aber seine Erwartungen waren nicht erfüllt worden. Er wusste, dass normalerweise von ihm erwartet wurde, mit einem Handtuch um die Hüften aus dem Badezimmer zu kommen und dann würden die Geschehnisse ihren Lauf nehmen. Jamie erinnerte sich aber selbst daran, dass er noch nicht einmal gesehen hatte, was Graham für ihn geplant hatte. Soweit Jamie wusste, konnte es genauso gut sein, dass der Mann auf total verrückten Kram stand und dass vor der Tür eine große Überraschung auf ihn wartete. Vielleicht lagen da draußen Windeln oder auch Mädchensachen. Wer konnte das schon wissen? Was immer es sein würde, Jamie war dazu bereit, den Preis für die Dusche und das Essen zu bezahlen. Er nahm noch einmal das flauschige Badetuch und trocknete sich noch ein bisschen sorgfältiger ab, bevor er es um seine schmalen Hüften schlang. Erst dann öffnete er die Badezimmertür wieder einen Spalt breit und spähte nach draußen. Von Graham war weit und breit nichts zu sehen. Als er den Blick senkte, entdeckte er die versprochene Kleidung. Verblüfft sah er die Jogginghose, das T-Shirt und die Socken einen Moment lang an, bevor er die Tür weiter öffnete und die Sachen aufhob. Er schloss die Tür wieder, legte die Sachen auf den Toilettendeckel und starrte sie noch einmal an, als würden sie sich jeden Moment in etwas anderes verwandeln. Er konnte es nicht glauben und war völlig verwirrt von dem, was hier passierte. Oder vielmehr von dem, was hier *nicht* passierte. Alles, was er an diesem Tag mit Graham erlebt hatte, entsprach nicht den ihm bekannten Mustern. Mit ihnen hatte er umzugehen gelernt, ganz gleich wie unangenehm es war. Doch das hier ergab für ihn einfach keinen Sinn. Jamie wusste genau, was von ihm erwartet wurde und er hatte immer seine Rolle gespielt. Doch in diesem Fall lief es keineswegs so, wie er es erwartet hatte. Das machte ihm fast schon ein bisschen Angst. Warum sollte Graham ihm Kleidung geben, wenn Jamie ganz genau wusste, dass er sie in ein paar Minuten wieder würde ausziehen müssen?

Trotz seiner Verwirrung zog Jamie die Sachen an. Natürlich passten sie nicht, aber das machte ihm nichts aus. In das T-Shirt hätte er sicherlich auch vier Mal gepasst, aber immerhin konnte er die Hose so eng machen, dass er sie nicht festhalten musste und die warmen Socken fühlten sich an seinen Füßen großartig an.

Während er sich im Spiegel betrachtete, überlegte er, welche Rolle Graham ihm für diesen Abend zugedacht hatte und er dachte darüber nach, wie er sie überzeugend und vor allem zufriedenstellend spielen sollte. Die Sachen waren jedenfalls in Ordnung – viel besser, als Jamie erwartet hatte. Jedenfalls so lange, bis er sie wieder loswerden musste.

Der Junge, der ihn aus dem Spiegel anstarrte, sah ganz anders aus als der Jamie, der er noch wenige Minuten zuvor gewesen war. Der Dreck war verschwunden. Der Nachteil war jedoch, dass man die Blutergüsse und Male an seinem Gesicht und am Hals deutlich besser sehen konnte als zuvor. Ein paar der Verletzungen waren frisch, gerade mal ein paar Tage alt. Andere waren jedoch verblasst und deutlich älter. Trotz allem war er zufrieden mit dem, was er sah.

Jamie öffnete den Schrank unter dem Waschbecken und holte seinen Rucksack wieder hervor. Er schlang einen Moment lang seine Arme darum und versuchte, sich geistig darauf vorzubereiten, was ihn erwartete. Als er sich sicher war, auf alles vorbereitet zu sein, wandte er sich der Tür zu und atmete noch einmal tief durch. Er wusste, dass er jetzt für das Essen und die Dusche würde bezahlen müssen und er hoffte darauf, sich eine weitere Mahlzeit und vielleicht auch ein warmes Bett für die Nacht verdienen zu können. Er wusste, dass er nicht länger warten konnte. Während er die Tür öffnete, fragte er sich, wie Graham wohl zu ihm sein würde. Er schien ein netter Mann zu sein, aber es war manchmal schwer zu sagen. Seiner Erfahrung nach konnte sich der liebste Mann dramatisch verwandeln, wenn man einmal mit ihnen alleine war. Manche wurden zu unberechenbaren Tieren. Er fragte sich, ob Graham genauso sein würde. Auf der anderen Seite hatte er auch das genaue Gegenteil kennengelernt. Die härtesten Typen konnten sich genauso gut als zärtliche und vorsichtige Männer herausstellen. Es war nicht oft passiert, aber es hatte ihn jedes Mal überrascht. Man konnte es einfach nicht im Voraus sagen, aber Graham schien kein Monster in sich zu verbergen. Was auch immer passieren würde, Jamie würde es akzeptieren und hinnehmen.

Kapitel 4:
Brutale Realität

Graham saß im Wohnbereich seines Apartments auf der Couch und wartete mit einem beklemmenden Gefühl im Bauch darauf, dass Jamie aus dem Badezimmer kam. Er hatte gehört, wie die Dusche abgestellt wurde und während er in der Waschküche war, um die Wäsche des Jungen aus der Maschine zu holen und in den Trockner zu legen, hatte er auch mitbekommen, wie die Badezimmertür geöffnet und kurz darauf wieder geschlossen worden war. Graham wusste somit, dass der Junge die Kleidung geholt hatte, die er vor der Badezimmertür bereitgelegt hatte. Jamie würde jeden Moment aus dem Bad kommen und Graham hatte keinen blassen Schimmer, was er zu dem Jungen sagen sollte. Ihm war jedoch klar, dass er schnell Jamies Vertrauen gewinnen musste, wenn er die Möglichkeit bekommen wollte, ihm irgendwie zu helfen. In seinen Gedanken ging er noch einmal durch, was er wusste – oder zumindest zu wissen glaubte. Der Junge hatte kein gutes Zuhause, aus dem er weggelaufen war. So viel war offensichtlich. Das hatte Jamie ihm mit dem wenigen, was er gesagt hatte, bereits zu verstehen gegeben und der Zustand seiner Kleidung bestätigte dies. Die große Frage war nun, warum genau er auf der Straße lebte und Graham war sich nicht sicher, ob er wirklich alle Details wissen wollte. Er hatte eine vage Vorstellung, was der Junge hatte tun müssen, um auf sich allein gestellt zu überleben, aber darüber wollte er lieber nicht so genau nachdenken. Er war so in seine Überlegungen vertieft, dass er tatsächlich ein bisschen zusammenzuckte, als die Badezimmertür schließlich geöffnet wurde. Graham blickte auf und sah, wie der Junge langsam auf ihn zuging. Er hatte seinen alten, ramponierten Rucksack an die Brust gedrückt, als könnte ihn dieser irgendwie beschützen. Der Dreck aus seinem Gesicht war verschwunden und Graham erkannte einen Ausdruck von Resignation und Angst in seinen blauen Augen. Trotz der Male im Gesicht und am Hals konnte Graham nicht umhin zu erkennen, dass Jamie ein wirklich hübscher Junge war.

»Warum setzt du dich nicht zu mir aufs Sofa?«, schlug er schließlich vor.

Jamie ging an ihm vorbei und setzte sich an das andere Ende der Couch, so weit von Graham entfernt, wie es möglich war, ohne auf der Lehne zu sitzen. Er umklammerte seinen Rucksack weiter und beäugte den Mann neben sich misstrauisch. Das T-Shirt, das der Junge trug, war viel zu groß für ihn. Durch den großen Halsausschnitt konnte Graham auch einen Teil seiner Brust sehen. Als er einen dunklen Fleck entdeckte, kam ihm der Gedanke, dass Jamie die Seife wohl doch nicht so gründlich benutzt hatte, wie er es hätte tun sollen.

»Ich glaube, du hast da eine kleine Stelle vergessen«, scherzte er und deutete auf den Punkt, etwa auf Höhe von Jamies Schlüsselbein.

»Wovon reden Sie?«, fragte der Junge verständnislos.

»Ich sehe da noch ein bisschen Dreck an deiner Brust«, gluckste Graham. »Ich glaube, die Stelle hast du mit der Seife verfehlt.«

»Oh«, murmelte der Junge und blickte an sich herab. »Das ... das ist kein Dreck.«

Graham lief ein kalter Schauer über den Rücken, als ihm bewusst wurde, dass es eine ältere, inzwischen verblasste Verletzung war.

»Darf ich?«, fragte er vorsichtig.

Jamie nickte und Graham rutschte ein kleines Stück an den Jungen heran. Vorsichtig zog er den Kragen des T-Shirts weiter herunter. Was er sah, ließ ihn die Luft anhalten. Jamie drehte sich ein bisschen, sodass er auch den Rücken sehen konnte. Er wollte nicht glauben, was er da sah. Graham schloss die Augen, aber als er sie wieder öffnete, waren die verblassten Striemen, die den gesamten Oberkörper des Jungen überzogen, immer noch da. Sie waren offensichtlich nicht frisch und schon länger verheilt. Dennoch waren sie deutlich zu sehen. Graham wurde übel und er musste mehrmals schlucken, bevor er den Mund öffnete, um etwas zu sagen. Seine Lippen bewegten sich, aber seine Stimme versagte. Er musste sich räuspern, bevor er endlich sprechen konnte.

»Wer hat dir das angetan?«, fragte er zärtlich, als er das T-Shirt losließ.

»Mein Vater«, flüsterte Jamie kaum hörbar.

»Dein Vater?«, stieß Graham entsetzt aus und Jamie zuckte erschrocken zusammen. »Wie kann jemand einem anderen Menschen bloß so etwas antun? Vor allem, seinem eigenen Sohn? So etwas ist unentschuldbar. Warum hat er das getan?«

»Manchmal habe ich ... äh ... nicht das gemacht, was sie wollten und ...«, stammelte Jamie leise, bevor er verstummte.

»Entschuldige bitte«, sagte Graham freundlich. »Ich wollte dich nicht in Verlegenheit bringen und ich möchte auch nicht, dass du dich unwohl fühlst. Aber wenn du mir sagen kannst, was passiert ist, kann ich dir vielleicht helfen.«

»Das ist eine lange Geschichte«, erwiderte Jamie, ohne Graham direkt anzusehen.

»Für dich habe ich alle Zeit der Welt.«

Jamie sah zu ihm auf. Einen Moment versuchte er abzuschätzen, ob Graham es ehrlich meinte. Als er nichts als Sorge in den Augen des Mannes finden konnte, lächelte er schüchtern. Einen Moment sahen sie sich an, dann räusperte sich der Junge und begann zu erzählen, wie es ihm zuhause ergangen war. Graham wurde weiß wie eine Wand, während er sich die Erzählung anhörte. Jamie beschrieb, wie er von seinem Vater misshandelt und missbraucht wurde, wie seine Mutter es nicht nur geduldet, sondern sogar dabei geholfen hatte und wie seine Eltern zugelassen hatten, dass sich auch andere, fremde Männer an ihm vergingen.

»Nach einer Weile fing ich an, von zuhause wegzulaufen«, erklärte Jamie mit einer fast ausdruckslosen und sachlichen Stimme. »Was sie mit mir gemacht haben ... Es hat einfach so wehgetan, dass ich es manchmal nicht mehr ausgehalten habe. Ich hatte einen Freund und manchmal habe ich mich bei ihm verstecken können. Er hat mich abends in sein Zimmer geschmuggelt und mich dort bei sich schlafen lassen. Wenn es möglich war, hat er mir auch etwas zu essen aus der Küche gebracht. Er war der einzige Mensch auf der ganzen Welt, dem ich jemals etwas bedeutet habe. Andere Male habe ich mich in der Stadt versteckt, aber es ist immer etwas schiefgelaufen. Entweder die Polizei oder die Leute von der Kinderfürsorge haben mich immer gefunden und wieder nach Hause gebracht. Ich habe versucht, ihnen zu erzählen, was dort vor sich ging, aber keiner wollte mir glauben. Wenn sie mich erst mal nach Hause gebracht haben und mein Vater mit mir fertig war, war ich eine ganze Zeit nicht einmal dazu in der Lage, auch nur daran zu denken, erneut wegzulaufen.«

Graham saß mit offenem Mund da und hörte sich die Geschichte des Jungen an, die aus ihm heraussprudelte. Er erzählte, wie er immer und immer wieder weggelaufen war, nur um wieder nach Hause gebracht und von Neuem misshandelt zu werden. Immer, wenn das passierte, hatte der Junge gerade lange genug gewartet, bis er einen weiteren Versuch unternehmen konnte, aus dieser Hölle zu entkommen. Graham glaubte jedes Wort, das Jamie sagte. Niemand konnte sich eine solche Geschichte ausdenken. Und er lernte, dass die Polizei und die Behörden, die eigentlich dazu da waren, um Kinder vor so etwas zu schützen, genau das Gegenteil taten und sie zurückschickten, damit das Martyrium von vorne beginnen konnte. Graham konnte sich nicht vorstellen, wie jemand so etwas aushalten und überleben konnte, aber der Junge, der neben ihm saß, war der lebende Beweis dafür, dass es scheinbar möglich war. Sprachlos starrte er den Jungen an, der ihn mit einem kalten Blick bedachte.

»Aber jetzt bin ich besser und stärker«, sagte Jamie. »Jetzt kann ich es aushalten. Alles, was Sie wollen. Ich werde Sie nicht enttäuschen. Ich kann alles machen, ganz gleich, was Sie wollen.«

Es dauerte eine Weile, bis Graham die Bedeutung der Worte begriff. Graham rutschte auf dem Sofa näher an den Jungen heran, um ihn zu umarmen und zu trösten, aber als er die Arme ausstreckte und die Angst in Jamies Augen sah, hielt er inne. Er senkte seine Arme wieder und nahm stattdessen eine von Jamies Händen in die seine. Dabei blickte er dem Jungen tief in die Augen.

»Niemand wird dir jemals wieder wehtun, Jamie«, sagte er tröstend. »Du wirst nie wieder dergleichen tun müssen, um überleben zu können. Diese Tage sind vorbei, das verspreche ich dir.«

Jamie saß steif wie ein Brett an seinem Platz und starrte den Mann an. Als er jedoch keine Bedrohung im Verhalten des Mannes erkennen konnte, entspannte er sich ein wenig. Graham lächelte sanft und hielt die Hand des Jungen weiter fest. Der Junge sah ihn an und plötzlich füllten sich seine Augen mit Tränen. Einen Augenblick später begann Jamie bitterlich zu weinen. Graham versuchte, den Jungen nicht zu erschrecken, als er einen Arm hob und ihn vorsichtig um Jamies Schultern legte, um ihn zu trösten. Als dieser sich nicht wehrte, zog Graham ihn leicht an sich heran und Jamie legte den Kopf an seine Schulter. Es dauerte eine ganze Weile, bis sich der Junge so weit beruhigt hatte, dass er aufblicken konnte. Er sah Graham einen Moment lang mit roten Augen an.

»Aber wenn ich es nicht mache ...«, schluchzte er. »Wie soll ich dann etwas zu essen bekommen?«

Graham ließ Jamies Hand los, die er noch immer gehalten hatte. Er lächelte den Jungen sanft an und wischte ihm die Tränen von den Wangen.

»Du wirst dir nie wieder auf diese Weise eine Mahlzeit oder einen Platz zum Schlafen verdienen müssen«, sagte Graham und war selbst davon überrascht, dass er ein solches Versprechen abgab. »Ich werde nicht zulassen, dass du so etwas noch einmal machen musst. Das garantiere ich dir. Nie wieder.«

Der Damm brach von Neuem und Jamie schlang seine Arme um Grahams Hals, während er weinte. Graham hatte den Eindruck, dass all die Tränen, die der Junge jahrelang zurückgehalten hatte, auf einmal aus ihm herauskamen. Zwischen den Schluchzern sprach Jamie weiter. Vieles von dem, was er auf der Straße erlebt hatte, kam einfach so aus ihm heraus, sodass Graham einen deutlichen Überblick darüber bekam, was Jamie hatte durchmachen müssen. Er erzählte, wie die Jungs, die er kannte, auf Drogen oder Alkohol zurückgriffen, um sich zu betäuben und um Dinge zu vergessen, an die man sich nicht erinnern wollte. Graham hörte, wie Jamie von Jungs berichtete, die sich absichtlich mit einer Überdosis selbst das Leben genommen hatten, weil sie es einfach nicht mehr aushielten. Andere waren mit Männern, die ihnen eine Mahlzeit und einen Platz zum Schlafen versprochen hatten, mitgegangen und nie wieder zurückgekehrt. Während Graham Jamie weiter im Arm hielt, erzählte der Junge von seinem letzten misslungenen Fluchtversuch und wie er wieder einmal von den Sozialarbeitern nach Hause gebracht worden war. Er hatte versucht, der Frau zu erzählen, was mit ihm zuhause geschah, aber all das war als Einbildung und blühende Fantasie abgetan worden. Sobald er wieder mit seinen Eltern alleine war, hatte er einen hohen Preis dafür bezahlen müssen.

»Sie haben mir immer wieder gesagt, dass ich nur ein Unfall war«, erzählte Jamie. »Und dass ich für mein Essen und meine Unterkunft bezahlen musste. Sie sagten, es wäre das Einzige, wozu ich nützlich wäre und dass ich niemals etwas Anderes können würde.«

»Sie haben gelogen, Jamie«, sagte Graham und streichelte Jamies Rücken. »Du kannst alles tun und alles sein, was du möchtest. Sie hatten kein Recht dazu, dich zu dem zu zwingen, was du tun musstest.«

»Nach einer Weile habe ich mich daran gewöhnt, es zu hören«, erklärte Jamie resigniert. »Ich habe mir so oft gewünscht, nie geboren worden zu sein, aber was soll ich machen? So schlimm es auf der Straße auch ist, es ist besser als das, was ich zuhause hatte.«

Die Tränen hatten langsam nachgelassen und nach einer Weile hatte Graham den Eindruck, dass keine mehr übrig waren. Sobald sich Jamie wieder beruhigt hatte, löste er sich aus Grahams Umarmung und zog sich von dem Mann zurück. Graham zog ein Stofftaschentuch aus der Hosentasche und reichte es dem Jungen, der sich die Augen trocknete und die Nase putzte. Als er fertig war, versuchte er, Graham das Taschentuch zurückzugeben, aber der hob abwehrend die Hand.

»Ich schätze, Sie wollen es jetzt nicht mehr zurückhaben«, sagte Jamie und lächelte schüchtern.

»Du kannst es behalten«, sagte Graham grinsend. »Ich kann mir jederzeit einfach ein frisches aus dem Schrank holen und das können wir später waschen.«

Jamie lächelte. Der Tag hatte sich ganz und gar nicht so entwickelt, wie er es erwartet hatte. Graham hatte nicht nur keinen Annäherungsversuch unternommen, auch seine Tränen schienen den Mann nicht abzuschrecken. Ganz im Gegenteil. Noch mehr war Jamie aber von sich selbst überrascht. Er war gut darin, seine Emotionen für sich zu behalten. Es sah ihm gar nicht ähnlich, sich und seine Gefühlswelt so zu offenbaren. Was war an diesem Mann so besonders, das ihn derart unachtsam hatte werden lassen? Nicht, dass er es bereute. Aber er verstand es nicht. Er wusste nicht, woher das Gefühl kam und er wusste auch nicht, wie er es genau bezeichnen sollte.

Als Graham einfiel, dass Jamies Sachen noch im Wäschetrockner waren, entschuldigte er sich und stand auf. Jamie nickte und sah dem Mann nach, der in die Waschküche ging. Graham öffnete die Tür des Trockners, schloss sie aber wieder, als er feststellte, dass die Kleidung noch immer feucht war. Er startete den Trockner erneut, sah auf die Uhr und machte sich eine geistige Notiz, in zwanzig Minuten noch einmal nach der Wäsche zu sehen. Sobald die Maschine wieder lief, ging Graham in den Wohnbereich zurück. Jamie saß nicht mehr auf der Couch, aber er entspannte sich, als er einen Augenblick später das Wasser im Badezimmer hörte. Kurz danach konnte er auch hören, wie sich der Junge abermals die Nase putzte. Als er wieder aus dem Bad kam, sah Jamie wesentlich besser aus als noch wenige Minuten zuvor.

»Das alles tut mir wirklich leid«, sagte Jamie verlegen. »Jetzt bin ich wieder okay.«

»Deine Sachen sind noch nicht ganz trocken«, erklärte Graham. »Wir müssen dem Trockner noch ein bisschen Zeit geben.«

»Ich schätze, ich sollte das jetzt ausziehen, oder?«, fragte Jamie und griff nach dem Bund des T-Shirts.

»Nein, warte einfach, bis deine Sachen trocken sind«, antwortete Graham.

Ihm war sofort klar, dass Jamie ihn testete.

»Es ist wirklich okay«, sagte der Junge und begann, das T-Shirt langsam hochzuziehen, während er Graham aufmerksam beobachtete. »Ich komme damit klar.«

»Nein!«, sagte Graham mit Nachdruck, während er wieder auf der Couch Platz nahm. »Warum setzt du dich nicht wieder?«

Jamie entspannte sich, kam zum Sofa und ließ sich darauf fallen. Er saß wieder auf der anderen Seite der Couch, kauerte aber nicht mehr so ängstlich in der Ecke wie zuvor. Die Dinge nahmen nicht den erwarteten Lauf. Nicht, dass Jamie sich beschweren wollte, aber das Fehlen der üblichen Muster machte ihn unsicher. Er wusste nicht, wie er damit umgehen sollte. Er war noch nicht dazu bereit, Grahams Worte wirklich zu glauben. Die Versprechen hatten schön geklungen, aber er wusste nur zu genau, wie leicht es war, sie wieder zu brechen. Es war schwer zu glauben, dass Graham so ganz anders war als all die anderen Männer, mit denen er es zu tun gehabt hatte. Nichtsdestotrotz wollte er die Möglichkeit nicht kategorisch ausschließen. Die Chancen waren marginal, aber eine winzige Chance war besser als keine. Er beschloss, dass er den Mann weiter testen musste, um herauszufinden, ob das Bild, das Graham abgab, nur eine Fassade war oder nicht.

»Ich weiß nicht, wie es dir geht ...«, riss Graham den Jungen aus seinen Gedanken. »... aber ich bin am Verhungern. Hättest du Lust, irgendwo hinzugehen und mit mir zu Abend zu essen? Wir könnten uns unterhalten und uns vielleicht ein bisschen besser kennenlernen. Das Sofa kann man übrigens auch ausziehen, sodass du heute Nacht hier schlafen kannst, wenn du möchtest. Wenn man der Wettervorhersage glauben darf, soll es heute Nacht schneien und ziemlich kalt werden.«

Jamie dachte einen Moment darüber nach. Jetzt war er sich ziemlich sicher, dass es danach passieren würde. Er beschloss jedoch, ein Abendessen und ein warmer Platz zum Schlafen würden es wert sein.

»Danke, das wäre toll«, sagte er schließlich.

»Du hattest die Gelegenheit, dich zu waschen, ich aber nicht. Wie wäre es, wenn du eine Weile fernsiehst, während ich schnell dusche? Wenn ich fertig bin, sollten auch deine Sachen trocken sein und wir können losziehen und etwas essen.«

Graham sah sich kurz um, nahm die Fernbedienung für den Fernseher und reichte sie Jamie. Einen Moment fragte er sich, ob er dem Jungen erklären musste, wie sie funktionierte, aber ein paar Sekunden später war der Fernseher auch schon eingeschaltet und Jamie zappte wie ein Profi durch die Sender. Zufrieden ging Graham ins Badezimmer. Einerseits wollte er sich wirklich etwas frisch machen, andererseits brauchte er aber auch ein bisschen Ruhe und vor allem Zeit, um das, was Jamie ihm erzählt hatte, zu verarbeiten und darüber nachzudenken. Er war sich noch immer nicht sicher, worauf er sich einließ, aber er war aufrichtig gewesen, als er Jamie gesagt hatte, er würde nicht zulassen, dass dem Jungen noch einmal jemand wehtut. Graham schüttelte den Kopf, zog sich aus und stieg unter die

Dusche. Was konnte er tun? Er hatte keinerlei Erfahrung mit Kindern, kannte ihre Bedürfnisse nicht und wusste auch nicht, wie man sich um sie kümmert. Einen kurzen Moment überlegte Graham, ob er die Polizei oder die Kinderfürsorge anrufen sollte, verwarf diesen Gedanken aber sofort wieder. Die Gefahr, dass Jamie ohne jede Untersuchung einfach wieder zu seinen Eltern geschickt wurde, war viel zu groß. Das konnte und wollte er nicht riskieren. Während er darüber nachdachte, was er tun sollte, spürte er einen kühlen Luftzug. Einen Moment später hörte er Jamies Stimme.

»Möchten Sie, dass ich Ihnen helfe?«, fragte der Junge von der anderen Seite des Duschvorhangs.

»Nein, ich komme zurecht«, sagte er schnell. »Geh du wieder fernsehen.«

Einen Moment später wurde die Badezimmertür wieder geschlossen. Graham seufzte erleichtert, konnte sich aber ein Grinsen nicht verkneifen. Jamie schien ziemlich hartnäckig zu sein und er war sich sicher, einen weiteren Test des Jungen bestanden zu haben. Er kannte sich kein bisschen mit Psychologie aus, aber unter den Umständen war es vermutlich zu erwarten und es würde sicher auch nicht das letzte Mal gewesen sein, dass Jamie ihn auf die Probe stellte.

Graham beendete seine Dusche ohne weitere Hilfsangebote, worüber er froh war. Nach dem Abtrocknen schlang er das Badetuch um seine Hüften, beschloss dann aber, dass es keine gute Idee war. Er schlüpfte noch einmal in die bereits getragenen Sachen, bevor er das Badezimmer verließ und sich frische Sachen aus dem Schrank holte. Dann ging er ins Bad zurück und zog sich um. Sobald er fertig war, ging er in die Waschküche und sah nach Jamies Sachen. Zufrieden stellte er fest, dass sie trocken waren, aber als er sie betrachtete, wusste er, dass man über das Thema Kleidung noch einmal würde nachdenken müssen. Jamies Sachen waren es kaum wert, noch einmal angezogen zu werden, aber der Junge hatte nichts Anderes. Für den Augenblick mussten sie reichen. Graham legte sie schnell zusammen, dann ging er damit in den Wohnbereich zurück und reichte sie Jamie.

»Vielen, vielen Dank«, sagte dieser, als er seine Sachen entgegennahm.

Graham lächelte verlegen. Es war schwer zu begreifen, dass der Junge für so etwas Einfaches wie das Wäschewaschen so dankbar war. Graham deutete auf das Badezimmer und Jamie verschwand mit seinen Sachen darin, um sich umzuziehen. Graham entging nicht, dass Jamie seinen Rucksack immer dabei hatte und ihn nicht aus seiner Reichweite ließ. Auch ins Badezimmer nahm er ihn mit, als hätte er

Angst, dass er verschwunden sein konnte, wenn er zurückkam.
Es dauerte nur ein paar Minuten, bis die Badezimmertür wieder aufging und Jamie herauskam. Der Junge strahlte regelrecht.

»Sie sind noch warm«, verkündete er und strich sich mit den Händen über sein Shirt. »Das fühlt sich viel besser an als vorher.«

»Was würdest du von einem Abendessen halten?«, fragte Graham.

»Das wäre wirklich toll. Aber ... äh ... ich habe kein Geld, um dafür zu bezahlen.«

»Mach dir deswegen keine Sorgen«, sagte Graham. »Das geht auf mich.«

Graham nahm seine Jacke vom Haken und schlüpfte hinein. Als Jamie seine eigene Jacke nahm, bemerkte Graham abermals, dass sie nicht besonders warm sein konnte. Da er wusste, wie kalt es draußen war, ging er zu seinem Schrank und warf einen Blick hinein. Da er in seiner kleinen Wohnung nur während der Woche wohnte, war seine Kleidungsauswahl ziemlich eingeschränkt, aber er hatte sich an eine Lederjacke erinnert, die er vor einigen Jahren bei einer Messe geschenkt bekommen hatte. Sie war inzwischen ein bisschen alt, aber kaum getragen. Selbst als er noch jünger gewesen war und einige Pfunde weniger auf den Hüften gehabt hatte, war die Jacke ziemlich eng gewesen. Für Jamie würde sie zu groß sein, aber nicht so sehr wie das T-Shirt von Graham, das er getragen hatte.

»Wenn es dir nichts ausmacht, für eine Computerfirma Werbung zu machen, kannst du die gerne anprobieren«, sagte Graham und bot Jamie die Jacke an.

»Eine Lederjacke?«, fragte Jamie überrascht. »Sind Sie sich sicher? Darf ich wirklich?«

»Erst einmal, lass doch bitte das Sie, okay? Du kannst ruhig du sagen. Und zweitens: Natürlich darfst du. Es ist viel zu kalt da draußen und ich möchte nicht, dass du krank wirst.«

»Wow«, murmelte Jamie, schlüpfte in die Jacke und zog den Reißverschluss zu, bevor er seinen Rucksack schulterte. »Das ist ziemlich warm.«

Die Jacke war zu groß, aber nicht so groß, dass sie an dem Jungen grotesk wirkte. Graham klopfte sich gedanklich auf die Schultern, weil er daran gedacht hatte.

Jamie ging zum Schrank und bewunderte sich einen Moment lang im Spiegel. Er hatte noch nie eine Lederjacke angehabt und auch noch nie eine so neue Jacke besessen. Über Kleidung hatten sich seine Eltern nie große Gedanken gemacht und wenn er etwas Neues bekommen hatte, kamen die Sachen aus Trödelläden und waren kaum besser als seine alten. Mit jedem Moment gab Graham dem Jungen mit seiner Art und Großzügigkeit neue Rätsel auf. Jamie hatte sich dem Mann mehrere Male offen angeboten und Graham hatte jedes Mal entschlossen abgelehnt. Jamie beschloss, dass es besser war, sich nicht zu beschweren und auch nicht zu viele Fragen zu stellen. Der Zeitpunkt, an dem er die Rechnung präsentiert bekam, würde schon noch früh genug kommen. Es wäre das Beste, das Glück einfach zu genießen, solange es anhielt.

»Damit siehst du viel besser aus«, bemerkte Graham fröhlich.

»Ja, viel besser«, stimmte Jamie ebenso gut gelaunt ein. »Vielen, vielen Dank.«

Er verstummte jedoch und betrachtete sich noch einen Moment im Spiegel, bevor er sich wieder an Graham wandte.

»Sie ... äh ... Du weißt aber schon, dass du so etwas nicht für mich tun musst?«

»Ich muss vielleicht nicht, aber ich möchte es gerne«, antwortete Graham grinsend. »Wollen wir gehen?«

Jamie nickte und sie verließen das Apartment. Graham schloss die Tür hinter ihnen ab, dann gingen sie gemeinsam zu Grahams Wagen. Beide waren in ihre eigenen Gedanken versunken, aber beide dachten im Grunde das gleiche. Keiner von ihnen wusste, was die Zukunft für sie bereithielt und sie dachten darüber nach, dass der Tag völlig anders verlaufen war, als sie erwartet hatten. Weder Graham noch Jamie bereuten jedoch die Entscheidungen, die sie an diesem Tag getroffen hatten. Gleichzeitig sahen sie sich an und sie mussten grinsen. Plötzlich wusste Jamie, welches Gefühl es war, das er empfunden hatte, nachdem er sich an Grahams Schulter ausgeweint hatte. Er hatte fast vergessen, dass es überhaupt existierte. Es war schwach und fragil, aber es war noch immer in ihm vorhanden: Hoffnung.

Kapitel 5:
Erste Schritte

Graham führte Jamie den Fußweg entlang zum Parkplatz neben dem Haus. Jamie war ein weiteres Mal alles andere als beeindruckt, als Graham an einem zweitürigen Kleinwagen stehenblieb und die Türen entriegelte. Jamie sagte nichts, aber genauso wie die kleine Einraumwohnung passte auch der Wagen nicht in Jamies Bild eines Mannes, der von sich behauptet, auf einer Insel ein Haus zu besitzen. In Jamies Vorstellung hätte es eine größere Limousine oder ein Sportwagen sein müssen. Sobald sie eingestiegen waren, sah Jamie sich um. Das Auto war genauso wie Grahams Wohnung: klein, sauber und in gutem Zustand. Was auch immer der Mann zu sein behauptete, Jamie beschloss, dass Graham im Bezug auf seinen Lebensstil einfach maßlos übertrieb. Das beunruhigte ihn jedoch nicht. Er war selbst nicht immer ehrlich gewesen, wenn ihm jemand Fragen zu seinem Leben gestellt hatte. Dennoch war er immer noch ziemlich überrascht, wie sehr er sich Graham gegenüber geöffnet und sogar wie ein kleines Kind geweint hatte. Alles, was er ihm erzählt hatte, war die Wahrheit gewesen.

Jamie wurde allerdings von Graham aus seinen Gedanken gerissen, bevor er länger darüber nachdenken konnte. »Was isst du denn gerne, Jamie?«, fragte der Mann, als er vom Parkplatz fuhr und sich in den Verkehr einfädelte.

»Ich esse alles«, antwortete der Junge vage, fügte nach kurzer Überlegung aber hinzu: »Ich kann keine Erdnüsse oder Zwiebeln essen.«

»Ich vermute, das schließt ein Erdnuss-Zwiebel-Gratin dann aus«, gluckste Graham. »Wie schade, ich hatte mich so darauf gefreut.«

Jamie kicherte.

»Ehrlich, ich mag eigentlich fast alles.«

Graham zweifelte nicht daran, dass Jamie es ehrlich meinte, aber er war sich genauso sicher, dass die Antwort dem Umstand geschuldet war, dass er einfach alles hatte essen müssen, was er in die Finger bekommen konnte, um nicht zu verhungern. Graham war hingegen ein wählerischer Esser, aber er kannte eine Reihe Restaurants in der Stadt, in der man exzellentes Essen zu einem guten Preis bekommen konnte.

Grahams Versuche, diese Gerichte nachzukochen, hatten allerdings zu unterschiedlichen und zum Teil desaströsen Ergebnissen geführt. Er wusste, was gutes Essen war und er mochte es nicht, mittelmäßige Lokale zu besuchen. Unter Berücksichtigung von Jamies Alter und der Tatsache, dass er nur unregelmäßig aß, war sich Graham sicher, dass der Junge großen Hunger haben würde. Er überlegte einen Moment, wohin er mit ihm gehen sollte. Als er sich entschieden hatte, bog er an der nächsten Kreuzung rechts ab und fuhr in Richtung Süden.

Die Sturmwolken waren nach einem kurzen Schneeschauer am Nachmittag weitergezogen und der Himmel war jetzt klar. Jamie konnte sehen, wie der Mond am Himmel stand, aber das bedeutete auch, dass es noch ein ganzes Stück kälter geworden war. Die Heizung von Grahams Wagen war noch nicht warm geworden, daher konnte Jamie bei jedem Ausatmen seinen Atem sehen. Er war froh über die Lederjacke, die er von Graham bekommen hatte und hoffte, den Mann tatsächlich davon überzeugen zu können, ihn die Nacht bei sich schlafen zu lassen. Wenn ihm das nicht gelang und er wieder auf die Straße musste, würde es sehr schwer werden, in dieser Nacht Frostbeulen oder noch Schlimmeres zu vermeiden.

Graham nutzte kleine Nebenstraßen, um den dichten Verkehr auf den Hauptstraßen zu umgehen. Es dauerte nur zehn Minuten, bis er auf den Parkplatz hinter einem blass orangefarbenen Gebäude einbog und den Wagen abstellte. Die Farbe schien schon von der Fassade abzublättern. Jamie fand, dass es nicht besonders einladend aussah und definitiv einen neuen Anstrich brauchte. Auch die Gegend, in der das Gebäude stand, war nicht gerade die Beste. Direkt neben dem Gebäude war mal eine Spielhalle gewesen, aber bis auf das Schild über der Tür war das Haus verlassen. Auch der Asphalt des Parkplatzes hatte schon bessere Zeiten gesehen. Überall waren Löcher und Risse.

Graham bemerkte Jamies fragende und zweifelnde Blicke. Er musste grinsen. Wer dieses Lokal nicht kannte, würde nie auf die Idee kommen, dass es ein wirklich gutes Restaurant war. Seiner Erfahrung nach war die Qualität des Essens umso schlechter, je pompöser der Laden von außen wirkte. Überrascht stellte er fest, dass diese Erkenntnis auch sehr oft auf Menschen anzuwenden war. Graham zwinkerte Jamie zu und öffnete die Tür. Der Junge tat es ihm gleich und sie stiegen aus dem Wagen. Als sie zur Eingangstür gingen, warf Jamie Graham erneut einen zweifelnden Blick zu.

»Vertrau mir, Jamie«, sagte er, als er es bemerkte. »Ich weiß, dass es schwer für dich ist und du vermutlich noch nie jemandem vertraut hast. Aber du kannst mir glauben, dass es dir hier gefallen wird.«

Jamie entging Grahams Betonung des Wortes Vertrauen nicht und Graham hatte recht. Er hatte bisher noch nie jemandem sein Vertrauen geschenkt und die Zeit auf der Straße hatte ihm bewiesen, dass es richtig war, niemandem zu trauen. Trotzdem musste er zugeben, dass er sich in Grahams Gegenwart ein wenig entspannte. Jemandem bei der Auswahl eines Restaurants zu vertrauen war vielleicht das eine, aber bei allem anderen vertraute Jamie nur sich und seinem Instinkt.

Als Graham die Tür des Restaurants öffnete, quietschte und krächzte sie protestierend. Beim Betreten des Foyers strömten Jamie eine Vielzahl an Düften entgegen. Er schnupperte aufmerksam, wusste aber nicht, was es war. Während er sich umsah, ging Graham an den Empfangstresen, um nach einem Tisch zu fragen.

»Guten Abend, Sir«, begrüßte ihn der Kellner. »Wie kann ich Ihnen helfen?«

»Ich hätte gerne einen Tisch für zwei Personen.«

»Natürlich«, sagte der Mann, während er Jamie im Hintergrund misstrauisch beäugte. »Hier entlang, bitte.«

»Ein bisschen am Rand wäre nett«, fügte Graham hinzu und bedeutete Jamie, ihnen zu folgen.

Während sie in den Gastraum gingen, sah sich Jamie nach allen Seiten um. An einem Tisch entdeckte er die Quelle des Geruchs, den er nicht hatte einordnen können: Rippchen! Jamie beäugte auch die Tische und Teller der anderen Gäste. Ihm lief das Wasser im Mund zusammen. Die Leute, die Rippchen aßen, trugen alle einen Latz und nach jedem Bissen von dem großen, saftigen Rippchen leckten sie sich die Finger. Jamies Magen machte seine Sehnsucht nach diesem Essen mit einem unmissverständlichen Knurren deutlich. Er hoffte, dass es sonst niemand gehört hatte.

Graham nahm auf der linken Seite des Tisches im hinteren Teil des Raumes Platz, an den sie geführt worden waren. Jamie nahm seinen Rucksack ab und setzte sich ebenfalls, wobei er den Rucksack zwischen seinen Füßen abstellte. Sobald sie saßen, legte der Kellner jedem von ihnen eine Speisekarte auf den Tisch und ging davon. Graham sah zu Jamie und grinste.

»Und, was meinst du?«, fragte er. »Habe ich gut ausgewählt?«

»Oh, ja!«, sagte Jamie begeistert.

Was auch immer später noch mit ihm passieren würde, das hier würde es auf jeden Fall wert sein.

Graham nahm die Karte und ermutigte Jamie, das Gleiche zu tun.

Er kannte die Karte beinahe auswendig und jedes Mal, wenn er hier aß, fiel es ihm schwer, sich zu entscheiden. Es gab so viele, leckere Gerichte. Er spähte über den Rand der Karte zu Jamie, der mit der Auswahl überfordert zu sein schien.

»Was findest du, sieht gut aus?«, fragte er den Jungen.

»Ich möchte Ihnen ... äh ... dir nicht so große Kosten verursachen«, sagte Jamie schüchtern, als er die Preise neben den Speisen sah. Gleichzeitig schielte er verstohlen zu einem Tisch in der Nähe, an dem gerade Rippchen serviert wurden.

»Ich weiß nicht, was ich wählen soll.«

Graham bemerkte die hungrigen Blicke des Jungen natürlich.

»Wie wäre es, wenn ich für dich bestelle, okay?«

Jamie nickte und atmete erleichtert aus. Für einen Teller dieser Rippchen könnte er töten, aber die Preise hatten ihn abgeschreckt. Er wollte Graham nicht verärgern und riskieren, dass er am Ende gar nichts bekam. Dennoch konnte er nicht umhin, immer wieder heimlich zu den anderen Tischen zu sehen.

Graham winkte einen vorbeigehenden Kellner zu sich und bestellte. Jamie war sich nicht sicher, was genau er bestellte, aber es klang trotzdem köstlich. Nachdem der Kellner gegangen war, lehnte sich Graham auf seinem Stuhl zurück und bemerkte, dass die anderen Gäste immer wieder zu ihnen blickten und tuschelten. Zuerst war sich Graham unsicher, was die Ursache dafür war, aber ziemlich schnell bemerkte er, dass sich die Leute hauptsächlich auf Jamie konzentrierten. Abgesehen von den Verletzungen an seinem Gesicht sah Jamie gewaschen ziemlich gut aus. Er war sich ziemlich sicher, dass es an der Kleidung lag. Trotz einer Wäsche waren die Sachen nicht zu retten und Graham wusste, dass er früher oder später etwas deswegen unternehmen musste. Er beschloss, dass sie es gleich nach dem Essen machen würden, bevor sie wieder nach Hause fuhren.

»Nach dem Essen muss ich noch ein bisschen einkaufen«, erklärte Graham. »Würdest du mich dabei begleiten?«

»Klar, das macht mir nichts aus.«

»Sehr schön. Es wird auch nicht lange dauern und danach können wir wieder zu mir nach Hause fahren.«

Während sie auf die Bestellung warteten, blickte sich Jamie neugierig um und rutschte auf seinem Stuhl hin und her. Es war offensichtlich, dass er aufgeregt war. Graham nutzte die Gelegenheit, um ein bisschen über Jamies Situation nachzudenken. Vor ihm saß ein offenbar intelligenter, netter und normaler Junge. Er konnte nicht verstehen, wie seine Eltern ihn so misshandeln und schließlich dazu zwingen konnten, von zuhause wegzulaufen. Graham würde nie nachvollziehen können, wie schlimm es gewesen sein musste, dass der Junge ein Leben auf der Straße dem vorzog, was ihn bei seinen Eltern erwartete.

»Hast du irgendwelche Interessen?«, fragte Graham, um den Jungen besser kennenzulernen. »Irgendetwas, das du gerne getan hast, bevor du ... äh ... alleine warst?«

Jamie sah Graham einen Moment lang an und dachte angestrengt nach.

»Vor einer langen Zeit hat mich mein Onkel ein Mal zum Angeln mitgenommen«, sagte er schließlich. »Wir sind an einen großen See im Norden gefahren, der voller Fische war.«

»Was für Fische hast du gefangen?«

»Ich habe drei Forellen gefangen«, sagte Jamie stolz.

»Das ist ziemlich gut. Ich habe es ein paar Mal versucht, aber ich bin nicht gut im Angeln.«

»Mein Onkel war der Beste«, sagte Jamie, aber sein Blick verfinsterte sich ein wenig. »Ich vermisse ihn sehr.«

»Ist ihm etwas zugestoßen?«, fragte Graham vorsichtig.

»Letztes Jahr wurde er kurz vor Weihnachten bei einem Autounfall getötet«, sagte Jamie traurig. »Er war wirklich nett und hat nie versucht, mir wehzutun. Ich hatte immer gehofft, dass ich irgendwie eines Tages zu ihm gehen und bei ihm wohnen könnte. Aber nachdem er gestorben war, wusste ich, dass es hoffnungslos war. Deswegen habe ich beschlossen, wegzulaufen. Ich habe dann aber noch bis Ende Februar gewartet, bis es nicht mehr ganz so kalt war.«

Die Unterhaltung wurde von einem Hilfskellner unterbrochen, der zu ihnen kam und einen kleinen Metallbehälter auf ihren Tisch stellte. Jamie sprang fast erschrocken von seinem Platz auf, als ein weiterer Kellner von hinten an ihn herantrat und ihm einen Latz umband.

Er beruhigte sich jedoch, als er zu Graham sah und feststellte, dass dieser die gleiche Behandlung erfuhr. Aus dem Augenwinkel sah Jamie einen weiteren Mann, der in ihre Richtung kam. Als er genauer hinsah, lief ihm erneut das Wasser im Mund zusammen. Der Kellner balancierte zwei riesige Teller voll mit Essen auf seinen Händen.

Als der Kellner den Teller vor Jamie abstellte, konnte Graham sehen, wie der Junge strahlte. Bevor sie wieder alleine gelassen wurden, stellten die Kellner noch Fingerschalen neben sie und legten einen Stapel Servietten auf den Tisch. Graham konnte sehen, wie aufgeregt Jamie war.

»Lass es dir schmecken«, sagte Graham.

Das brauchte er Jamie nicht zwei Mal sagen. Der Junge machte sich so schnell über seine Rippchen her, dass Graham befürchtete, die große Portion, die er für Jamie bestellt hatte, könnte nicht ausreichen. Erst als der Teller bereits halbleer war, sah der Junge auf und grinste Graham an. Dieser musste sich sein eigenes Grinsen verkneifen, als er Jamies saucebeschmiertes Gesicht betrachtete.

»Das ist wundervoll«, murmelte der Junge in einem der seltenen Momente, in denen sein Mund nicht voll war.

»Es freut mich, dass es dir schmeckt.«

»Und wie!«

Graham lächelte und nickte. Das Essen war hier schon immer gut gewesen, aber an diesem Abend schmeckte es auch Graham besonders gut. Er bezweifelte, dass der Koch gewechselt oder das Rezept verändert worden war. Nein, er war sich sicher, dass es an der Gesellschaft lag, in der er sich an diesem Abend befand. Es dauerte nicht lange, bis Jamies Teller leer war und sich der Junge satt zurücklehnte. Er sah Graham an und leckte sich über die noch immer mit Sauce beschmierten Lippen, bevor er eine Serviette nahm und sich den Mund abwischte.

»Ich glaube nicht, dass ich wirklich fragen muss«, gluckste Graham. »Aber wie hat es dir geschmeckt?«

»Das war unglaublich«, sagte der Junge und strich sich über den Bauch. »Ich habe noch nie so etwas Gutes gegessen.«

»Dann müssen wir darauf achten, dass wir das irgendwann wiederholen«, bemerkte Graham.

Jamie sagte nichts, dachte sich aber, dass es unwahrscheinlich war, dass das jemals passieren würde. Er sah dabei zu, wie Graham einen Kellner heranwinkte und ihm seine Kreditkarte gab. Es dauerte nur ein paar Minuten, bis der Mann mit einem Zettel zurückkam, den Graham unterschrieb. Er nickte Jamie zu, woraufhin beide aufstanden und ihre Jacken anzogen. Jamie schulterte wieder seinen Rucksack und die beiden verließen das Lokal. Als Graham den Wagen entriegelte, stieg Jamie ein und ließ sich zufrieden in den Sitz fallen.

Während des Essens hatte Graham viel Zeit zum Nachdenken gehabt. Er hatte beschlossen, dass es am Wichtigsten war, für den Jungen ein paar ordentliche Sachen zu besorgen.

Jamie schwieg die ganze Fahrt über und war offensichtlich in seine eigenen Gedanken versunken, während er aus dem Fenster starrte. Graham versuchte nicht, ihn in ein Gespräch zu verwickeln und er war dankbar dafür. Das Abendessen war wundervoll und gleichzeitig auch merkwürdig gewesen. Natürlich war da das Essen an sich, das großartig geschmeckt hatte. Graham hatte so viel für ihn bestellt und er wusste, was es den Mann gekostet hatte. Bevor Graham die Rechnung einstecken konnte, hatte er einen Blick darauf werfen können.

Es war nicht das erste Mal, dass er zu einem ordentlichen Essen eingeladen worden war. Aber diese Gelegenheiten hatten immer einen unschönen Beigeschmack gehabt, denn sie wurden stets von zweideutigen Scherzen begleitet, die auf das hindeuteten, was später noch auf Jamie zukommen würde. Jamie hatte damit gerechnet, dass es hier genauso ablaufen würde, aber den ganzen Abend war nichts dergleichen geschehen; nicht einmal ansatzweise.

Jamie war so mit seinen Gedanken beschäftigt, dass er nicht bemerkte, wie Graham von der Hauptstraße abbog und in die Tiefgarage unter der *North Road Mall* fuhr.

* * *

Graham vermied es nach Möglichkeit, die Mall im Dezember zu besuchen. Er mochte größere Menschenmassen ohnehin nicht, aber kurz vor Weihnachten, wenn alle genervt und gestresst waren, konnte er dem Treiben in der Mall noch weniger abgewinnen als sonst. Er war froh darüber, dass es ein Donnerstag und kein Samstag war. Auch wenn viele Menschen unterwegs sein würden, es wäre nicht ansatzweise so schlimm wie an einem Wochenende.

»Wir müssen eigentlich nur in ein Geschäft gehen«, sagte Graham, als er aus dem Wagen stieg. »Es sollte nicht allzu lange dauern. Ist das okay für dich?«

»Es macht mir nichts aus«, erwiderte Jamie, der wieder einmal seinen Rucksack aufsetzte.

»Schön, wir sollten in weniger als einer Stunde wieder draußen sein«, sagte Graham kryptisch.

Erst als sie zu den Aufzügen gingen, die sie von der Tiefgarage in die Mall hinaufbrachten, bemerkte Jamie, dass es das gleiche Einkaufszentrum war, in dem Graham ihm das Mittagessen gekauft hatte. Ihm fiel auch sofort der kleine Vorfall mit dem Sicherheitsmann ein und er wurde nervös.

Sobald sie aus dem Aufzug gestiegen waren, bemerkte Graham, dass irgendetwas nicht stimmte. Jamie schien regelrecht an ihm zu hängen und er sah sich vorsichtig nach allen Seiten um, als würde er nach jemandem Ausschau halten. Es war offensichtlich, dass der Junge wegen etwas besorgt war, aber er hatte keine Ahnung, was es war. Graham wollte gerade den Mund öffnen und sich danach erkundigen, als ihm die unausgesprochene Frage beantwortet wurde.

»Hey, du da!«, rief eine schroffe, männliche Stimme. »Bleib gefälligst stehen! Was machst du schon wieder hier drin?«

Er spürte, wie Jamie kräftig seine Hand packte, während sich Graham in die Richtung umdrehte, aus der die Stimme gekommen war. Ein großer, breitschultriger Mann in Uniform kam schnellen Schrittes zu ihnen gelaufen. Jamie versteckte sich hinter Grahams Rücken.

»Bitte, bitte«, wimmerte der Junge, beinahe panisch. »Lass nicht zu, dass er mich kriegt.«

Grahams Nackenhaare stellten sich auf, als er den bulligen Mann betrachtete, aber er wich nicht von der Stelle.

»Keine Sorge«, hörte er sich selbst flüstern. »Ich habe dir versprochen, dass dir nie wieder jemand wehtun wird und ich halte mein Versprechen.«

»Was machst du schon wieder hier drin?«, rief der Mann erneut in Jamies Richtung, der inzwischen zitterte und versuchte, sich hinter Graham so klein wie möglich zu machen. »Warum belästigst du diesen Mann?«

»Und wer sind Sie bitteschön?«, fragte Graham in einer ruhigen Stimme, die trotzdem laut genug war, um die Aufmerksamkeit der Passanten in der Nähe auf sich zu ziehen.

»Mall Security, Sir. Dieser ... Junge ... hat Ärger gemacht und ich erlaube nicht, dass er hier ist und anständige Leute belästigt.«

Graham bemerkte, wie der Mann seine Jobbezeichnung betonte, machte sich jedoch keine Sorgen. Auch wenn der Mann größer und breiter war als er selbst, war er keine Bedrohung. Eine körperliche Auseinandersetzung, bei der Graham mit Sicherheit den Kürzeren ziehen würde, würde es bei so vielen Zeugen nicht geben. In seiner Karriere hatte er genug Leute wie ihn kennengelernt, um zu wissen, was er zu tun hatte. Der Mann nahm sich und seinen lausigen Job viel wichtiger als er war und es befriedigte ihn, Schwächere zu drangsalieren. Graham lächelte.

»Dieser Junge?«, fragte er und lachte. »Mich belästigen?«

»Ja, Sir. Er hat bereits Schwierigkeiten gemacht und ich werde nicht tolerieren ...«

»Sie?«, unterbrach Graham ihn freundlich, aber in einem bestimmten Ton. »Was werden Sie nicht tolerieren?«

Er starrte den Mann herausfordernd an.

»Was ich meine ist ...«

»Ja, mich würde interessieren, was Sie meinen«, unterbrach Graham ihn erneut. »Mein Sohn und ich würden wirklich gerne wissen, was genau Sie meinen.«

»Ihr Sohn?«, fragte der nun überaus verwirrte Sicherheitsmann und schluckte.

Als Jamie hörte, wie Graham ihn bezeichnet hatte, blickte er auf. Sein überraschtes Gesicht verwandelte sich jedoch schnell in ein breites Grinsen.

Der Sicherheitsmann trat einen einzelnen Schritt zurück und Graham wusste, dass er gewonnen hatte. Er machte einen einzelnen, herausfordernden Schritt auf den Mann zu. Jamie hing noch immer an ihm. Als er den Blick senkte, sah der Junge ihn bewundernd an. Graham zwinkerte. Der Sicherheitsmann war so verblüfft, dass er nichts davon bemerkte.

»Für mich sieht es so aus, als würden Sie zwei Kunden schikanieren«, sagte Graham gewichtig.

Schnell kramte er in seinen Erinnerungen nach dem Namen des Geschäftsführers der Mall.

»Ich bin mir sicher, dass sich Mr. Sanders sehr dafür interessieren wird, wie seine Mitarbeiter seine Kunden behandeln. Meinen Sie nicht auch?«

Als er den überraschten Ausdruck auf dem Gesicht des Mannes sah, war er dankbar dafür, dass seine Firma für die Wartung der Computer in der Mall zuständig war. Seiner bescheidenen Meinung nach war Sanders ein aufgeblasener Wichtigtuer, der ein aufbrausendes Temperament besaß. Graham setzte noch einen drauf, zog sein Handy aus der Tasche und begann, eine Nummer zu wählen.

»Ja, ich möchte gerne wissen, was Bob dazu zu sagen hat, wie Sie mit einem Vater und seinem Sohn an ihrem gemeinsamen Abend umgehen, die nur ein paar Weihnachtseinkäufe erledigen wollen. Was meinen Sie?«

Der Mann starrte Graham mit offenem Mund und weit aufgerissenen Augen an. Dass dieser kleine, leicht untersetzte Mann seinen Chef gut genug kannte, um ihn mit Vornamen anzusprechen und dass er auch noch seine Telefonnummer kannte, hatte das Selbstbewusstsein des Sicherheitsmannes vollkommen zerstört.

»Ich ... äh ... es tut mir furchtbar leid, Sir«, stotterte der Mann. »Ich muss mich geirrt haben. Ich meine ... äh ... ich glaube, es war ein anderer Junge, Sir.«

Graham genoss es, den Mann zappeln zu sehen, der jetzt offenbar um seinen Job bangte.

»Ja, ich glaube, wir wissen beide, was Sie meinen«, sagte Graham trocken.

»Wirklich, Sir«, sagte der Mann und trat einen weiteren Schritt zurück. »Es tut mir wirklich leid. Ich hoffe, es wird nicht nötig sein, dass Sie ...«

»Ja, ich hoffe wirklich, dass ich diesen kleinen Vorfall vergessen haben werde, wenn ich Bob morgen bei unserem Frühstücksmeeting sehe.«

Graham sah den Mann weiter böse an.

»Oh, und sollte mir mein Sohn in Zukunft berichten, dass Sie oder irgendeiner Ihrer Kollegen ihn noch ein einziges Mal schikanieren, werde ich mich plötzlich wieder sehr deutlich an heute Abend erinnern«, fügte er noch hinzu.

Der Sicherheitsmann verschwand schnellen Schrittes. Er rannte schon fast. Graham atmete erleichtert auf und sobald der Mann außer Sichtweite war, fing er leise an zu lachen. Jamie ließ Graham los, umarmte ihn dafür aber fest. Graham hatte das Gefühl, sich im Würgegriff einer Schlange zu befinden, aber gleichzeitig breitete sich angesichts des herzlichen Danks des Jungen ein warmes Gefühl in seinem Bauch aus.

»Oh, wow«, murmelte Jamie bewundernd. »Danke, danke, danke.«

»Ich habe doch gesagt, ich passe auf dich auf«, antwortete Graham und strich dem Jungen durch die Haare. »Ich lasse nicht zu, dass dir noch einmal jemand wehtut.«

»Aber er war so viel größer als du«, bemerkte Jamie. »Woher hast du gewusst, dass er nicht auf dich losgeht?«

»Ich habe es nicht gewusst, aber er hätte schon ziemlich dumm sein müssen, mich vor so vielen Zeugen anzugreifen. Außerdem habe ich in genug Meetings gesessen, um zu wissen, wie man die Leute einschätzen muss. Wenn man sie überrascht und darauf achtet, wie sie reagieren, ist es leicht, sie zu überrumpeln. Du darfst nur nicht zu weit gehen und musst aufpassen, die Grenze nicht zu überschreiten. Wenn du es richtig machst, fressen sie dir aus der Hand.«

»Aber hattest du keine Angst vor ihm?«, fragte Jamie. »Er ist so groß.«

»Doch, natürlich«, gab Graham zu. »Aber ich habe darauf geachtet, es ihm nicht zu zeigen.«

»Kennst du wirklich seinen Boss?«, fragte Jamie grinsend.

»Die Firma, für die ich arbeite, hat die ganzen Computer in der Mall eingerichtet und ist auch für die Wartung zuständig. Ich habe ihn einmal bei einem Meeting aus einiger Entfernung gesehen. Ich habe noch nie jemanden erlebt, der sich so beschwert hat wie er. Glücklicherweise war es aber mein Boss, der mit ihm zu tun hatte.«

»Also kennst du ihn nicht wirklich?«

»Ich bezweifle, dass er sich auch nur an mich erinnern würde«, lachte Graham. »Und seine Telefonnummer habe ich schon gar nicht. Das war alles Schauspielerei.«

Jamie kicherte.

»Er hat geglaubt, du würdest ihn feuern lassen.«

»In einem solchen Fall kann eine überzeugende Geschichte Wunder bewirken. Was hältst du davon, wenn wir jetzt erledigen, wofür wir eigentlich hier sind?«

Jamie nickte und sie setzten sich wieder in Bewegung. Von Zeit zu Zeit blickte der Junge zu dem Mann auf und sah ihn in einem völlig neuen Licht. Die Tatsache, dass Graham ihn als seinen Sohn bezeichnet hatte, war bei ihm hängengeblieben. So etwas war noch nie vorgekommen. Wenn die anderen Männer, mit denen er mitgegangen war, von irgendjemanden angesprochen worden waren, hatten sie immer erklärt, er wäre der Sohn eines Nachbarn, bei dem man aushelfe oder sie hatten von weit entfernten Verwandten gesprochen. Aber niemand hatte ihn jemals als Sohn oder einen ähnlich nahen Angehörigen bezeichnet.

Während sie durch die Mall gingen, sprang Jamie plötzlich zur Seite, beugte sich nach unten und hob etwas vom Boden auf. Graham hatte nicht sehen können, was es war, aber der Fund hatte ein breites Grinsen auf Jamies Gesicht gezaubert.

»Was hast du gefunden?«, fragte er neugierig.

»Einen Penny«, sagte der Junge stolz und steckte die kleine Münze schnell in die Tasche. »Ein Mal habe ich sogar einen ganzen Dollar gefunden und konnte mir etwas zu essen kaufen.«

Es tat Graham im Herzen weh zu hören, dass etwas so Simples wie das Finden von Kleingeld solch große Auswirkungen auf das Leben des Jungen haben konnte. Er hatte sich nie mit solch fundamentalen Existenzängsten herumschlagen müssen.

Fünf Minuten später erreichten sie den Eingang eines großen Bekleidungsgeschäfts. Jamie folgte Graham die Rolltreppe hinauf in den zweiten Stock und fand sich kurz darauf in der Jungenabteilung des Ladens wieder, wo er eine große Auswahl an Unterwäsche in den unterschiedlichen Varianten und Größen betrachtete. Als er realisierte, was Graham vorhatte, überkam Jamie ein ungutes Gefühl.

Jetzt ergab alles einen Sinn.

Graham wollte ihn herausputzen, damit er attraktiver für ihn aussah. Jamie konnte nicht leugnen, dass Graham bisher sehr gut zu ihm gewesen war. Er hatte ihm etwas zu essen gegeben und ihn sogar beschützt. In Jamies Augen hatte sich der Mann das Recht verdient, zu bekommen, was er haben wollte. Als kleinen Bonus würde er sogar neue Unterwäsche bekommen, mit der er seine alten, löchrigen Unterhosen ersetzen konnte. Im Grunde war das für ihn eigentlich gar kein so schlechter Deal, fand er.

»Welche Größe hast du?«, fragte Graham, der nicht die leiseste Ahnung von Jamies Gedanken hatte.

Der Junge kannte seine Rolle und akzeptierte das Unausweichliche. Er drehte Graham den Rücken zu und zog seine Hose ein Stück herunter, sodass Graham seine Unterhosen mit Comichelden sehen konnte.

»Was steht denn auf dem Label?«

Vor lauter Überraschung bekam Graham einen Hustenanfall. Es war nicht nur der unerwartete Anblick, sondern auch das Wackeln, mit dem Jamie ihm seine Rückseite präsentierte. Es dauerte einen Moment, bis sich Graham wieder gefangen hatte, dann deutete er auf die erste Packung weißer Unterhosen, die er erblickte.

»Wie wäre es damit?«, fragte er verlegen.

Jamie verstand Graham noch immer nicht. Er wusste, was von ihm erwartet wurde, aber jedes Mal, wenn er seine Rolle spielte, reagierte Graham entweder gar nicht oder er war völlig überrascht. Das Unbehagen des Mannes ließ ihn jedoch schmunzeln und Jamie zeigte auf eine Packung mit tarnfarbenen Boxershorts, die auch die richtige Größe hatten.

»Wie wäre es stattdessen mit denen?«

Glücklich darüber, das Thema abhaken zu können, nickte Graham und nahm die Packung. Während er weiterging, hoffte er inständig, dass Jamie nicht noch eine Zugabe für ihn vorbereitet hatte. Noch immer verblüfft schüttelte er den Kopf, als er zu den Unterhemden kam. Graham warf einen Blick auf die Verpackung der Boxershorts und wählte eine Packung Unterhemden mit dem gleichen Muster in der richtigen Größe aus, ohne den Rat des Jungen einzuholen. Ihm war klar, dass Jamie auch dringend neue Socken brauchte und auch seine Turnschuhe waren in einem miserablen Zustand.

»Weißt du, welche Schuhgröße du hast?«, fragte er.

»Nein, nicht wirklich«, erwiderte Jamie. »Warum?«

Er verstand, warum Graham ihm neue Unterwäsche kaufen wollte. Es war wichtig, dass er später gut für ihn aussah. Er hatte jedoch keinen blassen Schimmer, warum der Mann seine Schuhgröße wissen wollte. Schuhe hatten mit dem, was später kommen würde, nicht das Geringste zu tun. Als er aufsah, bemerkte er, wie Graham eine der Verkäuferinnen zu sich winkte, die sofort zu ihnen kam.

»Können Sie mir bitte sagen, welche Schuhgröße wir brauchen?«, bat Graham sie.

»Das dauert nur einen kurzen Moment«, antwortete sie, bedeutete Jamie, dass er sich setzen sollte und ging vor ihm in die Hocke.

Jamie zog seinen linken Schuh aus und stellte den Fuß auf das Fußmessgerät, das die Verkäuferin vor ihn gelegt hatte. Jamie zuckte zusammen, als sie den Schieberegler zu seinen Zehen schob. Sie kam nicht umhin, den Gesamtzustand der Kleidung des Jungen zu bemerken. Sie sagte nichts, aber Graham war aufgefallen, dass sich ihr Blick deutlich verfinstert hatte.

»Wie es aussieht, hast du Größe neununddreißig«, verkündete sie, als sie aufsah.

Graham drehte sich um und betrachtete das Wandregal mit einer schier unendlichen Auswahl an Turnschuhen. Er war völlig ratlos. Graham wusste nicht, was praktisch oder in Mode war. Er deutete vage auf die linke Seite des Regals, wo die Schuhe in den deutlich dezenteren Farben standen.

»Wie wäre es mit einem Paar davon?«, schlug er vor.

Jamie folgte Grahams Geste mit den Augen und versuchte, ein Stöhnen zu unterdrücken. Der Mann schien wirklich zu versuchen, nett zu ihm zu sein, aber er hatte nicht die leiseste Ahnung, was gerade modern war. Jamie warf der Verkäuferin einen hilfesuchenden Blick zu, den sie erwiderte. Beide mussten grinsen. Sie konnte offenbar sehr gut nachempfinden, was dem Jungen durch den Kopf ging und versuchte, ihn zu retten.

»Wie wäre es stattdessen mit so einem Paar?«, fragte sie, ging zum Regal und nahm ein Paar der Schuhe, die gerade im Angebot waren.

Graham zweifelte bei dem Anblick der grellen Farbe, aber ein Blick in Jamies hoffnungsvolle Augen reichte, um zustimmend zu nicken. Jamie lächelte die Verkäuferin dankbar an und sie zwinkerte ihm zu, bevor sie davonging, um ein Paar in der richtigen Größe zu holen.

Jamie gab sich große Mühe, seine Aufregung zu verbergen. Neue Schuhe! Jamie hatte andere Jungs darüber reden gehört, dass einer von ihnen Glück gehabt und einen reichen Mann gefunden hatte, der sein Geld für einen Jungen ausgeben wollte. Vielleicht hatte er dieses Mal den Jackpot erwischt und zufällig einen dieser Männer gefunden.

Grahams Apartment und sein Wagen deuteten jedoch nicht darauf hin. Bisher konnte sich Jamie jedoch nicht beschweren. Das lief alles besser, als er erwartet hatte. Er spielte sogar mit dem Gedanken, dass Graham ihn vielleicht für eine kleine Weile länger bei sich behalten würde. Das würde ihm wirklich helfen, vor allem jetzt im Winter, wenn die Temperaturen immer weiter sanken. Jamie beschloss, Graham deutlich zu zeigen, dass er mit allem einverstanden sein würde, was der Mann von ihm wollte.

Die Rückkehr der Verkäuferin riss Jamie aus seinen Gedanken. Er nahm wieder auf dem Stuhl Platz und zog erst den linken Schuh an, bevor er auch seinen rechten Schuh auszog und in den neuen schlüpfte. Es fiel ihm schwer, seine Aufregung zu verstecken, als er zu einem Spiegel rannte, um sich darin zu betrachten. Er ging vor dem Spiegel ein paar Mal auf und ab, bevor er zu Graham sah. Das Strahlen in den Augen des Jungen gab ihm unmissverständlich zu verstehen, dass es die Schuhe waren, die er haben wollte. Als er bemerkte, dass die Verkäuferin sie abermals seltsam ansah, fühlte sich Graham ausgesprochen unbehaglich und er versuchte, sie abzulenken.

»Wir nehmen die Schuhe, aber wir müssen noch nach ein paar anderen Sachen schauen«, sagte er.

»Möchten Sie, dass er sie anbehält oder soll ich sie wieder in den Karton legen?«, wollte sie wissen.

»Es sieht so aus, als wolle er sie nicht mehr hergeben«, sagte Graham grinsend, während er weiter beobachtete, wie sich Jamie im Spiegel bewunderte und offenbar all seine Sorgen für den Moment vergessen hatte. Er fühlte sich noch immer von der Frau beobachtet, also räusperte er sich.

»Meine Frau hat unseren Sohn vernachlässigt, während ich weg war«, erklärte er ihr. »Ich versuche, das zu korrigieren.«

Die Verkäuferin nickte und lächelte, obwohl für sie offensichtlich war, dass der Junge unter mehr zu leiden hatte als unter normaler Vernachlässigung. Sie hatte schon viel bei der Arbeit zu sehen bekommen und sie hatte schon lange aufgegeben, darüber nachzudenken, was sich die Menschen alles antaten und warum.

Während Graham mit der Verkäuferin gesprochen hatte, war Jamie zu ihnen gekommen und neben Graham stehengeblieben. Er hatte gehört, was er zu ihr gesagt hatte und er sah ihn mit einem überraschten Blick an. Das war nun schon das zweite Mal, dass Graham ihn mit der Behauptung gedeckt hatte, dass Jamie sein Sohn war. Es fühlte sich seltsam an, dass der Mann, den erst ein paar Stunden zuvor kennengelernt hatte, ihn so nannte, aber gleichzeitig war es auch ein schönes Gefühl. Er konnte sich nicht daran erinnern, ob und wann seine Eltern jemals von ihm gesprochen hatten, als wäre er mehr als eine Plage und reine Zeit- und Geldverschwendung.

»Okay, ich denke, wir brauchen ein paar neue Socken, die zu deinen neuen Schuhen passen«, bemerkte Graham und lächelte Jamie an.

Die Verkäuferin folgte Jamies Blick zu den Socken und nahm eine Packung davon vom Regal.
»Vielleicht nehmen Sie besser gleich zwei Pack davon?«, schlug sie vor.
Graham nickte.
»Wir brauchen auch noch neue Hosen. Könnten Sie bitte nachmessen, welche Größe er braucht, damit wir etwas aussuchen können?« Die Verkäuferin lächelte und ging davon, um ein Maßband zu holen. Jamie stupste Graham an und als ihn dieser ansah, setzte er ein unschuldiges Gesicht auf.
»Was ist denn los?«, fragte er kokett. »Traust du dich nicht, selbst nach der Größe zu sehen?«
Graham musste wieder husten und Jamie kicherte über das Unbehagen des Mannes. Die Rückkehr der Verkäuferin bewahrte ihn jedoch davor, dem Jungen antworten zu müssen. Die Frau maß seine Bundweite und sagte Graham die Größe.
»Wir nehmen am besten gleich zwei Paar«, sagte er zu ihr, bevor er sich an Jamie wandte. »Geh du mit der Lady mit und suche etwas aus, das dir gefällt.«
Jamie folgte der Frau und flitzte kurz darauf aufgeregt zur Umkleidekabine, ein Paar tarnfarbener Jeans unter dem Arm, die er ausgesucht hatte. Während Jamie beschäftigt war, sah sich Graham nach T-Shirts und Sweatshirts um. Mit Hilfe der Verkäuferin wählte er ein paar Sachen aus und bat die Frau darum, sie Jamie in die Umkleide zu bringen.
Als der Junge ein paar Minuten später aus der Kabine kam, baumelte sein Rucksack an einer Hand. Graham stockte beinahe der Atem. Jamie sah wie ein völlig anderer Mensch aus. Am besten gefiel ihm jedoch das strahlende Lächeln im Gesicht des Jungen und das Funkeln in seinen Augen. Natürlich lösten die neuen Sachen keines der fundamentalen Probleme, mit denen Jamie zu tun hatte, aber jetzt konnte er wenigstens über die Straße gehen, ohne angestarrt oder sogar angepöbelt zu werden.
»Wie ich sehe, stehst du auf Tarnfarben«, bemerkte Graham, als er die Jeans und den Pullover sah, die Jamie ausgesucht hatte.
»Ich mag es, unsichtbar zu sein«, bemerkte der Junge leise und sein Blick verfinsterte sich. »So ist es sicherer.«
Graham nickte und spähte zu der Verkäuferin, die den Wortwechsel offenbar nicht mitbekommen hatte.
»Wir nehmen die Sachen«, sagte er, als er zu ihr ging und ihr seine Kreditkarte reichte.

»Vielen Dank, Sir«, sagte sie, nahm die Karte entgegen und ging zur Kasse.

Jamie kam zu Graham gerannt und überraschte den Mann, indem er seine Arme um ihn schlang.

»Du weißt, dass du das nicht für mich tun musst«, sagte er.

»Ich weiß, aber ich wollte etwas Nettes für dich tun«, sagte Graham und erwiderte unbeholfen die Umarmung.

»Du hättest mich auch haben können, ohne all das für mich zu tun.«

»Jamie, ich weiß, dass du so etwas vermutlich nicht gewohnt bist«, sagte Graham. »Ich mache das nicht, weil ich irgendetwas von dir erwarte. Es gibt bei der Sache keinen Haken und ich möchte dafür auch nichts im Gegenzug von dir. Du brauchtest Hilfe und ich möchte dir einfach nur helfen.«

»Niemand macht irgendetwas umsonst«, bemerkte Jamie.

»Es mag sein, dass dich andere Leute in der Vergangenheit so behandelt haben, aber das trifft nicht auf mich zu.«

»Okay«, sagte Jamie, nicht wirklich überzeugt.

Als Graham sah, dass die Verkäuferin zu ihnen zurückkam, wechselte er das Thema.

»Du solltest dich wieder umziehen, damit wir bezahlen und nach Hause fahren können«, schlug er Jamie vor.

Während der Junge in der Umkleidekabine verschwand, warf Graham einen Blick auf die Rechnung und unterschrieb den Beleg. Im Grunde hätte Jamie die Sachen auch anbehalten können, aber Graham wollte nicht, dass er den Betrag auf der Rechnung sah und noch mehr das Gefühl hatte, ihm etwas schuldig zu sein.

Es dauerte nur ein paar Minuten, bis Jamie in seinen alten Sachen wieder neben Graham stand und der Verkäuferin die Sachen reichte, damit sie sie in eine Tragetasche stecken konnte. Graham fiel auf, dass Jamie sie behutsam zusammengelegt hatte. Einen Moment später nahm er die Tasche entgegen, in der seine neuen Sachen und der Karton mit seinen alten Schuhen steckten. Sie bedankten sich und verließen das Geschäft.

Jamie, der neben seinen neuen Sachen auch noch seinen alten Rucksack trug, schien mit der großen Tasche ein bisschen überfordert zu sein. Graham wollte ihm schon seine Hilfe anbieten, aber als er das breite Grinsen im Gesicht des Jungen sah, entschied er sich dagegen. Er wollte die Freude des Jungen nicht zerstören, indem er ihm seine neuen Sachen wegnahm. Jedenfalls befürchtete er, dass Jamie es so sehen könnte.

Während sie nach Hause zurückfuhren, sah Graham immer wieder kurz zu Jamie. Der Junge hielt die Tasche mit seinen neuen Sachen so fest umklammert, als befürchtete er, sie könnte sich jederzeit in Luft auflösen. Jamies Grinsen war aber kein bisschen verblasst, seitdem sie die Mall verlassen hatten. Das Licht der Straßenlaternen spiegelte sich an seinen Zähnen, während sie die Straße entlangfuhren.

»Es ist wirklich toll von dir, dass du mir all das gekauft hast«, sagte Jamie nach einer Weile und sah zu Graham.

»Mir ist aufgefallen, dass deine Sachen ein kleines bisschen abgetragen sind«, sagte er vorsichtig. »Und ich dachte mir, es wäre schön, wenn du etwas Neues zum Anziehen hättest.«

»Es ist ziemlich schwer, seine Sachen sauber und ordentlich zu halten, wenn man da draußen ist. Ich habe kein Geld, das ich für so etwas ausgeben könnte.«

»Ich nehme an, es ist im Allgemeinen ziemlich schwer, wenn man da draußen auf sich alleine gestellt ist.«

»Das kannst du dir nicht vorstellen. Vor allem jetzt, wenn es in der Nacht so kalt wird.«

»Würdest du gerne heute Nacht bei mir bleiben?«, fragte Graham. »Die Couch kann man ausziehen und du könntest darauf schlafen.«

Jetzt ist es endlich so weit, dachte Jamie. *Seine Behauptungen, ich würde nicht dafür bezahlen müssen, waren doch nur Geschichten gewesen.*

Dennoch zögerte er nur einen kurzen Augenblick.

»Natürlich, das würde ich gerne«, sagte er.

Graham war sich nicht sicher, ob er Jamies letzte Worte glauben sollte. Er sagte jedoch nichts. Jetzt war nicht die richtige Zeit dafür, über dieses Thema zu sprechen.

Er war sich jedoch sicher, dass Jamie in dem Geschäft den Versuch unternommen hatte, mit ihm zu flirten, weil er glaubte, es tun zu müssen, um bleiben zu dürfen. Er behielt seine Überlegungen jedoch für sich, denn einen Moment später bog er auch schon in die Einfahrt zum Parkplatz seines Wohnhauses ein.

Nachdem sie ausgestiegen waren, gingen sie zur Haustür. Graham fiel auf, dass Jamie seine Einkaufstasche noch immer an sich gedrückt hielt, als befürchtete er, sie gleich zu verlieren. Als sie die Wohnung betraten, zogen sie zuerst ihre Jacken und Schuhe aus.

»Wollen wir noch einen Blick auf deine neuen Sachen werfen?«, fragte Graham.

»Darf ich?«, fragte Jamie hoffnungsvoll.

»Natürlich. Es sind deine Sachen. Du kannst damit machen, was immer du möchtest.«

Jamie zögerte einen Moment, sah Graham an und griff nach dem Bund seines Shirts, um es auszuziehen. Graham hob die Hand und hielt ihn auf.

»Ich denke, du solltest besser alles ins Bad mitnehmen und dich dort umziehen, okay?«

»Oh, okay«, murmelte Jamie, der Grahams Zurückhaltung noch immer nicht verstehen konnte.

Er nahm die Einkaufstasche und verschwand damit im Badezimmer. Als er ein paar Minuten später wieder herauskam, stellte Graham abermals fest, dass der Junge in seinen neuen Sachen absolut großartig aussah. Nachdem er Jamie einen Moment lang betrachtete hatte, musste Graham zugeben, dass Jamie einen besseren Modegeschmack hatte als er selbst.

»Du siehst darin toll aus«, sagte er schließlich. »Wusstest du das?«

Jamie errötete und senkte verlegen den Blick.

»Das hat noch nie jemand zu mir gesagt«, stammelte er.

Graham fühlte sich schlecht, weil er den Jungen in Verlegenheit gebracht hatte. Das war nicht seine Absicht gewesen. Er hatte ihm nur ein aufrichtiges Kompliment machen wollen.

»Vielleicht hätte ich nicht toll sagen sollen, aber du siehst darin definitiv gut aus.«

»Vielen Dank für all das, Graham«, murmelte Jamie, noch immer verlegen. »Ich hatte noch nie so etwas Gutes. Selbst zuhause kamen die Sachen aus dem Trödelladen, wenn ich mal etwas bekam.«

Diesmal war Graham derjenige, der verlegen war. Er hatte nur etwas ganz Normales getan – etwas, das Jamies Eltern für ihn hätten tun sollen. Es war nichts, für das Jamie so dankbar sein sollte. Graham kaschierte sein Unbehagen, indem er das Thema wechselte.

»Ich muss heute Abend noch einiges an Arbeit für das Büro erledigen. Möchtest du noch ein bisschen fernsehen oder lieber gleich ins Bett gehen?«

»Ins Bett gehen wäre schön«, sagte Jamie mit einem Lächeln, das mehr kommunizierte als seine Worte sagten.

Graham bemerkte es, ignorierte es jedoch absichtlich. Stattdessen nahm er einfach die Sachen von der Couch, die darauf lagen und zog sie zu einem Bett aus.

»Ich gebe zu, es ist nichts Besonderes, aber ich bin nur unter der Woche hier«, erklärte Graham.

Jamie nickte, sagte aber nichts zu Grahams spartanischem Lebensstil – ein altes Auto, eine kleine Einraumwohnung und jetzt eine

Schlafcouch. Es war alles andere als luxuriös, aber es war sauber und warm. Das war für Jamie ohnehin das Einzige, was zählte. Nichtsdestotrotz passte das alles nicht so recht zu dem Mann, der vor weniger als einer Stunde ohne mit der Wimper zu zucken ein kleines Vermögen für ihn ausgegeben hatte. Jamie wusste zwar nicht, wie viel seine neuen Sachen tatsächlich gekostet hatten, aber er war sich sicher, dass es ein paar hundert Dollar gewesen sein mussten. Für ihn war Grahams Verhalten nach wie vor ein großes, ungelöstes Knäuel aus Widersprüchen.

Graham fiel plötzlich ein, dass Jamie keine Sachen zum Schlafen hatte. Beim Einkaufen hatte er dies auch überhaupt nicht bedacht. Er überlegte einen Moment.

»Ich kann dir leider keinen Pyjama anbieten, aber wie wäre es mit dem T-Shirt, das du vorhin getragen hast, als wir auf deine Wäsche gewartet haben?«

Jamie kam diese Frage eher sinnlos vor. Er wusste doch ganz genau, was von ihm erwartet wurde.

»Klar, mir ist alles recht«, sagte er dennoch.

»Okay, warum gehst du nicht ins Bad und putzt dir die Zähne?«, schlug Graham vor. »Dort kannst du dich dann auch gleich umziehen und dann ins Bett gehen.«

»Ich habe keine Zahnbürste«, gab Jamie beschämt zu.

Graham hätte es eigentlich wissen müssen, aber er hatte wieder nicht daran gedacht, dass selbst die einfachsten und selbstverständlichsten Dinge für Jamie eine große Sache waren.

»Wirf einen Blick in den Schrank neben dem Waschbecken. Dort findest du ein paar neue Zahnbürsten. Du kannst dir einfach eine aussuchen.«

Jamie ging ins Badezimmer und fand wie versprochen im Schrank ein paar Zahnbürsten. Er entschied sich für die blaue und putzte sich die Zähne. Es war ein tolles Gefühl, denn es war nicht oft vorgekommen, dass er die Chance dazu gehabt hatte. Anschließend wusch er sich noch einmal das Gesicht und schlüpfte in das übergroße T-Shirt, das ihm bis über die Knie reichte.

Graham bemerkte ein weiteres Mal, dass Jamie seine neuen Sachen sorgfältig und achtsam zusammengelegt hatte, als er aus dem Bad kam. Sie lagen auf den alten Sachen des Jungen, die ebenfalls gefaltet waren. Jamie kam zu Graham, blieb neben ihm stehen und sah sich einen Moment lang um.

Als er die nun leere Einkaufstasche sah, schob er sie mit dem Fuß neben das ausgeklappte Sofa auf dem Boden und legte seine Kleidung darauf. Die ganze Zeit über baumelte der Rucksack an seinem Arm. Graham war klar, dass nichts und niemand den Jungen von seinem Rucksack trennen würde. Er verstand aber nicht genau, warum das so war. Graham zog die Decke zurück und hielt sie hoch, sodass Jamie darunterschlüpfen konnte.

Der Junge sah einen Moment lang seinen Rucksack an, dann stellte er ihn direkt neben der Couch auf dem Fußboden ab und kletterte ins Bett. Sobald Jamie lag, deckte Graham ihn zu und schaltete den Großteil der Beleuchtung aus, damit es dunkler im Raum wurde. Er ließ lediglich eine kleine Lampe auf dem Küchentisch an. Graham kam zur Couch zurück und lächelte Jamie an.

»Kommst du klar?«, fragte er. »Ich werde dann dort drüben am Tisch noch ein bisschen arbeiten. Stört dich das Licht?«

»Du kommst jetzt nicht ins Bett?«, fragte Jamie und rückte ein Stück, um zu zeigen, dass er für Graham Platz machen würde.

»Nein, ich habe noch eine Menge zu tun und morgen wird ein anstrengender Tag.«

»Okay, ich komme zurecht«, sagte Jamie. »Das Licht stört mich überhaupt nicht.«

»Schlaf gut«, sagte Graham. »Ich hoffe, du kannst dich zur Abwechslung ein bisschen erholen.«

Jamie lächelte Graham an und entspannte sich sichtlich, als er feststellte, dass heute Nacht scheinbar nichts passieren würde.

»Niemand wird dir hier wehtun, Jamie«, sagte Graham, dem das nicht entgangen war. »Du bist hier wirklich sicher. Gute Nacht.«

Er wartete nicht auf eine Antwort, sondern ging direkt zum Tisch auf der anderen Seite des Raumes.

Jamie drehte sich auf die Seite, sodass er sehen konnte, was Graham machte. Er konnte noch immer nicht so recht glauben, dass der Mann nichts versuchen würde.

Er sah dabei zu, wie Graham seine Aktentasche auf den Tisch legte, sie öffnete und ein paar Unterlagen daraus auf dem Tisch ausbreitete. Kurz darauf holte er auch ein Notebook heraus, das er aufklappte und startete. Sobald der Rechner hochgefahren war, begann er, auf der Tastatur zu tippen, nur kurz unterbrochen, um durch die Papiere zu stöbern und etwas darin zu suchen.

Obwohl er ziemlich müde war, sah Jamie Graham eine Weile beim Arbeiten zu. Der Mann war so in das vertieft, was er machte, dass er scheinbar schon vergessen hatte, dass Jamie auf seiner Couch lag.

Überzeugt davon, dass Graham ihn zumindest für diese Nacht in Ruhe lassen würde, drehte er sich auf die andere Seite und gähnte.

Während er die Augen schloss, dachte er über die merkwürdigen und beinahe unglaublichen Ereignisse des Tages nach.

Bevor er jedoch das Rätsel um Graham lösen konnte, das ihn seit Stunden beschäftigte, schlief er schließlich ein. Das Letzte, was er hörte, war das Klappern der Tasten von Grahams Notebook.

Kapitel 6:
Abflug

Jamie schreckte aus dem Schlaf hoch und für einen Moment wusste er nicht, wo er war. Angst überkam ihn, doch dann erkannte er den kleinen Raum, in dem er war. Sofort erinnerte er sich an die Ereignisse des Vortags und während er darüber nachdachte, wie er Graham in der *North Road Mall* kennengelernt hatte, entspannte er sich wieder. Er zog die Decke fester um sich und genoss das Gefühl, in einem warmen Bett zu liegen. Es war lange her, dass er es so bequem gehabt hatte, ohne im Voraus dafür eine Leistung erbringen zu müssen. Er drehte sich auf die andere Seite und sah, dass eine einzelne Lampe brannte. Graham saß noch immer am Küchentisch, den Kopf zwischen all den Papieren, die er dort am Vorabend ausgebreitet hatte. Das leise Schnarchen verriet Jamie, dass der Mann tief und fest schlief. Jamie begann sofort, sich Sorgen zu machen, weil er im einzigen, verfügbaren Bett geschlafen hatte. Graham hatte offensichtlich gewollt, dass er es benutzte. Dennoch fühlte er sich unwohl bei dem Gedanken daran, dass er dafür verantwortlich war, dass Graham keinen ordentlichen Schlafplatz hatte. Er war davon ausgegangen, dass der Mann zu ihm ins Bett kommen würde, wenn er mit der Arbeit fertig war. Jetzt machte er sich jedoch Sorgen, wie Graham darauf reagieren würde, in dieser Nacht kein Bett gehabt zu haben. Jamie stand leise auf und ging zum Küchentisch. Einen Augenblick blieb er neben Graham stehen, dann legte er eine Hand auf seine Schulter und rüttelte ihn vorsichtig.

»Graham, du kannst in deinem Bett schlafen«, flüsterte er leise.
Graham bewegte den Kopf und stöhnte, wachte jedoch nicht auf.
»Ich muss nicht länger schlafen«, sagte Jamie etwas lauter und rüttelte stärker an der Schulter des Mannes. »Du solltest jetzt ins Bett gehen.«
Graham öffnete langsam die Augen und hob den Kopf von der Tischplatte.
»Oh«, stöhnte er. »Oh, mein Gott. Mein Nacken! Mein Rücken!«
Graham hatte das Gefühl, als würde sich jeder Muskel in seinem Körper lautstark beschweren. Als es ihm schließlich gelang, sich auf-

zurichten, sah er Jamie mit müden Augen an und lächelte. So wie er in diesem zerknitterten T-Shirt und mit verwuschelten Haaren vor ihm stand, sah der Junge vollkommen unschuldig aus. Nur die Male im Gesicht erinnerten an den bekümmerten Jungen, den er am Vortag kennengelernt hatte. Es schien unmöglich zu sein, dass es sich um den gleichen Jungen handelte, der vor weniger als vierundzwanzig Stunden völlig verdreckt auf der Straße gesessen und gebettelt hatte.

»Wie hast du geschlafen, Jamie?«, fragte er.

»Oh, ich habe sehr gut geschlafen. Aber du hättest ins Bett kommen sollen. Dann würde dir jetzt nicht alles so wehtun.«

»Das kommt schon wieder in Ordnung«, versicherte Graham ihm. Er stöhnte, als er aufstand und sich ein bisschen bewegte. Ein Blick auf die Uhr am Herd ließ ihn feststellen, dass es schon fünf Uhr morgens war. Er beschloss, dass es jetzt keinen Sinn mehr machte, ins Bett zu gehen. Stattdessen war er sich sicher, dass Jamie ein ordentliches Frühstück vertragen könnte. Er ging zum Kühlschrank und warf einen Blick hinein. Er hatte jedoch nicht damit gerechnet, einen Gast zu haben, also würde er improvisieren müssen, denn im Kühlschrank war nicht viel zu finden.

»Ich schätze, ich fahre heute einfach früher ins Büro«, bemerkte er. »Dann kann ich auch früher Feierabend machen. Was würdest du von einem Frühstück halten? Ich kann uns etwas machen, wenn du möchtest.«

»Das wäre nett«, sagte Jamie und versuchte, seine Enttäuschung zu verbergen.

Das bedeutete wohl, dass seine Zeit vorbei war. Offenbar war er nicht, was Graham gewollt hatte und jetzt wollte er sicher, dass Jamie verschwand. Er hatte keine Ahnung, was er getan hatte, um Graham dazu zu bringen, sich gegen ihn zu entscheiden, aber jetzt war es vermutlich zu spät, um daran noch etwas zu ändern. Vielleicht hätte er den Mann davon abhalten sollen, im Restaurant ein so großes und teures Gericht für ihn zu bestellen oder so viele teure Sachen für ihn in der Mall zu kaufen? Vielleicht hätte er auch hartnäckiger versuchen sollen, Graham dazu zu bringen, mit ihm ins Bett zu gehen. Was immer er auch falsch gemacht hatte, jetzt hatte er seine Chancen verspielt, etwas länger bleiben und vielleicht noch eine Nacht in einem warmem Bett schlafen zu dürfen. Nun würde er wieder auf der Straße landen.

»Ich verspreche dir, dass ich am Wochenende etwas Besseres kochen werde«, sagte Graham, der mit dem Rücken zu Jamie stand und diverse Zutaten aus den Schränken holte und auf die Arbeitsfläche stellte. »Ich habe im Augenblick nicht viel da, weil ich für gewöhnlich am Montagabend für den Rest der Woche einkaufe.«

Jamie war auf die Knie gegangen, um seine Sachen einzusammeln, aber bei diesen Worten drehte er sich zu Graham um. Das Wochenende? Vielleicht war es doch noch nicht vorbei. Wenn er sich anstrengte, hatte er möglicherweise doch noch die Chance, Graham dazu zu bringen, ihn etwas länger behalten zu wollen. Jamie stellte seinen Rucksack schnell wieder ab, damit Graham nicht sah, dass er bereits dabei war, seine Sachen zu packen, um zu gehen.

»Magst du Eier?«, fragte Graham und drehte sich zu Jamie um.

»Ja, sehr sogar«, sagte Jamie interessiert. »Es ist lange her, seitdem ich Eier hatte.«

»Mal sehen, was ich zaubern kann«, erwiderte Graham und legte mehrere Streifen Speck in die Pfanne, um sie anzubraten.

Jamie sah fasziniert dabei zu, wie Graham arbeitete. Das Frühstück zuhause – wenn es denn mal eines gab – hatte immer nur aus billigen Cornflakes bestanden. Jamie konnte sich nicht erinnern, ob er jemals ein warmes, selbstgemachtes Frühstück bekommen hatte. Er beobachtete jede Bewegung des Mannes. Das Kochen schien ihm Spaß zu machen und Jamie hoffte, dass es so gut schmecken würde, wie es roch.

Als Graham fertig war, nahm er die Papiere vom Küchentisch und verstaute sie zusammen mit seinem Notebook in der Aktentasche. Dann reichte er Jamie einen Teller nach dem anderen, der sie auf dem Tisch abstellte und sich setzte. Graham schenkte noch zwei Gläser Orangensaft ein, von denen er eines vor Jamie stellte, bevor er selbst Platz nahm.

»Lass es dir schmecken«, sagte er zu Jamie, der die Augen nicht von seinem Teller nehmen konnte.

»Es sieht wundervoll aus«, murmelte der Junge und nahm die Gabel zur Hand.

Es war für ihn die dritte Mahlzeit innerhalb von weniger als vierundzwanzig Stunden, aber er hatte schon wieder großen Hunger. Er probierte vom Omelette und war überrascht, wie gut es schmeckte.

»Das ist wirklich klasse«, lobte er Graham nach einigen Bissen.

»Es freut mich, dass es dir schmeckt«, sagte dieser und grinste. »Während du geschlafen hast, habe ich fast alles erledigt, was ich machen musste. Ich muss aber trotzdem für ein paar Stunden ins Büro fahren und alles fertig machen. Danach kann ich gehen und wenn du möchtest, können wir das Wochenende gemeinsam verbringen. Was hältst du davon?«

Jamie hatte gedacht, dass Graham ihn nach dem Frühstück vor die Tür setzen würde, aber dem Anschein nach schien das nicht zu passieren. Obwohl er sich noch immer unsicher war, was die Motive des Mannes anging, hatte er das Gefühl, es wäre die richtige Entscheidung, noch eine Weile zu bleiben. Jedenfalls so lange, bis Graham von ihm die Nase voll hatte und ihn wieder auf die Straße schickte. Oder bis es so schlimm wurde, dass er es nicht mehr aushielt.

»Ja, das würde ich gerne«, sagte der Junge nach kurzem Zögern.

»Während ich arbeite, kannst du hier im Warmen auf mich warten«, fuhr Graham fort. »Du kannst noch ein bisschen schlafen oder fernsehen. Ich habe auch ein paar Bücher, wenn du lieber lesen möchtest. Wenn im Fernsehen nichts Ordentliches läuft, sind im Regal daneben auch ein paar DVDs.«

»Ich kann hier drinbleiben, während du weg bist?«, fragte Jamie verwundert. »Wäre es dir nicht lieber, wenn ich draußen bleibe, sodass ich nichts kaputtmachen oder stehlen kann?«

»Warum würde ich das wollen?«, fragte Graham. »Wenn ich dich bitte, mir dein Vertrauen zu schenken und mir zu glauben, dass ich dir helfen möchte, ist es nur fair, wenn ich dir zuerst zeige, dass ich dir bei etwas so Unbedeutendem vertraue wie dich alleine hierzulassen.«

»Okay«, murmelte Jamie, wollte aber noch nicht so recht daran glauben, dass Graham ihn allein in seiner Wohnung lassen würde.

Jamie hatte schon mehrere Male ein paar Tage am Stück bei einem der Männer verbringen dürfen, aber sie hatten immer darauf bestanden, dass er nach draußen ging, wenn sie nicht zuhause waren. Keiner von ihnen hatte ihm so weit vertraut, ihn allein in ihrer Wohnung oder ihrem Haus zu lassen.

»Ich sollte ungefähr gegen zehn wieder hier sein«, erklärte Graham. »Während ich weg bin, kannst du dich frisch machen, deine neuen Sachen anziehen und dich ein bisschen beschäftigen. Wenn ich zurückkomme, können wir ausgehen und ein kleines Abenteuer erleben.«

»Ein Abenteuer?«, fragte Jamie zweifelnd.

»Es wird dir gefallen, versprochen«, sagte Graham freundlich. »Ich möchte dich aber überraschen, also verrate ich noch nicht mehr. Du brauchst dir aber keine Sorgen machen. Dir wird nichts passieren und niemand wird dich anrühren.«

Jamie glaubte natürlich nicht daran, dass ihm gefallen würde, was sich Graham für ihn ausgedacht hatte, aber er war dazu bereit, bei allem mitzumachen, was Graham vorhatte. Bisher war es ihm unverhofft gut ergangen und Graham war ausgesprochen großzügig gewesen. Mit ein bisschen Glück blieb es vielleicht noch eine Weile so, bevor Graham sein wahres Gesicht offenbarte.

»Okay, ich warte hier auf dich«, sagte Jamie.

»Sehr schön. Ich ziehe mich schnell um und dann fahre ich ins Büro. Wenn ich in ein paar Stunden wieder da bin, können wir gleich aufbrechen.«

Graham ging ins Badezimmer und wusch sich das Gesicht. Während er in den Spiegel sah und sich rasierte, dachte er noch einmal darüber nach, worauf er sich mit dem Jungen einließ. Er war sich nicht sicher, ob er das Richtige tat, aber was konnte er tun? Schließlich würde er die Behörden nicht einschalten können. Wohin das führen würde, hatte Jamie ihm überaus deutlich klar gemacht. Noch weniger konnte er den Jungen einfach zurück auf die Straße schicken. Das stand absolut außer Frage. Aber war es eine gute Idee, ein Straßenkind allein in seiner Wohnung zu lassen? Das sah ihm gar nicht ähnlich. Was, wenn er zurückkam und sein Apartment verwüstet und ausgeräumt worden war? Unmöglich war es vermutlich nicht, aber sein Bauchgefühl sagte ihm, dass es nicht passieren würde. Er war sich nicht völlig sicher, aber es fühlte sich richtig an.

Sobald er fertig angezogen war, kam Graham wieder aus dem Badezimmer und ging zum Küchentisch, um seinen Aktenkoffer zu holen. Jamie beobachtete ihn genau und wartete darauf, dass der Mann sagen würde, dass er es sich anders überlegt hatte und Jamie jetzt gehen müsse.

»Ich habe leider keinen Zweitschlüssel, den ich dir geben kann«, sagte Graham stattdessen. »Meinst du, dass du aus irgendeinem Grund rausgehen musst?«

Jamie glaubte einen Moment lang, er hätte sich verhört. Dem war aber offensichtlich nicht so. Graham ging zur Tür und legte die Hand auf die Klinke, während er auf Jamies Antwort wartete.

»Nein, ich muss nicht weg«, sagte er und freundete sich langsam mit dem Gedanken an, dass Graham ihn tatsächlich nicht sofort wieder loswerden wollte.

»Es tut mir leid, dass ich dich alleine lassen muss, aber du weißt, wie es ist, oder? Wenn der Boss nicht glücklich ist, lässt er dich nicht in Ruhe.«

»Das ist okay«, sagte Jamie. »Ich verstehe das.«

»Wir sehen uns dann in ein paar Stunden.«

Er lächelte den Jungen noch einmal an, bevor er die Tür öffnete und anschließend hinter sich wieder schloss. Jamie starrte die geschlossene Tür an und war völlig perplex. Woher wusste Graham, dass es sicher war, ihn in seiner Wohnung alleine zurückzulassen? Wie konnte sich der Mann sicher sein, dass er nichts stehlen und sich aus dem Staub machen würde? Jamie wusste, dass er so etwas nie tun würde, aber er fragte sich, wie sich Graham so sicher sein konnte, dass er ihm vertrauen könne. Und warum hatte er letzte Nacht keinen Versuch unternommen, irgendetwas mit ihm zu machen, nachdem er den Mann so viel Geld gekostet hatte? Das ergab alles keinen Sinn. Hatte Graham ihn vielleicht eingeschlossen, sodass er nicht abhauen konnte? Er hatte keinen Schlüssel gehört, aber er hatte auch nicht darauf geachtet. Jamie ging zur Tür und probierte sie aus. Sie öffnete sich mit einem leisen Klicken. Jamie schloss die Tür wieder und ging zur Couch. Während er ein weiteres Mal über diesen mysteriösen Mann nachdachte, nahm er die Fernbedienung zur Hand und schaltete den Fernseher ein. Es würde einige Stunden dauern, bevor Graham zurückkam und Jamie hoffte, etwas Vernünftiges in der Glotze zu finden.

* * *

Graham hatte an diesem Morgen beschlossen, nicht wie üblich den Bus zu benutzen, sondern besser mit dem Wagen zur Arbeit zu fahren. Da er ohnehin nur einen kurzen Arbeitstag plante, wollte er keine Zeit damit verschwenden, auf Busse warten zu müssen. Der Verkehr war so früh am Morgen nicht besonders dicht und es dauerte nicht lange, bis Graham in der Tiefgarage unter seinem Bürogebäude einparkte. Er stieg aus und nahm den Fahrstuhl nach oben. Er wollte die noch offenen Aufgaben so schnell wie möglich erledigen. Für gewöhnlich machte er an Freitagen früher Feierabend, um den Nachmittagsflug auf die Insel zu erwischen. Diesmal hoffte er jedoch darauf, noch am Vormittag nach Hause zu fliegen und damit das Wochenende einläuten zu können. Er ging an seinen Platz und begann mit der Arbeit.

Als sein Boss schließlich um kurz nach neun im Büro eintraf, hatte Graham alles erledigt. Er wartete noch zehn Minuten, dann ging er ins Büro seines Chefs, den Bericht in der Hand.

»Guten Morgen, Alex«, sagte er fröhlich, als er an die offene Tür klopfte.

»Guten Morgen, Graham«, erwiderte der Mann, als er aufsah. »Ich habe gestern am späten Nachmittag den Vertrag und Ihre Notiz dazu gefunden. Ist das der Bericht?«

»Ja, das ist er«, sagte Graham und hielt den Bericht hoch.

Sie unterhielten sich noch eine Weile über den Vertrag und die darin festgelegten Inhalte. Sein Chef deutete an, dass sich Graham am Jahresende über einen ordentlichen Bonus würde freuen können. Graham hatte die Zeit, die er damit verbracht hatte, an seinem Bericht zu arbeiten, auch dazu genutzt, um ein bisschen nachzudenken. Als die geschäftlichen Themen durchgesprochen waren, kam er darauf zu sprechen, was er wollte.

»Da jetzt alles erledigt ist, möchte ich um etwas Urlaub bitten«, sagte Graham. »Ich habe ein paar persönliche Dinge zu erledigen und ich möchte meinen Weihnachtsurlaub ein bisschen verlängern. Wenn es Ihnen nichts ausmacht, würde ich ihn gerne gleich antreten.«

Sein Chef beugte sich nach vorne und fragte nach, ob er wirklich alles erledigt hatte. Als Graham bejahte, wünschte er ihm einen schönen Urlaub. Graham ging an seinen Platz zurück und räumte seinen Schreibtisch auf. Sobald er fertig war, griff er zum Telefon. Nach dem dritten Klingeln meldete sich eine weibliche Stimme und fragte, was sie für ihn tun konnte.

»Ist David Greene zu sprechen?«, fragte Graham.

»Einen Moment bitte.«

Es dauerte nicht lange, bis sich eine männliche Stimme meldete.

»Hier ist Dave.«

»Hier ist Graham«, meldete er sich. »Wie geht es dir?«

»Ziemlich gut. Ich war gerade damit beschäftigt, die Maschine für den Morgenflug zu beladen. Was gibt's?«

»Ich habe mich gefragt, ob du für den Elf-Uhr-Flug noch Platz hast. Ich mache heute früher Feierabend und wenn du noch nicht voll bist, würde ich gerne schon eher fliegen. Ich brauche allerdings einen zweiten Platz. Meine Schwester hat ihren Sohn für das Wochenende zu mir geschickt, also möchte ich ihn auf die Insel mitnehmen.«

»Heute Vormittag habe ich hauptsächlich Fracht an Bord und nur ein paar Passagiere. Wenn du zwei Plätze brauchst, kommt es aber auf das Gewicht an. Wie schwer ist er?«

»Nicht besonders schwer«, erklärte Graham. »Unter vierzig Kilo würde ich sagen.«

»Das ist kein Problem. Wenn du möchtest, kann er auch vorne bei mir sitzen.«

»Das würde ihm sicher gefallen«, gluckste Graham. »Außerdem wäre deine Versicherung bestimmt begeistert, wenn du zur Abwechslung mal einen Copiloten hast, der dich im Auge behält.«

»Pass bloß auf«, lachte Dave. »Wenn du dich nicht benimmst, könnte es eine unangekündigte Wasserlandung geben und dann finden wir

81

heraus, wie gut du schwimmen kannst, mein Freund.«
»Okay, okay. Du gewinnst. Ich werde artig sein.«
»Meinst du, dass du es rechtzeitig bis zum Start schaffst?«
»Es wird eng, aber wir werden da sein«, versprach Graham. »Ich werde hier Feierabend machen, sobald wir auflegen. Ich fahre gleich nach Hause, hole Jamie ab und dann machen wir uns auf den Weg.«
»Kein Problem. Da ich weiß, dass ihr kommt, warte ich ein paar Minuten, falls ihr es nicht ganz pünktlich schafft.«
»Vielen Dank, Dave. Fügt die zusätzlichen Kosten einfach zu meiner Rechnung hinzu.«
»Ich sage Ida Bescheid und sie kümmert sich darum. Bis später.«

Graham legte auf und betrachtete einen Moment lang seinen leeren Schreibtisch, bevor er die oberste Schublade öffnete. Er wusste nicht warum, aber er nahm die Tasse heraus, aus der er für gewöhnlich seinen Tee trank. Er legte sie in seine jetzt leere Aktentasche und schloss sie. Nachdem er aufgestanden war, zog er seine Jacke an und verließ sein Büro. Sobald er durch die Tür gegangen war, drehte er sich noch einmal um und sah es sich noch einmal an. Er wusste nicht, warum er es tat, aber sein Gefühl sagte ihm, dass sich einiges in seinem Leben ändern würde. Er schüttelte den Kopf und ging zum Fahrstuhl, um endlich nach Hause zu fahren.

* * *

In Grahams Apartment war Jamie schon dabei, die Hoffnung auf ein interessantes Fernsehprogramm aufzugeben, während er gelangweilt durch die Sender zappte. Das Sprichwort war wirklich wahr: Hunderte Sender und nicht eine vernünftige Sendung. Das Morgenprogramm war für einen Jungen in seinem Alter todlangweilig. Es gab entweder Cartoons für ganz kleine Kinder oder Sendungen für Erwachsene, in denen es um Politik oder die momentan angesagtesten Stars ging. Jamie interessierte sich weder für das Eine noch für das Andere. Er blieb schließlich bei einem Sender hängen, der scheinbar überwiegend alte Serien und Filme zeigte. Gerade lief ein Detektivfilm. Es war nicht zu übersehen, wie alt der Streifen war, aber die Sendung hatte einen subtilen Humor, den er mochte. Er sah sich den Film eine Weile an und war erschrocken, als er hörte, wie ein Schlüssel ins Schloss gesteckt wurde. Er sprang vom Sofa auf und lief in den Küchenbereich, wo er sich neben dem Kühlschrank versteckte. Vorsichtig spähte er dahinter hervor, um nachzusehen, wer in die Wohnung gekommen war.

»Entschuldige, dass ich dich erschreckt habe«, sagte Graham. »Wie geht es dir?«

»Ganz gut«, sagte Jamie und kam aus seinem Versteck. »Im Fernsehen lief nicht viel, aber ich habe diesen alten Film gefunden, der ganz interessant war.«

Graham sah zum Fernseher und nickte. Er kannte den Film und er hatte ihm immer gefallen.

»Wir können gleich aufbrechen. Ich muss nur noch ein paar Sachen zusammenpacken.«

Jamie, der bereits geduscht und angezogen war, setzte sich wieder auf die Couch und sah sich den Film weiter an, während Graham zum Schrank ging und eine kleine Tasche herausholte. Er ging durch die Wohnung und sammelte hier und da ein paar Sachen ein, die er in die Tasche steckte. Es dauerte nur ein paar Minuten, bis er alles hatte.

»War die Arbeit okay?«, fragte Jamie.

»Ganz in Ordnung. Kein Job ist wirklich toll, aber meiner lässt sich aushalten.«

Graham ging in die Küche, um das Geschirr vom Frühstück abzuspülen, stellte aber überrascht fest, dass das bereits erledigt war. Die Teller, Gläser und das Besteck lagen bereits sauber und abgetrocknet auf der Arbeitsplatte.

»Vielen Dank für den Abwasch«, sagte er. »Das hatte ich nicht erwartet.«

Er legte das Besteck in die Schublade und stellte das Geschirr in den Schrank zurück.

»Das ist nur fair nach allem, was du für mich getan hast«, sagte Jamie.

»So viel habe ich gar nicht gemacht«, erwiderte Graham verlegen.

»Für mich schon«, gab Jamie aufrichtig zu.

Graham war verlegen und versuchte es zu verbergen, indem er das Thema wechselte.

»Bist du bereit für unser kleines Wochenendabenteuer?«

Jamie war sich alles andere als sicher, ob er für was auch immer bereit war, aber da Graham bisher so nett zu ihm gewesen war, nickte er.

»Klar. Was wollen wir machen?«

»Warum packst du nicht deine Sachen zusammen und ich zeige es dir?«

Jamie stand vom Sofa auf und steckte seine alten Sachen, die neben der Couch auf dem Boden lagen, in seinen Rucksack. Jamies alte

Schuhe wanderten in ein Plastiktüte, die Graham zu den Sachen in seine Tasche packte. Zu guter Letzt reichte Jamie dem Mann das andere Paar neue Kleidung, das er bekommen hatte. Graham verstaute es ebenfalls in seiner Tasche, bevor er sie schloss und sich noch einmal umsah, ob er auch nichts vergessen hatte.

»Brauchst du noch etwas, bevor wir gehen?«

»Nein, ich bin bereit«, sagte Jamie, schaltete den Fernseher aus und nahm seinen Rucksack.

»Wir sollten uns beeilen«, bemerkte Graham, als sie ihre Jacken anzogen. »Wir wollen nicht zu spät kommen.«

»Zu spät wofür?«

»Das wirst du schon sehen«, sagte Graham freundlich und zwinkerte.

Jamie akzeptierte es wortlos, aber etwas Unbekanntes machte ihn immer nervös. Er hatte sich angewöhnt, immer vom Schlimmsten auszugehen. In Grahams Gegenwart fühlte er sich einigermaßen sicher, aber er war dennoch ein bisschen ängstlich, da er nicht wusste, was ihn erwartete. Als sie ein paar Minuten später in Grahams Wagen stiegen, versuchte Jamie noch ein Mal, mehr Informationen zu bekommen.

»Also, wohin fahren wir?«, versuchte er so beiläufig und gelassen wie möglich zu fragen.

»Wenn ich es dir sage, ist es keine Überraschung mehr, oder?«, fragte Graham geheimnisvoll.

Als er kurz zu Jamie sah, bemerkte er jedoch die Furcht im Gesicht des Jungen.

»Mach dir bitte keine Sorgen«, fügte er hinzu. »Ich verspreche dir, dass du es mögen wirst.«

Jamie beschloss, lieber abzuwarten, bevor er diesen Worten Glauben schenkte. Er hakte jedoch nicht weiter nach. Bisher war alles toll gewesen, seitdem er bei Graham war – zu toll für seinen Geschmack. Er fragte sich, wie lange es noch dauern würde, bis sich das änderte. Es war nur eine Frage der Zeit. Da war er sich sicher. Jamie war so tief in seine Gedanken versunken, dass er von der Fahrt nicht viel mitbekam. Erst als sie fast aus der Stadt heraus waren, bemerkte er ein Straßenschild, das auf den Flughafen hinwies.

»Wir fahren zum Flughafen?«, fragte Jamie überrascht.

»Nicht ganz«, antwortete Graham kryptisch.

Kurz darauf bogen sie von der Hauptstraße, die zum Flughafen führte, nach links in eine kleine Nebenstraße ab, die an einem Fluss entlangführte. Ein paar Minuten später bog Graham auf einen kleinen Parkplatz neben einem unscheinbaren Gebäude ein, das sich am Flussufer befand.

»Wir sind da«, verkündete Graham, als er den Motor abstellte und die Tür öffnete.

»Hier?«, fragte Jamie, nahm seinen Rucksack und stieg ebenfalls aus. »Hier ist nichts. Der Flughafen ist dort.«

Er deutete in die Richtung, in der der Flughafen lag.

»Da irrst du dich«, gluckste Graham und holte seine Tasche aus dem Kofferraum.

Er deutete auf das Gebäude und Jamie folgte ihm dorthin. Über der Tür hing ein Schild, das so alt war, dass man es nicht mehr lesen konnte. Der heruntergekommene Zustand des Gebäudes flößte auch nicht gerade Vertrauen ein. Graham öffnete die Tür und Jamie zögerte einen Moment, bevor er hineinging.

»Du solltest dich besser beeilen, wenn du nicht willst, dass sie ohne dich starten«, bemerkte Graham grinsend.

»Wo sind wir hier?«, wollte Jamie wissen.

Die Sorge in seiner Stimme war nicht zu überhören.

»Ich zeige es dir gleich.«

Graham lächelte noch einmal, dann ging er zu einer Klöntür. Die obere Hälfte des Türflügels war geöffnet. Eine Frau auf der anderen Seite erkannte Graham und winkte ihm zu.

»Ihr habt es geschafft«, sagte sie fröhlich. »Er hat gesagt, dass ihr kommen würdet.«

»Es tut mir leid, dass wir ein paar Minuten zu spät sind, Ida«, entschuldigte sich Graham. »Wir sind so schnell gekommen, wie wir konnten.«

»Ihr solltet besser gleich rausgehen«, sagte die Frau, während sie Grahams Namen in einer Liste auf einem Klemmbrett abhakte. »Wir wollen nicht, dass die anderen Passagiere anfangen, sich zu beschweren.«

Graham bedeutete Jamie, ihm zu einer Tür am anderen Ende des Gebäudes zu folgen. Als Jamie bei ihm ankam, öffnete er die Tür und ließ den Jungen zuerst hindurchgehen. Die Sonne blendete Jamie einen Moment, doch dann erkannte er das weiße Wasserflugzeug, das an einem kleinen Anlegeplatz festgemacht war.

»Wir fliegen damit?«, wunderte sich Jamie.

»Dort, wo wir hinwollen, kommt man mit einem normalen Flugzeug nicht hin«, erklärte Graham.

Jamie starrte das Flugzeug an, während sie sich ihm langsam näherten. An der Vorderseite sprang ein bulliger Mann aus der Maschine und kam auf sie zu. Er begrüßte Graham, bevor er ihm die Tasche abnahm. Er und Jamie folgten dem Mann zum Flugzeug.

»Wir sind nur ein paar Minuten hinter dem Zeitplan«, bemerkte der Mann, während er Grahams Tasche im Frachtraum verstaute und die Luke schloss.

»Entschuldige, dass wir dich haben warten lassen, Dave«, sagte Graham. »Ich musste noch ein paar Sachen im Büro erledigen, bevor ich wegkonnte.«

»Das ist kein Problem«, sagte Dave und winkte ab. »Ich wusste ja, dass du kommst. Ida wird nur immer ein bisschen unruhig, wenn wir nicht genau pünktlich sind.«

Dave hielt die Tür auf und Graham stieg als Erster ein. Jamie zögerte einen Moment, dann folgte er ihm. Sobald sie in der Kabine waren, schloss Dave die Tür von außen. Graham hatte sich bereits auf den letzten, freien Platz gesetzt und Jamie sah sich verdutzt um, weil er nicht wusste, wohin er sich setzen sollte. Während er überlegte, was er tun sollte, hatte Dave das Flugzeug bereits losgemacht und es von der Anlegestelle abgestoßen, bevor er ins Cockpit stieg.

»Hey, wo ist mein Copilot?«, rief der Mann von vorne und zwinkerte Graham zu.

Graham grinste Jamie an und deutete auf den freien Platz neben dem Piloten.

»Ich?«, fragte Jamie ungläubig.

»Du solltest dich besser beeilen«, rief Dave in einem übertrieben schroffen Ton. »Ich darf nicht starten, solange nicht jemand neben mir sitzt.«

Jamie warf einen hilfesuchenden Blick zu Graham, doch der schien in das kleine Heft mit den Sicherheitsanweisungen vertieft zu sein. Graham spähte über den Rand des Heftes hinweg und sah dabei zu, wie der Junge nervös auf den Sitz des Copiloten kletterte. Sobald er saß, nahm er den Rucksack vom Rücken und stellte ihn wie üblich zwischen seinen Beinen ab. Kurz darauf warf er einen unsicheren Blick über die Schulter zu Graham. Das breite Grinsen im Gesicht des Mannes verriet ihm, dass all das geplant war. Als er sah, wie sich Dave anschnallte, legte auch Jamie den Sicherheitsgurt an. Einen Moment lang ließ er den Blick über die Instrumente vor sich schweifen und fragte sich, wofür all die Knöpfe und Hebel da waren.

»Das solltest du besser aufsetzen«, sagte Dave und reichte Jamie ein Headset.

Jamie setzte die Kopfhörer vorsichtig auf und stellte sie auf die richtige Größe ein.

»Kannst du mich hören?«, fragte Dave.

»Laut und deutlich«, antwortete Jamie, der sich so weit entspannt hatte, dass er inzwischen lächeln konnte.

Dave wandte sich in seinem Sitz zu den Passagieren um und sprach zu ihnen.

»Okay, Leute. Mein Name ist Dave und ich bin heute Ihr Copilot. Zur Abwechslung haben wir das Glück, endlich mal jemandem bei uns zu haben, der in diesen neumodischen Flugdingern hier ausgebildet wurde. Anstatt euch also an eure Sitze zu klammern, während ich die Betriebsanleitung lese, übergebe ich das Flugzeug einfach in die fähigen Hände des jungen Mannes neben mir. Wenn ihr Fragen habt, lest einfach die Sicherheitsanweisungen. Und jetzt heißt es festhalten und wenn irgendetwas schieflaufen sollte, vergesst nicht, dass ihr euren Nebenmann als Floß benutzen könnt.«

Jamie errötete, als er das Kichern und Glucksen hinter sich hörte. Er freute sich jedoch darüber, einen so guten Platz bekommen zu haben. Von seinem Sitz aus konnte er nicht nur alles sehen, er konnte auch Dave aus der Nähe bei der Arbeit beobachten. Er fragte sich, ob Graham irgendwie gewusst hatte, dass Jamie noch nie einem Flugzeug und erst recht nicht in einem Cockpit gesessen hatte. Was auch immer Graham für ihn als Abenteuer geplant hatte, der Anfang war wirklich vielversprechend und erfreulich. Er warf einen Blick aus dem Seitenfenster und bemerkte, dass das Flugzeug langsam zur Mitte des Flusses trieb. Als jedoch nichts passierte, sah er neugierig zu Dave und wunderte sich, warum dieser nicht den Motor startete. Er wurde rot, als er sah, dass Dave mit verschränkten Armen neben ihm saß und ihn anstarrte.

»Du solltest besser bald den Motor starten oder wir treiben zu weit«, bemerkte er. »Immerhin ist das der Job des Kapitäns.«

Jamie öffnete den Mund und seine Lippen bewegten sich, er brachte vor Erstaunen jedoch einen Moment lang kein Wort heraus.

»Aber ...«, murmelte er leise. »Aber ich weiß rein gar nichts darüber, wie man ein Flugzeug fliegt.«

»Was?«, fragte Dave erschrocken. »Mir wurde gesagt, dass du dich mit dieser Maschine auskennst und sie im Schlaf fliegen kannst.«

»Nein, ich habe keine Ahnung von Wasserflugzeugen«, sagte Jamie besorgt.

»Du meine Güte! Ich schätze, das heißt auch, dass du nicht weißt, warum das rote Licht dort blinkt?«

Der Mann deutete auf das Display des Navigationsgeräts auf Jamies Seite des Cockpits.

»Nein, Sir«, sagte Jamie nervös.
»Das ist okay«, gluckste Dave. »Ich weiß es auch nicht. Lass uns einfach die Daumen drücken, dass es nichts Wichtiges ist. Ich brauche aber trotzdem deine Hilfe. Ich möchte, dass du den roten Hebel dort nach oben schiebst, damit ich den Motor starten kann. Ich hoffe nur, dass niemand von der Internationalen Bruderschaft der Piloten und Skateboardtechniker in der Nähe ist und sich beschwert.«

Erst jetzt realisierte Jamie, dass Dave mit ihm scherzte. Er hob die Hand und schob den Hebel nach oben, auf den Dave gezeigt hatte. Einen Augenblick später startete der Motor. Jamie sah zu Dave und grinste.

»Möchtest du den Take-Off machen oder möchtest du, dass ich es versuche?«, fragte Dave.

Die Unsicherheit war verschwunden und Jamie amüsierte sich offensichtlich.

»Sie müssen sicherlich mehr üben als ich«, kicherte der Junge. »Also lass ich es besser Sie machen.«

»Ah, ein Schlauberger«, lachte Dave, bevor er die Stimme hob. »Also, Leute, wie es aussieht, müsst ihr mit mir Vorlieb nehmen. Haltet euch gut fest, es geht los!«

Jamie drehte sich zu Graham um, der ihn anlächelte und zwinkerte. Jamie schenkte ihm ein breites Grinsen, bevor er sich wieder Dave zuwandte, um ihm zuzusehen. Dave war offensichtlich nicht nur ein witziger Typ, sondern auch ein guter Pilot. Es war nicht zu übersehen, dass er genau wusste, was er tat. Ohne Probleme manövrierte er die Maschine an die richtige Stelle, bevor er das Flugzeug beschleunigte.

»Oh, wow!«, murmelte Jamie, als die Maschine abhob und immer höher stieg.

Kapitel 7:
Besuch im Paradies

Der Flug dauerte nicht lange, aber für Jamie war es ein unglaubliches Erlebnis. Er hatte die Stadt noch nie aus so großer Höhe sehen können und es war beeindruckend. Noch mehr gefielen ihm aber die kleinen Inseln, die mal nah, mal fern zu sehen waren. Sie alle wirkten unberührt, obwohl sich Jamie sicher war, dass die meisten von ihnen bewohnt waren.

Dem Jungen stockte der Atem, als sie sich ihrem Ziel näherten und er realisierte, dass sie zwischen den zahlreichen größeren und kleineren Segelbooten landen würden.

Erst als sie angelegt und Dave das Flugzeug sicher festgemacht hatte, erlaubte er den Passagieren, sich abzuschnallen. Nach und nach half er ihnen beim Aussteigen, aber Jamie wartete, bis er der Letzte in der Maschine war.

Er schulterte seinen Rucksack und kletterte mit Daves Hilfe ins Freie. Kurz darauf sah er dabei zu, wie Dave das Gepäck der Passagiere und die Fracht auslud. Als er damit fertig war, bemerkte er, dass Jamie ihn beobachtete.

Der Junge ging zu ihm, als er sicher war, dass er ihn nicht stören würde.

»Vielen, vielen Dank, Sir«, sagte Jamie begeistert. »Ich bin noch nie zuvor geflogen und es war einfach unglaublich. Es war ganz besonders toll, dass ich bei Ihnen sitzen und alles sehen konnte.«

Dave lächelte. Die Freude und Dankbarkeit des Jungen berührte ihn. Er streckte seine Hand aus und Jamie ergriff sie.

»Du kannst jederzeit wieder mit mir fliegen, Captain«, sagte er grinsend.

Jamie bedankte sich noch einmal, dann ging er an den Rand der Anlegestelle, um in das klare Wasser zu schauen. Zu seiner Überraschung tummelten sich dort unzählige kleine Fische. Graham nutzte die Gelegenheit, um sich selbst bei Dave zu bedanken.

»Das war wirklich toll von dir. Ich schulde dir was.«

»Hey, so viel Spaß hatte ich schon lange nicht mehr«, gluckste der Mann, wurde dann jedoch ernster. »Nur eine Sache: Du hast deine

Schwester seit Jahren nicht gesehen, oder?«
Graham sah Dave an und zögerte.
»Es ist eine lange Geschichte«, sagte er schließlich.
»Ich habe die Male gesehen und die neue Kleidung bemerkt«, erwiderte Dave. »Ich hoffe nur, du weißt, worauf du dich da einlässt. Wenn ich irgendetwas tun kann, um zu helfen, lass es mich wissen.«
»Ich bin nicht sicher, ob ich weiß, auf was ich mich da einlasse«, gab Graham zu. »Aber ich konnte ihn nicht einfach ignorieren.«
»Du warst schon immer ein Softie, nicht wahr?«, fragte Dave und klopfte Graham auf die Schulter.

Graham nickte, nahm seine Tasche und wollte gerade zu Jamie gehen, als am anderen Ende des Stegs ein großer, weißer Hund auftauchte, der laut bellend in ihre Richtung gerannt kam. Die anderen Passagiere, die gerade auf dem Weg ans Ufer waren, wichen dem Hund aus, der ohne auf sie zu achten an ihnen vorbeirannte.

Als er das Bellen hörte, blickte Jamie auf und sah entsetzt dabei zu, wie der Hund das Ende des Stegs erreichte, in die Luft sprang und fast auf Graham landete.

Jamie versuchte, etwas zu rufen, um Graham zu warnen, aber er war zu überrascht und geschockt gewesen, um einen Ton herauszubringen.

Jamie wollte schon zu Graham rennen und ihm helfen, als er realisierte, dass der Mann keineswegs angegriffen wurde. Nein, der Hund leckte Graham über das ganze Gesicht. Der Mann lachte und umarmte den Hund fest.

»Cindy, ich habe dich so vermisst«, hörte Jamie ihn sagen, während er weiter lachend versuchte, den riesigen Labrador Retriever zu streicheln.

Es dauerte ein paar Minuten, bis sich der Hund beruhigt hatte und Graham sie absetzte. Sie sah weiter zu ihm auf und wedelte freudig mit dem Schwanz. Graham ging neben ihr auf die Knie und streichelte sie. Jamie war gar nicht aufgefallen, dass Dave zu ihm gekommen war. Erst als er sprach, bemerkte er den Mann, der neben ihm stand.

»Als Graham vor einem Jahr zum ersten Mal hierher auf die Insel kam, gehörte Cindy den Leuten, die das Haus besaßen, an dem Graham interessiert war«, erklärte der Mann leise. »Als er sich das Grundstück ansah, erfuhr er, dass Cindy von ihren Besitzern gequält worden war. Er hat ihnen gesagt, dass er sie als Zugabe haben wollte, wenn er ihr Haus kaufte oder er würde die Behörden und die Presse informieren. Ihre ehemaligen Besitzer haben daraufhin nachgegeben und Graham den Hund überlassen. Er hat sie wieder gesundgepflegt und seitdem ist sie eine treue Gefährtin. Sie läuft jeden Freitag von seinem Haus hierher, um ihn zu begrüßen und abzuholen.«

»Das hat er wirklich getan?«, fragte Jamie und blickte zu Dave auf.

»Ja, das hat er. Graham ist ein sehr netter und liebevoller Mann. Es hat ihn eine Menge Arbeit gekostet, Cindy dabei zu helfen, ihre Angst vor Menschen zu überwinden. Die meisten anderen hätten längst aufgegeben. Aber wie du sehen kannst, geht es ihr jetzt gut.«

»Woher weiß sie, wann Freitag ist?«

»Ich habe keine Ahnung«, gab Dave zu. »Aber sie weiß es irgendwie immer. Der einzige Grund dafür, dass sie nicht bereits hier am Steg gesessen und gewartet hat, ist die Tatsache, dass Graham heute ein bisschen eher dran ist als sonst.«

Dave klopfte dem Jungen sanft auf die Schulter, bevor er davonging. Jamie betrachtete Graham nachdenklich, der den Hund noch immer streichelte.

»Jamie!«, rief Graham. »Ich möchte dir eine ganz besondere Freundin von mir vorstellen. Das ist Cindy. Sie passt auf mein Haus auf, wenn ich in der Stadt bin.«

Jamie zögerte kurz, bevor er langsam und vorsichtig zu ihnen ging. Der Hund war so groß und er hatte gesehen, wie er Graham in seiner Aufregung fast umgeworfen hatte. Er war nervös und zugegeben hatte er auch ein bisschen Angst. Er wollte ihr nicht zu nahe kommen. Er hatte noch nicht viel mit Hunden zu tun gehabt und seine wenigen Erfahrungen waren keine guten gewesen.

Ein paar Mal war er von Wachhunden gejagt worden, aber er hatte immer Glück gehabt und war ihnen entkommen. In seinen Augen waren Hunde aggressiv und gefährlich – vor allem, wenn sie so groß waren wie dieser.

Als er sich ihnen näherte, setzte sich Cindy jedoch auf ihre Hinterläufe und hob eine Vorderpfote, als wollte sie ihm die Hand geben.

»Cindy, das ist Jamie«, sagte Graham förmlich. »Jamie, das ist Cindy.«

Cindy bellte ein Mal laut zur Begrüßung, aber es klang für Jamie eher fröhlich als bedrohlich. Jamie sah dabei zu, wie sie aufstand und seine Hand beschnupperte. Kurz darauf rieb sie ihren Kopf und ihre Schulter an seinem Bein.

»Ich glaube, sie mag dich«, bemerkte Graham.

»Vielleicht«, sagte Jamie unsicher und streckte vorsichtig eine Hand aus, um ihren Kopf leicht zu streicheln.

Graham hob die Tasche vom Boden auf, die er in all der Aufregung hatte fallen lassen, dann gingen er, Jamie und Cindy den Steg entlang zum Ufer. Cindy ging ein Stück voraus und führte sie zu Jamies Überraschung zu einem blauen Jeep, der neben einem Baum geparkt war. Der Jeep war ein ziemlicher Kontrast zu dem Kleinwagen, den Graham in der Stadt gefahren war. Der Mann öffnete die Tür auf der Fahrerseite und Cindy sprang sofort hinein und machte es sich auf dem Beifahrersitz gemütlich.

»Komm schon, wir haben heute Besuch«, sagte er beinahe zärtlich zu ihr. »Geh nach hinten.«

Cindy bellte ein Mal, dann sprang sie durch die Lücke zwischen den Vordersitzen hindurch auf die Rückbank, um für Jamie Platz zu machen. Der Junge öffnete die Tür und stieg ein.

»Ist das deiner?«, wollte er wissen, bemerkte aber sofort, wie dumm die Frage war.

»Gefällt er dir besser als mein kleiner Flitzer in der Stadt?«, gluckste Graham.

»Viel besser«, erwiderte der Junge, der den Rucksack von den Schultern nahm und auf seinen Schoß stellte.

»Auf der Insel brauchst du so einen Wagen, insbesondere im Winter. Wenn es schneit, gibt es hier keine Schneepflüge wie in der Stadt, die die Straßen freiräumen.«

Graham drehte den Schlüssel im Zündschloss und startete den Motor. Jamie fiel auf, dass der Schlüssel die ganze Zeit gesteckt hatte. Graham warf noch einen Blick über die Schulter, dann setzte er langsam zurück und fuhr los.

»Warum waren die Schlüssel bereits im Wagen?«, fragte Jamie.

»Oh, ich habe sie stecken lassen, als ich am Sonntag in die Stadt geflogen bin.«

»Hast du keine Angst, dass ihn jemand stehlen könnte?«

Jamie traute seinen Ohren nicht.

»Nein, überhaupt nicht«, erwiderte Graham gelassen. »Du wirst schnell feststellen, dass hier vieles anders läuft als in der Stadt. Die Leute schließen auch ihre Haustüren nicht ab und hier gibt es nicht einmal einen Polizisten. Ich glaube, einmal im Monat kommt einer aus der Stadt hierher, um ein paar Hände zu schütteln. Aber davon mal abgesehen, wenn jemand meinen Wagen stehlen wollte, wäre er damit immer noch auf einer Insel. Das darfst du nicht vergessen. Man könnte ohne Fähre nicht damit von hier weg und wenn das jemand versuchen sollte, würde es den Angestellten auf der Fähre auffallen, dass nicht ich es bin, der den Wagen fährt. Hier kennt wirklich jeder

jeden.«
Während sie zu Grahams Haus fuhren, sah sich Jamie aufmerksam um. Es sah aus, als wäre die Insel vollständig bewaldet. Nur gelegentlich kamen sie an eine Kreuzung mit anderen Straßen, aber Jamie bekam keine einzige Ampel oder auch nur ein Stoppschild zu sehen. Zwischen den Lücken in den Bäumen konnte er auch ab und zu ein Haus erkennen, zu dem immer eine schmale Schotterstraße führte. Einige der Häuser waren winzig und heruntergekommen, andere wiederum riesig und es war klar, dass diese Häuser wohlhabenden Leuten gehören mussten.

Die Straße, die sie entlangfuhren, war sehr kurvig und seitdem sie den Parkplatz verlassen hatten, war ihnen nicht ein einziges Fahrzeug begegnet. Im Vergleich zur Stadt machte die ganze Umgebung auf Jamie einen friedlichen und ruhigen Eindruck. Es war ganz anders als in der Stadt, die er jetzt, zumindest für eine kurze Zeit, hinter sich gelassen hatte. In einiger Entfernung entdeckte er sogar einen Adler, der am blauen Himmel kreiste. So etwas bekam man in der Stadt nicht zu sehen.

Die ganze Zeit über versuchte Cindy, an Jamies Ohr zu lecken und der Junge rutschte immer wieder auf seinem Sitz umher, um ihrer nassen Zunge zu entkommen.

»Ich hatte recht«, bemerkte Graham irgendwann. »Du hast eine neue Freundin.«

»Das kitzelt«, kicherte Jamie und beugte sich nach vorne in der Hoffnung, Cindy so ausweichen zu können.

Einen Augenblick später bog Graham auf einen besonders schmalen Pfad ab. Jamie konnte weit und breit nichts als Bäume sehen. Es dauerte fünf Minuten, bis sie offenbar in eine Einfahrt fuhren, die mit Rosenbüschen bewachsen war. Kurz darauf stellte Graham seinen Wagen unter einem Carport neben einem Terrassenhaus ab. Jamie entdeckte eine große Rasenfläche auf der anderen Seite des Carports, die ein Garten sein musste. Graham stellte den Motor ab und wandte sich Jamie zu.

»Willkommen in meinem kleinen Paradies.«

»Das ist dein Haus?«, fragte Jamie besorgt. »Darf ich aussteigen und mich umsehen?«

»Warum nimmst du Cindy nicht mit?«, schlug er vor. »Ihr könnt euch alles gemeinsam ansehen. Wenn du fertig bist, kannst du einfach deine Sachen mit reinbringen.«

Graham stieg aus dem Wagen aus und ging zu einer Seitentür, ohne auf Jamie zu warten. Zu Jamies Überraschung öffnete er die Tür, ohne einen Schlüssel zu benutzen und verschwand im Inneren des Hauses. Er hatte sogar den Schlüssel im Zündschloss stecken lassen. Jamie fand das alles so seltsam und ungewöhnlich. Nie wäre es ihm in den Sinn gekommen, dass so etwas überhaupt möglich war. Er schüttelte kurz den Kopf, dann öffnete er die Tür und stieg aus dem Wagen aus.

»Komm, Cindy«, sagte er begeistert. »Wollen wir uns ein bisschen umsehen?«

Jamie ging um das Gebäude herum und stellte schnell fest, dass sie auf der Rückseite geparkt haben mussten. Die rückseitige Ansicht des Hauses war ziemlich einfach gehalten, aber in die Front hatte man eine Menge Arbeit gesteckt.

Große Panoramafenster im ersten und zweiten Stock nahmen fast die gesamte Vorderseite des Hauses ein und ermöglichten einen tollen Blick auf den großen Garten und die Obstbäume, die in einem U-förmigen Bereich angelegt waren. Tannen und Zedern schienen das Grundstück in einiger Entfernung abzugrenzen. Eine überdachte Terrasse erstreckte sich über die gesamte Vorderseite des Hauses und es gab eine Glasschiebetür, über die man offenbar in die Küche gelangte. Ein paar schmale, gepflasterte Wege führten über den Rasen hinweg zu den Bäumen, sowohl nach links als auch nach rechts.

Cindy bellte einmal und Jamie folgte ihr, als sie den Pfad nach rechts ging. Er entdeckte, dass auf halbem Weg ein kleiner Fischteich war. Cindy senkte den Kopf und trank einen Schluck aus dem Teich, während Jamie die Goldfische beobachtete, die im Wasser umherschwammen. Die Kombination aus dem relativ bescheidenen Haus und dem großen Grundstück, auf dem es lag, war für Jamie atemberaubend.

Er hatte sein ganzes kurzes Leben in der Stadt verbracht und hatte so etwas noch nie gesehen. Obwohl es offensichtlich von Menschen geschaffen worden war, fügte sich das Holzhaus nahtlos in die natürliche Umgebung ein. Das grün gefärbte Dach wirkte wie eine Verlängerung des Grüns der Bäume im Umkreis.

Jamie wandte sich wieder dem Haus zu und konnte durch die Glasfront sehen, wie Graham etwas in der Küche machte. Der Junge ging den Weg zurück, den er gekommen war und Cindy folgte ihm. Sie gingen zum Carport zurück und betraten das Haus durch die gleiche Seitentür, durch die Graham hineingegangen war. In einem kleinen Vorraum zog er seine Schuhe und die Jacke aus, dann setzte er seinen Rucksack wieder auf und folgte Cindy in die Küche.

»Wie gefällt es dir?«, fragte Graham, als er aufblickte und Jamie

in der Tür stehen sah.
»Es ist fantastisch«, antwortete der Junge begeistert. »Gehört das alles dir?«
»Die Grundstücksgrenze ist eigentlich noch einmal dreißig Meter oder so tief im Wald, aber ich möchte es so wild lassen, wie es ist. Natürlich hat das alles nicht so ausgesehen, als ich es gekauft habe. Seitdem ich das Haus habe, wurde hier Einiges gemacht.«
»Hast du das alles allein gemacht?«
»Nein, das schafft man nicht alleine. Das Haus war bereits da, als ich das Grundstück gekauft habe, aber es war ziemlich heruntergekommen und benötigte einige Reparaturen. Ich habe ein paar Leute engagiert, die hier auf der Insel leben. Die Familie von nebenan hat mir einen einheimischen Freund von ihnen vorgestellt und er hat mich wiederum mit einer Gruppe Männer in seinem Dorf bekannt gemacht, die daran interessiert waren, mir bei den Renovierungen zu helfen.«

Jamie fragte sich, wie dehnbar der Begriff *nebenan* war, denn er hatte weit und breit kein anderes Haus gesehen, als er sich umgeschaut hatte. Er sagte jedoch nichts, sondern hörte Graham weiter aufmerksam zu.

»Sie haben wirklich hart daran gearbeitet und das Ergebnis ist fantastisch. Die Küche wurde komplett neu gemacht, sie haben alle Wände frisch gestrichen und in den Schlafzimmern neue Teppiche verlegt. Auch die Fassade des Hauses musste erneuert werden. Es war wirklich eine Menge Arbeit. Einen Teil des Gartens habe ich selbst gestaltet und der Sohn der Nachbarn hat mir viel dabei geholfen. Er hilft mir immer noch, indem er nach meinem Haus sieht und Cindy füttert, wenn ich nicht hier bin.«

»Du hast echt Glück«, sagte Jamie ehrlich. »Ich habe so etwas noch nie gesehen. Du hast hier so viel Platz und sogar einen Fischteich.«

»Der Teich war Jasons Idee«, erklärte Graham. »Ich hatte keine Ahnung davon, wie man so etwas anlegt, aber er hat mir gesagt, was ich alles brauchte und im Laufe des Sommers hat er den Teich mehr oder weniger alleine angelegt. Ich finde, er hat es wirklich gut hingekriegt.«

»Wer ist Jason?«

»Der Junge, der nebenan wohnt und den ich gerade schon erwähnt habe. Du kannst dir nicht vorstellen, wie sehr er mir bei der Gartengestaltung geholfen hat. Er ist in deinem Alter, ich werde euch einander vorstellen. Ich denke, du wirst ihn mögen. Es wird dir bestimmt gefallen, hier einen Freund in deinem Alter zu haben, mit dem du etwas unternehmen kannst.«

»Vielleicht später«, sagte Jamie vorsichtig.
»Was hältst du davon, wenn ich dir das Haus zeige, damit du weißt, wo alles ist?«, wechselte Graham das Thema.
Jamie nickte und Graham drehte sich einmal im Kreis.
»Das hier ist offensichtlich die Küche«, gluckste er und deutete dann zu einer Tür. »Das Zimmer da drüben ist mein Büro, wenn ich hier bin.«
Jamie folgte Graham, als er die Küche verließ und auf eine weitere Tür zeigte.
»Das ist das Badezimmer«, sagte er und deutete anschließend auf einen anderen, großen Raum. »Und dort findest du das Wohnzimmer.«
Jamie folgte Graham hinein und sah sich um. Durch die großen Fenster hatte man einen tollen Blick in den Garten. An der nächstgelegenen Wand standen mehrere, volle Bücherregale und auf der gegenüberliegenden Seite war ein offener Kamin eingebaut. Direkt daneben stand ein Holzofen. Im hinteren Bereich des Wohnzimmers war eine Treppe, die ins Obergeschoss führte.
»Wenn es nachts kalt ist, macht der Ofen das ganze Haus gemütlich warm«, sagte Graham. »Nach dem Abendessen machen wir ein Feuer und du wirst sehen, was ich meine.«
Jamie folgte Graham zur Treppe und Cindy flitzte an ihnen vorbei und ging voraus nach oben.
»Im Obergeschoss gibt es ein großes Badezimmer und natürlich die Schlafzimmer.«
Bei der Erwähnung der Schlafzimmer folgte Jamie ihm mit einem unguten Gefühl im Bauch nach oben. Die größtenteils offene Bauweise erlaubte es Jamie, über das Geländer hinunter ins Wohnzimmer und sogar durch die Glasfront nach draußen zu schauen. Das Haus war nicht besonders groß, aber deshalb nicht weniger beeindruckend. Er war so anders als alles, was Jamie bisher kannte.
»Das kann dein Zimmer sein«, bemerkte Graham, als sie an eine offen stehende Tür kamen.
Jamie sah sich im Raum um, während Graham die Tasche auf das Bett legte, sie öffnete und Jamies Sachen herausnahm.
»Da drüben ist ein Schrank«, sagte Graham und deutete darauf, bevor er Jamies Kleidung auf das Bett legte. »Ich lass dich alleine, damit du deine Sachen einräumen kannst. Ich gehe in der Zwischenzeit nach unten und mache uns was zum Mittag. Im Badezimmer findest du ein Regal, auf dem Badetücher und so weiter liegen. Nimm dir einfach, was du brauchst.«

Jamie wartete, bis Graham gegangen war, dann ging er zum Fenster und warf einen Blick nach draußen. Während er den Garten und den Wald dahinter betrachtete, hatte er das Gefühl, in einer seltsamen, neuen Welt gelandet zu sein. Es war so still und friedlich auf der Insel. Er hatte nicht gewusst, dass solche Orte überhaupt existierten. Er hatte geglaubt, dass es überall so laut und stressig wäre, wie er es aus seinem bisherigen Leben in der Stadt kannte. Trotz der Befürchtungen, die ihn immer und überall begleiteten, fühlte sich Jamie merkwürdig entspannt.

Er öffnete die unterste Schublade des Schrankes, bevor er zum Bett ging und die Sachen nahm, die Graham für ihn auf das Bett gelegt hatte. Behutsam legte er alles in die Schublade, bevor er seinen Rucksack vom Rücken nahm, ihn öffnete und auch seine alten Sachen dazulegte. Die alten, zerschlissenen Kleidungsstücke wirkten so fehl am Platze neben den neuen Sachen, die Graham für ihn gekauft hatte. Zu guter Letzt öffnete er die Schranktür und stellte die Tüte mit seinen alten Schuhen auf dem Boden ab. Seinen Rucksack schob er weiter unter das Bett, sodass man ihn nicht sehen konnte. Es war alles, was er auf der Welt besaß und es hatte weniger als eine Minute gedauert, um alles wegzuräumen.

Anschließend ging er noch einmal ans Fenster und sah nach draußen. Er fragte sich, wie es wohl wäre, an so einem Ort zu leben – weit weg von der Stadt und den Problemen, mit denen er täglich zu tun hatte. Überall standen große, grüne Bäume, die Luft war sauber und frisch, es gab keinen Verkehrslärm und keine Polizei. Der letzte Punkt war für Jamie besonders schwer zu begreifen: keine Polizisten, die Leute schlossen ihre Türen nicht ab, man ließ sogar den Zündschlüssel im Wagen stecken.

Jamie drehte sich um und entdeckte Cindy, die mitten im Raum saß und ihn beobachtete. Er überlegte, wie es wohl wäre, einen Hund zu haben und mit ihm zu spielen. Graham hatte einen Jungen erwähnt, der in der Nähe wohnte und Jamie versuchte sich vorzustellen, wie es wäre, einen Freund zu haben. Oder jede Nacht in einem richtigen, bequemen Bett schlafen zu können, ohne sich Sorgen machen zu müssen, wer kommen und was mit ihm mitten in der Nacht passieren würde.

Jamie schüttelte den Kopf. Es war unsinnig, darüber nachzudenken. Träume wie diese waren gefährlich und führten immer dazu, enttäuscht zu werden. All das war viel zu schön und viel zu perfekt, um wahr zu werden. Er beschloss, dass er den Moment besser einfach genießen sollte, denn er wusste, dass alles schnell genug vorbei sein würde. Er fragte sich, wie lange es wohl dauern würde, bis Graham sein wahres Gesicht zeigte und er wieder einmal zur Flucht gezwungen sein würde.

»Ich hoffe, wir können für eine kurze Weile Freunde sein«, sagte Jamie zu Cindy. »Zumindest so lange, bis ich wieder gehen muss. Ich frage mich, wie lange Graham es mit mir aushält und mich hier behalten will.«

Cindy wimmerte und rieb ihren Kopf an Jamies Bein. Seine Angst vor dem Hund war inzwischen verschwunden, also ging er auf die Knie und umarmte sie. Sie leckte ihn einmal über das Ohr und kuschelte sich fester an ihn. Es war, als verstand sie, was er durchgemacht hatte und Jamie hatte das Gefühl, dass sie versuchen wollte, ihn zu trösten.

***

Während Jamie oben in seinem Zimmer beschäftigt war, arbeitete Graham daran, das Mittagessen zuzubereiten. Als er hörte, wie der Junge nach unten und dann in die Küche kam, drehte er sich zu ihm um.

»Vielen Dank, dass du mich hierher mitgenommen hast«, sagte Jamie. »Es ist wunderschön hier.«

»Ich denke, jetzt verstehst du, warum ich in der Stadt in so einem winzigen Loch wohne.«

»Ich würde hier nie wieder wegwollen, wenn es mein Zuhause wäre«, erwiderte der Junge wehmütig.

»Ich habe mein Geld jahrelang gespart, um mir etwas Schönes leisten zu können, wo ich meinen Ruhestand genießen kann«, erklärte Graham. »Ich habe das Haus vor einem Jahr gekauft, es in Ordnung gebracht und darüber nachgedacht, wann wohl die richtige Zeit ist, alle Brücken abzureißen und hierzubleiben. Im Grunde ist alles so weit bereit. Ich konnte mich bisher nur noch nicht entscheiden, wann der beste Zeitpunkt ist.«

Jamie nickte verständnisvoll.

»Ich schätze, es ist schwer, so eine Entscheidung zu treffen«, sagte er. »Man macht sich dann bestimmt auch Sorgen, ob man genug Geld hat, um davon leben zu können.«

»Hast du Hunger?«, fragte Graham. »Ich weiß nicht, wie es dir geht, aber ich könnte etwas vertragen.«

»Ja, ich habe Hunger«, sagte Jamie begeistert.

Er machte einen Schritt, blieb dann jedoch abrupt stehen und sah zu Boden.

»Ich schätze, ich bin oft hungrig, oder?«

»Das gehört zum Großwerden«, sagte Graham freundlich. »Es ist deine Aufgabe, hungrig zu sein.«

»Ich habe immer Schwierigkeiten bekommen, wenn ich Hunger hatte«, hauchte Jamie.

»Das wird dir hier nicht passieren«, versprach Graham. »Du kannst jederzeit den Kühlschrank oder die Schränke aufmachen und dir nehmen, was du möchtest. Tag und Nacht. In diesem Haus muss niemand hungern.«

Graham öffnete einen der Holzschränke und holte ein paar Teller heraus. Er reichte sie Jamie, der sie entgegennahm und auf den Küchentisch in einer Ecke des Raumes stellte. So machten sie es auch mit Gläsern und dem Besteck. Im Nu hatte Jamie den Tisch fertig gedeckt.

»Heute Abend mache ich etwas Besonderes für uns«, sagte Graham. »Aber was hältst du von Suppe und Sandwiches?«

»Das klingt toll. Ich mag Suppe. Was für eine hast du aufgemacht?«

»Oh, die kommt nicht aus der Dose«, gluckste Graham.

»Du machst deine Suppe selbst?«, fragte Jamie erstaunt.

»Das ist eigentlich ziemlich einfach. Wenn du erst einmal die Brühe fertig hast, geht es nur noch darum, die richtigen Zutaten im Haus zu haben und alles in den Topf zu werfen. Heute gibt es Hühner-Nudel-Suppe.«

Fasziniert sah Jamie dabei zu, wie Graham das Gemüse und das Fleisch klein schnitt und in den Topf gab. Nach einer Weile öffnete Graham eine Tüte mit kleinen Nudelmuscheln und schüttete auch sie ins Wasser. Anschließend bereitete er auch die Sandwiches zu.

»Ich habe noch nie gesehen, wie jemand ohne eine Dose eine Suppe macht«, bemerkte Jamie erstaunt. »Ich habe auch noch nie Sandwiches gesehen, die so aussehen.«

»Ich hoffe, es wird dir schmecken«, erwiderte Graham. »Ich habe die Brühe bereits letzte Woche gemacht, bevor ich wieder in die Stadt geflogen bin.«

Jamie lief schon das Wasser im Mund zusammen. Die Suppe roch bereits so gut, dass er es kaum erwarten konnte, sie zu probieren. Er musste sich auch nicht lange zurückhalten. Sobald Graham die Sandwiches fertig hatte, reichte er Jamie die Teller und er trug sie zum Tisch. Während er sie abstellte, trug Graham den Topf zum Küchentisch und schöpfte die Suppe auf die Teller. Er ging noch einmal zum Kühlschrank, holte eine Flasche Milch heraus und füllte zwei Gläser. Er stellte eines neben Jamies und eines neben seinen eigenen Teller. Jamie setzte sich und wartete, bis auch Graham Platz genommen hatte.

»Wollen wir herausfinden, ob es auch schmeckt?«, fragte er.

Jamie nickte begeistert und nahm das Sandwich vom Teller. Er biss hinein und grinste breit. Graham lächelte und biss ebenfalls ein Stück von seinem Sandwich ab.

»Mmmm«, murmelte Jamie. »Du bist ein wirklich guter Koch.«

»Das kann man kaum als Kochen bezeichnen«, gluckste Graham. »Warte bis heute Abend.«

Als sie fertig waren, trug Graham die Teller zur Spüle und stellte sie hinein. Jamie war mit den leeren Gläsern direkt hinter ihm.

»Das war wirklich toll«, sagte der Junge. »Vielen Dank dafür.«

»Gern geschehen.«

»Milch schmeckt so viel besser, wenn man sie nicht stehlen muss«, bemerkte Jamie.

Graham zog bei diesem traurigen Kommentar eine Augenbraue hoch. Er sagte jedoch nichts, sondern wandte sich um und spülte das Geschirr kurz ab, bevor er es in die Spülmaschine stellte. Während er damit beschäftigt war, wurde plötzlich die Glastür geöffnet, die vom Wohnzimmer auf die Terrasse hinausführte. Cindy, die bis dahin ruhig neben dem Küchentisch gelegt hatte, bellte ein Mal laut. Von diesem Geräusch erschrocken, wandte sich Jamie um und rannte zu Graham, um sich hinter ihm zu verstecken. Er behielt jedoch die Tür zum Wohnzimmer im Auge.

»Hi, Mr. M«, rief eine junge Stimme, als ein Junge in Jamies Alter ins Haus kam. »Wie geht's?«

»Es ist alles in Ordnung, Jamie«, sagte Graham leise. »Das ist Jason, der Junge, der mir mit dem Garten geholfen hat. Ich hatte dir von ihm erzählt.«

Jamie beäugte den Jungen misstrauisch. Jason war ein Stück größer als er, schlank und hatte dunkle Haare. Selbst aus der Entfernung konnte Jamie erkennen, dass er graue Augen hatte. Er sah dabei zu, wie Cindy zu dem Jungen ging und ihn wie einen alten Freund mit der Nasenspitze anstupste und mit dem Schwanz wedelte. Er beugte sich nach vorne und kraulte sie am Kopf, bevor er sich wieder aufrichtete und sich an die Küchentheke lehnte.

»Hi, Jason«, begrüßte Graham den Jungen, während er sich die Hände abtrocknete. »Alles in Ordnung, also wie immer. Danke, dass du dich um Cindy gekümmert und für mich eingekauft hast. Ich möchte dir gerne einen neuen Freund von mir vorstellen. Das ist Jamie.«

Graham trat einen Schritt zur Seite, sodass Jason ihn sehen konnte.

»Hi, Jamie«, sagte Jason mit einem breiten, freundlichen Grinsen und winkte ihm zu.

»Hallo«, murmelte Jamie schüchtern und beäugte den Jungen skeptisch.

»Jamies Familie musste für ein paar Tage weg, also verbringt er das Wochenende bei mir«, erklärte Graham.

»Das ist toll«, antwortete Jason, bevor er Jamie wieder ansah. »Magst du Videospiele? Ich habe dieses richtig tolle Skateboard-Spiel auf meinem Computer. Vielleicht hast du Lust, es auszuprobieren?«

»Ähm ... vielleicht ... ich ... ich weiß nicht«, stammelte Jamie unsicher.

Er sah hilfesuchend zu Graham auf. Dieser gab Jason mit einem subtilen Nicken zu verstehen, dass er sie kurz alleine lassen sollte.

»Ich bin gleich wieder da«, sagte Jason plötzlich. »Ich hole für Cindy ein paar Hundekekse.«

Sobald Jason die Küche verlassen hatte, warf Jamie Graham einen verwirrten Blick zu.

»Warum willst du mich überhaupt, wenn du bereits ihn hast?«, fragte er vorwurfsvoll.

Graham begriff nicht sofort, wovon Jamie sprach, aber als er realisierte, was der Junge meinte, schüttelte er den Kopf.

»Oh, nein«, sagte er ernst. »So ist es nicht. Es ist, wie ich dir gesagt habe: Jason wohnt mit seiner Familie im nächsten Haus und er hilft mir im Sommer mit meinem Garten. Wenn ich in der Stadt bin, kümmert er sich um Cindy und kurz vor dem Wochenende kümmert er sich darum, dass ich frische Lebensmittel im Kühlschrank habe. Er hilft mir und ich bezahle ihn dafür. So wie ich zum Beispiel auch einen Zeitungsjungen bezahlen würde, der mir abends die Zeitung bringt.«

»Du meinst, er ist nicht dein Junge?«, fragte Jamie, wobei er die letzten beiden Worte besonders betonte.

»Nein, Jamie. Das ist er nicht. Er ist ein Freund, der mir hilft. Nichts Anderes.«

»Also du und er seid nicht ...«, deutete Jamie an.

»Nein, natürlich nicht. Das wird auch niemals passieren.«

Jamie atmete erleichtert auf. Er hatte schon befürchtet, dass er mit Jason um Graham würde konkurrieren müssen. Auch wenn er die Versicherungen des Mannes akzeptierte, so zweifelte er daran, dass Graham nie etwas mit Jason gehabt hatte. Er glaubte, der Mann hätte es nur geleugnet, um den Anschein zu wahren. Seine Erfahrungen hatten ihn gelehrt, dass man Männern nicht vertrauen konnte und es würde eine lange Zeit dauern, bis er wirklich daran glauben konnte, dass ihn ein Mann nicht ausnutzen würde, wenn sich die Gelegenheit ergab. Während Jamie über all das nachdachte, kam Jason in die Küche zurück, setzte sich im Schneidersitz neben Cindy auf den Boden und gab ihr einen Hundekuchen.

»Warum lässt du dich nicht von Jason ein bisschen herumführen, während ich hier ein bisschen Ordnung mache«, schlug Graham plötzlich vor.

»Okay«, sagte Jamie, war aber unsicher, was den anderen Jungen anging.

»Du kannst das Badezimmer oben benutzen, um dich ein bisschen frisch zu machen«, fuhr Graham fort.

Jamie nickte und ging nach oben. Jason, der noch immer neben Cindy saß, warf Graham einen fragenden Blick zu. Graham seufzte.

»Erinnerst du dich an Cindy?«, fragte er leise.

Jason wurde leichenblass und nickte.

»Deswegen hat er so große Angst. Was willst du machen?«

»Ich weiß es noch nicht«, gab Graham zu. »Du hättest ihn sehen sollen. Er hat dort, wo ich arbeite, auf dem Bürgersteig gesessen und um Kleingeld gebettelt, um sich etwas zu essen kaufen zu können. Er war hungrig und hat gefroren. Ich konnte nicht einfach an ihm vorbeigehen.«

»Braucht er Klamotten oder sonst irgendetwas?«, fragte Jason ernst.

»Dir sind also die neuen Sachen auch aufgefallen«, sagte Graham und grinste. »Ich habe ihm nur ein paar Kleidungsstücke gekauft. Vermutlich hätte ich mehr mitnehmen sollen, aber ich habe in dem Moment nicht darüber nachgedacht. Wenn du ein paar Sachen hast, die du entbehren könntest, würde das wirklich helfen. Vorausgesetzt, es macht dir nichts aus.«

Jason schüttelte den Kopf.

»Natürlich nicht.«

»Ich schätze, ich habe nicht wirklich weit vorausgedacht. Um ehrlich zu sein, hatte ich bisher noch keine Chance, wirklich nachzudenken. Ich muss mir wirklich die Zeit nehmen, mich hinsetzen und ein paar Entscheidungen treffen.«

»Wir werden eine Weile verschwinden und dir Zeit zum Nachdenken geben.«

»Vielen Dank, Jason«, sagte Graham leise, weil Jamie gerade wieder nach unten kam.

Jason sprang auf, als Jamie in die Küche kam.
»Wir werden dann mal gehen, Mr. M«, sagte er laut und fröhlich.
»Viel Spaß euch beiden«, sagte Graham, ging zu Jamie und legte ihm eine Hand auf die Schulter. »Ich verspreche dir, dass du Spaß haben wirst, okay? Und wenn du zurückkommst, habe ich etwas Besonderes zum Abendessen vorbereitet. Wie klingt das?«
»Ganz gut, denke ich«, antwortete der Junge wenig überzeugt. »Danke nochmal für das tolle Mittagessen.«
Jamie ging in das Vorzimmer neben der Küche und holte seine Jacke und seine Schuhe, bevor er in die Küche zurückkam. Graham fiel auf, dass er sich die Schuhe nicht sofort anzog.
Wie rücksichtsvoll, dachte er.
Er sagte jedoch nichts und beobachtete die beiden Jungen, als sie durch die Glastür nach draußen gingen. Erst dort zog sich Jamie seine Schuhe an. Während die beiden Jungs davongingen, kam Cindy zu Graham gelaufen und rieb ihre Seite an seinem Bein.
»Worauf hab ich mich da bloß eingelassen, mein Mädchen?«, murmelte er, während er sich leicht nach vorne beugte und ihren Kopf kraulte. »Du kannst bereits spüren, was ihm widerfahren ist, nicht wahr? Ich glaube, er wird sehr viel Hilfe von dir brauchen.«
Als er endlich auf die Knie ging, um sie richtig zu streicheln, drückte sich Cindy fest an ihn und leckte ihm eine einzelne Träne weg, die Graham über das Gesicht lief.

Kapitel 8:
Neue Freunde

Jamie folgte Jason über die Terrasse und einen Pfad aus Pflastersteinen nach links am Haus vorbei. Sie gingen durch den Garten und steuerten auf eine Baumreihe zu. Jamie sah sich ein weiteres Mal erstaunt um. Er konnte noch immer nicht begreifen, dass er wirklich hier war. Bis auf ihre Schritte war es still. Es war so still, dass Jamie hätte schwören können, dass er seinen eigenen Herzschlag hören konnte. Er hatte eine so friedliche Umgebung noch nie erlebt und er fragte sich abermals, wie lange sein Aufenthalt hier dauern würde.

»Wohin gehen wir, Jason?«, durchbrach er schließlich die Stille.

»Ich möchte dir Tails vorstellen«, sagte er. »Und du kannst mich übrigens Jay nennen.«

»Tails?«, fragte Jamie. »Wer ist Tails?«

»Das wirst du schon sehen«, sagte Jason, drehte den Kopf zu Jamie und grinste ihn an. »Du wirst ihn mögen.«

Der gepflasterte Weg endete, wo der ordentlich gepflegte Rasen des Gartens in den Wald überging. Von da an gingen sie über einen schmalen Trampelpfad weiter. Heruntergefallene Zweige knirschten und knackten unter ihren Schuhen und während sie liefen, sah sich Jamie weiter neugierig um. Er hatte das Gefühl, niemals genug davon bekommen zu können. Überall auf dem Boden des Waldes wuchsen Farne und Moos war an den Baumstämmen zu sehen. Jamie hatte noch nie so etwas Natürliches, Unberührtes gesehen. Hier und da konnte er sogar einen Vogel zwitschern hören. Es war vollkommen anders als in der Stadt. Jamie hatte geglaubt, dass er Wälder von den Parks in der Stadt kannte, aber das hier war alles so anders. Am Allerwichtigsten war jedoch, dass er dieses Mal aus einem anderen Grund in einem Wald war. Er war auf einem Abenteuer und nicht verzweifelt auf der Suche nach einem Schlafplatz. Allein das machte den Besuch des Waldes für Jamie zu einem völlig neuen Erlebnis und er genoss es in vollen Zügen.

Nachdem sie ein paar Minuten lang schweigend gegangen waren, blieb Jason an einem großen, umgefallenen Baum stehen. Er sah sich kurz um, dann setzte er sich darauf. Zu Jamies Überraschung be-

gann der andere Junge seltsame, fast küssende Geräusche mit seinen Lippen zu machen.
»Was machst du da, Jay?«, fragte er.
»Shhh«, zischte Jason, grinste aber. »Pass auf und du wirst es sehen.«
Jamie sah sich neugierig um und war erstaunt, als plötzlich ein großes, braunes Eichhörnchen einen nahegelegenen Baum heruntergelaufen kam, auf den umgefallenen Baum sprang und zu Jason lief. Jason machte weiter diese Geräusche, bis das Eichhörnchen ungefähr einen halben Meter vor dem Jungen stehenblieb. Das Tier richtete sich auf die Hinterbeine auf und wackelte mit seinem buschigen Schwanz.
»Oh, wow«, murmelte Jamie leise, um das Eichhörnchen nicht zu erschrecken.
»Das ist Tails«, flüsterte Jason. »Ich habe ihn so genannt, weil er immer so mit seinem Schwanz zuckt.«
Jamie sah mit großen Augen dabei zu, wie Jason langsam eine Hand in seine Jackentasche schob und ein paar Erdnüsse herausholte, mit denen er Tails fütterte. Jedes Mal, wenn Jason ihm eine Erdnuss hinhielt, beugte sich Tails leicht nach vorne und nahm sie mit den Vorderpfoten entgegen. Mit großen Augen sah er Jason an, während er sie genüsslich aß. Ganz langsam änderte Jason seine Position auf dem Baumstamm, bis er im Schneidersitz darauf saß. Er zeigte Tails die nächste Erdnuss, dann legte er sie auf eines seiner Knie. Tails kam sofort zu ihm gelaufen, streckte sich nach oben und schnappte sich die Nuss. Als Nächstes legte Jason eine Nuss ein Stück höher auf seinen Oberschenkel. Tails kletterte auf Jasons Bein und blieb dort auch sitzen, während er die Nuss verschlang. Jason grinste Jamie an, der dem Schauspiel mit offenem Mund zusah. Er konnte es nicht glauben. Es war ihm nie gelungen, sich einem Eichhörnchen so sehr zu nähern. Allein die Idee, dass eines auf sein Bein klettern würde, um zu essen, verblüffte ihn. Er sah weiter dabei zu, wie Tails eine Erdnuss nach der nächsten entgegennahm und sofort aß.
»Möchtest du versuchen, ihn zu füttern?«, fragte Jason leise und hielt Jamie die offene Hand hin, auf der noch ein paar Nüsse lagen.
»Darf ich?«, flüsterte Jamie, schaffte es aber nicht, seine Aufregung zu verbergen. »Wirklich?«
»Klar. Halt ihm einfach eine Nuss hin, aber mache keine plötzlichen Bewegungen. Sonst erschreckst du ihn.«
Jamie nahm die Erdnüsse aus Jasons ausgestreckter Hand und bot Tails eine davon an. Das Eichhörnchen hoppelte auf Jasons Knie ein

bisschen näher an Jamie heran und nahm sie. Sobald er aufgegessen hatte, hielt Jamie ihm eine weitere Nuss hin. Als Jamie schließlich keine Nüsse mehr übrig hatte, schnupperte Tails in seine Richtung und sah ihn erwartungsvoll an. Als er jedoch nichts mehr bekam, hüpfte er von Jasons Knie, sprang vom Baumstamm herunter und rannte zu Jamie. Er hüpfte auf seinen Schuh, richtete sich auf und sah den Jungen hoffnungsvoll an.

»Hier sind noch ein paar«, sagte Jason und reichte Jamie die letzten Erdnüsse aus seiner Jackentasche.

»Danke.«

Jamie nahm die Nüsse entgegen, ging auf die Knie und reichte Tails eine nach der anderen. Nachdem er die letzte Nuss gegessen hatte, schnupperte das Eichhörnchen an Jamies Hand, aber als er feststellte, dass er nichts mehr bekommen würde, rannte er davon und kletterte den Baum wieder hinauf, von dem er gekommen war.

»Wie gefällt dir Tails?«, fragte Jason und grinste.

»Das war das Unglaublichste, das ich je gesehen habe«, stieß Jamie begeistert aus. »Sie sind immer vor mir weggelaufen, wenn ich sie in den Parks in der Stadt gesehen habe.«

»Das machen sie hier auch meistens. Tails ist aber an mich gewöhnt. Ich füttere ihn aber schon sehr lange mit Erdnüssen, daher kennt er mich und fühlt sich bei mir sicher. Lass uns gehen und ich zeige dir den Fluss, an dem man angeln kann.«

Jamie nickte und folgte Jason. Sie gingen ein wenig abseits des Weges, den sie bisher genommen hatten. Es dauerte nicht lange, bis sie zu einem baufälligen Steg kamen, der über einen kleinen Fluss führte. Hier und da konnte man Forellen sehen, die im Wasser umherschwammen. Ab und zu steckte einer der Fische das Maul aus dem Wasser, um ein Insekt zu fangen, das auf dem Wasser gelandet war.

»Ich komme manchmal hierher, um zu angeln«, sagte Jason. »Die Forellen sind wirklich gut. Manchmal komme ich aber auch einfach hierher, um den Fischen zuzusehen oder dem Wind zu lauschen.«

»Wow«, murmelte Jamie. »Es ist wirklich toll hier draußen. Es ist so anders als ich es gewohnt bin.«

»Lass uns zu mir nach Hause gehen und ich zeige dir meinen Computer«, schlug Jason vor.

Die beiden Jungs gingen zu dem Pfad zurück, von dem sie abgewichen waren. Sie folgten ihm ein paar Minuten, bis sie eine große, gepflegte Rasenfläche erreichten, in deren Mitte ein kleines Haus stand. Jamie konnte einige nicht bepflanzte Beete und ein paar Obstbäume

sehen, die zu dieser Jahreszeit jedoch keine Früchte trugen.
»Das ist mein Haus«, verkündete Jason.
»Wohnt hier jeder so?«, fragte Jamie. »Ich habe so etwas in der Stadt noch nie gesehen. Ihr habt so viel Platz.«
»Nein, am Strand stehen die Häuser viel näher zusammen, so wie in der Stadt. Aber die meisten Leute leben hier, weil sie gerne mehr Platz möchten. Ich bin schon oft in der Stadt gewesen, aber dort gefällt es mir nicht. Ich bin immer froh, wenn ich wieder auf die Insel zurückkomme.«
»Ich wünschte, ich könnte hier leben anstatt ...«, murmelte Jamie, verstummte dann jedoch.
Er sah sich um und machte große Augen.
»Sieh dir das an«, stieß er aus und deutete auf einen großen Hirsch. »Das glaube ich nicht.«
Jasons Blick folgte Jamies Geste und er lächelte.
»Oh, der ist hier oft zu sehen. Er kommt, um hier das Gras zu fressen. Manchmal frisst er auch unsere Blumen. Dad vertreibt ihn dann, aber er kommt immer wieder zurück. Sei ganz still, mache keine plötzlichen Bewegungen und folge mir.«
Das große Tier graste gemütlich, während Jason Jamie langsam näher an ihn heranführte. Der Hirsch blickte plötzlich auf und sah Jason an, als sie fast bei ihm waren. Er rannte jedoch nicht davon.
»Sieh dir das an«, flüsterte Jason, streckte die Hand aus und streichelte die Flanke des Tieres.
Der Hirsch zuckte nicht einmal. Er senkte einfach wieder den Kopf und fraß weiter, während Jason ihn streichelte.
»Das ist unglaublich«, murmelte Jamie. »Wie hast du ihn dazu gebracht, nicht wegzurennen?«
»Tiere haben ein starkes Gespür dafür, wer für sie gefährlich ist und wer nicht«, erklärte Jason. »Sie wissen, dass ich ihnen nie etwas tun würde und sie sind es gewohnt, mich hier zu sehen. Deswegen haben sie keine Angst vor mir. Ein weiser Mann, den ich kenne, hat mir beigebracht, mit den Tieren zu sprechen. Er ist ein Comox, ein Ureinwohner. Wenn du es richtig machst, haben die Tiere keine Angst vor dir.«
»Mit Tieren reden?«, bemerkte Jamie skeptisch. »Das ist verrückt. Niemand kann mit Tieren reden.«
»Doch, natürlich«, widersprach Jason ihm. »Wenn man weiß, wie es geht, kann man es schon. Hast du nicht etwas zu Cindy gesagt und hat sie dich nicht verstanden?«
»Ja, aber das ist etwas Anderes.«

»Ganz und gar nicht. Es kommt nur darauf an, wie du es machst. Mein Freund ist ein alter Medizinmann und er hat mir beigebracht, dass die Menschen die Natur nicht mehr beachten. Er hat mir gezeigt, wie man zum Beispiel herausfinden kann, wie das Wetter wird oder wer sonst noch im Wald ist, indem man den Geräuschen des Waldes und der Tiere lauscht.«

»Aber es ist still hier draußen«, sagte Jamie. »Man kann überhaupt nichts hören.«

»Du benutzt noch deine Stadtohren«, erklärte Jason. »Wenn du es schaffst, das abzulegen, kannst du die Natur hören. Es ist niemals still, wenn du weißt, worauf du achten musst und wie man zuhört. Wenn du dich dem öffnest, kannst du es in dir hören und mit der Natur kommunizieren.«

Jamie starrte den Jungen vor sich an und war beeindruckt. Er war kaum älter als er selbst, schien aber so viel weiser zu sein. Jamie fragte sich, ob er lange genug da sein würde, um zumindest ein paar der Dinge zu lernen, von denen Jason sprach. Obwohl es zuerst weit hergeholt klang, musste Jamie zugeben, dass es Sinn ergab, wenn man nur lang genug darüber nachdachte. Um auf der Straße zu überleben, hatte Jamie lernen müssen, die Zeichen zu deuten, Dinge zu hören oder subtile Hinweise in der Art eines Menschen zu lesen. Diese Fähigkeit machte oft den Unterschied, ob man überlebte oder ein Opfer wurde. Ihm wurde klar, dass er es nur lernen und sich an die Umgebung gewöhnen musste.

Sie ließen den Hirsch allein und Jamie folgte Jason zu dem kleinen Haus. Sie betraten es durch eine kleine Hintertür. Nachdem sie ihre Jacken und Schuhe ausgezogen hatten, gingen sie einen schmalen Flur entlang, der zur Küche führte. Dort stand Jasons Mutter und rührte etwas in einer großen Schüssel um.

»Hi, Mom«, sagte Jason. »Das ist Jamie. Er ist ein Freund von Mr. M.«

»Es ist schön, dich kennenzulernen«, sagte die Frau, während sie Schokoladenstreusel in die Schüssel gab.

»Hallo, Ma'am«, murmelte Jamie schüchtern.

Er hatte den Blick gesenkt, um zu vermeiden, ihr in die Augen sehen zu müssen.

»Du musst mich nicht Ma'am nennen«, sagte sie freundlich. »Wenn du ein Freund von Graham bist, bist du auch ein Freund von uns. Mein Name ist Cathy.«

»Ja, Ma'am ... äh ... Cathy«, stotterte Jamie, der sich ausgesprochen unbehaglich fühlte.

»Ich möchte Jamie meinen Computer zeigen«, verkündete Jason, nahm Jamie an der Hand und zog ihn aus der Küche.
Jamie folgte Jason die Treppe hinauf.
»Du wirst das Spiel lieben, das ich habe«, sagte Jason fröhlich.
»Bist du dir sicher, dass deine Mutter nichts dagegen hat, dass ich hier bin?«, fragte Jamie besorgt.
»Nie im Leben«, versicherte Jason ihm. »Sie wird es toll finden, dass ich einen neuen Freund gefunden habe.«
Jamie musste lächeln, als Jason ihn als Freund bezeichnete. Auf der Straße war es schwer, Freunde zu finden. Oder sie zu behalten. Die wenigen Freunde, die er gefunden hatte, waren alle nach einiger Zeit spurlos verschwunden. Jamie hatte sich oft gefragt, was aus ihnen wohl geworden war, aber er versuchte, nicht zu sehr darüber nachzudenken. Ihm war klar, dass die möglichen Antworten allesamt unschön waren.
»Du hast einen eigenen Fernseher in deinem Zimmer«, bemerkte Jamie, als sie in Jasons Zimmer kamen.
»Er ist alt, aber es ist meiner. So kann ich mir etwas Anderes ansehen, wenn Mom und Dad sich einen Film anschauen, der mir nicht gefällt.«
»Wow«, murmelte Jamie und sah sich um. »Aber musst du nicht ... äh ... Sachen machen, um all die Sachen zu bekommen?«
»Ich muss ein paar Hausarbeiten erledigen«, antwortete Jason, der den Hintergrund von Jamies Frage nicht verstand.
»Nur Hausarbeiten?«, fragte er ungläubig. »Nichts Anderes?«
»Was sollte ich sonst noch tun sollen?«, fragte Jason verwirrt.
»Ach, nichts«, murmelte Jamie.
Er wollte aber nicht so recht glauben, dass Jason die Wahrheit gesagt hatte.
»Sieh dir das an«, sagte Jason und schaltete erst den Rechner und dann den Monitor auf seinem Schreibtisch ein. »Es ist das neueste Modell. Mr. M hat mit dem Verkäufer einer Computerfirma gesprochen, für die er mal etwas gemacht hat und der war ihm einen Gefallen schuldig. Er hat Dad dabei geholfen, ihn günstiger zu bekommen.«
Sobald der Rechner hochgefahren war, startete Jason das Spiel und nahm zwei Controller vom Tisch. Einen davon reichte er Jamie. Er setzte sich neben Jason auf das Bett und sah zu, als Jason ihm erklärte, wie die Steuerung funktionierte. Nach einer Weile beendete Jason das Einzelspiel und wechselte in den Mehrspielermodus, sodass sie gegeneinander spielen konnten. Zuerst war es für Jason ein Leichtes, Jamie zu besiegen, doch er war nicht dumm und lernte schnell. Es

dauerte nicht lange, bis sich Jason richtig Mühe geben musste, um das Spiel zu gewinnen. Die beiden waren so sehr in das Spiel vertieft, dass sie zuerst nicht bemerkten, wie Jasons Mutter in das Zimmer kam. Ein paar Sekunden später erreichte sie jedoch der Duft von frisch gebackenen Keksen und sie sahen zur Tür.
»Das ist für euch, Jungs«, sagte Cathy. »Ich dachte, das könnt ihr gebrauchen.«
Sie kam zum Schreibtisch. In beiden Händen hatte sie je ein Glas Saft, auf dem sie die Teller mit den Keksen balancierte.
»Vielen Dank, Mom«, sagte Jason und nahm ihr die Kekse ab.
»Dankeschön, Ma'am ... äh ... Cathy«, murmelte Jamie und versuchte immer noch, ihrem Blick auszuweichen. »Das wäre nicht nötig gewesen.«
Jamie nahm den Teller von dem Glas, bevor er auch dieses entgegennahm.
»Es macht überhaupt keine Umstände«, sagte Cathy. »Ich weiß, dass ihr Jungs jede Menge Nervennahrung braucht.«
Als sie das Zimmer wieder verließ, setzten sie ihr Spiel fort. Es wurde jedoch häufig von kleinen Pausen unterbrochen, in denen sich die beiden über die Kekse hermachten. Es dauerte eine Weile, aber irgendwann gelang es Jamie sogar, Jason in einem Spiel einzuholen und an ihm vorbeizuziehen. Doch dann sah er aus dem Augenwinkel einen großen Schatten in der Zimmertür.
»Hallo, Jungs«, sagte eine tiefe Stimme, die zu einem großen, breitschultrigen Mann gehörte. »Wer gewinnt?«
»Hi, Dad«, sagte Jason fröhlich. »Du bist heute aber früh zuhause. Das ist mein neuer Freund Jamie. Er ist bei Mr. M zu Besuch.«
Als Jamie aufsah, erblasste er. Er ließ den Controller fallen, sprang vom Bett auf und drückte sich an die Wand. Den Mann, der ihm gegenüberstand, ließ er nicht aus den Augen.
»Hallo, Jamie«, sagte der Mann, während er in das Zimmer kam und Jamie eine große Hand entgegenstreckte. »Ich bin Frank Tomlinson.«
Die Angst im Gesicht des Jungen war nicht zu übersehen, aber der versteinerte Jamie streckte trotzdem langsam seine Hand aus und ließ Frank sie schütteln. In dem Moment, in dem Frank die Hand wieder losließ, zog sie der verängstigte Junge schnell wieder zurück, während er weiter an der Wand klebte.
Jason sah, dass Jamies Blick fest auf seinen Vater gerichtet war und dass er jede seiner Bewegungen genau beobachtete. Er hatte diese Art des Blickes früher schon einmal gesehen. Damals hatte er jedoch nicht

zu einem Menschen gehört, sondern zu einem wilden Tier, das in die Enge getrieben wurde und wusste, dass es angegriffen oder getötet werden würde. Er hatte die gleiche Reaktion auch bei Cindy gesehen, als Graham sie ihm zum ersten Mal vorgestellt hatte.

»Ist alles okay, Jamie?«, fragte Frank besorgt.

»Ja, Sir, mir ... äh ... geht es gut«, stotterte Jamie und sein ganzer Körper zitterte. »Ich habe nichts gemacht. Wirklich nicht! Ich habe nur dagesessen und nichts angefasst.«

Jason und sein Vater wechselten einen Blick. Beide wussten nicht so recht, wie sie auf die Jamies Panik reagieren sollten. Frank trat ein paar Schritte zurück und ging auf die Knie. Er hoffte, so aus Jamies Sicht nicht mehr so riesig und bedrohlich zu wirken. Der Junge blieb aber weiter an die Wand gedrückt stehen und beobachtete mit Argusaugen jede Bewegung des Mannes.

»Es ist alles in Ordnung, Jamie«, sagte Frank liebenswürdig. »Ich wollte nur Jasons neuem Freund hallo sagen.«

»Ja, Sir«, antwortete Jamie wie ein Soldat, der gebrüllte Befehle entgegennahm.

Frank konnte sehen, dass der Junge ihm seine guten Absichten kein bisschen abkaufte. Ihm wurde klar, dass es am besten wäre, wenn er wieder ging, also stand er wieder auf und verließ das Zimmer. Jamie, der wartete, bis Frank verschwunden war, atmete erleichtert aus. Jason sah Jamie einen Moment lang besorgt an, dann klopfte er neben sich auf das Bett, um Jamie zu zeigen, dass er zurückkommen und sich wieder setzen sollte. Jamie zögerte kurz, dann ging er zu Jason und nahm wieder neben ihm Platz.

»Es war wirklich schlimm bei dir zuhause, oder?«, fragte er vorsichtig.

»Schlimm genug, dass ich schließlich im Frühjahr von dort weggelaufen bin«, antwortete Jamie, der noch immer zitterte.

»Es war dein Dad, der dir wehgetan hat.«

Es war keine Frage, sondern eine Feststellung. Dennoch nickte Jamie leicht.

»Ich schätze, das bedeutet, du hast auch irgendwie vor Mr. M Angst, nicht wahr?«

»Ja, aber ich muss tun, was ich tun muss, um essen zu können«, erwiderte Jamie leise.

Jason verstand nicht ganz, wovon Jamie sprach, aber er beschloss, nicht weiter nachzufragen.

»Wo hast du gewohnt, seitdem du von zuhause weggelaufen bist?«, fragte er stattdessen.

»An der Ecke Knight Avenue und Wharf Street«, flüsterte Jamie und senkte den Blick.

Jason riss die Augen weit auf, als er realisierte, was das bedeutete. Selbst er wusste, was an dieser Straßenecke alles vor sich ging. Jason hatte vom ersten Moment an, in dem er Jamie gesehen hatte, gewusst, dass das Leben des Jungen nicht so war, wie es eigentlich hätte sein sollen. Aber das hatte er nicht erwartet. Es erklärte Einiges, warf aber unzählige weitere Fragen auf.

Als Jamie den Schock in Jasons Gesicht sah, wollte er schon aufstehen.

»Ich gehe jetzt besser«, sagte er leise. »Du möchtest mich sicher nicht mehr um dich haben, da du jetzt weißt, was ich bin.«

»Nein, geh nicht«, sagte Jason schnell und legte einen Arm um Jamie. »Du bist mein Freund und der ganze Kram ist mir egal.«

»Aber was ist mit deinen Eltern? Sie werden wütend werden, wenn du es ihnen sagst.«

»Nein, das werden sie nicht«, sagte Jason entschlossen. »Außerdem kann ich mich anfreunden, mit wem ich will. Und ich möchte dich als Freund.«

Jason stand auf und hob den Controller auf, der immer noch auf dem Boden lag.

»Hier, spiel du ein paar Minuten alleine weiter«, sagte Jason und reichte ihn Jamie. »Ich besorge uns noch ein paar Kekse.«

***

»Ich kann nicht glauben, was da oben gerade passiert ist«, sagte Frank zu seiner Frau. »Der Junge hatte solche Angst vor mir, Cathy. Ich bin einfach nur in Jasons Zimmer gegangen und du kannst dir nicht vorstellen, wie er reagiert hat. Er hätte nicht noch größere Angst haben können, wenn ich mit einem blutverschmierten Messer dort aufgetaucht wäre. Es war unglaublich, als hätte er gesehen, wie der Teufel höchstpersönlich in das Zimmer gekommen ist.«

»Du bist manchmal auch ein kleiner Teufel«, sagte sie und stieß ihn sanft mit dem Ellenbogen an.

»Das ist nicht witzig. Der Junge war zu Tode erschrocken.«

»Ich weiß«, sagte Cathy leise und seufzte. »Er war auch nicht wirklich begeistert, mich zu sehen, als Jason ihn herbrachte. Irgendetwas ist bei ihm zuhause nicht in Ordnung. Es sind seine Eltern, so viel kann ich dir sagen, ohne eine einzige Frage stellen zu müssen.«

In diesem Moment kam Jason zu ihnen in die Küche.

»Mom, Dad, ich muss einen Moment mit euch reden«, sagte der Junge ernst.

Frank und Cathy sahen ihn neugierig an, aber ihnen entglitten die Gesichtszüge, als Jason ihnen erzählte, was er über Jamie erfahren hatte. Dabei ließ er jedoch aus, was sein neuer Freund seiner Einschätzung nach hatte tun müssen, um zu überleben. Frank und Cathy wussten beide sofort, dass Jason ihnen nicht alles erzählt hatte, aber sie vertrauten ihm und hakten nicht weiter nach.

»Mr. M hat erzählt, dass er Jamie gefunden hat, als er Passanten um Kleingeld angebettelt hat«, sprach Jason weiter. »Er hat auch gefragt, ob er sich vielleicht ein paar meiner alten Sachen für Jamie leihen kann.«

»Aber selbstverständlich«, sagte Cathy sofort und seufzte. »Meine Gute! Der arme, kleine Kerl. Es ist kein Wunder, dass er so reagiert hat. Was immer bei ihm zuhause vorgefallen ist, es muss furchtbar für ihn gewesen sein, wenn er weggelaufen ist. Er hat mir gegenüber so schrecklich schüchtern gewirkt, aber angesichts der Tatsache, wie er auf deinen Vater reagiert hat, kann man davon ausgehen, dass sein eigener Vater die Ursache dafür ist.«

»Ich weiß nicht, was er diesem Jungen angetan hat, aber ich würde diesen Mann wirklich gerne kennenlernen«, sagte Frank wütend. »Wenn Jamies Reaktion auf mich als Hinweis darauf betrachtet werden kann, wie dieser Kerl ist, wird es eine ausgesprochen kurze Unterhaltung.«

»Jamie hat einige Dinge tun müssen, um etwas zu essen zu bekommen und ich möchte nicht, dass er so etwas noch länger machen muss«, sagte Jason traurig.

»Du meinst ...?«, begann Frank, verstummte dann jedoch und wurde blass.

»Ich möchte ihm wirklich helfen, wenn ich irgendwie kann«, sagte Jason, ohne auf die Frage zu antworten.

Frank und Cathy wechselten einen schockierten Blick. Beide verstanden, was Jason ihnen sagte, ohne dass er direkt auf die von Frank angedeutete Frage antworten musste.

»Lass ihn wissen, dass wir alles in unserer Macht Stehende tun werden, um ihm zu helfen«, sagte Frank. »Und sage das auch Graham.«

»Ich muss jetzt wieder hochgehen«, sagte Jason und schnappte sich ein paar zusätzliche Kekse. »Ich möchte nicht, dass sich Jamie Sorgen macht.«

Seine Eltern nickten und Jason ging wieder nach oben. In seinem Zimmer angekommen, setzte er sich wieder neben Jamie auf sein Bett.

Der Junge war bereits wieder in das Spiel vertieft und Jason sah, dass er wirklich gut war.

»Entschuldige, dass es so lange gedauert hat«, sagte Jason und bot Jamie einen der Kekse an. »Mom wollte, dass ich ihr mit etwas in der Küche helfe.«

»Kein Problem«, sagte Jamie, pausierte das Spiel und legte den Controller auf das Bett, bevor er den angebotenen Keks nahm.

»Du lernst ziemlich schnell«, bemerkte Jason und biss in seinen Keks. »Ich habe einen Monat gebraucht, um so gut zu werden.«

»Manchmal kann man nichts Anderes machen als Videospiele zu spielen«, antwortete Jamie. »Jedenfalls wenn ich mal Geld hatte. Die Arkaden sind auch ein guter Ort, um Leute zu finden, die ...«

Jamie verstummte und senkte den Kopf. Beinahe hätte er zu viel gesagt.

»So etwas musst du von nun an nicht mehr machen, jetzt bist du hier auf der Insel und bei Mr. M«, sagte Jason, nahm den Controller zur Hand und startete ein neues Spiel.

»Das wäre wirklich schön«, sagte Jamie wehmütig.

»Die Dinge werden ab sofort anders für dich werden«, versprach Jason. »Ich weiß es genau.«

Jamie und Jason spielten noch ein paar weitere Runden und Jamie gelang es, seine Sorgen und Gedanken abzustreifen. Als sie das Spiel schließlich beendeten, stand es im Grunde unentschieden zwischen ihnen. Jason fiel auch auf, dass Jamie inzwischen wieder lächelte. Er warf einen beiläufigen Blick aus dem Fenster und bemerkte, dass es langsam aber sicher dunkel wurde. Er mochte den Winter nicht, weil es dann viel früher dunkel wurde als im Sommer. Natürlich mochte er die Kälte ebensowenig.

»Ich sollte dir vermutlich den Weg zurück zu Mr. M's Haus zeigen«, sagte Jason. »Du bist neu hier und verläufst dich vielleicht alleine im Dunkeln.«

»Oh, das stimmt. Ich hoffe, Graham ist nicht sauer auf mich. Er hat nicht gesagt, wie lange ich wegbleiben darf.«

»Mach dir keine Sorgen«, lachte Jason. »Mr. M ist das größte Schmusekätzchen, das es auf der Welt gibt.«

Jamie sah Jason zweifelnd an, aber wenn er darüber nachdachte, musste er zugeben, dass alles, was er von Graham bisher gesehen hatte, Jasons Aussage nur untermauerte. Dennoch konnte er seine bisherigen Erfahrungen nicht einfach ignorieren. Die Tatsache, dass Graham bisher noch nicht wütend geworden war, bewies für ihn noch gar nichts. Er wusste genau, dass sich der Charakter eines Mannes in einem Wimpernschlag ändern konnte.

Jason stand von seinem Bett auf und schaltete erst den Computer und dann den Monitor aus. Nachdem er die Controller wieder auf den Tisch gelegt hatte, gingen die beiden Jungen nach unten. Während sie sich ihre Schuhe und Jacken anzogen, hörte Jamie Schritte im Flur und blickte auf. Cathy kam mit einem großen, in Papier eingeschlagenen Paket in den Händen zu ihnen.

»Könntest du das für mich zu Graham mitnehmen?«, fragte sie Jamie.

Jamie ging zu ihr und nahm das Paket entgegen, ohne ihr direkt in die Augen zu sehen.

»Ja, Ma'am ... äh ... Cathy. Vielen Dank für die Kekse. Sie waren wirklich gut.«

»Es freut mich, dass sie dir geschmeckt haben.«

Sie drehte sich um und erst jetzt sah Jamie ihren Mann, der mit einer kleinen Tüte hinter ihr stand.

»Und das ist eine Kleinigkeit nur für dich«, fügte sie hinzu und legte die Tüte auf das Paket.

Jamie war zuerst verwirrt, doch als der Duft der Kekse in seine Nase stieg, musste er lächeln.

»Vielen herzlichen Dank«, freute er sich, hob den Kopf und schenkte ihr ein breites Grinsen.

Es war das erste Mal, dass er sie direkt angesehen hatte.

»Ich hoffe, du kommst bald wieder vorbei und besuchst Jason«, sagte Frank fröhlich, blieb jedoch hinter seiner Frau stehen, um dem Jungen keine Angst zu machen.

»Ja, Sir«, murmelte er und trat langsam zurück, bis er an der Tür ankam.

Das Lächeln in seinem Gesicht war so schnell wieder verschwunden, wie es gekommen war. Jasons Eltern sahen besorgt dabei zu, wie Jason die Tür öffnete und die Jungs nach draußen gingen.

»Ich denke, du solltest Graham anrufen«, sagte Cathy, nachdem die Tür ins Schloss gefallen war.

»Ja, da hast du recht«, sagte Frank und nickte. »Ich weiß nicht, was wir tun können, aber dieser Junge braucht dringend Hilfe.«

Kapitel 9:
Die Angst im Inneren

Jamie und Jason gingen den Pfad zwischen Jasons und Grahams Haus zurück. Da die Sonne inzwischen fast untergegangen war, wurde der Wald in dunkle Schatten getaucht. Er wirkte ganz anders als am Tag, beinahe bedrohlich. Die Geräusche der Tiere und des Windes zwischen den Ästen hatten tagsüber so einladend und friedlich gewirkt, jetzt empfand Jamie diese Umgebung eher als einschüchternd.

»Hast du keine Angst, im Dunkeln hier draußen herumzulaufen?«, fragte er.

»Nein, es gibt hier nichts, vor dem man Angst haben müsste.«

»Aber was ist mit den wilden Tieren?«, hakte Jamie nervös nach.

»Welche wilden Tiere meinst du? Redest du von Bären oder so etwas?«

»Ich schätze, du hältst mich für ziemlich dumm«, murmelte Jamie verlegen.

»Nein, überhaupt nicht. So etwas gibt es hier auf der Insel aber nicht; keine gefährlichen Tiere. Abgesehen von der einen Art natürlich, aber ich glaube, mit der kennst du dich bereits bestens aus.«

»Das kannst du laut sagen«, seufzte Jamie.

»Jamie, du musst mir nichts erzählen, was du nicht möchtest«, sagte Jason vorsichtig. »Aber du hattest wirklich Angst, als mein Dad in mein Zimmer gekommen ist. Hat dir dein Vater sehr wehgetan?«

Jamie blieb stehen und starrte einen Moment lang in die Finsternis.

»Er hat ... Sachen mit mir gemacht und wenn ich mich gewehrt habe, hat er mich so lange verprügelt, bis ich aufgegeben habe«, erklärte Jamie leise. »Er ist so groß und stark wie dein Dad und ich ... Es tut mir leid. Ich wollte nicht sagen, dass dein Dad böse ist oder so etwas. Es ist nur ... Jedes Mal, wenn meiner aufgetaucht ist, wusste ich, dass es Ärger bedeutete.«

»Hat deine Mom nicht versucht, ihn aufzuhalten?«

»Sie war viel zu sehr damit beschäftigt, die Kamera zu halten«, murmelte Jamie leise und senkte den Blick.

Jason wurde bei den Worten seines neuen Freundes übel. Er ging zu einem Holzstamm in der Nähe, setzte sich darauf und bedeutete Jamie, sich neben ihn zu setzen. Er legte eine Hand auf Jamies Knie und sah ihn eindringlich an.

»Schäme dich nicht für das, was dir angetan wurde«, sagte er. »Es war nicht deine Schuld. Du bist dazu gezwungen worden. Wenn sich jemand schämen sollte, dann sie. Ich möchte, dass du weißt, dass meine Mom und mein Dad niemals so etwas mit dir machen würden. Das Gleiche gilt für Mr. M. Mein Dad sieht vielleicht groß und hart aus, aber im Inneren ist er nur ein großer, kuscheliger Teddybär. Ich schätze, du hast bisher noch nicht viele nette Männer kennengelernt, oder?«

»Nicht, wenn man so lebt, wie ich es muss.«

»Jetzt kennst du aber bereits zwei von dieser Sorte: Mr. M und mein Dad. Sie sind beide toll, wenn auch auf unterschiedliche Art.«

»Vielleicht«, sagte Jamie und seufzte. »Es ist nur so schwer, jemandem zu vertrauen. Selbst diejenigen, die zuerst nett wirken, sind es am Ende nicht und ich muss wieder abhauen.«

»Ich bin jetzt dein Freund und du kannst mir vertrauen«, sagte Jason und grinste Jamie an. »Ich werde dich nie im Stich lassen. Wenn du je das Gefühl hast, wieder weglaufen zu müssen, sag es mir und ich helfe dir. Ich möchte, dass du hier eine lange Zeit glücklich sein kannst.«

»Ich habe noch nie irgendwo lange bleiben können.«

»Ich glaube, das wird diesmal anders sein. Ich bin mir sicher, dass wir verdammt lang Freunde sein werden.«

Jamie nickte, war von Jasons Worten aber alles andere als überzeugt. Sie standen auf und gingen ein paar Minuten lang schweigend weiter. Jamie beobachtete Jason. Es faszinierte ihn, wie Jason immer zu wissen schien, wo es langging.

»Hast du dich hier draußen jemals verlaufen?«, fragte er.

»Nein, ich kenne mich hier im Wald aus. Nach einer Weile erkennst du unterschiedliche Bäume und Pflanzen. Es ist wie in der Stadt. Dort erkennst du dieses oder jenes Haus wieder und weißt, wo du bist. Das Prinzip ist dasselbe. Und selbst wenn du dich verirrst, sagt dir die Natur, wo du bist und wie du dich zurechtfindest.«

Er deutete auf den Himmel.

»In der Stadt sieht man nicht so viele Sterne«, sagte Jamie erstaunt.

»Das liegt daran, dass es so viel Licht gibt und weil die Luft verschmutzt ist. Dir wird es hier besser gefallen. Hast du jemals Nordlichter gesehen?«

»Was ist das?«
»Es ist atemberaubend, wenn du es zum ersten Mal siehst. Ich habe sie gesehen, als ich in den Osterferien meine Cousins besucht habe. Man sieht dann diese riesigen Lichtstreifen am Himmel, die unterschiedliche Farben haben können. Diese Nordlichter entstehen, wenn die Sonnenwinde auf die Erdatmosphäre treffen. Ich weiß, das klingt langweilig, ist es aber nicht, wenn du es erst einmal siehst. Mein Freund Ron Munro, der Medizinmann, von dem ich dir erzählt habe ...«
»Haben die Indianer nicht alle komische Namen?«, unterbrach Jamie ihn. »So wie Großer Bär oder Winnetou?«
Jason lachte.
»Ich bin mir nicht sicher. Vielleicht machen das einige Stämme noch, vielleicht gibt es so etwas auch nur noch im Film. In Rons Stamm haben jedenfalls alle normale Namen.«
Jamie nickte und lächelte verlegen.
»Wie dem auch sei«, fuhr Jason fort. »Ron sagt, diese Nordlichter sind das Feuer vom Himmel, das die sterbliche Seele besänftigt. Ich finde, das ist eine viel bessere Beschreibung.«
»Das klingt wirklich toll, aber ich glaube nicht, dass ich es jemals sehen werde«, seufzte Jamie. »Ich weiß nicht einmal, wie lange ich hierbleiben darf.«
»Gib die Hoffnung nicht auf«, sagte Jason und nahm Jamies Hand. »Wir finden einen Weg. Da bin ich mir ganz sicher.«

* * *

»Er hat was getan?«, fragte Graham ungläubig.
»Ich sage dir, Jamie war zu Tode erschrocken, als ich in Jasons Zimmer kam, um hallo zu sagen«, sagte Frank am anderen Ende des Telefons. »Sein Gesicht war so weiß wie die Wand und er hat am ganzen Körper gezittert. Ich habe nichts gemacht. Ich wollte mich ihm nur vorstellen.«
»Ich wette, der Grund dafür ist sein Vater«, bemerkte Graham. »Jamie hat mir ein bisschen von dem erzählt, was mit ihm gemacht wurde und aus dem, was er gesagt und angedeutet hatte, kann man sich deutlich vorstellen, dass es verdammt schlimm gewesen sein muss. Er ist weggelaufen und ich habe ihn gestern in der Nähe meines Büros gefunden, als er um Kleingeld gebettelt hat. Er war verdreckt, hungrig und du hättest die Lumpen sehen sollen, die er getragen hat.«

»Wenn man seine Reaktion als Anhaltspunkt nimmt, darf man davon ausgehen, dass es ein Alptraum gewesen sein muss.«

»So viel ist sicher«, seufzte Graham. »Nachdem er in meiner Wohnung in der Stadt geduscht hatte, konnte ich die Narben auf seinem Rücken sehen.«

»Narben? Was für Narben?«

»Solche, die man in alten Filmen an Sklaven sieht«, sagte Graham langsam. »Die Art Narben, die jemand bekommt, wenn er ausgepeitscht wird.«

»Was?«, stieß Frank entsetzt aus. »Das würde es auf jeden Fall erklären. Sein Vater muss es getan haben. Kein Wunder, dass er solche Angst vor mir hatte. Er muss gedacht haben, ich würde ihn in der Luft zerreißen.«

»Das befürchte ich auch. Wahrscheinlich ist sein Vater auch ein großer Kerl und diese vage Ähnlichkeit hat Jamie in Panik versetzt.«

»Cathy hat gesagt, dass er ihr nicht einmal in die Augen sehen wollte. Ich könnte wetten, dass seine Mutter dabei auch eine Rolle gespielt hat. Du weißt, dass wir etwas dagegen unternehmen müssen.«

»Oh, das werde ich«, sagte Graham. »Ich dachte mir nur, ich gönne Jamie erst einmal ein paar Tage Ruhe und Frieden. Er kennt mich ja bisher kaum und ich möchte, dass er mich erst etwas besser kennenlernt, bevor ich meine Nase in sein Leben stecke.«

»Lass es mich wissen, wenn du wieder in die Stadt zurückfliegst. Ich werde dich dann begleiten.«

»Ich habe mir schon den Kopf zerbrochen, was ich tun kann«, gab Graham zu. »Irgendwie werde ich die Behörden involvieren müssen, aber wenn man Jamies Erzählungen glauben kann, schicken sie ihn immer wieder zu seinen Eltern zurück, ohne ihm zuzuhören. Und ich habe keinen Anlass, an dem zu zweifeln, was er gesagt hat. Ich bin mir sicher, dass es die Wahrheit war.«

»Lass mich heute Abend mit Cathy darüber reden. Vielleicht fällt uns etwas ein. Sicher ist aber, dass wir nicht zulassen können, dass sie ihn einfach dorthin zurückschicken.«

»Ich denke auch schon die ganze Zeit darüber nach, wie wir es anstellen können, dass ihm nicht wieder wehgetan wird. Und vor allem, dass er nicht so weiterleben muss wie bisher. Als ich ihn zum ersten Mal gesehen habe, wollte ich ihm nur etwas zu essen besorgen. Aber je mehr ich gesehen und von ihm gehört habe, umso deutlicher wurde mir klar, dass ich mehr als das tun muss. Ich habe keine Ahnung, wohin das alles führen wird, aber ich weiß, dass ich etwas unternehmen muss.«

»Du kannst auf unsere Hilfe zählen.«

»Danke, das bedeutet mir sehr viel«, sagte Graham.

»Wir finden irgendwie eine Lösung. Wir sollten jetzt aber Schluss machen. Sie sollten jeden Moment bei dir eintreffen. Ich wollte dich nur wissen lassen, was passiert ist.«

»Danke für den Anruf. Es ist ein weiteres Puzzleteil und es passt genau in das Bild, das ich bereits habe. Sobald ich weiß, was ich genau unternehmen werde, lass ich es euch wissen.«

»Viel Glück.«

»Grüße Cathy von mir. Bis bald.«

Graham legte auf und dachte darüber nach, was Jasons Vater ihm erzählt hatte. Plötzlich setzte sich Cindy auf, die bisher neben Graham auf dem Boden gelegen hatte. Sie bellte einmal und sah zur Tür, die auf die Terrasse hinausführte. Graham sah durch das Küchenfenster und entdeckte Jason und Jamie, die zum Haus gelaufen kamen. Graham ging zum Vorzimmer an der Küche und öffnete die Tür. Cindy flitzte sofort an ihm vorbei nach draußen, um die Jungs zu begrüßen. Jamie ging auf die Knie und umarmte den Hund. Graham musste grinsen. Er war froh darüber, dass die Bedenken des Jungen im Bezug auf Cindy vergessen zu sein schienen. Er und Cindy hatten eine Menge gemeinsam und er war sich sicher, dass sie sich besser verstehen konnten als sonst jemand.

»Hi, Mr. M«, sagte Jason fröhlich, als sie ins Haus kamen und Graham die Tür hinter ihnen schloss.

»Hallo, ihr beiden«, begrüßte Graham sie. »Hattet ihr Spaß?«

Jamie beobachtete Graham ganz genau, aber da er keinen Zorn im Gesicht des Mannes erkennen konnte, grinste er, bevor er antwortete.

»Es war so toll und wir haben so viel gemacht.«

»Hat es dir gefallen, Jason zuhause zu besuchen?«

»Oh ja!«, sagte Jamie, der mit jedem Wort immer aufgeregter wurde. »Da gibt es dieses Eichhörnchen, das Jay kennt und das auf ihm sitzt und wir haben ihn mit Erdnüssen gefüttert. Und da war ein Hirsch bei Jay vor dem Haus und er hat ihn gestreichelt und Jay hat einen tollen Computer und seine Mom macht unglaublich leckere Kekse. Siehst du? Sie hat mir sogar ein paar mitgegeben. Es war echt toll.«

Graham grinste.

»Klingt, als hättet ihr einen schönen Nachmittag gehabt«, sagte er, bevor er sich an Jason wandte. »Bleibst du zum Abendessen?«

»Nein, ich sollte besser nach Hause gehen. Ich will noch meine Hausaufgaben erledigen, damit ich es nicht am Wochenende machen muss.«

Jason wandte sich um, um zu gehen, aber Jamie hielt ihn auf.

»Danke, dass ich dich besuchen durfte, Jay. Ich hatte viel Spaß.«

»Es war schön, dass du da warst. Was würdest du davon halten, wenn ich morgen vorbeikomme? Dann können wir etwas Anderes machen.«

»Ich ... ich weiß nicht, ob ich kann«, sagte Jamie zögernd und sah Graham hoffnungsvoll an.

»Natürlich kannst du«, ermunterte Graham den Jungen. »Warum kommst du nicht so gegen zehn hier vorbei, Jason? Bis dahin sollten wir gefrühstückt haben. Es sei denn, Jamie möchte lieber ausschlafen.«

Jamie kicherte.

»So lange werde ich nicht schlafen«, sagte er.

»Okay, dann sehen wir uns so gegen zehn«, sagte Jason und beugte sich nach vorne, um Cindy noch einmal zu kraulen, bevor er ging.

Jamie sah seinem neuen Freund einen Moment lang nach, bevor er sich Graham zuwandte und ihm das Paket reichte, das er in den Armen hielt.

»Jays Mom hat gesagt, dass ich dir das bringen soll.«

»Vielen Dank«, sagte Graham, der natürlich bereits wusste, was es war. »Warum wirfst du nicht einen Blick in die Töpfe und findest heraus, was es zum Abendessen gibt, während ich das hier wegräume?«

Graham ging nach oben in Jamies Zimmer, legte das Paket auf das Bett und riss das Papier auf. Er fand T-Shirts, Socken, Unterwäsche, mehrere Paar Jeans und sogar Pyjamas darin. Er öffnete den Schrank und legte die Sachen hinein. Es schmerzte, die wenigen, alten Sachen zu sehen, die Jamie bereits hineingelegt hatte. Es war alles, was er auf dieser Welt besaß. Dieser Anblick bestärkte Graham in seinem Entschluss, alles in seiner Macht Stehende zu tun, um dem Jungen zu helfen. Für den Augenblick hatte er zumindest ein bisschen mehr Auswahl in seinem Kleiderschrank. Alles andere würde sich später irgendwie ergeben. Graham musste lächeln, als er daran dachte, wie überrascht der Junge sein würde, wenn er den Schrank das nächste Mal öffnete. Er ging wieder nach unten ins Wohnzimmer. Unterwegs faltete er das Papier zusammen, in das die Kleidung eingewickelt war. Er öffnete die Glastür des Ofens und warf das Papier hinein, bevor er wieder in die Küche ging.

»Meinst du, dir gefällt, was es zum Abendessen gibt?«, fragte er.

»Es riecht großartig, aber ich weiß gar nicht, was das alles ist«, gestand Jamie leicht verlegen.

Graham ging zum Herd und nahm einen Deckel nach dem anderen von den Töpfen.

»Das ist Blumenkohl«, sagte er, als er erst in den einen Topf deutete und dann in den nächsten. »Und das ist eine Käsesauce. Das obere im Ofen sind Ofenkartoffeln.«

»Und was ist das Große darunter in der Folie?«

»Oh, das ist das Hauptgericht«, sagte Graham grinsend. »Das ist eine Überraschung.«

»Was auch immer es ist, es riecht köstlich«, sagte Jamie und leckte sich über die Lippen. »Zuhause bestand ein ausgefallenes Essen aus einem Hamburger aus der Mikrowelle.«

Graham erschauerte.

»So etwas wirst du hier nicht finden. Ich bin zwar kein Gourmetkoch, aber ich glaube, es wird dir schmecken. Wenn du wirklich etwas für Feinschmecker möchtest, musst du mit Frank reden und ihn bitten, den Grill anzuwerfen. Du weißt nicht, was gutes Fleisch ist, bis du seines gegessen hast. Es ist unwiderstehlich.«

»So etwas hatte ich noch nie.«

»Keine Sorge, das werden wir ziemlich bald ändern«, versprach Graham ihm. »Es wird nächste Woche beim Weihnachtsbarbeque reichlich davon geben. Da kannst du dich austoben.«

»Was ist das Weihnachtsbarbeque?«, fragte Jamie.

»Eine Feier, die Frank jedes Jahr für seine Familie und all ihre Freunde organisiert. Jeder der Gäste bringt etwas Anderes mit. Zum Beispiel Gemüse, Salate oder Desserts. Frank ist immer für das Fleisch zuständig und er grillt es draußen auf der Terrasse. Er fängt schon am Vormittag an und am späten Nachmittag ist alles fertig. Es ist ein wirklich toller Anlass, um alle zusammenzubringen. Jason wird natürlich auch da sein und du wirst sicher Spaß haben.«

Graham öffnete den Schrank und holte ein paar Teller heraus. Er befüllte sie mit Ofenkartoffeln und Gemüse, bevor er schließlich das Hauptgericht aus dem Ofen nahm und es auspackte. Es war eine großer, gefüllter Lachs.

»Oh, wow«, murmelte Jamie, dem das Wasser im Mund zusammenlief. »Ich habe noch nie einen so großen Fisch gesehen. Der ist riesig! Und es riecht wundervoll.«

»Warte ab, bis du ihn isst«, sagte Graham und schnitt ein großes Stück vom Lachs ab, das er auf einen der Teller anrichtete, bevor er diesen an Jamie übergab.

Der Junge ging mit seinem Teller an den Küchentisch und setzte

sich. Graham war gerade dabei, seinen eigenen Teller zu befüllen, als er bemerkte, dass Jamie auf ihn wartete.
»Fang ruhig schon an, bevor es kalt wird«, sagte er und wandte sich wieder um.
Während er seine eigene Portion auf den Teller gab, hörte er das Klappern des Bestecks hinter sich. Einen Moment später setzte er sich ebenfalls an den Tisch und begann zu essen. Ein paar Minuten lang genossen sie schweigend ihr Abendessen.
»Und, wie schmeckt es dir?«, fragte Graham schließlich.
»Es ist fantastisch«, sagte Jamie ehrlich. »Du bist ein super Koch. Isst du hier immer so?«
»Die meiste Zeit vielleicht nicht ganz so ausgefallen«, gab Graham zu. »Aber heute ist ein besonderer Tag und ich wollte dich beeindrucken.«
»Du bist der netteste Kerl, den ich jemals getroffen habe«, sagte Jamie aufrichtig.
Graham wurde rot, versuchte seine Verlegenheit jedoch zu verbergen, indem er Jamie noch etwas von dem Fisch anbot. Jamie nahm dankend an und Graham sah dabei zu, wie der Junge seine zweite Portion verschlang. Ihm kam der Gedanke, dass er sich einen größeren Kühlschrank würde zulegen müssen, wenn der Junge weiter so aß.
Als sie schließlich fertig waren, zeigte Graham Jamie, wie er das Abendessen für Cindy vorbereitete. Graham befüllte ihren Napf mit Hundefutter, bevor er noch ein paar Stückchen von dem Fisch als Bonus hinzufügte. Cindy saß die ganze Zeit neben den beiden, beobachtete sie und wartete geduldig. Graham reichte Jamie den Napf, der ihn vor Cindy auf den Boden stellte. Ein paar Minuten später hatte Cindy alles aufgegessen. Als Jamie ihren leeren Napf sah, mopste er sich ein paar weitere Stücke des übrig gebliebenen Fisches. Er senkte die Hand und wartete, bis Cindy, die alles ganz genau beobachtet hatte, zu ihm kam und ihm den Fisch aus der Hand fraß. Sie leckte sich genüsslich das Maul und rieb ihren Kopf dankbar an Jamies Bein.
Nachdem sich Graham und Jamie gemeinsam um den Abwasch gekümmert hatten, gingen sie ins Wohnzimmer. Graham legte ein bisschen Holz im Ofen nach und bemerkte, dass Cindy nicht wie sonst in der Nähe der Wärmequelle lag, sondern zu Jamies Füßen. Der Junge hatte es sich auf der Couch gemütlich gemacht. Jedes Mal, wenn sich Jamie bewegte und seine Sitzposition veränderte, hob Cindy den Kopf und beobachtete ihn aufmerksam. Als sie feststellte, dass alles

in Ordnung war, legte sie sich wieder hin. Graham freute sich, dass sich die beiden so gut verstanden und schnell Freunde wurden.
»Ist es wahr, dass Jay einen indianischen Medizinmann kennt?«, fragte Jamie nach einer Weile. »Ich dachte, so etwas gibt es nur im Film.«
»Nein, Medizinmänner gibt es immer noch. Sie sind in ihren Stämmen hoch angesehen und die Leute fragen für alles Mögliche um ihren Rat. Jason hat mir viele Geschichten von seinem Freund erzählt und auch Frank kennt ihn gut. Jason beschäftigt sich sehr mit der freien Natur. Er hat mir auch beigebracht, wie man sich richtig entspannt und seiner Umwelt lauscht.«
»Ich wünschte, ich könnte auf so einer Insel leben«, sagte Jamie und seufzte. »Weit weg von der Stadt, weit weg von ihnen und allem anderen.«
Graham schmerzten diese Worte und am liebsten hätte er etwas gesagt. Er wusste aber, dass er das nicht konnte. Noch nicht. In seinem Kopf braute sich langsam aber sicher ein Plan zusammen, aber er musste erst herausfinden, ob er funktionieren würde. Bevor er sich sicher sein konnte, wollte er Jamie keine falschen Hoffnungen machen. Graham wusste, dass es grausam wäre, dem Jungen Hoffnungen zu machen und ihn dann enttäuschen zu müssen. Er wollte nicht, dass sich Jamie betrogen fühlte, wenn etwas schiefging. Außerdem brauchte Jamie ein bisschen Ruhe und Erholung und nichts Neues, über das er sich Sorgen machen musste. Während er darüber nachdachte, bemerkte er, wie Jamie gähnte.
»Würdest du lieber ins Bett gehen?«, fragte er. »Es macht mir nichts aus, wenn du müde bist. Ich trinke normalerweise noch eine Tasse Tee, bevor ich ins Bett gehe.«
Jamie sah Graham wieder einmal argwöhnisch an, aber da er kein verborgenes Motiv hinter dem Vorschlag erkennen konnte, nickte er.
»Wäre es okay?«
»Natürlich«, versicherte Graham ihm. »Heute war für uns beide ein aufregender Tag und ich bin mir sicher, dass du die Ruhe gebrauchen kannst. Vergiss auch nicht, dass Jason morgen Früh vorbeikommt, um mehr mit dir zu unternehmen.«
»Das wird sicher toll«, sagte Jamie und stand von der Couch auf. »Ich mag ihn wirklich sehr.«
»Warum gehst du nicht hinauf und machst dich bettfertig?«
»Ich habe nichts anzuziehen«, sagte Jamie sachlich. »Aber ich kann die Sachen einfach ausziehen und in meiner Unterwäsche schlafen.«
»Das klingt gut«, sagte Graham und musste sich ein Schmunzeln

verkneifen. »Achte nur darauf, dass du die Sachen in den Schrank legst, bevor du ins Bett gehst.«

Graham wusste, dass dieser Vorschlag dazu führen würde, dass Jamie die Kleidung entdeckte, die er, ohne es zu wissen, selbst mitgebracht hatte, als er mit Jason zurückkam.

»Keine Sorge, das mache ich«, versprach Jamie.

Cindy stand auf und folgte ihm nach oben. Es dauerte ein paar Minuten, bis Jamie die Treppe wieder heruntergerannt kam und dem verlegenen Graham eine Umarmung schenkte, die beinahe schmerzte. Graham errötete, freute sich aber darüber, dass Jamie die Überraschung in seinem Kleiderschrank gefunden hatte.

»Vielen Dank für die zusätzlichen Sachen«, sagte der Junge aufgeregt und mit einem breiten Grinsen im Gesicht, während er Graham den Pyjama vorführte, den er nun trug.

»Ich dachte mir, dass du ein paar extra Sachen gebrauchen kannst«, sagte Graham. »Ich schätze, ich hätte dir gleich mehr besorgen sollen, als wir in der Stadt einkaufen waren, aber da habe ich nicht so weit vorausgedacht.«

»Die sind wirklich toll«, sagte Jamie fröhlich. »Wann hast du sie gekauft? Ich habe gar nicht gemerkt, dass du weggegangen bist. Hast du sie heute gekauft, als ich bei Jay war?«

»Sie sind nicht brandneu«, gab Graham zu. »Ich habe mit Jason gesprochen und wir haben es unter uns ausgemacht.«

»Das sind Jays?«, fragte Jamie besorgt. »Es wird ihm nicht gefallen, dass ich seine Sachen habe.«

»Ja, es sind seine, aber du musst dir keine Sorgen machen. Es macht ihm nichts aus. Er möchte dir auch helfen, verstehst du? Jasons Familie möchte dir genauso gerne helfen wie ich.«

»Ihr seid die ganze Zeit so nett zu mir«, bemerkte er ein bisschen traurig.

»Warum bist du so betrübt?«

»Als Jays Dad heute aufgetaucht ist, habe ich Angst bekommen und ...«

Jamie verstummte und seufzte.

»Auch deswegen musst du dir keine Sorgen machen«, versprach Graham ihm. »Ich weiß, dass er es versteht. Als ich ihn zum ersten Mal gesehen habe, war selbst ich ein bisschen eingeschüchtert. Er ist ein großer Kerl, aber wenn du ihn besser kennenlernst, wirst du auch feststellen, dass er sehr freundlich und nett ist.«

»Das kann schon sein. Es ist nur so, dass ich überrascht war und ich habe mich daran erinnert, was mir zuhause passiert ist und ich

habe Angst bekommen.«
»Es wird alles gut«, sagte Graham. »Du wirst schon sehen. Warum gehst du nicht wieder hinauf und ich komme in ein paar Minuten und sage dir gute Nacht?«
Jamie nickte und ging nach oben. Graham wartete ein paar Minuten, bis auch er nach oben ging. Die Tür zu Jamies Zimmer stand offen und er sah hinein. Der Junge lag im Bett, die Decke so weit hochgezogen, dass sein Kopf kaum zu sehen war. Graham fiel auf, dass Jamies Rucksack direkt neben dem Bett stand, sodass er ihn jederzeit leicht erreichen konnte. Cindy lag auf dem Teppich zwischen der Tür und dem Bett, als würde sie Wache halten und den Weg zum Bett blockieren. Als Graham im Türrahmen stand, blickte sie auf, bewegte sich jedoch nicht vom Fleck.
»Wie ich sehe, habt ihr es euch bequem gemacht«, sagte er. »Offenbar möchte Cindy heute Nacht hier schlafen.«
»Ist das okay?«, fragte der Junge besorgt.
»Selbstverständlich. Ich finde es toll, dass ihr euch besser kennenlernt.«
»Ich fange an, sie wirklich zu mögen«, sagte Jamie ein bisschen verlegen.
»Sie wird immer gut auf dich aufpassen. Gute Nacht euch beiden und schlaft schön.«
»Gute Nacht, Graham. Und danke für den wundervollen Tag.«
»Gern geschehen, Jamie. Ich bin froh, dass es dir gefallen hat.«
Graham schaltete das Licht aus, schloss wegen Cindy die Tür jedoch nicht, bevor er wieder nach unten ging. Sein erster Weg führte ihn in die Küche, wo er sich eine Tasse Tee machte. Es war sein kleines Ritual vor dem Schlafengehen und er hatte das Gefühl, dass ihm der Tee beim Einschlafen half. Sobald er fertig war, ging er mit dem Tee in der Hand ins Wohnzimmer und setzte sich aufs Sofa. Cindy war bei Jamie geblieben und es war ein seltsames Gefühl, nach so langer Zeit zum ersten Mal ohne sie auf der Couch zu sitzen. Es machte ihm jedoch nichts aus. Er freute sich viel zu sehr darüber, dass sich Cindy und Jamie so mochten. Während er an seinem Tee nippte, dachte Graham über die Ereignisse der letzten beiden Tage nach. Seine Gedanken wurden jedoch unterbrochen, als Cindy aufgeregt ins Wohnzimmer kam. Sie wimmerte und scharrte mit den Vorderpfoten an Grahams Füßen. Irgendetwas war nicht in Ordnung.
»Was ist los, mein Mädchen?«, fragte er, ohne das Problem zu begreifen.
Cindy packte mit dem Maul Grahams Hosenbein und zog daran,

bis Graham von der Couch aufstand. Dann rannte sie zurück zur Treppe und drehte sich wimmernd zu Graham um. Er folgte ihr und ging die Treppe hinauf. Noch bevor er oben angekommen war, hatte er begriffen, dass Cindy ihm sagen wollte, dass irgendetwas mit Jamie nicht stimmte. Er eilte zum Zimmer des Jungen und steckte den Kopf hinein. Durch das Licht, das aus dem Flur in den Raum fiel, konnte er sehen, dass Jamie die Decke von sich geworfen hatte und sich hin und her wälzte. Während er in seinem Alptraum gegen einen unsichtbaren Gegner ankämpfte, kamen ungeordnete Worte aus seinem Mund. Jamie war jedoch offensichtlich noch nicht wach, sondern schlief tief. Graham ging zum Bett und streckte die Hand aus, um den Jungen zu beruhigen.

»Nein, ich will nicht«, stieß Jamie im Schlaf aus, noch immer fest im Griff seines Alptraums. »Ich mache es nicht. Du kannst mich nicht zwingen.«

Graham beugte sich nach vorne und berührte sanft Jamies Arm. Er wollte ihm helfen, aber ihn gleichzeitig auch nicht erschrecken.

»Jamie, es ist alles okay«, sagte er leise. »Jamie, du bist hier in Sicherheit.«

»Nein ... bitte ... Du kannst nicht ... Ich lass dich nicht ... Geh weg von mir.«

Jamie schrie mittlerweile im Schlaf und warf sich noch heftiger hin und her, während er gegen die unsichtbare Bedrohung ankämpfte.

»Jamie«, sagte Graham jetzt ein bisschen lauter und rüttelte an der Schulter des Jungen. »Jamie, du bist in Sicherheit. Niemand wird dir hier wehtun.«

»Nein, ich hasse dich!«, stieß Jamie aus, bevor seine Faust in die Luft schoss, Graham im Gesicht traf und ihn zu Boden schickte.

Kapitel 10:
Inselleben

»Uns gehen hier langsam die Waffeln aus!«, rief Frank grinsend. »Was dauert da so lange?«

»Die nächste Ladung ist gleich fertig, aber du bekommst nichts, bis du Jason und Jamie noch ein paar Würstchen geholt hast.«

»Das bedeutet wohl, dass ich aufstehen muss«, jammerte Frank gespielt, stand auf und ging zum Herd.

»Nur, wenn du noch mehr Waffeln möchtest«, sagte Cathy und ging mit einem Teller voll dampfender Waffeln, die gerade frisch aus dem Waffeleisen kamen, zum Tisch.

Sie legte Jason und Jamie je eine Waffel auf den Teller und lächelte die beiden Jungs an. Jason verteilte auf beiden Tellern großzügig Ahornsirup. Einen Moment später kam auch Frank zum Tisch zurück und gab beiden Jungs je zwei frische Würstchen. Anschließend bot er auch Graham etwas an.

»Danke, aber selbst wenn ich wollte, könnte ich nichts mehr essen«, sagte dieser. »Ich würde gerne, denn es ist so lecker. Aber ich bekomme nichts mehr rein.«

»Das scheint die Jungs nicht abzuhalten«, gluckste Cathy und sah Jason und Jamie dabei zu, wie sie weiter das Frühstück in sich hineinschaufelten.

»Die Würstchen sind fantastisch«, murmelte Jamie mit vollem Mund. »Ich habe so etwas noch nie zuvor gegessen.«

»Wir bekommen sie immer von einem Fleischer hier im Dorf«, erklärte Frank. »Er macht sie speziell für uns. Das ist genau das Richtige für hungrige Jungs, die noch wachsen müssen.«

»Und was ist deine Ausrede dafür, dass du so viel davon isst?«, fragte Cathy.

»Ich bin auch ein hungriger Junge, der noch wachsen muss«, lachte er.

»Ich glaube, du wächst nur noch in die Breite«, konterte Cathy und stupste ihren Mann mit dem Finger in den Bauch.

Jamie und Jason begannen beide zu kichern. Frank runzelte die Stirn und sah seine Frau einen Moment an, bevor er ihr die Zunge rausstreckte. Aus dem Kichern der Jungs wurde ein lautes Lachen. Nachdem er sich wieder beruhigt hatte, sah sich Jamie einen Moment lang um, nahm schnell das letzte, verbliebene Würstchen von seinem Teller und versteckte es in der Handfläche. Langsam, um nicht erwischt zu werden, senkte er die Hand unter den Tisch und sah zu Cindy, die ruhig in einer Ecke lag. Ihr war all das nicht entgangen und sie sah zu Jamie, während sie sich das Maul leckte. Ganz langsam erhob sie sich und streckte sich, als wäre sie gerade aufgewacht, dann ging sie langsam zum Tisch. Jason, der mitbekommen hatte, was Jamie tat, lenkte seine Mutter ab, indem er sie um etwas mehr Orangensaft bat. Sobald sie sich umgedreht hatte, verschwand das Würstchen aus Jamies Hand in Cindys Maul.

»Was haben du und Jamie heute vor?«, fragte sie, als sie mit dem aufgefüllten Glas an den Tisch zurückkam.

Jason konnte in ihren Augen sehen, dass ihr nichts entgangen war.

»Ich werde mit Jamie zum Fluss gehen, um zu angeln«, sagte der Junge und setzte eine unschuldige Mine auf. »Dann können wir heute Abend Forelle essen. Er hat mir erzählt, dass er vor langer Zeit ein Mal mit seinem Onkel angeln war.«

»Ich sollte dann wohl einkaufen gehen und etwas besorgen, das zu Forelle passt«, warf Graham ein. »Bringt den Fisch anschließend bei mir vorbei und ich mache für alle das Abendessen.«

»Wir sollten besser aufbrechen, Jamie«, sagte Jason. »Lass uns schnell die Hände waschen gehen und dann können wir das Angelzeug holen.«

»Vielen Dank für das wundervolle Frühstück«, sagte Jamie an Cathy und Frank gerichtet. »Es war wirklich toll. Ich hatte so etwas bisher noch nie. Vielen Dank für die Einladung.«

»Ich bin froh, dass es dir geschmeckt hat«, sagte Cathy und lächelte. »Du bist hier jederzeit willkommen.«

»Komm mit, Cindy«, sagte Jamie und sie folgte den Jungs aus der Küche.

Frank sah ihnen nach, bis sie außer Hörweite waren.

»Ich schätze, der Junge sagt die Wahrheit, wenn er sagt, dass er so etwas noch nie bekommen hat«, seufzte er.

»Ich fürchte, das ist wahr«, nickte Graham. »So etwas oder der Lachs, den ich an seinem ersten Abend hier gemacht habe, sind wie ein Traum für ihn. Am Freitagmorgen hatte ich nicht mehr viel in meinem Kühlschrank in der Stadt und habe ein paar Eier in die Pfanne geworfen. Er dachte, er wäre im Feinschmeckerhimmel. Als ich ihn beim Betteln getroffen habe, hatte er mir erzählt, dass seine letzte Mahlzeit ein weggeworfener Hamburger aus einer Mülltonne ein paar Tage zuvor war.«

»Das ist so grausam«, seufzte Cathy, und sah von den Sandwiches auf, die sie gerade schmierte. »Wir können nicht zulassen, dass er dorthin zurückmuss. Wir müssen etwas unternehmen.«

»Das werde ich auch«, stimmte Graham zu. »Ich möchte ihm aber noch ein bisschen mehr Zeit geben, damit er sieht, dass wir keineswegs so sind wie seine Eltern oder die Leute, die ihn auf der Straße ausgenutzt haben.«

Ein paar Minuten später standen die Jungs an der Tür und waren dabei, ihre Jacken anzuziehen. Cindy stand neben ihnen und wartete geduldig, bis sie fertig waren. Jason hatte die Angelruten bereits aus der Garage geholt und sie lehnten neben der Tür an der Wand. Jason fiel auf, dass Jamie natürlich seine neuen Turnschuhe trug, also entschuldigte er sich kurz und flitzte in sein Zimmer. Er holte seine alten Wanderstiefel und reichte sie Jamie, als er in die Küche zurückkam.

»Zieh die an«, sagte er. »So musst du deine neuen Schuhe nicht so dreckig und nass machen. Außerdem werden deine Füße darin wärmer sein.«

»Vielen Dank«, sagte Jamie, bevor er seinen Freund unsicher ansah. »Ist es wirklich okay, wenn ich sie mir ausleihe?«

»Du kannst sie auch gleich behalten, Jamie«, warf Frank ein. »Jason zieht sie ohnehin nicht mehr an, weil sie ihm nicht mehr passen. Du wirst solche Schuhe brauchen, da du jetzt hier bei uns und weit weg von der Stadt bist.«

»Danke«, sagte Jamie mit einem breiten Grinsen, bevor er in die Schuhe schlüpfte und auf die Knie ging, um sie zu binden. »Ich habe noch nie so tolle Stiefel gehabt.«

Jason wartete, bis Jamie fertig war, dann wandte er sich an seine Eltern.

»Wir gehen jetzt«, sagte er und winkte ihnen noch einmal zu, bevor er die Tür öffnete. »Wir kommen wieder, wenn wir genug Fische fürs Abendessen gefangen haben.«

»Das solltet ihr besser mitnehmen«, sagte Cathy und reichte Jamie eine kleine Tüte. »Du und Jason werdet um die Mittagszeit sicher etwas essen wollen.«

»Das wäre doch nicht nötig gewesen«, sagte Jamie dankbar. »Das Frühstück hält mich eine lange Zeit satt.«

»Weil es das musste«, sagte Cathy und lächelte. »Aber das ist nicht mehr nötig. Ich habe auch ein paar der Kekse dazugepackt, die ich vor ein paar Tagen gebacken habe. Und auch ein Extra-Würstchen für Cindy habe ich eingepackt.«

Jamie errötete, als ihm klar wurde, dass er dabei erwischt worden war, wie er Cindy heimlich gefüttert hatte.

»Vielen Dank«, murmelte er noch verlegen, bevor er die Tür hinter sich schloss.

Er folgte Jason und Cindy den Pfad entlang, der zum Waldrand führte. Der Tag war trüb und ausgesprochen kalt, aber dank des warmen Schals und der Handschuhe, die Graham am Morgen für ihn herausgesucht hatte, brauchte er nicht zu frieren.

»Deine Mom muss gesehen haben, wie ich Cindy mein letztes Würstchen gegeben habe«, sagte er, als sie in den Wald gingen.

»Ihr entgeht nicht wirklich viel«, erwiderte Jason. »Ich gebe Cindy auch immer heimlich etwas, wenn sie unter der Woche bei uns ist. Mom erwischt mich auch immer dabei.«

»Wird sie nicht wütend, wenn sie es mitkriegt?«

»Nicht wirklich. Sie weiß, dass ich es nur mache, wenn ich so viel gegessen habe, wie ich kann. Es würde dann ohnehin übrig bleiben. Sie regt sich nur bei wirklich wichtigen Dingen auf und wenn das mal vorkommt, weiß ich auch, dass sie recht hat.«

»Das ist hier alles so anders. Meine Eltern gehen bei jeder Kleinigkeit an die Decke und dann werde ich verprügelt.«

»Mr. M ist wie meine Eltern, also brauchst du dir darüber keine Sorgen zu machen. Ich habe ihn bisher nur ein einziges Mal wütend erlebt und das war, als er zum ersten Mal hier auf die Insel kam und herausfand, dass Cindy von ihren alten Besitzern misshandelt wurde. Mein Dad wusste davon nichts, aber als er es erfuhr, wurde auch er stinksauer. Er hat dafür gesorgt, dass diese Leute wissen, dass sie es mit ihm zu tun bekommen würden, wenn sie sich mit Mr. M anlegen. Sie haben dann schließlich nachgegeben und ihm Cindy überlassen. Da haben wir ihn auch kennengelernt und sind Freunde geworden.«

»Heute Morgen, bevor wir zu euch gekommen sind, hatten wir Grapefruitsaft und ich habe aus Versehen das Glas fallen lassen und es kaputt gemacht«, sagte Jamie. »Ich dachte, Graham bringt mich um und ich hatte wirklich Angst. Aber er hat nichts gemacht. Er hat mir einfach nur dabei geholfen, die Scherben aufzuheben. Ich war so überrascht. Ich hatte schon gedacht, ich wäre tot.«

Die Jungs gingen weiter zu dem Fluss, den Jason ihm bereits gezeigt hatte, nachdem Jamie auf der Insel angekommen war. Insgesamt brauchten sie nur zehn Minuten. Jason stellte den Angelkasten auf den Boden und holte die Angelruten aus der Hülle. Eine davon reichte er Jamie, die andere legte er auf den Boden, bevor er den Kasten

öffnete und Jamie zeigte, wie man den Köder am Haken anbrachte. Dann machte er sich daran, Jamie beizubringen, wie man die Angel richtig auswarf. Jamie brauchte nur eine Handvoll Versuche, bis er es konnte. Jason war beeindruckt. Wie schon beim Computerspielen erwies sich Jamie als guter Schüler und er lernte schnell. Nachdem Cindy den Jungs eine Weile zugesehen hatte, legte sie sich unter einen Baum. Sie ließ Jamie jedoch keine Sekunde aus den Augen.
»Hat dir Mr. M von dem Weihnachtsbarbeque in ein paar Tagen erzählt?«, fragte Jason, während sie angelten.
»Er hat erzählt, dass dein Dad das Fleisch macht und ein Haufen andere Leute auch noch Essen mitbringen.«
»Das wird dir gefallen. Es gibt aber nicht nur Fleisch. Meine Mom macht einen tollen Kartoffelsalat. Ron war letztes Jahr auch da und hat Lachs mitgebracht. Mr. M hat ein paar unglaubliche Kuchen zum Dessert gemacht. Es geht so gegen Nachmittag los und dann meistens bis in die Nacht hinein. Ich werde Mom fragen, ob du bei uns übernachten kannst. Dann brauchst du dir keine Gedanken machen, ob du wieder nach Hause findest.«
»Meinst du, das ist okay?«, fragte Jamie zweifelnd. »Sie weiß, dass ich ...«
»Das spielt hier keine Rolle«, unterbrach ihn sein Freund. »Du hast doch heute Morgen gesehen, dass dich alle mögen. Du entspannst dich sogar langsam in der Gegenwart meines Dads. Es wird dir gefallen und wir werden viel Spaß haben.«
Jamie hörte aufmerksam zu, als Jason ihm mehr von dem Weihnachtsbarbeque erzählte. Er erfuhr so mehr über die Leute, die kommen würden, denen er bisher jedoch noch nicht begegnet war. Trotz des großen Frühstücks, das er gerade erst gegessen hatte, machte ihn das Gespräch über das Barbeque gleich wieder hungrig. Er vergaß es jedoch schnell, als plötzlich etwas an der Angel zog. Er hatte seinen ersten Fisch gefangen. Aufgeregt sprang er auf und Jason musste ihn erst einmal beruhigen, damit er keine hastigen Bewegungen machte und den Fisch dadurch versehentlich wieder vom Haken ließ. Sie holten die Angelschnur langsam ein, wobei Jason seinem Freund immer wieder Tipps gab und ihm ab und zu sagte, dass er etwas langsamer und vorsichtiger machen sollte. Es dauerte jedoch nicht lange, bis sie ihren ersten Fisch hatten und ihn in einen Eimer mit Wasser legten. Jamie konnte es kaum glauben. Der Fisch, den er gefangen hatte, war auch noch ein ziemlich großer. Er wollte sich auf seinem Erfolg jedoch nicht ausruhen und warf die Angel mit einem neuen Köder erneut aus.

Die Jungs angelten eine Weile weiter, machten gegen Mittag jedoch eine Pause. Beide waren inzwischen froh, dass Jasons Mutter ihnen ein Mittagessen eingepackt hatte. Das Angeln hatte beide hungrig gemacht und sie setzten sich auf den Stamm eines umgefallenen Baumes, um ihre Sandwiches zu essen. Es dauerte auch nicht lange, bis Cindy bei ihnen auftauchte, sich neben Jamie setzte und ihn erwartungsvoll ansah. Der Junge grinste, schob seine Hand in die Tüte und holte das Würstchen heraus, das Cathy für sie eingepackt hatte. Er riss die Wurst in kleinere Stückchen und während er selbst kaute, fütterte er Cindy damit. Nachdem die Wurst verschwunden war, sah Cindy ihn weiter an und leckte sich über das Maul. Jamie teilte den Rest seines Sandwiches, gab Cindy die Hälfte und steckte den Rest in seinen eigenen Mund.

»Du solltest besser vorsichtig sein oder sie will nächstes Mal vielleicht dein ganzes Sandwich«, sagte Jason grinsend.

»Sie hat hungrig ausgesehen und ich weiß, wie sich das anfühlt«, sagte Jamie und seufzte.

»Darum brauchst du dir jetzt keine Sorgen mehr zu machen«, erwiderte Jason und legte einen Arm um Jamies Schultern. »Diese Tage sind vorbei und hier bist du in Sicherheit.«

»Ich hoffe es«, murmelte Jamie. »Es wäre schön, sich darüber und über andere Dinge keine Gedanken mehr machen zu müssen.«

»Ich bin mir sicher, dass Mr. M schon an einem Plan arbeitet, damit du hierbleiben kannst. Ich weiß, dass meine Eltern auch schon darüber gesprochen haben. Jetzt, da ich endlich einen besonderen Freund gefunden habe, möchte ich dich nicht wieder verlieren.«

»Niemand hat mir je zugehört und versucht, mir zu helfen«, sagte Jamie bitter. »Selbst als ich versucht hatte, es ihnen zu sagen, hat mir keiner zugehört.«

»Das wird dieses Mal anders sein. Das weiß ich genau.«

»Sollten wir versuchen, noch ein paar weitere Fische zu fangen?«, wechselte Jamie das Thema.

»Lass uns nachsehen, wie viele wir haben.«

Jason stand auf und ging zum Eimer, in dem die Fische lagen. Jamie und Cindy waren direkt hinter ihm.

»Fünf bisher«, sagte Jamie. »Lass uns noch einen mehr fangen.«

»Nein«, sagte Jason. »Wir brauchen nur fünf. Mehr zu fangen wäre falsch.«

»Warum?«, fragte Jamie verwirrt.

»Mein Freund Ron hat mir beigebracht, dass man die Natur nicht ausnutzen darf«, erklärte Jason, setzte sich auf einen Baumstumpf und bedeutete Jamie, sich danebenzusetzen. »Die Natur gibt uns, was wir brauchen, aber wir sollten nie mehr nehmen, als notwendig ist. Wir müssen immer daran denken, dass die Menschen nur ein kleiner Teil des großen Ganzen sind. Eine Menge Leute denken, wir sind etwas Besonderes und können dieser Welt antun, was immer wir wollen. Aber das ist nicht wahr. Wir sind nicht wichtiger oder wertvoller als jedes andere Lebewesen auf der Erde.«

»So habe ich noch nie darüber nachgedacht«, gab Jamie zu. »Mein ganzes Leben war es andersherum gewesen. Die Leute haben sich einfach genommen oder getan, was sie wollten und wann sie es wollten. Ich hatte da nie ein Mitspracherecht.«

Jason sah seinem neuen Freund tief in die Augen und legte seine Hand auf Jamies.

»Ich glaube, es ist jetzt an der Zeit, dass du selbst deine Entscheidungen triffst.«

»Ich hatte noch nie die Wahl dazu«, hauchte Jamie und senkte den Blick.

Jason legte die Hand unter Jamies Kinn und schob seinen Kopf nach oben, sodass sie sich wieder in die Augen sahen.

»Du kannst es jetzt tun, wenn du möchtest«, flüsterte Jason, dann kam er mit seinem Kopf Jamies immer näher.

Jamie wich nicht zurück und hielt seinen Freund auch nicht auf. Als Jason fast bei ihm war, schloss er die Augen.

»So ist es viel besser«, brachte Jamie einige Sekunden später atemlos hervor.

»Als ich dich zum ersten Mal gesehen habe, wusste ich, dass du etwas Besonderes bist«, sagte Jason, der noch immer Jamies Hand hielt und mit dem Daumen über seinen Handrücken strich.

»Hat es jemals jemand Besonderen ... ich ... äh ...«, stammelte Jamie. »Ich meine, hattest du jemals einen Freund, der ...«

»Nein«, antwortete Jason. »Ich wusste, dass ich warten möchte, bis ich dem Richtigen begegne.«

»Du weißt, dass ich ...«, wimmerte Jamie beinahe.

»Nein«, sagte Jason entschlossen und zog Jamie an sich. »Du hattest auch noch nie jemand Besonderen in deinem Leben.«

»Das stimmt«, sagte Jamie leise und legte seinen Kopf an Jasons Schulter. »So wie jetzt war es noch nie.«

Eine Weile hielten sie sich schweigend fest, doch nach ein paar Minuten sah Jason auf seine Uhr.

»Wir sollten die Fische besser zu Mr. M bringen oder sie werden sich wundern, wo wir stecken.«

Cindy, die die ganze Zeit still neben Jamie gesessen hatte, bellte einmal zustimmend und stand auf. Jamie lachte und erhob sich ebenfalls. Gemeinsam packten sie die Angelruten wieder in die Schutzhülle, dann nahmen sie den Angelkasten und den Eimer mit den gefangenen Fischen und gingen langsam zurück. Jamie sah zu den Fischen im Eimer und dann zu Jason. Er fühlte sich gut. Das Einzige, was er hören konnte, waren die Geräusche ihrer Schritte und der Wind zwischen den Bäumen. Es war erst ein paar Tage her, seitdem er in einer Seitenstraße in der Stadt hatte schlafen müssen. Dennoch fühlte es sich an, als wäre dieses Leben schon Lichtjahre weit weg. Die Last, die immer auf seinen Schultern geruht hatte, wurde langsam leichter. Er fragte sich, wie lange es so weitergehen würde. Wie wäre es wohl, jeden Tag auf diese Weise leben zu können? Wie wäre es, wenn Graham ihm erlauben würde zu bleiben und wenn er jede Nacht in einem warmen Bett schlafen könnte? Wie wäre es, so einen besonderen Freund wie Jason länger zu haben und Zeit mit ihm verbringen zu können?

Jason bemerkte, dass Jamie in seine Gedanken versunken war und versuchte, ihn abzulenken.

»Vergiss nicht, dass wir heute Nachmittag meinem Dad dabei helfen sollen, beim Jeep von Mr. M das Öl zu wechseln.«

»Entschuldige, aber ich habe gerade geträumt und nicht gehört, was du gesagt hast«, sagte Jamie verlegen.

»Ist schon okay«, erwiderte Jason. »Ich weiß, dass du über Vieles nachdenkst. Ich habe nur gerade gesagt, dass wir meinem Dad heute beim Ölwechsel an Mr. M's Jeep helfen sollen.«

* * *

»Kannst du mir bitte den Fünf-Achtel-Steckschlüssel reichen?«, kam Franks Stimme unter dem Jeep hervor.

»Kommt sofort«, sagte Jason und legte das gewünschte Werkzeug in Jamies Hand, die unter dem Wagen hervorgekommen war.

»Leg den Schlüssel um diese Schraube«, sagte Frank zu Jamie, der neben ihm unter dem Jeep lag. »Das ist die Ölablassschraube. Drehe sie ganz langsam lose, erst einmal nur eine Umdrehung.«

Jamie versuchte ächzend und mit aller Kraft, die Schraube zu lösen, aber sie steckte fest. Frank hielt die untere Seite des Schraubenschlüssels und half ihm. Mit einem leisen Quietschen gab die Schraube schließlich nach.

»An dieser Stelle musst du sehr vorsichtig sein, damit du nicht das ganze Öl ins Gesicht bekommst«, sagte Frank. »Du musst die

Auffangwanne leicht versetzt darunterstellen, denn das Öl kommt nicht immer einfach gerade herausgelaufen, sondern fließt in einem Bogen ab. So hast du dann kein Öl auf dem Boden oder dir selbst. Ganz ohne schmutzige Finger kommen wir aber nicht aus.«

Frank beobachtete, wie Jamie die Wanne positionierte und ihn dann ansah.

»Jetzt drehen wir die Schraube ganz heraus«, fuhr Frank fort. »Du setzt den Schraubenschlüssel wieder an und drehst so lange, bis sie fast draußen ist. Die letzten ein, zwei Umdrehungen machst du am besten mit der Hand und hältst die Schraube fest, damit du dann nicht im Öl danach suchen musst.«

Angestrengt drehte Jamie die Schraube locker, bis er glaubte, sie würde gleich abfallen. Dann nahm er die Hand und drehte sie ganz heraus. Ihn störte es nicht, dass seine Finger voller Öl waren und wie Frank gesagt hatte, floss das Öl in einem kleinen Bogen direkt in die Wanne.

»Jetzt musst du warten, bis das ganze Öl draußen ist und es nur noch tropft«, erklärte Frank weiter. »In der Zwischenzeit kannst du die Schraube mit einem Lappen saubermachen und nachsehen, ob sie noch in Ordnung ist oder ob sie ersetzt werden muss. Manche Mechaniker passen nicht auf und drehen die Schraube zu fest und sie verkantet. Ich schätze, das ist hier passiert. Deswegen hast du die Schraube nicht gleich losbekommen.«

Jamie hörte aufmerksam zu, nickte ernst und nahm den Lappen entgegen, den Frank ihm reichte. Sobald die Schraube sauber war, besahen sie sich gemeinsam das Gewinde. Frank befand, dass sie noch in Ordnung war, reichte Jamie jedoch einen neuen Dichtungsring. Er steckte die Schraube in den Ring und begann, die Schraube wieder in die Ölwanne zu schrauben.

»Ich glaube, wir haben hier einen angehenden Mechaniker«, sagte Frank beeindruckt.

»Das war gar nicht so schwer«, sagte Jamie verlegen.

»Jetzt müssen wir nur noch den Ölfilter wechseln und dann neues Öl einfüllen.«

Jamie und Frank kamen unter dem Wagen hervor und warfen gemeinsam einen Blick unter die Motorhaube. Unter Franks wachsamen Augen und mit ein paar kleinen Anweisungen war es ein Kinderspiel, den Ölfilter zu wechseln. Der Junge war ein Naturtalent.

»Hast du das gesehen, Jason?«, fragte Frank verblüfft. »Ich glaube, ich überlasse dir alles, was mit dem Haus und dem Garten zu tun hat und stelle stattdessen Jamie als meinen neuen Gehilfen in der

Werkstatt ein.«
»Klingt gut«, sagte Jason und grinste. »Ich arbeite sowieso viel lieber draußen als an einem Wagen.«
Jamie war hoch erfreut über Franks Lob, aber gleichzeitig war es ihm auch peinlich. Zuhause hatte er es niemandem recht machen können und für alles, was er versucht hatte, war er im besten Fall nur kritisiert worden. Ein Kompliment hatte er nie zu hören bekommen. Schon lange, bevor er weggelaufen war, hatte er es aufgegeben, auch nur zu versuchen, ihnen etwas recht zu machen. Er hatte gewusst, dass es ihm nur Ärger einbrachte.
»Meinst du, du würdest es gerne versuchen, wenn es draußen wieder wärmer wird?«, riss ihn Frank aus seinen Gedanken. »Wenn die Touristenzeit hier auf der Insel wieder anfängt, habe ich immer alle Hände voll zu tun. Ich könnte die Hilfe gebrauchen.«
»Meinst du das ernst?«, fragte Jamie.
Er konnte nicht glauben, dass es Frank wirklich ernst meinte. Er war sich sicher, dass es ein Scherz sein musste.
»Du willst wirklich, dass ich für dich arbeite?«
»Absolut«, sagte Frank aufrichtig. »Du hast das wirklich gut gemacht. Du kannst mit den einfachen Dingen anfangen und dich langsam zu den schwierigeren Aufgaben vorarbeiten. Ich würde dich bezahlen und du würdest ein bisschen Geld verdienen, das du ausgeben könntest, wofür du möchtest.«
»Aber was ist mit Jay?«, fragte Jamie besorgt. »Er ist dein Sohn und nicht ich. Ich sollte mich nicht zwischen euch drängen. Du möchtest sicher nicht jemanden wie mich an seiner Stelle.«
»Mach es, Jamie«, meldete sich Jason zu Wort. »Dad versucht schon lange, aus mir einen Mechaniker zu machen, aber ich habe einfach nicht genug Talent dafür. Ich bin besser darin, mit Pflanzen zu arbeiten und solche Sachen. Ich kann Mr. M nächstes Jahr dabei helfen, die Änderungen an seinem Garten zu machen.«
»Das würde bedeuten, ich hätte einen richtigen Job und müsste nicht ...«, begann Jamie, bevor er verstummte und in Tränen ausbrach.
Alarmiert ging Jason zu ihm und legte ihm einen Arm um die Schultern.
»Was ist denn los, Jamie?«, fragte er besorgt.
»Niemand hat mir jemals etwas zugetraut oder wollte, dass ich etwas mache«, schluchzte er. »Alle haben nur gesagt, ich wäre ein nutzloser Idiot und nur gut zum ...«
»Nein, das bist du nicht, Jamie«, sagte Frank und ging neben dem

Jungen auf die Knie. »Ich meine es vollkommen ernst. Ich glaube, du wärst eine große Hilfe in meiner Werkstatt. Ich würde dir dieses Angebot nicht machen und dich nicht bezahlen wollen, wenn es nicht so wäre.«

»Du bist kein Idiot«, fügte Jason hinzu und sah Jamie in die Augen. »Du bist ein wundervoller Mensch und ich bin wirklich froh, dass du hier bist. Ich habe schon immer einen Freund wie dich gewollt.«

»Ehrlich?«, fragte Jamie zweifelnd und wischte sich die Tränen aus den Augen.

»Ehrlich! Sonst hätte ich kaum zu dir gesagt, was ich vorhin gesagt habe, oder?«

»Oh, stimmt«, murmelte Jamie verlegen.

»Die Dinge haben sich geändert, Jamie«, sagte Frank freundlich. »Graham wird einen Weg finden, damit du hierbleiben kannst und wir werden ihm dabei helfen. Die schlechten, alten Zeiten sind vorbei und von jetzt an wird für dich alles anders werden.«

»Es ist manchmal schwer zu glauben«, gab Jamie zu. »Das alles hier ist wie ein Traum für mich und ich habe oft Angst, dass ich irgendwann hungrig und frierend in einem Hinterhof in der Stadt wieder aufwache.«

»Du wirst nie wieder in einem Hinterhof schlafen oder hungrig sein müssen«, versprach Frank. »Das gehört für immer der Vergangenheit an. Ich werde das genauso wenig zulassen wie Graham. Wir alle sind auf deiner Seite und werden dir helfen. Wenn du möchtest, kannst du für mich arbeiten und ich bringe dir alles bei, was ich über Autos weiß. Wie wäre es? Wollen wir den Deal mit einem Handschlag besiegeln?«

Jamie schniefte und dachte einen Moment darüber nach. Dann ergriff er Franks ausgestreckte Hand und schüttelte sie.

»Deal!«, sagte er grinsend und wischte sich mit der anderen Hand die restlichen Tränen von den Wangen.

Im gleichen Moment wurde die Tür geöffnet, die den Carport mit dem Haus verband. Graham kam heraus und fand einen grinsenden und leicht ölverschmierten Jamie vor, der Franks Hand schüttelte.

»Wie läuft es hier draußen?«, fragte er.

»Jamie hat einen Sommerjob bei Dad in der Werkstatt bekommen«, verkündete Jason fröhlich. »Jetzt kann ich dir helfen, den Ziergarten zu vergrößern, so wie du es wolltest. Wir können auch das Gewächshaus planen, über das du vor einer Weile gesprochen hast.«

Graham sah zu Frank und grinste.

»Es stimmt«, sagte dieser. »Jamie wird mein neuer Lehrling. Er ist ein Naturtalent und hat das Zeug dazu, ein richtig guter Mechaniker zu werden.«

»Das ist großartig«, sagte Graham begeistert. »Bedeutet es, dass ich künftig einen Rabatt bekomme, wenn ich zu dir in die Werkstatt komme?«

»Ich bin mir da nicht so sicher«, erwiderte Frank und lachte. »Da ich jetzt einen neuen Angestellten habe, werde ich vielleicht die Preise erhöhen müssen.«

Kapitel 11:
Das Weihnachtsbarbeque

Der Tag des Weihnachtsbarbeques war endlich gekommen. Jamie hatte die letzten Tage damit verbracht, Graham bei der Arbeit in der Küche zu beobachten und ihm zu helfen, wo er konnte. Der Ofen war in diesen Tagen im Dauereinsatz und hatte das Haus die ganze Zeit in wundervolle Düfte gehüllt. Sie hatten unzählige Kekse, einen Sandkuchen und eine riesige Torte gebacken. Jetzt stand Jamie neben Graham und sah ihm dabei zu, wie er bei einem Lebkuchenhaus letzte Hand anlegte und es dekorierte. Jamie tat es fast schon ein bisschen leid, dass das Haus bald wieder zerlegt und gegessen werden würde.

Die Menge an Essen, die ihn offensichtlich erwartete, war ein bisschen überwältigend. Jamie hatte bisher nur die Desserts gesehen, die Graham gemacht hatte, aber er wusste, dass die anderen Gäste auch etwas mitbringen würden. Er fragte sich, was es wohl als Hauptgericht geben würde. Graham hatte ihm versichert, dass der Junge viele unterschiedliche Speisen würde probieren können, aber der Hauptgang war das Fleisch, für das Frank zuständig war. Jamie erinnerte sich noch bestens an die leckeren Rippchen in dem Restaurant, in das ihn Graham an ihrem ersten Abend ausgeführt hatte. Die Aussicht auf das, was ihn an diesem Tag noch erwarten sollte, ließ ihm das Wasser im Mund zusammen laufen.

Die Befürchtung, dass Graham nicht anders sein würde als all die anderen Männer, denen er begegnet war, schwand langsam aber sicher. Jamie begann, sich bei diesem Mann wohlzufühlen, obwohl er ihn seit nicht einmal einer Woche kannte. Sicherheit war für ihn ein ausgesprochen seltsames Gefühl, aber er konnte inzwischen beinahe daran glauben, dass Graham sich ihm nicht auf eine Weise nähern würde, die ihm nicht gefiel. Alle anderen hatten es in der Vergangenheit früher oder später immer getan und es hatte sich auch immer angedeutet. Bei Graham hatte er die ganze Nacht nach diesen Anzeichen gesucht, hatte sie jedoch nicht finden können. Nicht ein einziges Mal hatte ihn der Mann seltsam angesehen oder auch nur eine versteckte Andeutung gemacht. Von Zeit zu Zeit hatte Jamie nach wie vor versucht, mit ihm zu flirten, um zu sehen, wie er darauf reagieren würde. Aber entweder hatte Graham es nicht bemerkt oder war fest dazu entschlossen, es zu ignorieren. Was auch immer der Grund für die fehlende Reaktion war, es half Jamie dabei, sich so zu entspannen, wie es ihm schon seit langer Zeit nicht möglich gewesen war. Gleichzeitig wusste er aber auch, dass nicht alles mit ihm in Ordnung war. Er hatte furchtbare Alpträume über seine Vergangenheit und manchmal wachte er mitten in der Nacht erschrocken und in kalten Schweiß gebadet auf.

»Was hältst du davon?«, fragte Graham und trat von der Arbeitsfläche zurück, auf der das fertige Lebkuchenhaus stand. »Meinst du, es sieht dem Haus der Tomlinsons ähnlich?«

»Es ist wunderschön«, hauchte Jamie beeindruckt. »Ich habe noch nie jemanden so etwas machen sehen.«

»Das Witzige ist, dass ich so etwas zustande bringe, aber keinen blassen Schimmer habe, wie man ein richtiges Haus baut«, lachte Graham. »Würde ich das versuchen, würde das Haus vermutlich in dem Moment über mir einstürzen, wenn ich zum ersten Mal die Tür öffne.«

Jamie grinste, als er sich die Situation bildlich vorstellte.

»Jetzt, da alles fertig ist, müssen wir es einpacken, damit wir es mitnehmen können. Hilfst du mir dabei?«

»Klar«, sagte Jamie fröhlich, flitzte zum Schrank und suchte darin nach Behältern.

Er reichte Graham eine Dose nach der anderen, um die Kekse und die Kuchen hineinzupacken. Zu guter Letzt war nur noch das Lebkuchenhaus übrig. Graham verließ die Küche und kam kurz darauf mit einem großen Styropor-Behälter zurück. Jamie sah dabei zu, wie Graham ein paar Taschentücher zerknüllte und sie als Polsterung hineinlegte, bevor er das Lebkuchenhaus darin verschwinden ließ.

»Für den Fall, dass etwas kaputtgeht, nehme ich noch die restliche Glasur zum Reparieren mit«, erklärte Graham. »Normalerweise würde ich erst im Laufe des Nachmittags zu ihnen gehen, aber Jason hat gesagt, wir sollen gleich nach dem Mittagessen kommen, weil er dir etwas zeigen möchte.«

»Was denn?«, fragte Jamie neugierig.

»Ich weiß es nicht. Ich schätze, du wirst dich gedulden müssen, bis wir dort sind. Dann wirst du es erfahren.«

Jamie half Graham dabei, die ganzen Desserts im Jeep zu verstauen, dann stieg er in den Wagen. Graham ging noch einmal ins Haus, um den Behälter mit dem Lebkuchenhaus zu holen. Er stellte ihn auf Jamies Schoß und der Junge hielt ihn fest. Graham schloss die Beifahrertür, ging um den Wagen herum, öffnete die Fahrertür und wartete, bis Cindy auf den Rücksitz gesprungen war. Dann stieg auch er ein und schloss die Tür.

Das Haus der Tomlinsons war selbst zu Fuß nur ein paar Minuten entfernt, aber Graham hielt es für sinnvoller, mit dem Wagen zu fahren anstatt alles tragen zu müssen. Während er durch den Wald fuhr, betrachtete Jamie ihn aufmerksam. Überrascht stellte er fest, dass er vor diesem Mann keine Angst mehr hatte. Das war ein für ihn ausgesprochen seltsames Gefühl. Er dachte darüber nach, wie es wohl wäre, in einem Haus wie diesem aufzuwachsen, ohne sich Sorgen darüber machen zu müssen, was ihm in der Nacht passieren würde. Jamie hatte es immer vermieden, an so etwas einen Gedanken zu verschwenden. Er wusste, dass Überlegungen wie diese gefährlich waren und unvermeidlich zu Enttäuschungen führen würden. Dennoch war es in den letzten Tagen häufiger vorgekommen, dass er daran gedacht hatte.

Es dauerte nicht lange, bis sie bei den Tomlinsons ankamen. Jamie wartete geduldig, bis Graham ausgestiegen und um den Wagen herumgegangen war. Er öffnete ihm die Tür und nahm das Lebkuchenhaus von Jamies Schoß, bevor er zurücktrat, damit der Junge aussteigen konnte. Nachdem Jamie die Tür des Wagens wieder zugeworfen hatte, rannte er zur Haustür der Tomlinsons, um anzuklopfen.

»Es ist so schön, dich zu sehen, Jamie«, sagte Cathy, als sie die Tür öffnete. »Frohe Weihnachten.«

»Frohe Weihnachten«, erwiderte Jamie fröhlich. »Graham hat etwas, das er sofort hineinbringen und auf einen Tisch stellen muss.«

»Selbstverständlich«, sagte sie und öffnete die Tür weit, damit Graham hineingehen konnte. »Lass die Schuhe an.«

Graham ging ins Haus und stellte den Behälter auf dem Tisch im Wohnzimmer ab. In der Zwischenzeit kamen Frank und Jason zu ihnen. Sie sahen Graham neugierig an.

»Was hast du da drin?«, fragte Jason.

»Ich brauche erst mal etwas, wo ich es draufstellen kann. Habt ihr einen Servierteller oder so etwas?«

»Ich hole einen«, sagte Frank und verschwand.

Es dauerte nicht lange, bis er mit einem großen Glasteller zurückkam und ihn auf den Tisch stellte. Graham hob das Lebkuchenhaus vorsichtig aus der Kiste und platzierte es behutsam auf dem Teller. Das Haus hatte beim Transport keinen Schaden genommen und sah noch immer großartig aus. Die Tomlinsons machten große Augen, als sie Grahams Kreation sahen.

»Das sieht ja genauso aus wie unser Haus«, sagte Cathy beeindruckt. »Ich wusste gar nicht, dass du so etwas kannst. Das ist unglaublich.«

»Das wusste ich auch nicht«, gab Graham zu. »Mit Jamies Hilfe hatte ich alles Andere früher fertig als geplant, also dachte ich, ich nutze die Zeit, um ein wenig zu experimentieren. Ich glaube, es ist ziemlich gut geworden. Jetzt sollten wir aber auch noch die anderen Desserts aus dem Wagen holen.«

Graham und Jamie gingen wieder nach draußen und öffneten zuerst die Tür des Jeep, sodass Cindy ebenfalls aussteigen konnte. Sie sprang aus dem Wagen und rannte sofort ins Haus, um Jason zu begrüßen. Graham und Jamie folgten ihr wenige Sekunden später mit den restlichen Behältern ins Haus. Jason brachte ein paar weitere, große Teller, damit sie die Desserts darauf verteilen konnten.

»Das sind eine Menge Desserts«, sagte Jamie, sobald die Arbeit erledigt war.

»Wenn du denkst, dass das viel Essen ist, solltest du mal in die Küche gehen«, lachte Jason. »Mom und Dad haben seit Tagen alle Hände voll zu tun.«

Die beiden Jungen warfen einen kurzen Blick in die Küche. Jamie, der inzwischen auch in der Gegenwart von Jasons Eltern entspannter war, kam mit einem Sandwich in der Hand wieder heraus, das Frank für ihn gemacht hatte. Jason nahm Jamie am Arm und führte ihn nach oben in sein Zimmer.

»Bevor alle hier ankommen, wollte ich dir etwas geben«, sagte Jason und reichte Jamie eine kleine Schachtel, die in Weihnachtspapier eingepackt war.

»Du hättest mir nichts kaufen müssen«, sagte Jamie überrascht und senkte verlegen den Blick. »Ich habe gar nichts für dich.«

»Das ist schon okay«, erwiderte Jason. »Du bist ja auch gerade erst hier angekommen.«

Jamie stopfte sich das letzte Stück von seinem Sandwich in den Mund, dann setzte er sich auf Jasons Bett, um das Geschenk auszupacken. Er konnte sich nicht erinnern, ob er jemals zuvor ein richtiges Geschenk erhalten hatte. Ganz vorsichtig entfernte Jamie das Papier und öffnete die kleine Schachtel.

»Oh, wow«, murmelte er, als er das Freundschaftsarmband darin betrachtete. »Hast du das selbst gemacht?«

»In den letzten Tagen habe ich jeden Abend daran gearbeitet«, erwiderte Jason. »Gefällt es dir? Die orangefarbenen Perlen reprä-

sentieren dich und die blauen stehen für mich.«
»Es ist wunderschön«, hauchte Jamie. »Ich habe noch nie etwas so Tolles bekommen. Letztes Jahr hat mein Vater eine Schachtel Zigaretten auf mein Bett geworfen, als er aus meinem Zimmer gegangen ist, nachdem ...«
»Jetzt, da du hier bist, wirst du nie wieder so ein Weihnachten erleben müssen«, unterbrach Jason ihn. »Man soll sich übrigens etwas wünschen, wenn man es das erste Mal umlegt und dann soll man es tragen, bis es abfällt. Dann geht der Wunsch in Erfüllung.«
»Kannst du mir dabei helfen, es umzulegen?«
Jason nahm das Armband aus der Schachtel und legte es um Jamies Handgelenk. Er überprüfte, ob es auch nicht zu fest war, dann verknotete er die Enden miteinander.
»Ich weiß, was ich mir wünschen werde«, sagte Jamie hoffnungsvoll.
»Wenn es das ist, was ich glaube, hätte ich die Enden vielleicht nicht so fest miteinander verknoten sollen«, gluckste Jason. »Ich möchte nicht, dass du so lange darauf warten musst, dass es erst abfällt, bevor der Wunsch in Erfüllung geht.«
»Vielen, vielen Dank«, sagte Jamie und schlang seine Arme um Jason. »Das ist das schönste Geschenk, das ich je bekommen habe.«
Jamie und Jason sahen sich tief in die Augen und einen Moment später trafen sich ihre Lippen.
»Du bist jetzt nicht mehr so schüchtern wie vor ein paar Tagen, als wir angeln waren«, sagte Jason atemlos.
»Ich hatte auch noch nie jemanden, bei dem ich solche Gefühle hatte«, sagte Jamie. »Bevor wir wieder runtergehen, möchte ich noch einmal danke sagen, wenn das für dich okay ist.«
»Das kannst du so oft machen, wie du möchtest«, sagte Jason grinsend und die beiden umarmten sich noch fester. »Ich habe meine Mom gefragt, ob du heute hier übernachten darfst und sie hat ja gesagt.«
»Das ist toll«, strahlte Jamie. »Ich glaube, das wird das beste Weihnachten aller Zeiten.«

* * *

Während die Jungs oben beschäftigt waren, hatte Frank in der Küche alle Hände voll damit zu tun, die Sauce fertig zu machen, mit der er das Fleisch bestreichen wollte, bevor er nach draußen gehen und es in den Barbecue-Smoker legen wollte. Frank hatte nichts für Fertigsaucen aus dem Laden übrig, also hatte er auch das selbst gemacht. Das

Gleiche galt auch für Gewürze, die er lieber selbst zusammenstellte statt fertige Mischungen zu kaufen. Er war gerade dabei, die letzten Zutaten in der Sauce zu verrühren, als Jason und Jamie in die Küche kamen.

»Wie viel weißt du über die Zubereitung von Rinderbrust, Jamie?«, fragte Frank und nahm einen Teelöffel, um die Sauce abzuschmecken. »Ich habe es noch nie gekostet, aber ich wette, es schmeckt großartig«, kicherte Jamie. »Ich hatte bisher nur einmal Barbeque und das war, als mich Graham in ein Restaurant mitgenommen hat, bevor wir auf die Insel gekommen sind.«

»In diesem Fall ist es vielleicht an der Zeit, es zu lernen«, sagte Frank, nahm den Topf mit der fertigen Sauce und einen Backpinsel mit. »Du kannst nicht hier auf der Insel leben und nicht wissen, wie man draußen kocht. Du fängst schon früh damit an und reibst das Fleisch ordentlich mit Gewürzen ein, bevor es in den Smoker kommt. Und dann bestreichst du es immer wieder mit der Sauce, damit es nicht trocken wird. Viele Leute versuchen, es zu schnell zu kochen und dann ist es zäh, wenn es fertig ist. Lang und langsam ist das Geheimnis. Außerdem ist es wichtig, dass du immer deine eigene Sauce machst und nichts nimmst, das aus einer Flasche kommt.«

Jamie folgte Frank auf die Terrasse hinaus, wo der vorgeheizte Smoker bereits auf sie wartete. Graham sah von der Küche aus zu, wie Frank den Deckel öffnete. Er musste grinsen, als Jamie für einen Moment in Dunst gehüllt wurde, als die kalte Luft auf die Hitze im Inneren traf.

»Du solltest besser aufpassen«, gluckste Cathy. »Frank macht aus Jamie nicht nur einen Mechaniker, sondern auch noch einen Koch.«

»Es ist unglaublich, wie sehr er sich in den wenigen Tagen, die er hier ist, geöffnet hat«, sagte Graham, ohne Jamie aus den Augen zu lassen.

Der Junge passte aufmerksam auf, als Frank ihm zeigte, wie man das Fleisch mit Sauce bestrich.

»Als ich ihn fand, war er fast so verängstigt, dass er sich nicht getraut hat, etwas zu sagen. Diese Umgebung scheint genau das zu sein, was Jamie braucht. Aber ich denke, ihr habt auch einen großen Anteil daran. Allen voran natürlich Jason. Jamie hat nie gesehen, wie eine normale Familie funktioniert und ihr gebt ein wundervolles Beispiel für ihn ab.«

»Vergiss dich nicht selbst auf der Liste«, antwortete Cathy. »Hättest du Jamie nicht gefunden und ihm nicht gezeigt, dass nicht alle Männer so sind wie sein Vater, wäre das nicht möglich.«

»Vielleicht hast du recht«, sagte Graham und nickte. »Aber ich glaube, ich habe nur getan, was jeder andere auch getan hätte.«
»Abgesehen davon, dass sie es eben nicht getan haben. Mir ist aufgefallen, wie Jamie dich ansieht, wenn er denkt, dass ihn keiner beobachtet. Glaube mir, er denkt mit Sicherheit nicht, dass du wie alle anderen bist.«
»Mom hat recht«, meldete sich Jason zu Wort, der ganz in der Nähe stand und zugehört hatte. »Du bist ziemlich schnell verdammt wichtig für Jamie geworden. Ich glaube, das ist nicht mal ihm wirklich bewusst.«
»Ich glaube, ich bin bei so etwas nicht besonders aufmerksam«, sagte Graham verlegen. »Ich habe noch nie versucht, jemandem so zu helfen. Das ist alles sehr neu für mich. Die meiste Zeit habe ich keinen blassen Schimmer, was ich überhaupt mache.«
»Es mag vielleicht neu für dich sein, aber du bist ziemlich gut darin«, sagte Cathy und umarmte ihn.

* * *

Die ersten Gäste waren bereits angekommen und hatten es sich auf der Terrasse der Tomlinsons gemütlich gemacht. Das Wetter war angenehm mild und die Sonne ließ sich häufig blicken. Es war ein wundervoller Wintertag. Auf der Terrasse stand eine große Kühlbox, die mit Eis und verschiedenen Getränken gefüllt war, auf einem Tisch daneben waren mehrere Vorspeisen zu finden, die von den Gästen mitgebracht worden waren. Die Leute schlenderten herum und plauderten miteinander. Jamie, der in der Gegenwart Fremder noch immer schüchtern war, hatte sich freiwillig gemeldet, die Snacks im Auge zu behalten und für Nachschub zu sorgen, sobald sich die Teller leerten. Obwohl sich Jamie große Mühe gab, nicht bemerkt zu werden, fiel ein neues Gesicht auf der Insel immer auf. Die Neuigkeit, dass Jamie aus nicht näher erläuterten Umständen bei Graham lebte, machte schnell die Runde.
»Im Haus ist jemand, den ich dir gerne vorstellen möchte«, sagte Jason, als er zu Jamie kam.
»Wer denn?«, fragte er neugierig, als er Jason ins Haus und ins Wohnzimmer folgte.
»Jamie, das ist mein Freund Ron Munro«, sagte Jason, als er vor einem der Gäste stehenblieb. »Ron, ich möchte dir meinen neuen Freund Jamie vorstellen. Er ist letzte Woche aus der Stadt hier angekommen und wohnt bei Mr. M.«

Ron war ein großer und kräftiger Mann mit langen, dunklen Haaren, die jedoch an einigen Stellen bereits ergraut waren. Er stand, als Jason und Jamie zu ihm kamen und es war offensichtlich, dass er alle anderen Anwesenden überragte. Der Mann war sogar größer als Jasons Vater.

»Es ist mir eine Ehre, dich kennenzulernen, Jamie«, sagte der Mann formell und nickte ihm freundlich zu.

»Es freut mich auch, Sie kennenzulernen, Sir«, erwiderte Jamie ängstlich, wich den Blicken des Mannes jedoch nicht aus.

Ron bemerkte die Nervosität des Jungen und bot ihm deshalb nicht die Hand an. Außerdem entging ihm weder das Freundschaftsarmband an Jamies Handgelenk noch das Funkeln in Jasons Augen, wenn er Jamie ansah.

»Ich habe bereits viele gute Dinge über Jasons neuen Freund gehört und dass er eine große Hilfe für unsere Gastgeber ist«, sagte Ron.

»Ich kann sehen, dass ihr Lob angebracht ist. Darüber hinaus habe ich gehört, dass eine bestimmte Sorte Kekse auf dem Desserttisch besonders gut sein soll.«

»Graham hat die meiste Arbeit gehabt«, sagte Jamie schnell. »Ich habe nur ein bisschen geholfen.«

»Du hast einen Beitrag geleistet«, sagte der Mann nickend.

»Ich glaube, wir sollten wieder in die Küche gehen und Mom helfen«, warf Jason ein und tippte Jamie auf die Schulter.

»Ich freue mich schon jetzt darauf, wenn wir uns wieder begegnen«, bemerkte Ron. »Jeder, der Jason als Freund erwählt, ist es wert, näher kennengelernt zu werden.«

»Vielen Dank, Sir«, antwortete Jamie und folgte Jason in die Küche.

Ron setzte sich wieder und sah den beiden Jungen einen Moment nach, als sie den Raum verließen. Er hatte in Jamie eine gewisse Vorsicht gespürt, aber gleichzeitig hatte er auch den Eindruck gewonnen, dass in dem Jungen eine große Stärke steckte. Trotz ihrer relativ kurzen Begegnung wusste Ron, dass Jamie jemand sein würde, über den er mehr erfahren wollte. Das Freundschaftsarmband am Handgelenk des Jungen bezeugte eindeutig Jasons Gefühle für seinen neuen Freund, was Ron in seiner Meinung nur bestätigte.

* * *

Frank hatte gerade ein paar neue Gäste begrüßt und ins Haus gelassen. Als er wieder in die Küche kam, sah er sich um.

»Hat jemand gesehen, wohin die Schüssel mit meiner Sauce verschwunden ist?«, fragte er. »Ich habe das Fleisch ganz vergessen und muss es neu bestreichen.«

»Ich denke, du solltest mal einen Blick nach draußen werfen«, gluckste Cathy. »Ich glaube, dein Fleisch ist in besten Händen.«

Frank ging zum Fenster und blickte hinaus.

»Das ist doch nicht zu fassen«, gluckste er, als er dabei zusah, wie Jamie vor dem Smoker stand und das Fleisch vorsichtig mit der Sauce bestrich, wie Frank es ihm gezeigt hatte.

»Du warst mit den Gästen beschäftigt, aber Jamie war den ganzen Nachmittag aufmerksam«, sagte Cathy und legte ihrem Mann eine Hand auf die Schulter. »Ich glaube nicht, dass das Fleisch jemals besser oder so kontinuierlich bestrichen wurde. Auch die Vorspeiseteller wurden immer nachgefüllt, wenn es auch nur so aussah, als könnten sie bald leer werden. Ich glaube, er wird dich echt beeindrucken, wenn er dir im Sommer in der Werkstatt hilft.«

»Da brauche ich nicht so lange zu warten. Ich bin bereits beeindruckt. Er ist immer freundlich, höflich und hilfsbereit. Ich kann einfach nicht verstehen, wie jemand auch nur auf den Gedanken kommen könnte, ihm wehtun zu wollen.«

»Warum zeigst du Jamie nicht, wie man die Garnelen macht?«, fragte sie und reichte ihrem Mann einen großen Teller. »Die Gäste mögen sie immer und es gibt dir die Möglichkeit, dem Jungen zu zeigen, wie man den Grill benutzt.«

Frank nahm den Teller und ging damit nach draußen. Er wartete, bis Jamie den Deckel des Smokers geschlossen hatte, bis er ihm bedeutete, Frank zum Grill zu folgen. Dort stellte er den Teller mit den marinierten Garnelen auf einen Tisch, dann öffnete er den Deckel. Er nahm den Grill heraus und hob einen großen Sack mit Holzkohle hoch, der neben dem Grill gestanden hatte.

»Du solltest immer solche zerstückelte Holzkohle verwenden, Jamie«, erklärte er. »Diese runden Briketts riechen chemisch und geben dem Fleisch einen komischen Geschmack. Das Gleiche gilt für flüssigen Grillanzünder. Auch den solltest du nicht benutzen.«

»Wie machst du es dann an?«, fragte Jamie neugierig. »Ich dachte, jeder nimmt dazu Flüssiganzünder.«

»Die meisten tun es auch, aber ich kenne eine andere und viel schnellere Möglichkeit«, erwiderte Frank und nahm einen kleinen Bunsenbrenner vom Tisch. »Das hier hinterlässt keine komischen Gerüche und geht auch schneller.«

Jamie sah dabei zu, wie Frank die Holzkohle damit zum Glühen

brachte und den Brenner anschließend wieder abstellte.
»Das ging wirklich schnell«, sagte er überrascht. »Ich dachte, es dauert eine ganze Weile, um einen Grill anzuheizen.«
»Das ist auch der Fall, wenn man einen Flüssiganzünder oder Papier und kleine Holzstücke benutzt, um unter der Kohle ein kleines Feuer zu machen. Ein Freund hat es mir so vor vielen Jahren beigebracht und ich habe es nie wieder anders gemacht. Wenn es einmal so heiß ist wie jetzt, darfst du den Grill nicht mit bloßen Fingern wieder drauftun. Da verbrennst du dich nur. Benutze dafür immer eine Zange, um dich zu schützen.«
Frank demonstrierte dem aufmerksamen Jungen, was er meinte, bevor er den Deckel schloss.
»Es dauert nicht lange, bis man anfangen kann. Die Garnelen braucht man nur kurz grillen, weil sie ziemlich klein sind. Würdest du bitte schauen, ob du Jason irgendwo findest? Sag ihm bitte, dass er uns ein Tablett besorgen soll, damit wir die fertigen Garnelen darauflegen können.«
Jamie ging davon und kam ein paar Minuten später mit einem großen Servierteller und einem kleinen Eierbecher voller Zahnstocher zurück. Er stellte den Teller auf dem Tisch neben den Grill ab und positionierte den Eierbecher in der Mitte davon.
»Wofür sind die Zahnstocher?«, fragte Frank verwirrt.
»Ich dachte, es würde den Leuten dabei helfen, keine schmutzigen Finger zu bekommen«, erklärte der Junge. »Man kann die Garnelen einfach damit aufspießen.«
»Jamie, ich veranstalte dieses Barbeque nun schon seit vielen Jahren und an so etwas habe ich nicht ein einziges Mal gedacht«, lachte Frank. »Ich habe immer haufenweise Servietten hingelegt, damit sich alle die Hände saubermachen können. Ich glaube, wir müssen dich befördern.«
Jamie sah dabei zu, wie Frank den Deckel vom Grill nahm und die Garnelen auf dem Grill verteilte. Jamie konnte die Hitze des Grills im Gesicht spüren und der Duft der Garnelen stieg ihm bereits in die Nase. Als Frank den ganzen Grill befüllt hatte, waren die Garnelen, die er zuerst aufgelegt hatte, fast schon so weit, dass sie gewendet werden konnten.
»Du muss bei Garnelen aufpassen, denn sie sind schnell fertig«, erklärte Frank. »Wenn du sie zu lange drauf hast, werden sie zäh. Du wartest, bis sie die richtige Farbe annehmen und dann wendest du sie, damit sie gleichmäßig gegrillt werden. Wenn sie überall schön rosig sind, kannst du sie vom Grill nehmen und neue auflegen. Kannst

du dich für mich darum kümmern? Ich sollte noch mal ins Haus gehen und schauen, was Cathy und Graham in der Küche treiben.«

»Du kannst mir vertrauen«, sagte Jamie grinsend und streckte die Hand nach der Grillzange aus.

Frank gab sie ihm, klopfte dem Jungen auf die Schulter und ging ins Haus. Cathy war gerade dabei, einen großen Früchteteller vorzubereiten, während sich Graham um das Gemüse kümmerte. Jason war ebenfalls bei ihnen und sobald Cathy fertig war, nahm er den Früchteteller und trug ihn ins Wohnzimmer, wo ein Teil der Gäste saß und sich unterhielt. Sobald er wieder zurückkam, nahm er Graham den Gemüseteller ab und brachte auch diesen zu den Gästen.

»Ich dachte, du bist draußen und kümmerst dich um die Garnelen?«, fragte Cathy ihren Mann, als sie ihn bemerkte.

»Das habe ich, aber jetzt sind sie in der Hand eines Experten«, sagte er grinsend und deutete zum Fenster hinaus. »Schau es dir an.«

Graham und Cathy blickten aus dem Fenster und sie sahen Jamie, der gerade dabei war, die fertigen Garnelen in einem Kreis um den Eierbecher mit den Zahnstochern zu legen. Sobald die fertigen Garnelen vom Grill waren, legte er neue nach, sodass der Grill immer voll belegt war. Ein paar der Gäste probierten bereits die fertigen Garnelen und an ihren begeisterten Reaktionen konnte Graham sehen, dass Jamie gute Arbeit leistete.

* * *

Während des ganzen Nachmittags hatte Cindy Jamie kaum aus den Augen gelassen. Zuerst war sie ihm überallhin gefolgt, wenn er im Haus oder auf der Terrasse unterwegs war, um die Teller mit den Snacks aufzufüllen. Da Jamie inzwischen aber hauptsächlich mit dem Grillen auf der Terrasse beschäftigt war, hatte sie sich in eine ruhige Ecke gelegt und beobachtete das Geschehen. Jedes Mal, wenn Jamie ins Haus ging, um etwas zu holen, setzte sie sich auf und behielt die Tür im Auge. Immer, wenn es länger als eine Minute dauerte, bis er wieder herauskam, ging sie ins Haus, um nach ihm zu sehen.

Als Jamie damit beschäftigt war, die Garnelen zu grillen, wurde er unbeabsichtigt von einem der Gäste angestoßen. Cindy interpretierte dies als Angriff auf den Jungen und ihr sonst so fröhliches Gemüt verwandelte sich augenblicklich. Sie sprang auf und knurrte bedrohlich, als mache sie sich bereit, Jamie sofort zu verteidigen. Der Mann entschuldigte sich vielmals bei Jamie für den versehentlichen Zusammenstoß, woraufhin sich Cindy ein wenig entspannte. Sie blieb jedoch auf den Beinen und beobachtete die Situation genau. Weder der Mann noch die anderen Gäste hatten von alldem etwas mitbekommen.

Nur Ron, der ein paar Minuten zuvor auf die Terrasse gekommen war, hatte es sofort bemerkt. Er musste lächeln. Ron hatte Cindy kennengelernt, als er die Renovierungsarbeiten an Grahams Haus beaufsichtigt hatte. Er hatte mit eigenen Augen gesehen, wie viel Arbeit und Mühe es Graham gekostet hatte, Cindy dabei zu helfen, nach den Misshandlungen durch ihre alten Besitzer ihre Angst vor Menschen zu überwinden. Ihm wurde jedoch schnell klar, dass er nicht der Einzige war, der Cindys Reaktion gesehen hatte. Jamie nahm zwei der gerade fertig gewordenen Garnelen vom Grill und pustete vorsichtig, bis sie abgekühlt waren. Dann ging er zu Cindy und kniete sich neben sie. Er trennte vorsichtig den Schwanzteil ab, bevor er sie mit den Garnelen fütterte und so leise zu ihr sprach, dass nur sie es hören konnte. Nach einer kurzen Umarmung, die Cindy mit einem Lecken über Jamies Gesicht erwiderte, ging er zum Grill zurück. Jamie sah sich einen Moment lang kurz um, ob ihn jemand beobachtet hatte. Als er Rons Grinsen sah, lächelte er verlegen zurück, bevor er wieder an die Arbeit ging und die restlichen Garnelen grillte.

* * *

Zum späten Nachmittag, als die Sonne langsam unterging, wurde es langsam kühler. Frank hatte die Außenbeleuchtung eingeschaltet und auf der Mitte der Terrasse ein Feuer in einer Feuerschale gemacht, aber die meisten Gäste hatten sich inzwischen ins Haus zurückgezogen. Jamie war schon lange mit dem Grillen der Garnelen fertig und hatte viel Lob für seine Arbeit bekommen. Er hatte jedes Mal schüchtern gelächelt, wenn einer der Gäste zu ihm gekommen war, um ihm zu sagen, wie begeistert sie waren.

Er hatte die Party wirklich sehr genossen, aber so viele neue Leute auf einmal kennenzulernen, war auch sehr anstrengend für ihn gewesen. Jamie hatte sich auf einem Liegestuhl in einer Ecke der Terrasse eingerollt und zitterte, obwohl ihn die Hitze von der Feuerschale körperlich warm hielt. Cindy, die ihn noch immer beobachtete, stand schließlich auf und ging zu ihm. Nachdem sie ihn ein paar Mal mit ihrer Schnauze angestoßen und keine Antwort bekommen hatte, wurde ihr klar, dass er Hilfe brauchte. Sie ging schnell ins Haus und suchte nach Jason. Als sie ihn in der Küche fand, stupste sie ihn ein paar Mal mit den Pfoten an, bis er sie bemerkte. Es dauerte einen Moment, bis er realisierte, dass sie ihn auf ein Problem aufmerksam machen

wollte und er folgte Cindy auf die Terrasse hinaus.
 Als er Jamie dort liegen sah, war ihm sofort klar, dass sein Freund eine Pause von all der Aufregung brauchte. Er nahm Jamie an der Hand, zog ihn auf die Füße und führte ihn ins Haus. Als sie an der Küchentür vorbeigingen, informierte er seine Mutter, dass Jamie ein bisschen Ruhe brauchte und bat sie, ihnen Bescheid zu sagen, wenn das Abendessen fertig war. Als sie nickte, führte er Jamie die Treppe hinauf in sein Zimmer, Cindy dicht hinter ihnen. Jamie sagte kein Wort und reagierte auch sonst nicht. Er ging einfach dorthin, wohin Jason ihn führte. Sobald sie in Jasons Zimmer waren, schloss Jason die Tür hinter ihnen, setzte Jamie auf sein Bett und zog ihm die Schuhe aus, bevor er die Decke zurückzog und Jamie dabei half, sich hinzulegen. Cindy beobachtete das Geschehen genau, bevor sie zum Bett ging und sich an der Kopfseite auf den Boden setzte und den reglosen Jamie besorgt ansah.
 Jason ging zur Tür und schaltete das Licht aus, bevor er sich zu Jamie ins Bett legte und die Decke über beide zog. Er schlang die Arme um seinen Freund und spürte, wie Jamies Zittern nachließ und er sich allmählich entspannte. Es dauerte keine fünf Minuten, bis Jamie in Jasons Armen eingeschlafen war. Als Cindy bemerkte, dass es Jamie gut ging, legte auch sie sich hin. Es dauerte nicht lange, bis auch Jason die Augen schloss und ebenfalls einschlief.

* * *

Graham suchte in der Zwischenzeit im Erdgeschoss nach Jamie. Als er ihn weder im Wohnzimmer noch auf der Terrasse finden konnte, ging er in die Küche. Cathy war gerade dabei, den Geschirrspüler einzuräumen. Graham beschloss, ihr zu helfen, also ging er zum Spülbecken und begann, die dreckigen Teller grob abzuspülen, bevor er sie Cathy reichte. Sobald die Spülmaschine voll war, schloss Cathy die Tür und schaltete sie ein.
 »Hast du Jamie zufällig gesehen?«, fragte er, während er sich die Hände abtrocknete. »Ich habe überall nachgesehen, konnte ihn aber nicht finden. Jason scheint auch verschwunden zu sein.«
 »Jason hat Jamie mit nach oben in sein Zimmer genommen, um sich ein bisschen auszuruhen«, erklärte sie. »Es hat für mich ausgesehen, als wären die vielen Leute und die ganze Aufregung ein bisschen zu viel für ihn gewesen.«
 »Ich hätte besser auf ihn achten sollen«, sagte Graham und fühlte sich schuldig. »Das hätte mir eigentlich klar sein müssen. Vielleicht hätte ich ihn nicht mitbringen sollen.«

»Nein, du hast das Richtige getan«, versicherte sie ihm. »Ich habe immer wieder aus dem Fenster gesehen und ich verspreche dir, dass es Jamie Spaß gemacht hat. Ich denke, es war einfach nur ein bisschen zu viel auf einmal. Vermutlich ist es das erste Mal, dass er in so einer Situation war und er ist es nicht gewohnt. Jason hat ihn für ein Nickerchen mit nach oben genommen. Das wird ihm sicher guttun. Wenn wir erst einmal das Essen servieren und die Leute beschäftigt sind, wird es auch wesentlich ruhiger werden. Du wirst schon sehen, Jamie wird es gut gehen.«

* * *

Etwa eine Stunde, nachdem die Jungs nach oben verschwunden waren, ging Frank auf die Terrasse hinaus und öffnete ein letztes Mal den Smoker. Er nahm ein Messer, schnitt ein kleines Stück vom Fleisch ab und betrachtete es einen Moment. Nachdem es abgekühlt war, steckte er es sich in den Mund. Es war perfekt – zart, saftig und unglaublich lecker. Jamie hatte ausgezeichnete Arbeit geleistet, indem er das Fleisch den ganzen Nachmittag über regelmäßig mit Sauce bestrichen hatte. Frank schnitt sich ein weiteres Stück ab und probierte noch einmal. Er konnte sich nicht erinnern, dass das Fleisch jemals besser gelungen war. Er ging in die Küche und holte die Steaks aus dem Kühlschrank.

»Ich glaube, du solltest Graham besser sagen, dass er die Jungs wecken soll«, sagte er zu seiner Frau. »Wir müssen jetzt nur noch die Steaks auf den Grill legen und dann können wir auch schon essen.«

»Ich gehe hinauf und sage ihnen Bescheid«, antwortete Cathy. »Graham hat gerade alle Hände damit zu tun, die Kaffeetassen im Wohnzimmer aufzufüllen.«

Cathy verließ die Küche, ging die Treppe hinauf und klopfte leise an Jasons Zimmertür. Aus dem Inneren konnte sie das Scharren von Pfoten auf dem Boden hören und als sie die Tür vorsichtig öffnete, sah sie Cindy, die beschützend zwischen ihr und den Jungs auf der anderen Seite der Tür stand. Die Jungs lagen im Bett und schliefen tief und fest. Cathy musste lächeln, als sie die Jungs betrachtete. Sie hatten die Decke weg gestrampelt und lagen Kopf an Kopf auf dem Kissen. Jamie hatte einen Arm um Jason gelegt. Obwohl Cathy wusste, dass das Leben für Jamie in der Vergangenheit alles andere als einfach gewesen war, sah er mit geschlossenen Augen wie ein unschuldiger, kleiner Junge aus.

»Das Abendessen ist bald fertig«, sagte sie leise von der Tür aus.

Nur einen Augenblick später öffnete Jason blinzelnd die Augen. Auch Jamie regte sich. Sie musste sich ein Lachen verkneifen. Man konnte immer darauf vertrauen, dass die Erwähnung von Essen die Aufmerksamkeit eines jeden Jungen erregen konnte. Cathy bemerkte, dass auch Cindy der Grund ihrer Störung nicht entgangen war. Sie leckte sich das Maul und ging zum Bett, um Jamie über das Gesicht zu lecken und ihm beim Aufwachen zu helfen.

»Mom!«, stieß Jason plötzlich aus, als ihm bewusst wurde, dass seine Mutter ihn und Jamie zusammen im Bett gesehen hatte. »Was ist denn los?«

»Alles in Ordnung«, sagte sie mit einem sanften Lächeln. »Ich wollte euch nur wissen lassen, dass dein Vater gleich die Steaks auf den Grill legen wird.«

»Jamie war müde und musste sich ausruhen«, versuchte er zu erklären. »All die neuen Leute bei der Party waren ein bisschen zu viel für ihn.«

»Hi«, murmelte Jamie, der inzwischen auch richtig wach geworden und verlegen war, weil Cathy ihn und Jason zusammen in einem Bett gefunden hatte. »Es tut mir leid. Ich kann mich nicht daran erinnern, wie ich hier hochgekommen bin. Ich hoffe, du bist nicht sauer.«

»Es ist alles in bester Ordnung, Jamie«, versicherte Cathy ihm. »Jason hat dich hier heraufgebracht, damit du dich ein bisschen von all der Aufregung erholen kannst. Kommt einfach nach unten, wenn ihr so weit seid. Das Essen ist bald fertig.«

Cathy schloss die Tür und ging wieder nach unten. Als sie langsam die Treppe hinunterging, hatte sie ein breites Grinsen im Gesicht. Obwohl es noch sehr früh war, um sich sicher zu sein, hatte Jason vielleicht mehr als nur einen neuen Freund gefunden, mit dem er Angeln und Wandern gehen konnte. Die Art und Weise, wie die beiden Jungs aneinandergekuschelt im Bett gelegen hatten, ließ diese Vermutung jedenfalls zu.

Ein paar Minuten später tauchte Jason mit einem wesentlich frischer wirkenden Jamie im Schlepptau in der Küche auf. Cathy fiel sofort auf, dass sich Jamie ihr gegenüber deutlich zurückhaltender verhielt als zuvor. Sie konnte sich auch denken, dass es ihm wahrscheinlich peinlich war, dass sie ihn und Jason zusammen im Bett gesehen hatte. Sie wollte nicht, dass sich der Junge Sorgen machte, also überlegte sie, dass sie besser schnell etwas tun sollte. Sie nahm eine der Vorspeisen vom Tablett neben ihr und bot sie Jamie an.

»Ihr beiden habt so glücklich ausgesehen, wie ihr zusammen geschlafen habt«, sagte Cathy so leise, dass nur Jamie sie hören konnte.

»Ich bin froh, dass du und Jason in so kurzer Zeit bereits so gute Freunde geworden seid.«

Erleichtert sah sie, dass Jamie ihr ein schüchternes, aber dennoch deutlich selbstbewussteres Lächeln schenkte. Offenbar hatten ihre Worte geholfen, denn Jamie bot ihr sofort an, ihr dabei zu helfen, die Teller und das Besteck auf die Terrasse zu bringen.

* * *

Es war bereits spät am Abend, als die letzten Gäste das Haus der Tomlinsons verließen. Keiner konnte sich daran erinnern, jemals ein besseres Weihnachtsbarbeque erlebt zu haben und alle hatten sich mit ihren Komplimenten für das Essen regelrecht überschlagen. Trotz seiner Schüchternheit hatte Jamie zahlreiche Komplimente zu seiner Höflichkeit und Hilfsbereitschaft erhalten. Viele der Gäste, die hier und da vage Bemerkungen darüber aufgeschnappt hatten, dass der Junge eine schwierige Vergangenheit hinter sich hatte, baten Cathy darum, sie es wissen zu lassen, wenn sie in irgendeiner Form helfen konnten.

Dafür, dass sie gerade eine so große und lang andauernde Party veranstaltet hatten, sah das Haus bemerkenswert ordentlich aus. Graham ging noch einmal durch das Haus und sammelte hier und da ein Glas oder eine Tasse auf, die er in die Küche brachte, wo ausgesprochen effizient gearbeitet wurde. Cathy stand am Spülbecken, während Jamie und Jason das saubere Geschirr aus der Spülmaschine in die Schränke stellten, bevor sie die nächste Ladung einräumten. Frank war damit beschäftigt, das übrig gebliebene Essen einzupacken und in den Kühlschrank zu stellen. Es dauerte nicht lange, bis alles erledigt war und sie sich zusammen an den Küchentisch setzten. Cindy, die bisher abseits in einer Ecke gesessen und zugesehen hatte, schlüpfte unter den Tisch und legte sich zu Jamies Füßen.

»Ich möchte euch allen ein wirklich großes Lob aussprechen«, sagte Frank. »Ihr habt alle wirklich sehr geholfen und ich bin euch dankbar für alles, was ihr getan habt. Aber ich denke, dass ein besonderer Dank dem neuesten Mitglied unserer erweiterten Familie gehört: Jamie. Ich habe noch nie jemanden so hart arbeiten sehen wie dich heute.«

»Ich habe nur versucht, ein kleines bisschen zu helfen«, murmelte der Junge verlegen.

Da er keinerlei Erfahrung mit Lob und Komplimenten hatte, wusste er nicht, wie er sich verhalten sollte.

»Das war viel mehr als nur ein kleines bisschen geholfen«, warf Graham ein. »Das ist nicht nur mir aufgefallen, sondern auch allen anderen Gästen. Du hast bei ihnen einen wundervollen Eindruck hinterlassen. Alle haben immer wieder betont, wie großartig das Fleisch dieses Jahr war.«

»Ich habe nur getan, was Frank mir gezeigt hat«, versuchte Jamie seine Rolle herunterzuspielen

»Deine Anwesenheit hat die Party dieses Jahr zu etwas Besonderem gemacht«, meldete sich Cathy lächelnd zu Wort. »Wir hoffen, dass du von jetzt an immer zu unserem Weihnachtsbarbeque kommen kannst.«

»Ich glaube, wir sollten ins Bett gehen«, sagte Jason, dem Jamies Verlegenheit nicht entgangen war.

Er stand von seinem Platz auf und gähnte demonstrativ.

»Ich bin müde und ich denke, Jamie geht es genauso.«

»Ich glaube, das ist eine gute Idee«, sagte Graham, als er bemerkte, dass Jamie ihn ansah, als wollte er um Erlaubnis bitten. »Ich trinke nur noch meinen Tee aus und gehe dann auch nach Hause. Schlaf gut und ich sehe dich dann morgen Früh.«

Jamie stand auf, zögerte aber einen Moment. Ohne Vorwarnung ging er zu Graham und schlang seine Arme um den Mann. Graham, der völlig überrascht war, erwiderte die Umarmung vorsichtig.

»Danke, dass ich heute mit dir hierherkommen durfte«, sagte Jamie aufrichtig. »Es war wirklich toll, das alles sehen zu dürfen.«

»Ich bin froh, dass du dabei warst, Jamie«, erwiderte Graham. »Dass du hier warst, hat es für mich zu etwas ganz Besonderem gemacht.«

»Und danke für all das wundervolle Essen«, fügte Jamie an Frank und Cathy gewandt hinzu. »Ich bin noch nie auf einer Party gewesen und habe noch nie so viele unterschiedliche Sachen auf einmal gesehen.«

»Nächstes Jahr bist du für das Fleisch verantwortlich«, sagte Frank. »Du hast heute wirklich tolle Arbeit geleistet und mir sehr geholfen.«

»Du bist jetzt ein Teil dieser Familie, Jamie«, fügte Cathy hinzu. »Wir wollen dich wissen lassen, dass du jederzeit hier willkommen bist. Komm uns einfach besuchen, oder zum Frühstück, oder übernachte hier mit Jason, wann immer du möchtest.«

»Vielen Dank«, antwortete Jamie, der inzwischen nicht mehr ganz so verlegen war. »Das würde mir gefallen.«

Jason rettete Jamie vor weiteren Komplimenten, indem er ihn einfach an der Hand nahm und ihn aus der Küche führte. Cindy stand auf und folgte den Jungs nach oben. Der Tag war für Jamie anstrengend und ermüdend gewesen, aber gleichzeitig hatte er ihm auch eine weitere Möglichkeit geboten, Graham und die Tomlinsons zu beobachten. Der Kontrast zwischen dem, was er von zuhause gewohnt war und dem, was er hier auf der Insel erlebte, war überwältigend. Während sich die beiden Jungs zum Schlafengehen fertig machten, fragte sich Jamie wieder einmal, wie es wohl wäre, wenn er hierbleiben dürfte; weit weg von der Stadt und all seinen Problemen. Als sie sich schließlich ins Bett legten, schmiegte sich Jason von hinten an Jamie an und schlang einen Arm um ihn.

»Ich bin wirklich froh, dass du heute hier bei mir bist«, flüsterte er.

»Das bin ich auch«, antwortete Jamie leise. »Hier bei euch zu sein ist fast wie ein Traum für mich. Ich frage mich immer wieder, ob ich nicht plötzlich irgendwann woanders aufwache und nichts von alledem wirklich passiert ist.«

»Du bist auch wie ein Traum für mich«, sagte Jason gähnend und zog Jamie noch etwas enger an sich.

Jamie streckte die Hand aus und schaltete die Nachttischlampe aus. Ein paar Minuten später schliefen beide Jungs tief und fest.

Kapitel 12:
Alpträume

Graham hielt sich einen Eisbeutel an den Kopf, nahm das Telefon aus der Ladestation und wählte. Während er darauf wartete, dass das Gespräch entgegengenommen wurde, dachte er, dass es langsam zur Gewohnheit wurde. Im Gegensatz zu anderen Gelegenheiten, bei denen er versucht hatte, Jamie während seiner Alpträume zu beruhigen, fühlte es sich dieses Mal wenigstens nicht so an, als hätte er einen lockeren Zahn davongetragen.

»Hallo?«, meldete sich endlich jemand am anderen Ende.

»Hi, Frank«, sagte Graham. »Wie geht es euch?«

»Wir bereiten hier gerade das Frühstück vor. Du klingst aber nicht besonders gut. Was ist los?«

»Es geht mir auch nicht so gut«, gab er zu. »Es ist letzte Nacht wieder passiert.«

»Ein weiterer Alptraum?«, fragte Frank besorgt.

»Allerdings. Und dieses Mal habe ich ein blaues Auge bekommen. Er hat auch Cindy in der Vergangenheit ein paar Mal erwischt, ohne es zu wissen. Aber sie wird nie sauer deswegen.«

»Ihr müsst beide lernen, euch schneller zu ducken«, gluckste Frank.

»Ich hatte wirklich gehofft, dass es sich nach ein paar Wochen beruhigt«, gab Graham zu. »Ich versuche, mich zu ducken, aber der kleine Kerl hat einen ziemlichen Haken drauf. Ich halte das nicht mehr aus. Ich bin zu alt, um einen Sandsack zu spielen.«

»Ich weiß, dass du gehofft hast, die Dinge würden sich mit der Zeit verbessern. Aber ich denke wirklich, dass du irgendetwas unternehmen musst, bevor du noch schlimmer verletzt wirst. Du bist schließlich kein junger Hüpfer mehr.«

»Da hast du recht. Das Komische an der ganzen Sache ist, dass er nicht einmal die leiseste Ahnung hat, dass er es macht.«

»Es wäre für alle das Beste, Hilfe für Jamie zu finden. Auch wenn du dich noch nicht mit dem rechtlichen Aspekt auseinandersetzen möchtest, solltest du wahrscheinlich mit einem Psychologen oder jemand in der Art über das reden, was passiert. Sie sind vielleicht in der Lage, dir Tipps zu geben, was euch helfen könnte.«

»Ja, das werde ich tun müssen«, seufzte Graham resigniert. »Ich werde heute ein paar Anrufe machen und schauen, ob ich jetzt, da die Feiertage vorbei sind, etwas in die Wege leiten kann. Das ist der eigentliche Grund für meinen Anruf. Meinst du, du könntest Jason bitten, hier vorbeizukommen und Jamie mitzunehmen, um ihn für ein paar Stunden zu beschäftigen? Ich möchte es nur ungern von ihm verlangen, aber ich denke, es wäre keine gute Idee, wenn Jamie mitbekommt, wie ich am Telefon mit jemandem über ihn rede. Er könnte auf falsche Ideen kommen, was ich damit beabsichtige.«

»Da stimme ich dir vollkommen zu«, sagte Frank. »Ich glaube nicht, dass es ein Problem sein wird. Warte kurz, während ich mit Jason rede.«

»Danke«, sagte Graham und drückte sich den Eisbeutel fester ans Gesicht, während er aus dem Fenster sah und die Bäume betrachtete, die sich im Wind leicht bewegten.

»Ich habe mit Jason gesprochen«, meldete sich Frank nach nicht einmal einer Minute zurück. »Er hat kein Problem damit und ist in ein paar Minuten bei dir. Er bringt Jamie zum Frühstück mit zu uns und dann geht er mit ihm ein bisschen wandern. Cathy macht Waffeln und du weißt, wie sehr Jamie sie mag.«

»Das klingt gut. Sag Jason danke und auch dir vielen Dank fürs Zuhören, Frank. Wenn ich das Problem nicht ziemlich bald gelöst bekomme, brauche ich vermutlich noch dritte Zähne.«

»Ich glaube auch, dass eine Boxkarriere nicht das Richtige für Jamie ist«, gluckste Frank. »Es wird so besser sein. Ich weiß, du hast versucht, dein Bestes zu tun, aber ich glaube, es wäre wirklich besser, wenn du dir professionelle Hilfe suchst. Es wird nichts bringen, noch länger damit zu warten.«

»Da hast du recht. Ich schätze, ich wollte das Unvermeidliche nur noch ein bisschen hinauszögern und Jamie noch mehr Zeit geben, um sich hier einzugewöhnen. Wie dem auch sei, ich sollte besser auflegen. Ich denke, ich kann hören, dass Jamie wach ist. Grüße Cathy von mir.«

Graham beendete das Gespräch und starrte noch einmal aus dem Fenster. Ein paar Minuten später kam Cindy in die Küche und rieb ihren Kopf an Grahams Bein. Er wusste, dass Jamie jeden Moment auftauchen würde.

»Hallo, mein Mädchen«, sagte er und kraulte ihren Kopf.

Cindy stellte sich auf ihre Hinterbeine und legte die Vorderpfoten auf Grahams Schultern. Er streichelte sie und ließ es sich gefallen, dass sie ihn über die Wange leckte.

»Guten Morgen, Graham«, begrüßte Jamie ihn fröhlich, als er einen Augenblick später in die Küche kam.
»Hi, Jamie. Wie geht es dir heute Morgen?«
»Es geht mir ziemlich gut«, sagte der Junge, bevor er die Schwellung in Grahams Gesicht bemerkte und den Eisbeutel auf dem Küchentisch liegen sah. »Was ist denn mit dir passiert?«
»Ich habe mich gebückt, um eine Gabel aufzuheben, die mir runtergefallen ist«, sagte Graham. »Als ich mich wieder aufgerichtet habe, war die Schranktür offen und ich habe mich ziemlich gestoßen.«
Er hatte nicht vor, Jamie zu erzählen, was wirklich in der Nacht vorgefallen war. Jedenfalls jetzt noch nicht.
»Du solltest vorsichtiger sein«, sagte Jamie besorgt. »So etwas passiert dir in letzter Zeit ziemlich häufig.«
»Das kannst du laut sagen«, murmelte Graham, aber nicht leise genug, damit Jamie es nicht hörte.
Während Graham die Teller aus dem Geschirrspüler nahm, beobachtete Jamie ihn besorgt. Er wusste, dass Graham nicht mehr der Jüngste war und er fragte sich, ob vielleicht etwas mit ihm nicht stimmte. Obwohl Jamie nie selbst gesehen hatte, wie es passiert war, hatte Graham in letzter Zeit häufig solche Unfälle gehabt. Es war nicht das erste Mal, dass er eine Beule oder blaue Flecke bekommen hatte. Jamie wollte nicht in Grahams Privatsphäre eindringen und zu viele, direkte Fragen stellen, aber gleichzeitig hatte er auch das Gefühl, ihm irgendwie helfen zu wollen.
Während Jamie darüber nachdachte, wie er das Thema ansprechen könnte, tauchte ein bekanntes Gesicht an der Tür zur Terrasse auf.
»Hi, Jay!«, rief Jamie und winkte.
Jason schob die Glastür auf und trat ein. Er blieb jedoch auf der Fußmatte direkt an der Tür stehen.
»Guten Morgen«, sagte Jason.
Cindy kam sofort zu ihm gelaufen und er streichelte sie.
»Guten Morgen, Jason«, sagte Graham. »Du bist heute aber früh auf den Beinen.«
Jason grinste.
»Ich bin vorbeigekommen, um euch beide zu Waffeln und Würstchen einzuladen. Mom ist gerade dabei, das Frühstück zu machen.«
Graham bemerkte, dass Jason ihn gründlich musterte.
»Ich habe heute Morgen ein wenig Kopfschmerzen und sollte mich ausruhen«, sagte Graham. »Aber warum gehst du nicht mit, Jamie? Ich kann ein anderes Mal mitkommen.«

»Bist du dir sicher, dass du nicht mitkommen möchtest?«, fragte Jamie, hörbar enttäuscht.

»Mach dir um mich keine Sorgen. Ich werde eine Aspirin nehmen und in ein oder zwei Stunden geht es mir wieder gut. Geht ruhig und amüsiert euch. Nach dem Frühstück könntet ihr noch ein bisschen wandern gehen. Wenn du zurückkommst, habe ich das Mittagessen fertig.«

»Okay, wenn du dir sicher bist«, sagte Jamie. »Kann Cindy mit uns kommen?«

»Selbstverständlich«, sagte Graham grinsend. »Wir können doch die drei Musketiere nicht voneinander trennen.«

»Und du bist dir sicher, dass du zurechtkommst, wenn ich gehe?«, hakte Jamie noch immer besorgt nach.

»Natürlich. Du wirst schon sehen. Wenn du wiederkommst, geht es mir wieder gut.«

»In Ordnung«, sagte Jamie, noch immer nicht vollends überzeugt. Er sah Graham noch einen Moment an, dann ging er nach oben, um sich umzuziehen. Cindy folgte ihm sofort.

»Er hat dich diesmal ordentlich erwischt«, sagte Jason leise, nachdem Jamie außer Hörweite war.

»Das kannst du laut sagen. Ich habe die Angelegenheit vor mir hergeschoben und gehofft, dass die Alpträume weniger werden, wenn er sich hier eingelebt hat und ein bisschen zur Ruhe gekommen ist. Aber wie es aussieht, werde ich schneller etwas unternehmen müssen, als mir lieb ist. Ich kann nicht länger warten und einfach so weitermachen.«

»Und du wirst auch nicht besser darin, seinen Schlägen auszuweichen«, fügte Jason mit einem schiefen Grinsen hinzu.

»Ich werde zu alt, um Sparringspartner zu spielen.«

»Er weiß noch immer nicht, dass er es tut?«, fragte Jason. »Er hat tief und fest geschlafen, als er mich in der Nacht nach dem Weihnachtsbarbeque erwischt hat.«

»Er hat nicht die geringste Ahnung. Er schläft zwar, aber der Alptraum scheint ihn fest im Griff zu haben. Cindy hat er auch ein paar Mal getroffen, aber es macht den Anschein, als würde es sie nur noch mehr an ihn binden. Sie folgt ihm wie ein Schatten, wohin auch immer er geht.«

Graham und Jason verstummten, als sie hörten, wie Jamie und Cindy die Treppe herunterkamen. Graham beschäftigte sich damit, etwas Orangensaft aus dem Kühlschrank zu holen und in zwei Gläser einzuschenken, bevor er sie den Jungs reichte. Jamie und Jason lächelten und tranken sie auf der Stelle aus.

»Wir sollten besser gehen, Jamie«, sagte Jason, nachdem er Graham das Glas zurückgegeben hatte. »Das Frühstück wird sonst kalt und wir wollen auch nicht, dass Dad die ganzen Würstchen alleine verputzt.«

»Glaubst du, dass du eines Tages mal so groß wirst wie dein Dad?«, fragte Jamie, während er den Reißverschluss seiner Jacke zuzog.

»Irgendwann wahrscheinlich«, antwortete Jason. »Aber das dauert noch. Erst muss ich noch wachsen.«

»Viel Spaß euch beiden und bis später«, verabschiedete sich Graham von den Jungs, die einen Moment später verschwanden.

Graham ging ans Fenster und sah dabei zu, wie sie den Pfad zum Haus der Tomlinsons entlanggingen. Er grinste, steckte sich eine Aspirin in den Mund und spülte sie mit einem Glas Wasser hinunter. Es würde sicher nicht lange dauern, bis sie wirken würde. Das blaue Auge würde er jedoch noch ein bisschen länger behalten.

* * *

Nach einem ruhigen Frühstück ging Graham in sein Arbeitszimmer und ließ sich auf den Stuhl hinter seinem Schreibtisch fallen. Er wusste, dass er es nicht länger vor sich herschieben konnte, ein paar Entscheidungen im Bezug auf Jamie zu treffen. Seine Hoffnung, dass die Alpträume mit der Zeit weniger werden, hatte sich nicht bewahrheitet. Sie schienen so schlimm wie eh und je zu sein. Es war an der Zeit, etwas dagegen zu unternehmen. Graham war sich sicher, dass es kurzfristig alles noch schlimmer machen würde, aber auf lange Sicht würde es Jamie sicherlich helfen.

Als Jamie ihn auf der Straße angesprochen hatte, wollte Graham nichts weiter tun, als dem Jungen eine Mahlzeit zu kaufen. Inzwischen dachte er jedoch über viel größere Dinge nach und er fragte sich, wie es funktionieren konnte. Würde man ihm überhaupt erlauben, Jamie zu behalten? Von einem logischen Standpunkt aus gesehen standen die Chancen nicht gut. Er war bereits älter, alleinstehend und dachte darüber nach, in Rente zu gehen. Das Einzige, das er anbieten konnte, um sein Anliegen zu bekräftigen, war die Umgebung hier auf der Insel, aber würde das ausreichen, um die Leute davon zu überzeugen, dass es das Beste für Jamie wäre, wenn er bei ihm bliebe?

Graham öffnete die Schublade des Schreibtischs und holte sein Adressbuch heraus. Er blätterte es durch und suchte nach der Arbeitsnummer seines Freundes Scott. Als er sie gefunden hatte, nahm er das Telefon zur Hand und wählte die Nummer.

»Hallo, Sie sprechen mit Scott Eldrich«, meldete sich eine Stimme nach dem dritten Klingeln. »Wie kann ich Ihnen helfen?«
»Hi, Scott. Hier ist Graham.«
»Graham!«, sagte Scott überrascht. »Wir haben uns ja lange nicht gehört. Was habe ich darüber gehört, dass du dir einen längeren Urlaub genommen hast? Gerüchte im Büro besagen, dass der Boss nicht gerade besonders erfreut darüber war.«
»Ich habe größere Probleme als Alex, um die ich mir Sorgen machen muss«, erwiderte Graham. »Je nachdem, was in den nächsten Tagen passiert, könnte noch mehr auf ihn zukommen, was ihm nicht gefällt.«
»Was meinst du?«, fragte Scott. »Ist irgendetwas nicht in Ordnung da drüben?«
»Ja und nein«, seufzte Graham. »Ich habe da ein Problem, das relativ kompliziert ist und ich könnte einen rechtlichen Rat gebrauchen. Ich habe da einen Straßenjungen aufgegabelt und er hat die Weihnachtsfeiertage bei mir verbracht und ...«
»Du hast einen Straßenjungen aufgegabelt?«, wurde er von Scott alarmiert unterbrochen. »Wie meinst du das?«
»Es ist schwer zu erklären. Vielleicht sollte ich ganz am Anfang beginnen.«
»Ich habe immer festgestellt, dass es hilft, dort anzufangen«, lachte Scott. »Ich war noch nie gut darin, mittendrin eine Handlung zu begreifen, wenn ich zur Hälfte des Films ins Kino komme.«
»Vor ein paar Wochen hatte ich ein Meeting in der Stadt. Als ich mein Büro verließ ...«
Graham erzählte Scott, wie Jamie ihn angesprochen hatte, wie sie zusammen in die Mall gegangen waren, um dem Jungen etwas zu essen zu kaufen, wie sie sich nach seinem Termin wiedergefunden hatten und wie er Jamie mit nach Hause genommen hatte. Er ließ auch die Andeutungen und Angebote des Jungen nicht aus. Außerdem erzählte Graham ausführlich, was er über Jamies Vergangenheit wusste und erahnte.
»Scott, du solltest den armen, kleinen Kerl sehen. Er ist so süß, höflich und sensibel. Gleichzeitig hat er auch mitten in der Nacht die schrecklichsten Alpträume, die du dir vorstellen kannst. Ich habe versucht, ihn zu beruhigen, aber ohne dass er es bemerkt, schlägt er jedes Mal zu. Du kannst dir nicht vorstellen, wie viel Kraft dieser Junge hat. Von seinem Alptraum in der letzten Nacht habe ich sogar ein blaues Auge davongetragen. Ich hatte wirklich gehofft, dass die Träume weniger werden, wenn er ein bisschen Ruhe hat und eine

Weile von allem weg ist. Das ist jedoch nicht passiert. Es ist genauso schlimm wie immer.«

Graham seufzte und trank einen Schluck Wasser, bevor er weitersprach.

»Ich habe mich nicht getraut, ihm besonders viele Fragen zu stellen. Ich möchte nicht, dass er sich überfordert oder unter Druck gesetzt fühlt. Nachdem, was er während der Alpträume im Schlaf gesagt und geschrien hat, ist für mich aber ziemlich klar, was die Ursache für diese Träume ist. Ich weiß, dass es rechtlich gesehen keinen Beweis darstellt, aber für mich reicht es aus. Sein Vater hat ihn immer und immer wieder vergewaltigt, ihn verprügelt und noch eine Menge andere Sachen mit ihm angestellt, über die ich nicht einmal nachdenken möchte. Ganz zu schweigen davon, dass seine Mutter auch dabei mitgemacht hat. Das hat ihn letztendlich dazu gebracht, von zuhause wegzulaufen und seitdem hat er auf der Straße gelebt. Du kannst dir sicher vorstellen, was er tun musste, um zu überleben. Ich wollte ihm noch ein bisschen mehr Zeit geben, aber ich kann es nicht länger aufschieben. Allerdings habe ich nicht die geringste Ahnung, was ich tun soll. Was kann ich tun? Was werden die Behörden mit ihm machen? Wie du dir sicher denken kannst, ist er mir in der kurzen Zeit schon sehr ans Herz gewachsen.«

»Das ist nicht zu überhören«, warf Scott ein.

»Ich würde mir wünschen, dass er hier bei mir bleiben könnte, aber ich kann mir den Ausdruck in den Gesichtern der Leute von der Kinderfürsorge vorstellen. Ein alleinstehender, älterer Mann, der kurz vor dem Ruhestand steht, will sich einen kleinen Jungen ins Haus holen? Ich kann schon ihr Lachen hören und sehen, wie sie die Augen verdrehen. Ganz zu schweigen davon, was ihrer Meinung nach meine Absichten sein werden.«

Graham verstummte und einen Moment lang herrschte Stille. Dann räusperte sich Scott am anderen Ende.

»Du suchst dir wirklich keine leichten Probleme aus, oder?«

»Allein die Gedanken daran, was mit ihm passiert ist, bringen mich einfach um«, sagte Graham und er musste mehrmals schlucken, um nicht loszuweinen. »Er ist so ein liebes Kind. Wie können die eigenen Eltern ihr Kind so behandeln, als wäre es Dreck? Und ich ertrage diese Alpträume nicht mehr. Das wird alles zu viel für mich. Wie ich schon sagte, hat der kleine Kerl unglaubliche Kraft und ich kann das nicht länger mitmachen.«

»Und er wundert sich nicht, wo dein blaues Auge herkommt?«

»Ich habe ihm gesagt, dass ich mich an Schranktüren und Ähnli-

chem gestoßen habe, um die blauen Flecke zu erklären. Ich glaube, er denkt langsam, dass ich zu einem senilen alten Mann werde, der nicht mehr alle Tassen im Schrank hat.«
»Du warst schon immer ein bisschen verrückt«, gluckste Scott.
»Das mag vielleicht sein, aber das ist eine wirklich ernste Angelegenheit, Scott. Ich möchte ihm so gerne helfen, wenn ich kann. Ich weiß aber einfach nicht, was ich tun kann und ob es die Behörden überhaupt erlauben würden.«
»Ich weiß, dass du ihm helfen willst und ich kenne dich. Ich weiß, wie du bist. Du wirst in dieser Sache kein Nein akzeptieren und ich kann es dir nicht verdenken. Mir würde es genauso gehen. Ich kann bestimmt ein bisschen helfen, aber das hier ist nicht mein Fachgebiet. Ich bin ein Fachanwalt für Vertragsrecht.«
»Das weiß ich, aber ich wusste nicht, an wen ich mich sonst wenden sollte«, sagte Graham.
»Um herauszufinden, wie das alles funktioniert, brauchst du jemanden, der sich wirklich damit auskennt und richtige gute Kontakte in alle Richtungen hat. Außerdem brauchst du jemanden bei den Behörden, der etwas zu sagen hat und auf deiner Seite ist. Ich befürchte, du brauchst mehr, als ich dir bieten kann. Ich werde ein paar Anrufe machen und versuche herauszufinden, wer dir in dieser Angelegenheit am besten helfen kann. Ich kann ihnen grob die Details schildern, wenn es dir nichts ausmacht und wenn sie interessiert sind, würde ich ihnen deine Telefonnummer geben.«
»Das ist in Ordnung.«
»Eines kann ich dir aber gleich sagen: Das wird ganz bestimmt nicht billig. Bist du in den nächsten Stunden zuhause?«
»Die Kosten spielen für mich keine Rolle. Ich habe ein bisschen Geld für Notfälle zur Seite gelegt und das hier ist eindeutig einer. Ich werde den Rest des Tages hier sein, also kannst du mich jederzeit zurückrufen. Ich habe Jamie mit Jason, dem Sohn meiner Nachbarn, weggeschickt, sodass er nicht versehentlich etwas hört, aus dem er falsche Schlussfolgerungen ziehen kann.«
»Gib mir deine Nummer auf der Insel. Ich habe nur die Nummer von deinem Apartment in der Stadt.«
»Vielen Dank, Scott«, sagte Graham und gab ihm die Nummer.
»Mach dir keine Sorgen. Wir werden schon irgendwie eine Lösung finden. Sobald ich weiß, wer dir am besten weiterhelfen kann, rufe ich dich zurück und sage dir ihre Namen, damit du weißt, von wem du einen Anruf erwarten sollst.«
»Ich bin dir wirklich dankbar, Scott. Wenn wir uns das nächste

Mal sehen, gehen die Drinks auf mich.«
»Ich erinnere dich daran«, lachte Scott und verabschiedete sich.
Graham legte das Telefon auf den Schreibtisch und sah aus dem Fenster. Er hoffte, dass alles so funktionieren würde, wie er es wollte.

* * *

Seit ihrem ersten Angelausflug waren Jason und Jamie auf der ganzen Insel gewandert. Oft hatten sie etwas zu essen mitgenommen und waren den ganzen Tag unterwegs gewesen. An diesem Vormittag gingen sie wieder einmal den Fluss entlang, an dem sie geangelt hatten. Cindy, die Jamie auf Schritt und Tritt folgte, war immer in seiner Nähe und ließ ihn keine Minute aus den Augen. Jason und Cindy waren früher bereits auf den höchsten Berggipfel der Insel gewandert, aber für Jamie war es eine völlig neue Erfahrung. Der Berg war nicht besonders hoch, aber Jamie war es nicht gewohnt und er hatte nicht die Ausdauer, die Jason und Cindy hatten. Der Anstieg war für ihn ziemlich beschwerlich. Auch in der Stadt war er fast ausschließlich zu Fuß unterwegs gewesen, es war jedoch ein deutlicher Unterschied, ob man auf Asphalt ging oder einen unbefestigten Trampelpfad entlangwanderte.

Jason ging voraus und Cindy war oft bei ihm, aber alle paar Schritte drehte sie sich um, um nach Jamie zu sehen. Wenn sie den Eindruck hatte, dass er langsamer wurde, blieb sie stehen und wartete, bis Jamie zu ihr aufgeschlossen hatte, bevor sie selbst weiterging. Als sie etwa zwei Drittel des Anstiegs hinter sich gebracht hatten, legten sie eine Pause ein, setzten sich ins Gras und sahen sich um. Man konnte von ihrer Position aus nicht nur den größten Teil der Insel überblicken, in einiger Entfernung war sogar das Festland zu erkennen.

»Das ist ziemlich anstrengend«, schnaufte Jamie. »Ich bin so etwas nicht gewohnt.«

»Deine Ausdauer wird besser, umso häufiger wir das machen«, sagte Jason, der kaum außer Atem war.

Er öffnete seinen Rucksack und holte ein paar Müsliriegel heraus. Er reichte Jamie einen davon, bevor er seinen eigenen auspackte.

»Als Mr. M hier auf die Insel gezogen ist und Cindy gerettet hat, konnte sie eine solche Wanderung auch nicht durchhalten«, erklärte er. »Aber wie du siehst, ist sie jetzt ziemlich gut in Form.«

Cindy bellte einmal zustimmend und stieß Jason mit ihrem Kopf an. Jason griff noch einmal in seinen Rucksack und holte einen ziemlich großen Hundekuchen heraus und gab ihn ihr. Cindy legte sich auf den Boden und genoss ihren wohlverdienten Snack.

»Man hat von hier oben eine ziemlich gute Aussicht«, sagte Jamie und biss in seinen Riegel.

»Vom Gipfel aus ist die Aussicht sogar noch besser«, erwiderte Jason. »Wenn der Himmel klar ist und man ein Fernglas dabei hat, kann man sogar die großen Frachtschiffe beobachten, wie sie in den Hafen einlaufen.«

Die Jungs aßen schweigend ihre Müsliriegel und beobachteten ein paar Möwen, die in der Nähe der Küste umherflogen. Nachdem sie aufgegessen hatten, holte Jason eine Wasserflasche aus seinem Rucksack und trank einen Schluck, bevor er sie Jamie reichte. Dieser nahm sie entgegen und goss etwas Wasser in seine Handfläche. Er hielt sie Cindy hin, die das Wasser dankbar von seiner Hand schleckte. Diesen Prozess wiederholte er mehrere Male und erst nachdem sich Cindy satt getrunken hatte, nahm auch er einen Schluck.

»Möchtest du noch weiter hoch?«, fragte Jason. »Wenn man Glück hat, kann man vom Gipfel aus sehen, wie Dave über der Stadt herumfliegt.«

»Klar«, sagte Jamie und stand auf. »Ich bin jetzt ein bisschen ausgeruht und bereit, um weiterzugehen.«

Während sie weiterwanderten, bemerkte Jason, dass Jamie mit seinen Gedanken nicht bei der Sache war. Er hatte schnell gelernt, diese Zeichen bei seinem Freund zu deuten. Wann immer Jamie gedanklich abwesend war, konnte man es in seinem Gesicht ablesen. Er hatte dann immer eine seltsam ausdruckslose Miene und er schien ins Leere zu starren und nichts um sich herum wahrzunehmen. Zuerst hatte es Jason beunruhigt, aber ihm wurde schnell klar, dass es an all dem lag, was Jamie zugestoßen war. Er hatte seinem Vater und auch Graham davon erzählt und hatte ihrer Ansicht zugestimmt, dass ihre Angelausflüge, lange Wanderungen und die frische Inselluft im Allgemeinen das Beste für Jamie wären. Die Zeit zum Nachdenken sowie Ruhe und Frieden, weit weg von der Stadt und dem, was Jamie dort passiert war, würde dem Jungen sicher guttun. Er hoffte, dass es ihm helfen würde. Jason beobachtete Jamie und wartete. Er hatte den Eindruck, dass Jamie irgendwann sagen würde, was ihm durch den Kopf ging. Er musste auch nicht lange darauf warten.

»Meinst du, dass irgendetwas mit Graham nicht in Ordnung ist, Jay?«, fragte Jamie schließlich.

»Wie meinst du das?«

Jason hatte mit Vielem gerechnet, damit jedoch nicht. Er hatte auch keine Ahnung, wovon Jamie sprach.

»Mir ist aufgefallen, dass er sich in letzter Zeit häufig wehtut«, erklärte Jamie. »Vielleicht wird er langsam alt und stürzt häufiger, weil irgendetwas mit ihm nicht stimmt? Ich habe nie selbst gesehen, wie es passiert ist, aber er hat heute Morgen nicht besonders gut ausgesehen.«

»Es stimmt, dass er langsam älter wird«, gab Jason vorsichtig zu. »Aber ich glaube nicht, dass irgendetwas mit ihm nicht in Ordnung ist.«

»Er bekommt manchmal diese Beulen und blaue Flecke am Kopf«, fuhr Jamie fort. »Ich habe ihn danach gefragt und er meinte, er hätte sich irgendwie gestoßen oder so etwas. Aber ich glaube nicht, dass das stimmt.«

»Wenn irgendetwas mit ihm nicht stimmen würde, hätte er es dir gesagt«, sagte Jason. »Da bin ich mir sicher.«

Obwohl er ganz genau wusste, woher Grahams Verletzungen stammten, sagte er es Jamie nicht. Er hatte das Gefühl, dass es ihm nicht zustand, seinem Freund die ganze Wahrheit zu enthüllen. Außerdem hatte er Angst davor, was Jamie dann tun würde. Das konnte er einfach nicht riskieren. Er wusste, dass Graham ebenfalls besorgt darüber war, wie Jamie darauf reagieren würde, wenn er erfuhr, dass er die Ursache für Grahams Verletzungen war. Die ganze Sache war viel zu unberechenbar, um Jamie eine klare Antwort zu geben. Deshalb wich er Jamies Frage aus und war froh, dass dieser nicht weiter nachhakte.

* * *

Graham lehnte sich in seinem Stuhl zurück und lauschte der Musik. Es hatte ihm immer dabei geholfen, sich von seinen Gedanken abzulenken und ein wenig abzuschalten, aber dieses Mal blieb die übliche Wirkung der Musik auf ihn aus. Seufzend schloss er die Augen und hatte ein mulmiges Gefühl im Bauch. Gleichzeitig wusste er aber auch, dass er das Richtige tat. Er konnte nicht weiter warten. Er musste für Jamie professionelle Hilfe suchen. Als das Telefon klingelte, zuckte er kurz erschrocken zusammen. Er atmete tief durch, bevor er das Gespräch entgegennahm.

»Guten Tag«, meldete sich eine weibliche Stimme. »Spreche ich mit Graham Martin?«

»Ja, hier ist Graham Martin«, antwortete er vorsichtig.

»Hallo, mein Name ist Madeline Thompson«, stellte sich die Frau vor. »Sie können mich auch Matty nennen. Ich arbeite beim *Department of Child Welfare* und habe soeben mit Scott Eldrich gesprochen. Er hat mich darum gebeten, Sie anzurufen.«

»Vielen Dank für Ihren Anruf«, sagte Graham. »Scott hat gesagt, dass er jemanden suchen würde, der mir vielleicht helfen kann.«
»Deshalb rufe ich an. So wie ich es verstanden habe, haben Sie ein kleines Problem.«
»Ich ... äh ... verstehen Sie ... ich bin in der Nähe meiner Arbeit auf dem Weg zu einem Meeting gewesen ... äh ...«, stotterte Graham, unsicher, wie er dieser Frau die Umstände erklären sollte, unter denen er Jamie kennengelernt hatte.
»Keine Sorge, Scott hat mir alles erklärt«, unterbrach sie ihn. »Sie müssen sich keine Sorgen machen. Tatsächlich sollte ich Ihnen sogar dankbar sein. Ist der Jamie, über den wir hier sprechen, ungefähr zwölf Jahre alt, dunkle Haare und blaue Augen?«
»Sie kennen ihn?«, fragte Graham überrascht.
»Nicht persönlich, aber ich kenne den Fall«, seufzte Matty. »Im Frühling wollte ich gerade in seine Akte sehen, als sie mir weggenommen und einer anderen Sozialarbeiterin übergeben wurde. Ich hatte keine Chance, eine Untersuchung einzuleiten, aber mein erster Eindruck war, dass etwas definitiv nicht in Ordnung ist.«
»Ihm ist wehgetan worden.«
»Sie meinen, er wurde misshandelt?«
»Ja, ich meine misshandelt«, sagte Graham. »Und er ist missbraucht worden.«
»Das hatte ich befürchtet«, sagte Matty und seufzte ein weiteres Mal. »Ich wollte den Fall untersuchen, weil mir alle Angaben in der Akte verdächtig vorgekommen sind. Dann wurde mir der Fall jedoch entzogen und ich konnte ihn nicht untersuchen. Die andere Sozialarbeiterin hat den Fall nicht untersucht, also gab es keinen Beweis dafür, dass etwas nicht in Ordnung war. Ohne Beweise sind unsere Hände gebunden, also gab es nichts, was ich tun konnte.«
»Was meinen Sie damit, dass Sie keine Beweise haben?«, fragte Graham wütend. »Er hat fast jede Nacht Alpträume! Letzte Nacht habe ich mir bei dem Versuch, ihn zu beruhigen, ein blaues Auge eingefangen. Es war nicht das erste, zweite oder dritte Mal, dass so etwas passiert ist. Ich kann Ihnen die Beulen zeigen, die es beweisen.«
»Es ist eine ziemlich miese Geschichte«, sagte Matty und ignorierte Grahams Ausbruch. »Ich habe mir Jamies Akte geholt, bevor ich Sie angerufen habe. Er hatte bisher zwei Sozialarbeiterinnen und ich kenne sie beide. Keine von ihnen interessiert sich wirklich für die Kinder, die sie betreuen. Ihren Notizen zufolge haben sie sich einfach auf die Aussagen seiner Eltern verlassen. Alles, was darauf hindeutete, dass der Junge misshandelt wird, haben sie einfach ignoriert.

Es erleichtert ihnen die Arbeit und spart ihnen die Mühe, um nach Beweisen zu suchen. Es ist die gute, alte Geschichte von zu vielen Fällen und überlasteten Beamten. Am Ende sind es die Kinder, die unter dem Mangel an Sozialarbeitern, finanziellen Mitteln und ganz einfach aufgrund von zu wenig Zeit zu leiden haben. In seiner Akte wird er als schwieriges Problemkind beschrieben und man empfehle seinen Eltern, ihm mehr Disziplin beizubringen. Wie es scheint, hat der Vater ihnen aufgetischt, dass sie einfach zu nachgiebig waren und dass sie einfach nur strenger mit dem Jungen werden müssen.«

»Zu nachgiebig?«, fragte Graham verblüfft. »Sie sollten sich mal die Striemen und Narben auf seinem Rücken ansehen, verdammt noch mal. Können Sie das, was Ihnen die Kinder erzählen, nicht als Beweis nutzen?«

»Oft erzählen uns die Kinder nichts«, sagte Matty traurig. »Manchmal haben sie trotz allem, was ihnen angetan wird, das Gefühl, ihren Eltern gegenüber loyal sein zu müssen. Das kann es ziemlich schwierig machen, Beweise zu finden. In anderen Fällen werden sie zum Schweigen gezwungen. Oft wird ihnen damit gedroht, ihren Haustieren oder sogar ihren Geschwistern etwas anzutun, wenn sie etwas sagen. Wie man in Jamies Fall sieht, gibt es aber auch Sozialarbeiter, die ihre Fälle einfach nur schnell abschließen wollen und den Kindern nicht zuhören. Außerdem neigt das System dazu, eher im Sinne der Eltern zu entscheiden und ihnen mehr zu glauben als dem Kind. Aber auch in den Fällen, in denen Beschwerden nachgegangen wird, sind die Orte, an denen die Kinder landen, nicht immer gerade das Paradies für sie. Es wird auch dann nicht automatisch alles besser.«

»Sie meinen, dass Jamie nicht die geringste Chance auf ein normales Leben hat?«, fragte Graham resigniert.

»Nein, ich möchte nur ehrlich mit Ihnen sein. Ich möchte Ihnen nicht vorenthalten, was auf Sie und Jamie zukommen wird, wenn Sie vorhaben, diese Sache zu verfolgen. Jamie hat jedoch zwei Dinge, die in diesem Fall für ihn sprechen.«

»Und das wäre?«, fragte Graham, der beinahe jede Hoffnung verloren hatte.

»Sie und mich«, sagte Matty überzeugt.

»Wie soll ihm das helfen?«, fragte Graham. »Sie müssen sich an Ihre Vorgaben halten und ich bin mir nicht einmal sicher, ob ich dazu in der Lage bin, mich um ein Kind zu kümmern. Und selbst wenn, bin ich nicht gerade ein Musterkandidat.«

»Jamie ist jetzt schon seit ein paar Wochen bei Ihnen«, sagte Matty. »In dieser Zeit hat er sicher einen guten Eindruck davon bekommen, wie Sie sind. Es kann dabei helfen, ihm genug Sicherheit zu geben, um uns zu erzählen, was ihm widerfahren ist. Außerdem hat mir Scott Einiges über Sie erzählt und sollte Ihr Ruf unserer Überprüfung standhalten, sollte es kein Problem sein, Jamie in Ihre Obhut zu übergeben. Vorausgesetzt, Sie sind dazu bereit. Alternativ könnte er auch nur vorübergehend bei Ihnen bleiben, bis wir eine passende Pflegefamilie für ihn gefunden haben.«

Graham wurde beinahe schwindelig. Er hatte nicht damit gerechnet, dass diese Frau, die ihn nicht kannte, so viel Vertrauen ihn zu haben schien.

»Und dann bin ich auch noch da. Ich für meinen Teil tue alles, was in meiner Macht steht, um sicherzustellen, dass die Kinder, für die ich verantwortlich bin, in Sicherheit sind. Jamie hatte mich bisher noch nicht als Sozialarbeiterin. Wenn ich seinen Fall eher bekommen hätte, wäre es nie so weit gekommen.«

»Was würde passieren, wenn ich Ihnen mein Okay gebe?«, wollte Graham wissen.

»Zuerst müssten Sie mir eine Menge persönlicher Informationen über sich geben«, erklärte Matty.»Und über Ihren Hintergrund natürlich. Ich müsste wissen, wo Sie leben und wo Sie arbeiten. Außerdem brauche ich Informationen über Ihre finanzielle Situation und zu guter Letzt müssen Sie auch noch persönliche Referenzen vorlegen können. In anderen Worten: Ich muss alles über Sie erfahren – einschließlich, wo Sie letzte Woche ihre Wäsche haben waschen lassen und was Sie heute zum Frühstück gegessen haben. Darüber hinaus werde ich mit Ihnen und auch mit Jamie persönlich reden müssen und es würde von Zeit zu Zeit Besuche bei Ihnen geben. Ich weiß, dass es einen sehr starken Eingriff in Ihre Privatsphäre darstellt, aber es muss so sein, wenn man die Kinder schützen will.«

Graham konnte hören, dass sie lächelte. Er wollte gerade den Mund öffnen und etwas sagen, Matty ließ ihn jedoch nicht zu Wort kommen.

»Aber das ist nur der einfache Teil«, lachte sie.»Jamie würde zu uns kommen und eine Aussage machen müssen. Ich kann Ihnen jetzt schon sagen, dass dies der schwierige Teil sein wird. Die meisten Kinder verschließen sich, wenn wir versuchen, mit ihnen zu reden. Meistens liegt es daran, dass sie Angst haben oder sie haben, wie in Jamies Fall, bereits schlechte Erfahrungen mit unserer Behörde gemacht. Ich hoffe, dass er eher dazu bereit sein wird, mit uns zu reden, wenn es uns gelingt, Sie vorab als Pflegevater zu genehmigen und wenn er weiß, dass er zumindest für eine Weile bei ihnen bleiben kann. Ohne eine Beschwerde von Jamie wird er nur wieder zu seinen

Eltern zurückgeschickt und wir beide wissen, was das bedeutet.«
»Wenn es dazu kommt, werde ich nicht zulassen, dass Sie ihn in die Finger bekommen«, sagte Graham trotzig.»Lassen Sie mich mit Jamie reden und wir können dann abhängig davon, wie es läuft, entscheiden, wie es weitergeht. In der Zwischenzeit besorgt Scott mir einen Anwalt, der Erfahrung in diesem Bereich hat und ich fange an, die Informationen zusammenzustellen, die Sie brauchen. Dann können Sie gleich damit anfangen, mich zu überprüfen.«

»Das ist ein guter Anfang«, sagte Matty.»Vergessen Sie jedoch nicht, dass es nicht so weitergehen kann wie bisher. Ich weiß, dass Sie ein vernünftiger Mensch sind und das Beste für Jamie wollen, aber es könnte Sie in große Schwierigkeiten bringen, wenn etwas falsch läuft. Da er minderjährig ist und trotz allem, was ihm widerfahren ist, bleiben seine Eltern rechtlich gesehen seine Erziehungsberechtigten, bis ein Gericht etwas Anderes entscheidet. Bis das passiert ist, muss ich mich genauestens an die Vorschriften halten, um alle schützen zu können.«

»Ja, ich weiß«, seufzte Graham.»Ich hatte nur gehofft, dass Jamie ein bisschen Zeit haben würde, um sich einzuleben und sich ein bisschen zu entspannen, bevor wir diese Schritte ergreifen müssen.«

»Ich weiß, dass Sie versuchen, etwas Gutes zu tun und dass Sie vermutlich mehr für den Jungen getan haben als sonst jemand vor Ihnen. Aber der Junge braucht nicht nur Liebe und Fürsorge, sondern auch professionelle Hilfe. Sie wissen das vielleicht nicht, aber die Regierung hat Programme, um so etwas zu fördern und bietet sogar eine Beihilfe für Leute, die sich um Kinder wie Jamie kümmern. Aber bevor wir etwas für ihn tun können, müssen wir erst einmal etwas gegen seine Eltern unternehmen. Um das zu tun, müssen wir beweisen können, was passiert ist. Das ist die einzige Möglichkeit, den Eltern das Sorgerecht zu entziehen. Natürlich werden sie dafür auch hinter Gittern landen, aber das ist nur ein Bonus. Das Wichtigste ist, dass wir Jamie in einer gesunden Umgebung unterbringen.«

»Ich mache das nicht, um Geld dafür zu bekommen, dass ich Jamie helfe«, stellte Graham klar.»Aber Sie haben recht, dass diese Situation dauerhaft gelöst werden muss. Das muss mir aber dennoch nicht gefallen und ich kann Ihnen sagen, dass Jamie nicht begeistert sein wird. Im Augenblick ist er mit dem Sohn meiner Nachbarn wandern, aber ich werde mit ihm reden, wenn er wieder zu Hause ist.«

»In Ordnung«, willigte Matty ein.»Rufen Sie mich an, nachdem Sie mit ihm gesprochen haben und wir können einen Termin vereinbaren, wann Sie herkommen können, damit ich Jamie und auch Sie kennenlernen kann. Dann können wir auch alles Offizielle in die Wege leiten.«

»Vielen Dank, Matty«, sagte Graham aufrichtig. »Ich weiß Ihre Hilfe wirklich zu schätzen und ich werde mich bald bei Ihnen melden.«

»Sobald wir die Angelegenheit ins Rollen gebracht haben, bin ich mir sicher, dass alles so laufen wird, wie wir es wollen«, versprach Matty. »Bis später.«

Graham verabschiedete sich und beendete das Gespräch. Nachdem er das Telefon auf den Tisch gelegt hatte, lehnte er sich in seinem Stuhl zurück und atmete tief durch. Er hatte es getan und hoffte, dass nun alles so verlaufen würde, wie er es sich erhoffte. Er seufzte, stand von seinem Platz auf und ging in die Küche, um das Mittagessen vorzubereiten. Es würde nicht lange dauern, bis Jamie zurückkommen würde und Graham war sich sicher, dass er hungrig sein würde.

* * *

Graham war gerade damit fertig geworden, die Sandwiches zu belegen, als er aufsah und Jamie und Cindy entdeckte, die direkt vor der Glastür ankamen. Jamie öffnete sie und sie kamen in die Küche.

»Wir sind wieder da«, verkündete Jamie und schloss die Tür wieder hinter sich.

Cindy kam zu Graham und stieß ihn mit ihrem Kopf an.

»Hattest du Spaß mit Jason?«, fragte Graham, während er Cindy hinter dem Ohr kraulte.

»Wir sind gewandert und auf den höchsten Berg geklettert«, sagte Jamie. »Wir konnten von dort oben meilenweit sehen. Wir haben sogar Dave gesehen, der mit seinem Flugzeug zum Festland geflogen ist.«

»Von dort oben hat man eine wirklich gute Aussicht«, sagte Graham und nickte. »Nachdem ich auf die Insel gezogen bin, hat mich Jason dorthin mitgenommen. Für einen alten Kerl wie mich war das ziemlich anstrengend. Hast du Hunger?«

»Und wie«, sagte Jamie fröhlich.

Er hatte schon lange die Angst davor abgelegt, offen zu sagen, wenn er hungrig war.

»Meine Sachen sind ein bisschen feucht geworden, also gehe ich erst mal nach oben und ziehe mich um. Ich bin gleich wieder da.«

Während Jamie in sein Zimmer ging, legte Graham die Sandwiches auf die Teller und nahm sie mit ins Wohnzimmer, wo er sie auf den Couchtisch stellte. Er ging noch einmal in die Küche, um für sich und

Jamie etwas zu trinken zu holen. Er stellte auch die Gläser auf den Tisch, bevor er sich setzte.

Es dauerte nur ein paar Minuten, bis Jamie wieder nach unten kam. Er hatte sich umgezogen und trug nur ein ärmelloses Shirt und knielange Shorts. Als er sich Graham gegenüber in einen Sessel fallen ließ, bemerkte Graham, dass sich die regelmäßigen Mahlzeiten langsam bemerkbar machten. Jamie hatte deutlich zugenommen und sah nicht mehr ganz so unterernährt aus. Cindy legte sich wie immer zu Jamies Füßen.

»Ich habe uns etwas zu essen gemacht, während du mit Jason unterwegs warst«, sagte Graham und deutete auf die Teller. »Ich dachte mir, wir könnten heute mal hier essen und uns gleichzeitig ein wenig unterhalten.«

Graham biss von seinem Sandwich ab und beobachtete Jamie dabei, wie auch er aß. Er war sich nicht sicher, wie er das Thema ansprechen sollte, aber er wusste, dass er es nicht länger hinauszögern konnte.

»Jamie, wir müssen ein bisschen über dich und mich und ... äh ... uns reden«, begann Graham zögernd.

Jamie hörte auf zu essen, rutschte zur Kante des Sessels vor und sah Graham vorsichtig an.

»Was habe ich falsch gemacht?«

»Du hast gar nichts falsch gemacht«, sagte Graham schnell. »Du bist wirklich toll und ich finde es wunderbar, dass du hier bist. Ich denke, wir kommen gut miteinander aus und ich freue mich, dass du und Jason und Cindy so gute Freunde geworden seid. Also mache dir bitte keine Sorgen. Du hast nichts angestellt. Ich finde, du bist großartig.«

»Es liegt daran, dass du krank bist, oder?«, fragte Jamie besorgt.

»Krank?«, fragte Graham verwirrt. »Wie kommst du darauf, dass ich krank bin?«

»Du verletzt dich in letzter Zeit ziemlich häufig«, erklärte Jamie langsam. »Ich ... äh ... ich meine, ich habe es bemerkt.«

»Ja, in gewisser Weise hat es damit zu tun«, sagte Graham. »Aber ich bin nicht krank. Die Erklärung ist ein kleines bisschen komplizierter.«

Graham sah aus dem Fenster und dachte einen Moment nach, bevor er weitersprach.

»Jamie, ich weiß, dass es zu Hause ziemlich schlimm für dich war und dass du deswegen weggelaufen bist.«

»Ja«, murmelte Jamie vorsichtig.

»Und manchmal hast du schlechte Erinnerungen an diese Zeit.«
»Ja, manchmal«, stimmte Jamie zu.
»Und manchmal machen es diese Erinnerungen schwer für dich, Schlaf zu finden.«
»Ein bisschen«, gab Jamie zu und fühlte sich langsam wirklich unwohl.
»Obwohl du nun schon eine Weile hier bist, weit weg von allem und in Sicherheit, schläfst du manchmal nicht besonders gut.«
»Ich habe manchmal schlechte Träume«, gestand Jamie mit zittriger Stimme.
»Ich habe überlegt, dass ich vielleicht mit jemanden reden und Hilfe für dich finden könnte«, schlug Graham vor.
»Wie willst du das machen?«, fragte Jamie. »Ich bin ein wertloses Straßenkind. Niemand würde mir helfen wollen.«
»Ich würde gerne helfen, wenn ich kann«, sagte Graham. »Wenn du es zulässt, jedenfalls. Ich möchte auch ein paar andere Leute involvieren, um dir zu helfen, wenn du nichts dagegen hast.«
»Das würde sowieso nicht funktionieren«, sagte Jamie aufgebracht. »Sie würden mich einfach nach Hause zurückschicken. So haben sie es immer gemacht. Und dann geht alles wieder von vorne los. Ich werde nicht zulassen, dass sie das mit mir machen.«
»Aber was, wenn es eine Möglichkeit gäbe, ihnen zu beweisen, was dir dort passiert ist? Dann könnten sie etwas unternehmen und dafür sorgen, dass so etwas nie wieder vorkommt.«
»Ich habe einmal versucht, es ihnen zu sagen. Niemand hat mir zugehört und es hat zu nichts Gutem geführt. Es bedeutet immer nur, dass ich wieder nach Hause geschickt werde und da wäre ich lieber tot. Vermutlich bin ich ohnehin tot, wenn er mich noch einmal erwischt.«
»Jamie, ich weiß, dass du mehr durchgemacht hast, als irgendjemand in seinem ganzen Leben verdient hat«, sagte Graham. »Aber was würdest du dazu sagen, hier bei mir zu bleiben, wenn es sich arrangieren lässt?«
»Aber das würden sie nicht einmal zulassen, wenn du sie fragst«, sagte Jamie, den Tränen nahe. »Ich weiß, dass sie mich einfach zurückschicken. Und du weißt es auch. Warum können wir nicht einfach alles so lassen, wie es ist und es niemandem sagen?«
»Genau das ist das Problem«, seufzte Graham. »Es kann nicht so bleiben, wie es ist. Du weißt, dass du Alpträume hast und erinnerst du dich an die Verletzungen, die ich in letzter Zeit habe?«
»Ja«, sagte Jamie und schluckte schwer.

Er befürchtete schon das Schlimmste.

»Wusstest du, dass du einen ziemlich starken Haken hast, wenn du schlecht träumst?«, fragte Graham mit einem schiefen Grinsen.

»Ich habe das getan?«, fragte Jamie, der jetzt wirklich in Panik geriet.

»Ja«, sagte Graham zärtlich. »Immer, wenn du einen schlimmen Alptraum hast, kommt Cindy und holt mich. Dann komme ich in dein Zimmer und versuche, dich zu beruhigen. Manchmal funktioniert es aber nicht besonders gut, wie du sehen kannst. Deshalb denke ich, dass wir jemanden finden müssen, der dir helfen kann. Ich bin unglücklicherweise nicht besonders gut darin, deinen Fäusten auszuweichen.«

»Ich ... es tut mir leid«, stieß Jamie panisch aus. »Das ... das wollte ich nicht. Wirklich. Das war keine Absicht.«

Er sprang auf die Beine und der Teller mit seinem halb aufgegessenen Sandwich landete auf dem Boden. Er sah Graham einen Moment lang an, dann drehte er sich um und rannte zur Hintertür.

»Jamie, warte«, rief Graham ihm nach. »Ich bin nicht sauer und ich werde dir nicht wehtun.«

Es war bereits zu spät. Die Hintertür flog auf und Jamie rannte ohne Jacke und ohne Schuhe in die Kälte hinaus. Er sprintete über den Rasen und verschwand zwischen den Bäumen.

Graham, der so schnell er konnte aufgestanden und zur Tür gerannt war, konnte weit und breit nichts mehr von dem Jungen sehen. Er rief Jamie mehrere Male, erhielt jedoch keine Antwort. Er ging auf die Knie und Cindy kam zu ihm gelaufen.

»Geh und such ihn«, sagte er und kraulte ihren Nacken. »Suche Jamie.«

Kapitel 13:
Zeit der Entscheidung

Nachdem er Cindy losgeschickt hatte, um nach Jamie zu suchen, schlüpfte Graham in seine Schuhe und zog eine Jacke an, bevor er Jamies Wanderschuhe nahm und sie in eine Tüte steckte. Er nahm auch die Jacke des Jungen vom Haken und packte sie ebenfalls ein. Ein paar Minuten, nachdem Jamie weggelaufen war, verließ auch Graham das Haus, um nach ihm zu suchen. Er rannte über den Rasen zum Waldrand, dann folgte er dem Pfad zwischen den Bäumen zum Haus der Tomlinsons. Graham hoffte, dass Jamie vielleicht dorthin gelaufen war, um bei Jason zu sein. Er wusste jedoch, dass es nicht sehr wahrscheinlich war. Er war auch nicht schnell genug auf den Beinen gewesen, um zu sehen, in welche Richtung der Junge genau gelaufen war. Es war für den Moment jedoch seine beste Option. Alle paar Minuten rief er sowohl nach Jamie als auch nach Cindy, aber er erhielt keine Antwort. Das Einzige, was er neben seinem eigenen Schnaufen hörte, war sein wild schlagendes Herz. Es dauerte nicht lange, bis er beim Haus der Tomlinsons ankam und hektisch an die Hintertür klopfte.

»Ist Jamie hier?«, platzte es atemlos aus ihm heraus, als Cathy die Tür öffnete.

»Nein«, sagte sie überrascht. »Was ist denn passiert?«

»Er ist weggelaufen«, erklärte Graham schnaufend und versuchte, wieder zu Atem zu kommen. »Ich habe versucht, ihm zu sagen, dass ich ihm Hilfe für seine Alpträume suchen möchte und als er realisierte, dass er meine Verletzungen verursacht hat, ist er aufgesprungen und weggerannt. Er muss gedacht haben, ich würde ihn verprügeln wie sein Vater.«

»Oh, nein«, stieß Cathy entsetzt aus und trat von der Tür zurück. Graham, noch immer völlig außer Atem, folgte ihr ins Haus.

»Frank, Jason, kommt schnell her!«, rief sie.

Frank und Jason kamen einen Augenblick später in die Küche gestürzt, um herauszufinden, was passiert war. Beiden starrten Graham überrascht an, der noch immer schwer atmend auf die Arbeitsplatte gestützt dastand.

»Jamie ist weggelaufen«, erklärte Cathy ihnen aufgeregt. »Holt schnell eure Jacken. Ihr müsst Graham helfen, ihn zu finden.«
»Was ist passiert?«, fragte Frank, als er und Jason zur Tür gingen und sofort ihre Jacken anzogen.
»Ich habe versucht, ihm zu erklären, dass ich jemanden suchen möchte, der ihm bei seinen Alpträumen helfen kann. Er hat Angst bekommen, als ihm klar wurde, dass er für meine Verletzungen verantwortlich ist«, wiederholte Graham noch einmal. »Er dachte wahrscheinlich, dass ich genauso reagieren würde, wie es sein Vater getan hätte. Er wird da draußen erfrieren. Er hat nur ein Shirt und ein Paar Shorts angehabt, als er rausgerannt ist. Er trägt nicht einmal Schuhe. Ich habe ihm Cindy hinterhergeschickt und ich hoffe, dass sie ihn findet.«
Frank seufzte und nickte.
»Okay, lasst uns logisch an die Sache herangehen«, sagte Frank und sah zu seinem Sohn. »Jason, du solltest vielleicht zu dem Fluss laufen, an dem ihr geangelt habt.«
Jason nickte, ohne seinem Vater zu widersprechen.
»Ich gehe nach Osten und du solltest nach Westen gehen, Graham. Wir treffen uns in einer Stunde bei dir zu Hause. Cathy, setze du dich ans Telefon und versuche, so viele Leute wie möglich zu mobilisieren. Umso mehr Leute nach ihm suchen, desto besser. Wir müssen uns beeilen, denn die Temperaturen sind nahe am Gefrierpunkt. Wer immer Jamie findet, sollte zuerst seine Extremitäten auf Erfrierungen untersuchen. Also seine Zehen und Finger. Haltet ihn warm und trocken und bringt ihn so schnell wie möglich nach Hause, damit wir Hilfe rufen können, falls es nötig sein sollte.«
Jason schnürte seine Wanderstiefel, während er seinem Vater zuhörte, dann sprang er jedoch auf und lief nach oben in sein Zimmer.
»Ich hätte fast meinen Rucksack vergessen«, rief er über die Schulter.
Graham, Frank und Cathy hatten gerade genug Zeit, um einen schnellen Blick zu wechseln, bis Jason zurück war, seinen Rucksack schulterte und ohne ein weiteres Wort an ihnen vorbeieilte und verschwand. Er rannte so schnell er konnte in den Wald und in die Richtung des Flusses. Graham und Frank gingen ebenfalls los.
Sobald alle gegangen waren, schloss Cathy die Tür, ging in die Küche zurück und nahm das Telefon zur Hand. Umso mehr Leute sie auf die Suche nach Jamie schicken konnte, desto eher würden sie den Jungen finden. Sie lebte schon seit vielen Jahren auf der Insel und kannte die meisten Einwohner. Sie wählte zuerst Daves Nummer. Das Wetter

war inzwischen zu schlecht geworden, um aus der Luft nach Jamie zu suchen, aber vielleicht konnte sich Dave von irgendjemandem ein Boot leihen und an der Küste suchen.

* * *

Jason rannte durch den Wald, sprang über Äste und umgestürzte Bäume. Während er lief, hatte er das Gefühl, einen Fehler zu machen und die Suche falsch anzugehen. Er schob diese Gedanken jedoch zur Seite und rief immer wieder nach Jamie und Cindy, ohne aber eine Antwort zu bekommen.

Zehn Minuten später erreichte er den Fluss, an dem er mehr als einmal mit Jamie geangelt hatte. Er lief aufgeregt umher, sah hinter Bäume und rief immer wieder Jamies Namen. Er lief zuerst den Fluss hinauf, dann in die andere Richtung, doch er fand niemanden. Jamie war nicht dort und er bezweifelte, dass sein Freund überhaupt dort gewesen war.

Ein weiteres Mal überkam ihn das Gefühl, als würde er etwas Offensichtliches übersehen. Diesmal hörte er jedoch auf seine innere Stimme und dachte nach. Dann erinnerte er sich an etwas, das er Jamie erzählt hatte, als sie zum ersten Mal gemeinsam durch den Wald gegangen waren. Es war etwas Grundlegendes, das ihm sein Freund Ron beigebracht hatte. In seiner Panik und Aufregung hatte er es jedoch vollkommen vergessen: Der Wald ist niemals still, wenn du weißt, worauf du achten musst und wie man zuhört.

Gedanklich tadelte er sich und versprach sich, es nicht noch einmal zu vergessen. Es stand zu viel auf dem Spiel und Jamies Leben hing möglicherweise davon ab, dass er seinen Kopf benutzte und nicht ohne nachzudenken handelte. Er schloss die Augen, atmete tief durch und überlegte, was ihm Ron noch beigebracht hatte. Jason erinnerte sich, wie er ihm gesagt hatte, dass die Menschen oftmals das Offensichtliche übersahen, weil sie nicht aufpassten. Ihm wurde klar, dass er und auch die anderen die Suche nach Jamie völlig falsch angingen.

Der Weg, den Jamie genommen hatte, sollte nicht schwer zu finden sein, aber gleichzeitig war ihm auch klar, dass er jemanden brauchte, der mehr Erfahrung hatte als er. Jason sah sich einen Moment lang um, um sich zu orientieren, dann rannte er so schnell er konnte in Richtung Norden. Er wollte zu dem kleinen Fischerdorf auf der Insel, in dem sein Freund lebte.

Wie so viele Reservate war es ein armes Dorf. Die Ureinwohner führten dort ein bescheidenes, aber glückliches Leben und pflegten ihre Traditionen. Jason hatte sich immer wohlgefühlt, wann immer er dort gewesen war.

Als er das Dorf erreichte, rannte Jason direkt zu dem kleinen Haus, in dem Ron lebte. Er fand ihn in seinem Garten auf einem Baumstamm sitzend. Ron war gerade dabei, konzentriert aus einem Stück Holz eine Bärenfigur zu schnitzen. Jason wusste, dass sein Freund kein besonders gesprächiger Mann war, aber genauso gut wusste er auch, dass es sich lohnte, ihm zuzuhören, wenn Ron etwas zu sagen hatte. Normalerweise hätte sich Jason zu ihm gesetzt und ihm eine Weile zugesehen, bevor er etwas sagte. Doch dies war alles andere als ein normaler Tag und sobald Ron ihn bemerkte, konnte auch er sehen, dass Jason aufgebracht war.

»Hallo, Jay«, sagte Ron. »Du hast es heute aber eilig.«

»Ron«, stieß Jason atemlos aus. »Mein Freund Jamie, den du bei unserem Barbeque kennengelernt hast, ist aus Angst weggelaufen und wir suchen nach ihm. Du musst mir helfen.«

»Weißt du, wohin er gelaufen ist?«, fragte Ron, rammte das Messer fest in den Baumstamm und legte die halb fertig geschnitzte Figur auf den Boden.

»Ich bin zuerst zu dem Fluss gelaufen, an dem wir ein paar Mal angeln waren«, erklärte Jason aufgebracht. »Wir haben gedacht, dass er vielleicht dort ist. Als ich sah, dass er nicht da war, bin ich auf und ab gelaufen und habe nach ihm gerufen. Es hat aber niemand geantwortet.«

»Und dann?«, hakte Ron nach.

»Dann ist mir endlich wieder eingefallen, was du mir beigebracht hast«, gab Jason verlegen zu. »Ich hätte nachdenken sollen anstatt einfach loszulaufen. Dann wäre es einfacher, ihn zu finden. Ich habe aber Panik bekommen und es vergessen. Kannst du bitte mitkommen und mir helfen? Ich lerne noch und bin noch nicht gut darin, Spuren zu lesen. Wenn du mir dabei hilfst, kann ich Jamie schneller finden. Er hat nicht einmal etwas Warmes an und wird in der Kälte erfrieren, wenn wir ihn nicht finden.«

»Du hast innegehalten und nachgedacht, also hast du etwas gelernt. Das ist gut. Wir werden zusammen gehen und uns die Spuren ansehen. Dann werden wir deinen Freund finden.«

»Danke«, sagte Jason aufrichtig und umarmte Ron. »Ich wusste, dass du mir helfen würdest.«

»Dein Freund ist für dich etwas Besonderes, nicht wahr?«, fragte Ron, als sie schnellen Schrittes den Weg zum Wald zurückgingen.

»Das weißt du?«, fragte Jason überrascht. »Ich hatte nichts gesagt, weil ich mir nicht sicher war, was du davon halten würdest.«

»Ich kann jetzt deinen Schmerz spüren und ich habe auch das Glück gesehen, das ihr beide empfunden habt, als ihr beim Barbeque zusammengesessen habt. Du brauchst dir keine Sorgen machen. Wir werden ihn finden und dann könnt ihr wieder zusammen sein. Wir gehen zuerst dorthin zurück, wo er losgelaufen ist und wir werden uns genau umsehen. Dann werden wir erkennen, in welche Richtung er gelaufen ist. Sobald wir seine Spur finden, werden wir wissen, wie es weitergeht.«

Jason und Ron gingen schnellen Schrittes in Richtung Süden zurück. Obwohl er viel älter war, bewegte sich Ron genauso schnell, wenn nicht sogar schneller als Jason durch den Wald. Jason war immer beeindruckt gewesen, dass Ron auf ihren gemeinsamen Wanderungen mehr Ausdauer gehabt hatte als er selbst.

Sie brauchten fünfzehn Minuten, um auf der anderen Seite der Insel und in Grahams Garten anzukommen. Ron stellte sich in die Mitte der Rasenfläche und sah sich langsam und sorgfältig um. Jason nutzte die Zeit, um ins Haus zu rennen und Graham eine kurze Nachricht zu hinterlassen, in der er erklärte, was sie vorhatten. Er schrieb, dass er mit Ron zusammen weitersuchen und bei Einbruch der Dunkelheit zurück sein würde. Er legte den Zettel in die Mitte des Küchentischs, wo er sich sicher war, dass Graham ihn finden würde. Jason verließ das Haus wieder und ging zu Ron zurück. Er stellte sich neben den Mann und sah sich ebenfalls um. Als ihm an einer Stelle am Waldrand etwas auffiel, deutete Ron plötzlich in diese Richtung.

»Da!«, sagte er, als er bemerkte, dass Jason ebenfalls in diese Richtung sah.

»Bist du dir sicher?«

»Misstraue niemals deinem Instinkt, nur weil du besorgt bist«, sagte Ron freundlich und führte Jason zu der Stelle. »Sieh dir den Rasen an und dann das Gras, das ins Unterholz führt. Dann achte auf die kleinen Zweige dort.«

Jason sah aufmerksam hin. War es erst nur ein Gefühl, so konnte er jetzt deutlich sehen, was ihm aufgefallen war. Auf dem Rasen waren mehrere, kleine Abdrücke zu sehen, die nur von nackten Füßen stammen konnten. Sie endeten am Waldrand, aber er zweifelte nicht daran, dass sie zu Jamie gehörten. In seiner Eile und Panik hatte er nicht daran gedacht, nach solchen Spuren zu suchen. Auch sein Vater und Graham hatten es vergessen. Er machte ihnen keinen Vorwurf, aber er meinte, dass er es eigentlich hätte besser wissen müssen.

»Denkst du, dass wir ihn rechtzeitig finden werden?«, fragte Jason,

als sie den Wald betraten.
»Dein Freund hat Angst und rennt schnell«, sagte Ron. Er deutete auf abgeknickte Äste und hier und da auf weitere Fußspuren im feuchten Erdboden.
»Du kannst seine Spuren ganz deutlich sehen. Keine Sorge, wir werden ihn finden.«
»Er bekommt ziemlich schnell Angst«, erklärte Jason. »Als er meinem Dad zum ersten Mal begegnet ist, hatte er Angst bekommen, weil er ihn an seinen eigenen Vater erinnert hat.«
»Derjenige, der ihn entehrt hat«, sagte Ron mit unverhohlener Verachtung. »Ich konnte den Schmerz in seinen Augen erkennen. Er hat so viel ertragen müssen, hat sich aber nicht unterkriegen lassen.«
»Das stimmt«, sagte Jason und nickte, während sie Jamies Spuren weiter folgten. »Er hat mir davon erzählt. Er hat nicht viel gesagt, aber ein bisschen. Es war ziemlich schlimm.«
»Ein Mensch, der einem Kind Schaden zufügt, verletzt uns alle«, sagte Ron. »Der Wille deines Freundes muss sehr stark sein, um so etwas zu überleben. Wir hatten in unserem Dorf auch einmal einen Jungen wie ihn. Sein Vater hat ihm wehgetan, aber wir haben es nicht gewusst.«
»Was ist passiert?«, wollte Jason wissen. »Hat jemand die Polizei gerufen?«
»Nachdem wir es herausfanden und die Fakten erfuhren, haben wir uns darum gekümmert.«
»Was habt ihr gemacht?«
»Wir haben ein Konzil abgehalten und darüber diskutiert«, erklärte Ron. »Anschließend wurde der Vater vor den Rat gerufen und dazu gebracht, zu gestehen, was er getan hat. Schließlich haben wir eine Entscheidung gefällt und ihn auf eine der abgelegenen Inseln im Norden gebracht. Er wurde auf Lebenszeit verbannt. Alle anderen Stämme wurden darüber in Kenntnis gesetzt und wenn er jemals versucht, von dort wegzukommen, wird niemand ihm erlauben, auf ihrem Land zu bleiben.«
Sie sprachen weiter über Jamie und darüber, wie sich er und Jason so schnell angefreundet hatten und wie nahe sie sich inzwischen standen. Jamie hatte bei seiner Flucht nicht daran gedacht, einen der vielen befestigten Wege durch den Wald zu nutzen, was es leichter machte, seinen Spuren zu folgen. Während sie durch den Wald liefen, zeigte Ron Jason alle Spuren, die er fand und der Junge hörte aufmerksam zu und versuchte, sich alles einzuprägen, was er lernte. Nach einer Weile setzte ein leichter Regen ein und es wurde noch

kühler als zuvor. Es dauerte nicht lange, bis aus dem Regen langsam Schnee wurde. Unter anderen Umständen wäre es ein schöner Anblick gewesen, aber sie hatten keine Augen dafür. Sie beschleunigten ihre Schritte, denn sie wussten, dass sie Jamie bald finden mussten.

***

Jamie rannte blindlings in den Wald hinein, ohne auch nur einmal zurückzublicken. In seinem Kopf spukten unzählige Gedanken und Ängste umher. Er erinnerte sich daran, wie er von seinem Vater jedes Mal halbtot geprügelt worden war, wenn er etwas zu Hause getan oder es abgelehnt hatte, sich dem Willen seines Vaters zu unterwerfen. Als er erfahren hatte, dass er für Grahams Wunden verantwortlich war, wusste er, dass er weglaufen musste. Er wusste genau, wie die Strafe dafür aussehen würde. Sein Vater hätte ihn wahrscheinlich totgeschlagen, wenn Jamie es bei ihm gemacht hätte. Selbst wenn es nur ein Unfall war. Jamie war sich sicher, dass Graham nicht anders reagieren würde. Alle Männer waren gleich, wenn etwas falsch lief oder nicht so funktionierte, wie sie es wollten und jeder, der in der Nähe war, würde die Konsequenzen zu spüren bekommen.

Während sich Jamie durch den Wald schlug, zog er sich an den Armen und im Gesicht kleine Schnitte zu. Er hatte bereits eine seiner Socken verloren und die verbliebene Socke war nass und schmutzig. Jamie achtete nicht darauf, wohin er ging und er hatte auch kein genaues Ziel. Er wollte einfach nur weg; hoffentlich weit genug, um diesmal keine Prügel einstecken zu müssen. Er rannte so schnell es konnte, aber nach einer Weile ließ ihn seine Ausdauer im Stich und er wurde langsamer. Als der Regen langsam in Schnee überging, wurde der Boden immer rutschiger. Dennoch lief er so schnell er konnte weiter. Jamie hob den Blick, um zu sehen, was vor ihm lag. Dabei übersah er einen flachen Stein, der mit Moos überwachsen war. Als er darauf trat, rutschte er aus, knickte um und stürzte. Jamie schrie überrascht auf, als er auf dem Boden landete. Er blieb einen Moment reglos liegen, doch dann setzte er sich auf und atmete tief durch, während er sich den Knöchel hielt. Kurz darauf versuchte er, wieder aufzustehen, aber als er seinen Fuß belastete, durchfuhr ihn ein stechender Schmerz. Jamie schrie auf und ließ sich auf die Knie fallen. Während ihm Tränen in die Augen schossen, wurde ihm klar, dass er so nicht würde weiterlaufen können. Man würde ihn schnappen und sein Vater würde ihn wieder verprügeln und quälen. Der Schmerz in seinem Knöchel hatte jedoch auch einen unerwarteten Effekt. Er brachte Jamie dazu, seine Ängste ein bisschen zur Seite zu schieben und über seine Situation nachzudenken. Er erinnerte sich daran, dass sein Vater weit weg in der Stadt war und keine Ahnung hatte, wo sich Jamie befand. Es war Graham, wegen dem er sich Sorgen machen sollte. Die Frage war jedoch: Musste er sich wirklich Sorgen machen? Jamie dachte nach und ihm fiel ein, dass sich Graham ihm gegenüber immer nur freundlich und einfühlsam verhalten hatte. Selbst als Jamie einmal versehentlich ein Glas heruntergefallen war, hatte Grahams Reaktion nur aus dem Vorschlag bestanden, dass Jamie vielleicht nicht versuchen sollte, zu viel auf einmal zu tragen. Also hatte er überhaupt etwas zu befürchten? Wenn er jetzt darüber nachdachte, konnte es nur eine Antwort geben: nein. In seiner Panik hatte er jedoch nicht klar denken können.

»Graham hätte mich nicht geschlagen«, schluchzte Jamie, als er realisierte, dass er einen Fehler gemacht hatte. »Und jetzt habe ich alles ruiniert.«

Jamie schlug aus Wut auf sich selbst auf den Waldboden.

»Jetzt wird er mich mit Sicherheit wegschicken«, sagte er zu sich selbst. »Wie konnte ich nur so dumm sein und mir die einzige Chance auf ein gutes Leben versauen, die ich jemals hatte?«

Da er sich nicht ohne große Schmerzen fortbewegen konnte, schleppte sich Jamie zu einem umgestürzten Baum, unter dem er sich zumindest ein wenig vor dem Schnee schützen konnte. Er rieb seine kalten Hände an dem schmerzenden Knöchel.

»Wie dumm konnte ich nur sein, einfach so wegzulaufen«, sprach er seine Gedanken laut aus, senkte den Kopf und sah zu Boden. »Mein Dad hatte recht. Ich bin ein nutzloser Idiot, der für nichts gut genug ist. Jetzt habe ich mich auch noch verlaufen, bin nass und mir ist kalt. Selbst wenn ich laufen könnte, wüsste ich nicht, wie ich zu Grahams Haus zurückkommen würde.«

Jamie begann zu weinen, wurde jedoch von einer kalten Nase aufgeschreckt, die gegen sein Kinn stieß. Zuerst zuckte er erschrocken zusammen, doch nachdem er sich die Tränen aus dem Gesicht gewischt und Cindy erkannt hatte, schlang er seine Arme um sie.

»Du bist gekommen, um bei mir zu sein«, sagte er zärtlich und Cindy begann, sein Gesicht abzulecken. »Ich bin froh, dass du immer noch mein Freund bist. Aber jetzt haben wir uns beide hier verirrt, ich habe mir wehgetan und ich habe Angst. Was sollen wir nur machen?«

Cindy rückte näher an ihn heran und obwohl auch sie nass war, konnte Jamie ihre Warme spüren. Er drückte sich noch fester an sie. Cindy legte sich hin, sodass Jamies kalte Füße unter ihr waren. Ohne Schuhe, einer fehlenden Socke und einer zweiten, die nur noch aus Fetzen bestand, fühlten sich seine Füße an wie Eisklumpen. Ihre Körperwärme half und nach ein paar Minuten kehrte langsam aber sicher das Gefühl in seine Zehen zurück. Aufgrund der fehlenden Kleidung zitterte er dennoch am ganzen Körper. Cindy konnte ihn nicht vollständig wärmen und er spürte, dass er einer Unterkühlung nahe war. Er versuchte, sich abzulenken, indem er leise zu Cindy sprach, die ihn besorgt anblickte.

»Dieses Mal habe ich es wirklich vermasselt, oder?«, fragte er. »Ich werde jetzt mit Sicherheit wieder auf der Straße landen. Wenn ich das hier überlebe und Graham mich immer noch will, werde ich nie wieder weglaufen. Das schwöre ich.«

Cindy leckte ihm über das Gesicht und Jamie kuschelte sich noch fester an sie. Er überlegte, was er tun konnte, um sich aus dieser misslichen Lage zu retten. Ihm war klar, dass er mit seinem verletzten Knöchel nicht weit kommen würde. Er wusste nicht, ob er gebrochen oder nur verstaucht war. Er konnte dennoch nichts Anderes tun als dort zu bleiben, wo er war. Er musste abwarten und hoffen, dass ihn irgendjemand finden würde.

* * *

»Er wird langsamer«, bemerkte Ron, als er auf die Spuren deutete, die Jamies Füße im nassen Boden hinterlassen hatten.

Jason konnte sehen, dass die einzelnen Fußabdrücke immer enger wurden. Das bedeutete, dass Jamie an dieser Stelle nicht mehr wie verrückt gerannt, sondern nur noch schnell gegangen war. Das bedeutete jedoch auch, dass seine Fußspuren inzwischen fast die einzigen Spuren waren, die sie finden konnten. Anstatt die Zweige wie beim Rennen einfach abzubrechen, hatte Jamie sie nun wahrscheinlich einfach zur Seite geschoben, sodass sich Jason und Ron nicht mehr daran orientieren konnten. Sie mussten sich beeilen, denn es stand zu befürchten, dass der Neuschnee die Fußspuren bald verdecken würde. Hin und wieder übersah Jason bereits den einen oder anderen Fußabdruck, aber Rons Erfahrung half ihnen dabei, auf dem richtigen Weg zu bleiben.

»Schau mal!«, stieß Jason plötzlich aus, als er eine schmutzige, ehemals weiße Socke entdeckte, die ein paar Meter vor ihnen auf dem Boden lag.

Jason hob sie schnell auf und sie konnten Blutspuren erkennen.

»Jamie ist verletzt«, sagte Jason ängstlich.

Ron betrachtete die Socke aufmerksam.

»Das Blut ist frisch, aber nicht sehr dunkel. Das bedeutet, dass die Wunden nicht besonders tief sind. Das ist gut. Außerdem deutet es darauf hin, dass wir nur noch ein paar Minuten hinter ihm sein müssen.«
Eine Weile folgten sie den Fußabdrücken so schnell sie konnten. Ron ging auf die Knie und bedeutete Jason, das Gleiche zu tun. Der Junge kniete sich neben ihn und sah sich um. Er konnte nichts Außergewöhnliches sehen. Ron deutete auf sein Ohr und Jason verstand. Er sollte nicht sehen, sondern lauschen. Es dauerte einen Moment, bis er es hörte. Es war sehr leise, aber es war keines der Geräusche, die man für gewöhnlich im Wald zu hören bekam. So leise sie konnten, bewegten sie sich vorwärts und achteten darauf, wohin sie traten, um keinen Lärm zu machen. Ein paar Minuten später konnten sie das Geräusch schon wesentlich deutlicher hören. Es war das leise Wimmern einer jungen Stimme. Sie hatten Jamie gefunden!

Jason wollte schon aufspringen und in die Richtung laufen, aber Ron legte ihm eine Hand auf den Arm und hielt ihn somit auf.

»Du erschreckst ihn vielleicht, wenn du zu ihm rennst«, flüsterte Ron. »Wir wollen nicht, dass er wieder wegläuft.«

Er deutete auf einen umgestürzten Baum, der ein paar Meter von ihnen entfernt lag. Mit einigen Handbewegungen gab er Jason zu verstehen, dass sie sich trennen und sich dem Baum von unterschiedlichen Seiten nähern sollten. Jason nickte, dass er verstanden hatte, dann setzte er sich so leise er konnte in Bewegung und schlich sich an. Er ging auf der linken Seite an dem Baum vorbei, Ron näherte sich von rechts. Als Zeichen dafür, dass Jason sich zeigen sollte, pfiff Ron einmal laut. Jason kam aus seinem Versteck und ging langsam zu Jamie. Er konnte sehen, dass Jamie zitterte und halb unter dem umgefallenen Baum kauerte, um sich vor dem Wetter zu schützen. Cindy saß halb auf, halb neben Jamie und versuchte offenbar, den Jungen zu wärmen.

Als er einen lauten Pfiff hörte, dicht gefolgt vom Knacken von zerbrechenden Zweigen, sah Jamie panisch auf. Als er Jason erkannte, überkam ihn eine Welle der Erleichterung.

»Jay!«, stieß er aus.

»Jamie!«, rief Jason und rannte zu seinem Freund.

Als er bei Jamie ankam, kniete er sich neben ihm auf den Boden und umarmte ihn und Cindy fest.

»Geht es dir gut?«, fragte er besorgt.

»Mir ist wirklich kalt und ich habe mich am Fuß verletzt«, sagte Jamie, der noch immer mit den Zähnen klapperte. »Cindy hat mich aber ein bisschen gewärmt. Wie hast du mich gefunden? Ich habe mich verirrt und wusste nicht mehr, wie ich zurückkommen soll.«

»Ron hat mir geholfen«, sagte Jason und deutete an Jamie vorbei zum anderen Ende des Baumes. Jamie drehte den Kopf und entdeckte den Mann, der nun langsam auf sie zukam.

»Oh, hallo, Sir«, murmelte Jamie. »Danke, dass Sie Jason dabei geholfen haben, mich zu finden. Es tut mir leid, dass ich solche Umstände bereite. Ich habe Angst bekommen und ...« Jamie schluchzte laut und begann erneut zu weinen.

»Ich habe alles ruiniert, nicht wahr?«, wimmerte er. »Graham wird mich jetzt bestimmt rauswerfen.«

»Das würde Mr. M nie im Leben machen«, sagte Jason und legte Jamie eine Hand auf die Schulter.

»Und selbst wenn, wärst du in unserem Dorf jederzeit willkommen«, fügte Ron hinzu.

»Sie würden dort jemanden wie mich bestimmt nicht wollen«, sagte Jamie traurig und schniefte.

»Du hast dich von einem übermächtigen und brutalen Gegner nicht unterkriegen lassen«, sagte Ron. »Es gibt nichts, was mehr Respekt verdient hätte. Wenn du nicht zurückgehen kannst, wärst du bei meinem Volk mehr als willkommen. Ich wäre stolz darauf, dich als Mitglied meiner Familie bezeichnen zu dürfen und es wäre mir eine Ehre, dich in meinem Haus zu haben.«

»Vielen Dank«, murmelte Jamie schüchtern. »So etwas hat noch nie jemand über mich gesagt.«

»Es gibt nichts, worum du dir Sorgen machen musst«, fügte Jason hinzu. »Mein Dad und Mr. M und eine Menge andere Leute suchen auf der ganzen Insel nach dir. Sie werden so erleichtert sein, wenn sie erfahren, dass es dir gut geht.«

»Ich weiß aber nicht, was ich zu Graham sagen soll«, sagte Jamie traurig. »Er war immer so nett zu mir und ich bin weggelaufen, als ich erfahren habe, dass ich seine Verletzungen verursacht habe. Ich dachte, er würde mich verprügeln, so wie es mein Vater getan hätte.«

»Mr. M wird verdammt froh sein, wenn wir dich nach Hause bringen«, antwortete Jason. »Du hättest sehen sollen, wie besorgt er war, als er zu uns gerannt kam und uns gebeten hat, ihm bei der Suche nach dir zu helfen.«

»Ich hoffe, du hast recht«, seufzte Jamie. »Aber ich hatte solche Angst. Mein Vater hätte mich totgeschlagen, wenn ich ihm so ein blaues Auge verpasst hätte wie Graham es hat.«

Während sie sich unterhielten, nahm Jason seinen Rucksack vom Rücken, öffnete ihn und holte eine Rettungsdecke heraus, die er Jamie über die Schulter legte. Als er darüber nachdachte, dass die Decke allein nicht reichen würde, zog er seine Jacke aus und reichte sie Ron. Dann zog er seinen Pullover über den Kopf und gab ihn ebenfalls dem Mann. Er half Jamie dabei, das nasse Shirt aus- und den Pullover anzuziehen, bevor er seine Jacke wieder anzog. Anschließend wickelte er Jamie abermals in die Rettungsdecke.

»Du kümmerst dich wirklich gut um mich«, sagte Jamie dankbar. »Aber meinst du nicht, dass dir ohne Pullover kalt sein wird?«

»Ich werde mich immer gut um meinen besonderen Freund kümmern«, sagte Jason und lächelte. »Meine Jacke ist warm genug und es wird nicht lange dauern, bis wir zu Hause sind.«

»Danke, dass ihr gekommen seid«, sagte Jamie noch einmal. »Ich hatte nicht gewusst, was ich machen soll.«

Jason nahm Jamies eiskalte Hände in seine und rieb sie vorsichtig. »Ich denke, wir sollten aufbrechen. Du solltest so schnell wie möglich ins Warme.«

Jamie versuchte aufzustehen, aber sobald er seinen Fuß nur ein wenig belastete, schrie er auf und fiel wieder zu Boden.

»Aua, mein Knöchel!«, rief er mit schmerzverzerrtem Gesicht.

»Das sollten wir uns besser ansehen«, sagte Jason. »Wie hast du dich verletzt?«

»Ich bin gerannt und auf einem Stein oder so etwas ausgerutscht. Dabei bin ich umgeknickt.«

Ron kniete sich neben den Jungen und betastete den Fuß und den Knöchel vorsichtig.

»Es sollte nichts gebrochen sein, aber du hast vermutlich dein Sprunggelenk ziemlich überdehnt. Du wirst damit eine Weile nicht laufen können.«

»Was soll ich dann tun?«, fragte Jamie und begann erneut zu weinen.

»Keine Sorge, mein Junge. Wir bringen dich in mein Dorf und lassen deinen Knöchel anschauen, bevor wir dich sicher nach Hause bringen.«

Während Ron sprach, holte Jason eine Wasserflasche aus seinem Rucksack. Er nutzte das Wasser, um Jamies Füße abzuspülen und sie auf weitere Verletzungen zu untersuchen. Er fand mehrere, kleine Schnitte aber keiner davon war wirklich tief. Mit einem Handtuch aus seinem Rucksack trocknete er Jamies Füße, bevor er die Schnitte mit einer antiseptischen Salbe behandelte. Sobald er fertig war, zog er seine eigenen Stiefel aus und zog seine Socken von den Füßen. Er half Jamie dabei, in sie zu schlüpfen und hoffte, dass sie ein bisschen gegen die Kälte helfen würden. Nachdem er seine Schuhe wieder angezogen und alles in seinem Rucksack verstaut hatte, verkündete er, dass sie zum Aufbruch bereit waren.

»Aber ich kann immer noch nicht laufen«, sagte Jamie. »Wie sollen wir das machen?«

»Das ist meine Aufgabe«, sagte Ron, ging neben dem Jungen auf die Knie und schob seine Arme unter Jamies Rücken und seine Füße.

Nachdem er sich mit Jamie im Arm wieder aufgerichtet hatte, rückte Jason die Rettungsdecke zurecht, bevor sie starteten. Jason und Cindy gingen voraus, dicht gefolgt von Ron, dem es scheinbar keine Mühe bereitete, Jamie zu tragen.

Als sie den Wald verließen und in das Dorf kamen, rannte Jason voraus, um den Dorfarzt zu suchen. Ron trug Jamie zu einer kleinen Ambulanz im Zentrum des Dorfes. Jason tauchte mit dem Arzt im Schlepptau auf, als sie die Tür erreichten. Der Arzt untersuchte Jamie kurz und bestätigte Rons Diagnose. Er hatte sich die Bänder gedehnt, aber nichts gebrochen. Er reinigte noch einmal die Wunden an den Füßen des Jungen, dann verband er Jamies Knöchel.

»Wie fühlst sich das an?«, fragte der Arzt.

Ron half Jamie von dem Untersuchungstisch auf die Beine. Der Junge balancierte einen Moment auf seinem guten Fuß, bevor er einen vorsichtigen Schritt wagte. Er biss die Zähne zusammen, als er seinen verletzten Knöchel belastete.

»Es tut immer noch sehr weh, aber es ist viel besser als vorher«, berichtete Jamie.

»Du musst dich ein paar Tage lang zurückhalten und darfst nicht viel laufen«, erklärte der Arzt. »Es sollte dir aber schnell besser gehen. Dein Knöchel braucht einfach nur ein bisschen Ruhe. Du bekommst jetzt von mir noch ein Schmerzmittel. Das kannst du sofort nehmen. Ich gebe dir auch noch etwas für heute Abend mit. Wenn du es vor dem Schlafengehen nimmst, solltest du in der Nacht keine Schmerzen haben.«

»Vielen Dank«, sagte Jamie und nahm die Tablette, die er mit einem Schluck Wasser hinunterspülte.

»In etwa zwanzig Minuten sollten die Schmerzen langsam nachlassen«, sagte der Arzt.

»Sind die Tabletten teuer?«, fragte Jamie besorgt. »Ich habe kein Geld.«

»Du bist ein Freund von Ron und Jason«, erklärte der Arzt lächelnd. »Das macht dich zu einem Ehrenmitglied unseres Stammes. Diese Ambulanz ist dazu da, um den Leuten unseres Stammes zu helfen, wenn sie es brauchen und das schließt dich jetzt mit ein. Wenn es dir besser geht, würden wir uns freuen, wenn du uns bald wieder besuchst.«

»Das würde ich gerne«, sagte Jamie und lächelte. »Vielen Dank für die Hilfe.«

Ron ließ Jamie und Jason einen Moment mit dem Arzt alleine, während sie darauf warteten, dass die Wirkung der Tablette einsetzte. Er ging kurz nach Hause und holte eine warme Jacke für Jamie. Sie wickelten Jamies Füße in die Rettungsdecke und nachdem sie sich verabschiedet hatten, machten sie sich auf den Weg zurück zu Grahams Haus.

* * *

Die Wintersonne ging bereits am Horizont unter, aber sowohl Jason als auch Ron kannten den Weg. Sie erreichten Grahams Haus kurz nach Eintritt der Dunkelheit. Als sie sich der Tür näherten, wurde sie geöffnet und Graham, Frank, Cathy und Dave kamen ihnen entgegen, um sie zu begrüßen. Sie redeten alle zugleich los und stellten unzählige Fragen. Jamie, noch immer in Rons Armen, konnte keinem von ihnen folgen. Das Einzige, was er nicht überhören konnte, war die Erleichterung in ihren Stimmen. Erst als Cindy zwei Mal laut bellte, verstummten alle.

»Wir sollten Jamie ins Haus bringen«, schlug Jason vor. »All eure Fragen können noch ein paar Minuten warten. Jamie war viel zu lange in der Kälte da draußen und er muss sich aufwärmen.«

Frank lächelte voller Stolz, als er bemerkte, wie sein Sohn das Kommando übernahm und alle Erwachsenen folgten seinem Vorschlag. Sie gingen gemeinsam ins Haus, wo Ron Jamie in einem der Sessel im Wohnzimmer absetzte. Während Frank eine Wolldecke von der Couch nahm und über Jamie legte, ging Cathy in die Küche, um für alle heiße Schokolade zu machen.

»Jason, was ist mit deinem Pullover passiert?«, fragte Graham, als er sah, dass Jason unter der gerade geöffneten Jacke nichts mehr trug. »Dir muss auch ganz schön kalt sein. Ich werde dir etwas zum Anziehen holen.«

Es dauerte nur ein paar Minuten, bis er mit einem dicken Pullover zurückkam, den er Jason reichte. Frank war gerade dabei, seinem Sohn zu sagen, wie stolz er auf ihn und sein Handeln war, als er den Pullover über seinen Kopf zog. Jamie sah sich einen Moment lang besorgt um, bevor er sich räusperte und alle um ihn herum verstummten.

»Es tut mir wirklich leid, dass ich weggelaufen bin«, sagte er nervös, hauptsächlich an Graham gerichtet. »Ich habe mich daran erinnert, dass ich meinen Vater ein Mal versehentlich geschlagen habe. Nachdem er mit mir fertig war, konnte ich mich eine Woche lang nicht bewegen. Als du sagtest, dass ich es war, der dich so verletzt hat, hatte ich solche Angst, dass du mich wie er verprügeln würdest. Es tut mir wirklich leid, Graham.«

»Über so etwas musst du dir bei mir keine Sorgen machen«, versprach Graham. »Ich könnte dir niemals so etwas antun.«

Jamie betrachtete sowohl Grahams Gesicht als auch die Mienen der anderen um ihn herum. In keinem der Gesichter konnte er Wut oder Ähnliches erkennen. Alles, was er sah, war Erleichterung und Freude darüber, dass er sicher zurückgekommen war. Jamie nahm von Cathy eine Tasse heiße Schokolade entgegen und trank einen Schluck. Die Wärme breitete sich sofort in seinem Bauch aus.

»Das weiß ich jetzt«, seufzte Jamie. »Ich hatte nur solche Angst, dass du das Gleiche tun würdest, was er getan hätte.«

»Das wird niemals passieren«, versprach Graham dem Jungen. »Genau das habe ich versucht, dir zu sagen. Ich möchte dir helfen, damit so etwas nie wieder passieren kann.«

»Ich fühle mich so schlecht, weil du so gut zu mir warst«, sagte Jamie und seine Augen füllten sich mit Tränen. »Ihr alle wart so gut zu mir. Bitte schickt mich nicht zurück. Es gefällt mir hier so sehr. Ich werde auch keine Schwierigkeiten mehr machen. Versprochen!«

»Niemand wird dich irgendwohin schicken«, sagte Graham. »Das ist das andere, was ich dir heute Nachmittag sagen wollte. Ich möchte versuchen, es so einzurichten, dass du hierbleiben kannst, so lange du möchtest. Ich kann dir noch nichts versprechen, aber ich werde alles tun, was in meiner Macht steht und irgendwie werden wir es hinbekommen.«

»Wirklich?«, fragte Jamie hoffnungsvoll. »Ich darf hierbleiben?«

»Wenn du mutig bist und den Behörden erzählen kannst, was dir zugestoßen ist, glaube ich, dass wir dafür sorgen können, dass es nie wieder passiert. Wir brauchen eine Aussage von dir, damit wir die Polizei einschalten können.«

»Aber er wird mich umbringen, wenn ich alles erzähle«, sagte Jamie und zitterte vor Angst. »Damit hat er mir immer schon gedroht. Und wenn es nicht klappt, schicken sie mich einfach zu ihm zurück. Das weiß ich genau. Das haben sie schon immer so gemacht und dann

fängt alles wieder von vorne an.«
»Das wird niemals passieren«, sagte Frank entschlossen. »Dafür müsste er erst einmal an mir vorbei kommen.«
»Wenn es irgendwelche Probleme geben sollte, bin auch ich jederzeit für dich da«, sagte Ron und legte eine Hand auf die Schulter des Jungen. »Mein Volk und ich werden dich nicht im Stich lassen.«
»Und mich darfst du auch nicht vergessen«, fügte Dave hinzu. »Beim ersten Anzeichen von Problemen bringe ich dich in meinem Flugzeug weg und niemand wird dich jemals finden können.«
Jamie betrachtete all die freundlichen Gesichter um sich herum.
»Ihr werdet nicht zulassen, dass er mich kriegt?«, sagte er, noch immer ängstlich.
»Ich habe mit einem Freund von mir von der Arbeit gesprochen«, erklärte Graham. »Er ist Anwalt und hat ein bisschen für mich herumtelefoniert. Wir haben jemanden bei der Kinderfürsorge gefunden, die dir wirklich helfen möchte. Dann hat er auch noch einen anderen Anwalt gefunden, der auf Familienrecht spezialisiert ist. Ich habe mit beiden gesprochen und wir denken, dass wir zusammen dafür sorgen können, dass es dir in Zukunft besser geht.«
»Wie würde es dir gefallen, dauerhaft unser Nachbar zu sein und jederzeit an unseren Barbeques teilnehmen zu können?«, warf Frank ein.
Jamie studierte ihn einen Moment lang.
»Du meinst ...«
»Verstehst du, Jamie?«, unterbrach ihn Cathy. »Du hast jetzt Freunde, denen du wirklich wichtig bist.«
Sie ging neben dem Jungen auf die Knie und nahm seine Hand.
»Wir alle werden dir helfen und dafür sorgen, dass du keine Angst mehr haben musst.«
»Und ich werde den besten Freund, den ich jemals hatte, nicht wieder gehen lassen«, fügte Jason hinzu und grinste Jamie an.
Jamie sah sich um und blickte in die Gesichter von so vielen Leuten, die in einer unglaublich kurzen Zeit seine Freunde geworden waren. Sie alle wussten, was er in der Vergangenheit durchgemacht hatte und wozu er gezwungen gewesen war, um überleben zu können. Doch all das spielte für sie keine Rolle. Jeder von ihnen lächelte Jamie an und zeigte ihm, dass er ihnen wirklich wichtig war. Sie alle wollten ihm helfen und ihn unterstützen. Zum ersten Mal in seinem Leben hatte Jamie das Gefühl, dass sich tatsächlich etwas ändern könnte. Vielleicht hatte er doch die Chance auf eine bessere Zukunft. Die kleine Flamme der Hoffnung, die immer schwach in ihm gebrannt

hatte, leuchtete in diesem Moment um ein Vielfaches heller.
»Darf Cindy mitkommen, wenn ich es mache?«, fragte er.
»Natürlich darf sie mitkommen«, versprach Graham ihm.
»Und du wirst nicht zulassen, dass sie mich wieder zurückschicken?«
»Nur über meine Leiche.«
Jamie sah sich noch einmal um, schloss die Augen und holte tief Luft.
»Okay, ich mache es«, sagte er entschlossen.

Kapitel 14:
Zurück in die Stadt

Es dauerte mehrere Tage, bis Jamies Knöchel so weit verheilt war, dass sie in die Stadt fliegen konnten. In der Zwischenzeit hatte Graham mehrere Telefonate mit Matty von der Kinderfürsorge geführt, um sie auf dem Laufenden zu halten. Außerdem hatte er mehrere Stunden damit verbracht, mit Timothy Smyth zu telefonieren – einem Anwalt, der ihm von seinem Freund Scott empfohlen wurde. Einen Anwalt anzuheuern würde weder etwas beschleunigen noch automatisch Türen für ihn öffnen, aber nach allem, was Jamie ihm von seinen Eltern erzählt hatte, war er sich sicher, dass sie nicht kampflos aufgeben würden. Wenn sie das täten und es käme zu einer Untersuchung, wären die Konsequenzen für sie viel zu ernst. Ein Anwalt, der ihn bei allen Schritten begleitete, alles Wichtige im Auge behielt und Jamies Interessen schützte, war etwas, auf das er nicht verzichten wollte. Egal, wie viel es ihn kosten würde, Graham würde dafür sorgen, dass Jamie am Ende die Chance auf eine gute und unbeschwerte Zukunft haben würde.

Während Jamie seinen Knöchel schonte und die Tage auf der Couch verbrachte, schilderte er Graham ausführlicher, wie er in der Vergangenheit versucht hatte, seine unterschiedlichen Sozialarbeiter davon zu überzeugen, dass zu Hause nicht alles so war, wie es sein sollte. Alle Versuche waren jedoch daran gescheitert, dass die überarbeiteten Behörden seinen Fall nicht ordentlich untersucht hatten und seine Eltern den Behörden gegenüber immer als um sein Wohl besorgte Eltern aufgetreten waren. Die wiederholten Fluchtversuche, die natürlich auch in seiner Akte bei der Kinderfürsorge festgehalten waren, trugen dazu bei, dass ihm niemand Glauben schenken wollte. Die Folgen, die seine Rückkehr nach Hause mit sich brachten, waren immer schrecklich gewesen. Beim letzten Mal hatte es mehrere Wochen gedauert, bis er sich ausreichend erholt hatte, um auch nur darüber nachzudenken, noch einmal von zuhause wegzulaufen. Graham wollte um jeden Preis sicherstellen, dass sich dies nicht noch einmal wiederholte. Matty hatte bei einem ihrer Telefonate darauf hingewiesen, dass es aufgrund seines Alters von Nutzen sein würde, wenn er ein paar Empfehlungsschreiben in Bezug auf seinen Charakter würde vorlegen können. Die Zeiten änderten sich langsam aber sicher und weder das Alter noch persönliche Vorlieben waren offiziell ein Hinderungsgrund für eine Adoption oder zumindest die Möglichkeit, ein Pflegekind aufzunehmen. Es war jedoch ohne Unterstützung von anderen für böswillige Sachbearbeiter ein Leichtes, jemanden ohne diese Referenzen in einem schlechten Licht erscheinen zu lassen. Graham hatte darüber lange mit Cathy und Frank diskutiert und gemeinsam hatten sie beschlossen, dass Frank – selbst ein Elternteil – Graham und Jamie in die Stadt begleiten würde. Sie waren der Meinung, dass sein persönliches Erscheinen auch dabei helfen würde, dass sich Jamie mit einem weiteren, bekannten Gesicht wohler fühlen würde. Cathy hatte zudem wieder einmal eifrig telefoniert und in Grahams Aktentasche befanden sich ein gutes Dutzend Empfehlungsschreiben von Leuten, die auf der Insel lebten. Darunter befanden sich auch einige namhafte Persönlichkeiten, bei denen sich Graham nicht daran erinnern konnte, sie jemals getroffen zu haben.

* * *

Als der große Tag endlich gekommen war, fuhren Graham, Jamie und Cindy mit dem Jeep zur Anlegestelle, an der Daves Flugzeug angebunden war. Als sie aus dem Wagen stiegen, bemerkten sie Frank, Cathy und Jason, die bereits vor ihnen angekommen waren. Jason kam sofort zu ihnen gelaufen, um sie zu begrüßen.

»Hi, Jamie, Cindy und Mr. M«, rief ihnen der Junge zu.

»Guten Morgen, Jason«, sagte Graham, griff hinter den Fahrersitz und holte seine Aktentasche von der Rückbank.

»Hi, Jay«, sagte Jamie, der seinen Rucksack schulterte.

Nachdem Jason Cindy eine Weile gekrault hatte, gingen sie gemeinsam zu Frank und Cathy. Graham warf einen Blick zum Himmel. Er war strahlend blau und es gab nur ein paar vereinzelte, schneeweiße Wolken zu sehen. Graham atmete tief ein und genoss einen Moment lang die frische Winterluft.

»Das wird ein wundervoller Flug«, bemerkte Graham und stellte die Tasche neben sich ab. »Ich muss aber zugeben, dass ich ziemlich nervös bin.«

»Heute ist mit Sicherheit ein großer Tag«, sagte Frank und nickte.

»Ich hoffe, für Jamie geht alles gut«, fügte Cathy hinzu.

»Das hoffe ich auch«, erwiderte Graham und seufzte. »Ich war gestern den ganzen Abend ein Nervenbündel und habe die ganze Nacht kein Auge zugemacht.«

»Mach dir keine Sorgen«, sagte Frank. »Es wird schon nichts schiefgehen. Ich bin ja dabei, um zum passenden Zeitpunkt die richtigen Sachen über dich zu sagen und vergiss nicht, dass Cathy all die Briefe für dich von den Leuten organisiert hat, die zwar auf der Insel leben, aber auch in der Stadt etwas zu melden haben.«

»Ich weiß. Ich bin nur besorgt, dass irgendetwas nicht so läuft wie geplant. Ich möchte nicht, dass irgendetwas passiert und Jamie am Ende wieder verletzt wird.«

»Es wird schon alles glattgehen«, sagte Cathy zuversichtlich und umarmte Graham.

Jason und Jamie standen ein Stück abseits und beobachteten die Erwachsenen einen Moment lang.

»Pass in der Stadt gut auf dich auf und bleib immer in der Nähe von Dad, Mr. M und Cindy«, ermahnte Jason seinen Freund.

»Keine Sorge, ich bin in der Stadt immer vorsichtig«, versuchte Jamie ihn zu beruhigen und bemerkte den besorgten Blick in Jasons Gesicht. »Ist irgendetwas nicht in Ordnung?«

»Ich hatte letzte Nacht einen schlechten Traum über dich und ich mache mir Sorgen«, gab Jason zu. »Ich möchte nur, dass du besonders vorsichtig bist. Du bist für mich unglaublich wichtig und ich möchte, dass du zurückkommst, damit wir angeln gehen und andere Sachen zusammen unternehmen können.«

Jamie fand sich in der ungewöhnlichen Position wieder, Jason beruhigen zu müssen. Dabei war er es, der auf dem Weg zu einem Termin mit der Kinderfürsorge war. Die Aussicht auf dieses Treffen rief nicht gerade positive Gefühle in ihm hervor, aber er wusste, dass es die einzige Möglichkeit war. Bisher hatten solche Treffen immer dafür gesorgt, dass er wieder nach Hause geschickt wurde, um noch mehr verprügelt zu werden. Obwohl er zuversichtlicher war, weil Graham, Frank und Cindy bei ihm sein würden, lief ihm jedes Mal ein kalter Schauer über den Rücken, wenn er daran dachte.

Jason blickte auf und sah, wie Graham und Frank langsam auf sie zugelaufen kamen. Er nahm Jamie in die Arme und drückte ihn fest an sich.

»Komm wieder heil zurück«, sagte er mit Nachdruck.

»Es wird schon alles gut gehen«, versprach Jamie, während er die Umarmung erwiderte. »Du wirst schon sehen.«

Jason nickte und ging zu seiner Mutter. Beide sahen seinem Vater, Jamie, Cindy und Graham nach, während diese den Steg entlangliefen und kurz darauf in das Wasserflugzeug stiegen. Trotz Jamies Versicherungen, dass alles klappen würde, hatte er ein ungutes Gefühl im

Bauch, das einfach nicht weggehen wollte. Einen Augenblick später sahen sie, wie Dave das Flugzeug losmachte und vom Steg abstieß, bevor er selbst an Bord ging. Sobald er an seinem Platz saß, startete er die Motoren und das Flugzeug fuhr weiter auf das offene Wasser hinaus, bevor es beschleunigte und schließlich abhob.

Jason wandte sich um und sah Ron, der schnellen Schrittes aus dem Wald kam. Er sah sich einen Moment lang um und als er Jason entdeckte, rannte er zu ihnen. Jason bemerkte, dass der alte Mann kein bisschen außer Atem war.

»Sie sind schon weg?«, fragte er besorgt.

»Ja, sie sind gerade gestartet«, antwortete Jason und deutete auf die Maschine, die noch am Himmel zu sehen war. »Was ist passiert?«

Rons sonst so stoisches Gesicht verfinsterte sich, als er Jasons Worte hörte.

»Was ist los?«, fragte Jason nervös. »Was ist passiert?«

»Ich hatte eine Vision«, antwortete Ron einfach nur.

»Du weißt irgendetwas«, sagte Jason besorgt. »Was genau?«

»Es wird für Jamie ein sehr, sehr langer Tag«, sagte Ron.

Jason versuchte, mehr aus ihm herauszubekommen, aber Ron lehnte es ab, noch mehr zu sagen. Schweigend sahen sie zusammen mit Jasons Mutter dabei zu, wie das Flugzeug am Horizont verschwand.

* * *

Jamie war nervös, als Graham von der Straße auf den Parkplatz vor dem cremefarbenen Betongebäude einbog, in dem die Kinderfürsorge unterbracht war. Er schloss einen Moment lang die Augen und atmete tief durch. Als er sie wieder öffnete, sah er, wie Graham ihn im Rückspiegel beobachtete. Jamie nickte und sie stiegen aus dem kleinen Wagen. Sie sahen sich einen Moment lang um, bevor Jamie seinen Rucksack schulterte und auf die Knie ging, um Cindy kurz zu streicheln.

»Weißt du, irgendwann werde ich für immer in deiner Sardinenbüchse eingeklemmt bleiben«, sagte Frank spöttisch, während er sich streckte.

»Es war auch nicht geplant, damit Familienausflüge zu machen«, lachte Graham. »Ich habe die Kiste nur, um damit vom Flughafen in die Stadt und wieder zurück zu fahren. Du bist einfach nur zu groß.«

»Ich will mir nicht einmal vorstellen, wie ich dieses Ding fahre«, erwiderte Frank. »Meine Knie wären dabei wahrscheinlich auf Brusthöhe.«

Jamie gluckste, als er sich das bildlich vorstellte.

»Seht ihr jemanden, der Timothy Smyth sein könnte?«, fragte Graham und sah sich erneut um. »Er ist der Anwalt, den wir hier treffen sollen. Ich habe mit ihm telefoniert, aber ich habe keinen blassen Schimmer, wie er aussieht.«

»Das muss er sein«, sagte Jamie und deutete auf einen Mann am anderen Ende des Parkplatzes, der einen offensichtlich sehr teuren, maßgeschneiderten Anzug trug.

Er passte nicht in das Gesamtbild, also war sich Jamie ziemlich sicher, dass er der Anwalt sein musste. Sie alle gingen zu ihm.

»Entschuldigen Sie, aber sind Sie Timothy Smyth?«, fragte Graham den Mann.

»Ja, der bin ich«, sagte der Mann und bot Graham seine Hand an. »Sie müssen Mr. Martin sein.«

Graham ergriff die Hand und schüttelte sie.

»Es ist schön, Sie nach all den Telefonaten endlich persönlich zu treffen«, sagte er.

»Das Vergnügen ist ganz meinerseits«, erwiderte der Mann, bevor er sich an Jamie wandte. »Und du musst der mutige, junge Mann sein, über den ich schon so viel gehört habe.«

»Ja, Sir«, antwortete Jamie schüchtern.

Er stand direkt neben Frank, während Cindy vor ihm stand und den Mann aufmerksam beobachtete.

»Wir werden unser Bestes geben, um dir heute zu helfen«, sagte Timothy. »Ich habe mit solchen Dingen viel Erfahrung und bisher noch keinen Fall verloren. Es ist gut, dass du deine Freunde mitgebracht hast, um uns auch zu helfen. Graham hat mir erzählt, dass du auch deinen Hund mitbringen würdest, also habe ich hier etwas in meinem Koffer, das sicherstellen soll, dass sie auch hineingelassen wird.«

Mit diesen Worten öffnete Timothy seine Aktentasche und zog etwas heraus, das auf den ersten Blick wie ein zusammengelegtes Stück Stoff aussah. Er lächelte Jamie an und reichte es ihm.

»Leg ihr das um und ich kümmere mich um den Rest«, sagte er.

»Was ist das?«, wollte Jamie wissen.

»Oh, ich glaube, ich weiß, was das ist«, sagte Frank und grinste. »Lass mich dir dabei helfen, Jamie.«

Gemeinsam entfalteten sie den Stoff und stellten schnell fest, dass es eine Weste für Hunde war. An den Seiten war das Logo von *Paws with a Cause* abgebildet, einer Wohltätigkeitsorganisation, die Assistenzhunde ausbildete und vermittelte. Als Jamie verstand, was Timothy vorhatte, sah er zu dem Mann auf und schenkte ihm ein

dankbares Lächeln.
»Das wird bestimmt funktionieren«, sagte er begeistert.
»In meinem Geschäft ist es wichtig, auf alle Eventualitäten vorbereitet zu sein«, sagte Timothy, während er dabei zusah, wie Frank Jamie dabei half, Cindy die Weste umzulegen. »Da wir nun alle ordentlich gekleidet sind, warum gehen wir nicht hinein?«

Nachdem Jamie und Frank Cindy die Weste angelegt hatten, wackelte sie ein paar Mal mit dem Rücken, protestierte sonst jedoch nicht gegen das Kleidungsstück. Jamie kraulte ihr einen Moment lang den Kopf, dann folgten sie Timothy in das Gebäude. Graham ging zum Empfang, um sie anzumelden.

»Hallo, mein Name ist Graham Martin und ich habe um dreizehn Uhr einen Termin mit Madeline Thompson. Würden Sie ihr bitte Bescheid geben, dass wir da sind?«

»Bitte nehmen Sie einen Moment Platz«, bat ihn die Frau, doch dann bemerkte sie Cindy. »Sie müssen den Hund hinausbringen. Sie sind hier nicht erlaubt.«

Graham konnte Jamies Sorge regelrecht spüren, aber bevor er etwas sagen konnte, trat Timothy an den Tresen heran.

»Mein Name ist Timothy Smyth von der Anwaltskanzlei Mason und Smyth«, stellte er sich vor. »Dieser Hund ist ein zertifizierter Assistenzhund und wird von meinem Mandaten benötigt. Wenn Sie ihr den Zutritt verweigern, ...«

Jamie starrte den Mann mit offenem Mund an, während dieser der Frau die Paragraphen aufzählte, gegen die sie verstoßen würde. Die Frau erblasste und hob beschwichtigend die Hände.

»Das ist schon in Ordnung«, sagte sie. »Bitte nehmen Sie Platz. Ich werde Madeline sofort informieren, dass Sie da sind.«

Die Frau verließ ihren Platz und Jamie ließ sich auf eine Bank fallen, die an der Seite des Raumes stand.

»Das war knapp«, sagte er erleichtert und streichelte Cindys Kopf.

Es dauerte keine fünf Minuten, bis eine große, stämmige Frau zu ihnen kam.

»Hallo, ich bin Matty Thompson«, stellte sie sich vor.

Graham schüttelte ihr die Hand.

»Ich bin Graham Martin«, sagte er. »Ich freue mich, Sie endlich persönlich kennenzulernen. Bitte erlauben Sie mir, Ihnen meinen Nachbarn Frank Tomlinson vorzustellen.«

Die Frau lächelte Frank freundlich an und schüttelte auch seine Hand.

»Unser Anwalt, Timothy Smyth«, fuhr Graham fort und Matty gab auch ihm die Hand. »Und das hier ist ...«

»Du musst Jamie sein«, unterbrach Matty ihn und ging vor dem Jungen und Cindy auf die Knie.

»Ja, Ma'am«, antwortete Jamie, ohne aufzublicken.

»Wer ist dein Freund hier?«, fragte Matty.

»Cindy«, sagte Jamie leise.

»Hallo, Cindy«, sagte die Frau fröhlich.

Cindy, die Jamies Angst spürte, blickte die Frau mit kalten Augen an. Graham und Frank konnten sehen, wie sich ihre Nackenhaare bedrohlich sträubten.

»Warum gehen wir nicht alle in mein Büro und unterhalten uns ein bisschen?«, schlug Matty vor und erhob sich.

Die Gruppe ging einen Korridor entlang und betrat wenig später das Büro. Jamie wählte einen Platz in der Mitte von drei Stühlen und platzierte den Rucksack zwischen seinen Beinen. Cindy setzte sich vor ihm auf den Boden und beäugte jede Bewegung von Matty genau. Timothy nahm links von Jamie Platz, Graham setzte sich rechts neben ihn. Frank zog einen weiteren Stuhl heran, der in einer Ecke stand und setzte sich neben Graham. Matty schloss die Tür und nahm ihnen gegenüber auf der anderen Seite des Schreibtischs Platz.

»Ich habe mir die alten Unterlagen angesehen und wie Sie alle wissen, habe ich in den letzten Tagen mehrere Male mit Graham und Timothy gesprochen«, begann Matty. »Für heute gibt es zwei Themen, über die wir sprechen müssen. Der erste Punkt ist Grahams Eignung als Pflegevater für Jamie. Die notwendigen finanziellen und persönlichen Informationen habe ich überprüfen lassen und wie zu erwarten war, ist hier alles in bester Ordnung. Auch der Hintergrundcheck der Polizei hat zu einem tadellosen Ergebnis geführt. Also bleibt hier nur noch die Zertifizierung durch unsere Behörde.«

»In Bezug auf Mr. Martins Leumund haben wir eine Reihe beglaubigter Erklärungen mitgebracht«, sagte Timothy.

Graham reichte ihm die Briefe und er zählte sie kurz durch.

»Es sind zwölf, um genau zu sein«, fuhr Timothy fort. »Zusätzlich ist Mr. Tomlinson hier, der ein Nachbar von Mr. Martin und selbst ein Elternteil ist. Er ist auf eigene Kosten hierhergekommen, um als zusätzlicher Leumundszeuge an dieser Besprechung teilzunehmen.«

»Zwölf Aussagen?«, fragte Matty ein bisschen überrascht.

»Meine Frau ist ausgesprochen fleißig«, sagte Frank und grinste etwas verlegen. »Vor allem, wenn es um das Wohlergehen dieses jungen Mannes hier geht.«

Matty nahm die schriftlichen Aussagen entgegen, die Timothy ihr reichte. Während sie sie überflog und einige der Unterschriften sah, hob sie mehrere Male überrascht die Augenbrauen. Nach ein paar Minuten blickte sie auf und lächelte Graham an.

»Wie es scheint, haben Sie bei vielen Leuten einen ausgezeichneten Eindruck hinterlassen«, bemerkte sie.

»Verstehen Sie ...«, stammelte Graham verlegen. »Das ist ...«

»Ich verstehe«, unterbrach Matty ihn. »Wir wollen beide nur das Beste für Jamie und solche Aussagen sind immer hilfreich. Mit all den Informationen, die Sie vorlegt haben, sollte es keine Probleme geben. Ich muss jedoch darauf achten, dass wir uns genau an die Vorschriften halten, damit alles so funktioniert, wie wir es uns vorstellen. Ich habe die Befugnis, auf die obligatorische Besichtigung vor Ort zu verzichten, solange diese bis zum Ende der nächsten Woche nachgeholt wird. Somit können wir Graham unmittelbar als Pflegevater zertifizieren. Das führt nun aber zu unserem zweiten und viel wichtigeren Punkt auf der Tagesordnung. Wir benötigen nun von Jamie eine Aussage über das, was ihm zuhause zugestoßen ist.«

»Jamie, Timothy und ich haben darüber bereits gesprochen und wir denken, dass wir uns in diesem Punkt kurzfassen können«, sagte Graham und nickte Jamie zu. »Es ist ein bisschen unangenehm, wird Jamie jedoch sicherlich zumindest für eine Weile das Beantworten von Fragen ersparen, die noch viel unangenehmer sind. Bitte schauen Sie sich das einfach nur an.«

In diesem Moment stand Jamie auf, zog die Jacke aus und wandte sich von Matty ab. Er atmete noch einmal tief durch, bevor er sein Shirt hochzog und seinen Rücken entblößte. Einen Moment lang stand Jamie einfach nur reglos da und Graham konnte sehen, wie Matty beim Anblick der Narben und Male erblasste. Dann zog Jamie das Shirt wieder richtig an und nahm erneut Platz. Er hielt den Blick gesenkt, als er sich setzte und Cindy, die mit ihm aufgestanden war, legte ihre Vorderpfoten auf Jamies Schoß und leckte sein Gesicht. Er schlang seine Arme um sie und vergrub das Gesicht in ihrem Fell, während er sie fest drückte.

»Bitte berücksichtigen Sie, dass Jamie bereits seit ein paar Wochen bei mir lebt und sein Rücken ein wenig Zeit hatte, um zu heilen«, sagte Graham mit einem Kloß im Hals. »Diese Narben sind jedoch permanent und das Ergebnis davon, dass er immer wieder von seinem eigenen Vater und auch von anderen geschlagen und misshandelt wurde. Jamie hat mir erzählt, dass es an anderen Körperstellen noch weitere Narben gibt – zusätzlich zu denen, die Sie soeben gesehen haben. Ich habe jedoch seine Privatsphäre respektiert und mich nicht persönlich davon überzeugt. Ein Arzt wird die Tatsachen jedoch bestätigen können, sollte dies notwendig sein.«

Mattys Gesicht war völlig blass und es dauerte einen Moment, bis sie sich wieder gefangen hatte.

»Ich ... Es ... es tut mir so leid, Jamie«, stammelte sie geschockt. »Ich möchte dich wissen lassen, dass ich alles, was dein ... Mr. Martin ... Graham gesagt hat, glaube. Ich hoffe, du verstehst jedoch, dass ich dir für die offiziellen Unterlagen ein paar Fragen stellen muss.«

»Ja, Ma'am«, hauchte Jamie leise.

»Mr. Martin und Mr. Tomlinson«, begann Matty, die ihre Professionalität langsam wiederfand. »Ich weiß, dass es in diesem Fall nicht notwendig ist, aber die Vorschriften verlangen es, dass ich Sie bitte, für einen Moment den Raum zu verlassen, während ich Jamie diese Fragen stelle.«

»Das verstehen wir«, sagte Graham.

Als sich Frank und er erhoben, sah Jamie Graham verängstigt an. Er legte eine Hand auf die Schulter des Jungen.

»Wir sind nur ganz kurz vor der Tür. Cindy und Timothy werden hier bei dir bleiben und auf dich aufpassen. Timothy wird dir sagen, ob du eine Frage beantworten sollst oder nicht. Er wird dir helfen. Es wird nur ein paar Minuten dauern.«

Jamie sah ihn noch einen Moment lang an, nickte dann jedoch. Graham strich ihm noch einmal über den Kopf, dann ging er zusammen mit Frank hinaus auf den Flur und schloss die Tür hinter sich. Grahams Hände zitterten und obwohl Frank ein beeindruckender Mann war, schien er ebenso geschockt zu sein.

»Er ist ein verdammt mutiger Junge«, sagte er und schüttelte den Kopf. »Ich wüsste nicht, ob ich an seiner Stelle so etwas durchhalten würde.«

»Ich weiß, was du meinst«, sagte Graham und nickte. »Die Fragen beantworten zu müssen, was die Leute über dich denken, wie sie dich ansehen. Ich weiß, dass ich den Mut nicht aufbringen könnte.«

Es dauerte ungefähr zehn Minuten, bis Frank zurück in das Büro gerufen wurde. Graham ging ungeduldig den Flur auf und ab. Die Uhr an der Wand schien langsamer zu ticken und es fühlte sich an, als würde die Zeit beinahe stillstehen. Doch dann wurde die Bürotür wieder geöffnet und Graham durfte wieder hinein. Matty gab ihm einen Moment, um sich zu setzen.

»Ich habe jetzt eine offizielle Aussage in meinem Besitz, die ich an die Staatsanwaltschaft weiterleiten werde, sobald diese Besprechung

beendet ist«, sagte sie an Graham gerichtet. »Außerdem habe ich hier einen Beschluss, der Ihnen das vorübergehende Sorgerecht für Jamie überträgt. Obwohl es nicht ausdrücklich gefordert wird, möchte ich Jamie um seine Zustimmung dazu bitten.«
Sie wandte ihren Blick von Graham ab und sah den Jungen freundlich an.
»Jamie, möchtest du, dass ich Graham zu deinem vorübergehenden Pflegevater mache, bis die Untersuchungen gegen deine Eltern abgeschlossen sind und eine endgültige Entscheidung getroffen wird?«
Jamie sah Timothy fragend an. Er nickte.
»Ja, Ma'am«, sagte er laut und deutlich.
»Dann übertrage ich Mr. Graham Martin hiermit das Sorgerecht für dich«, sagte Matty in offiziellem Ton. »Die Polizei wird deinen Fall untersuchen, was eine Weile dauern kann. Das wird bedeuten, dass deine Eltern höchstwahrscheinlich verhaftet, angeklagt und vor Gericht gestellt werden. Bis all das vorbei ist, bleibst du in Grahams Obhut. Sobald der Fall abgeschlossen ist, werden wir uns hier erneut treffen und dann kannst du mir sagen, was du dann möchtest. Klingt das für dich okay?«
»Worauf Sie sich verlassen können«, sagte Jamie erleichtert und schenkte ihr ein breites Grinsen.
»Vielen, vielen Dank«, sagte Graham und erhob sich, um Mattys Hand zu schütteln. »Ich weiß zu schätzen, was Sie alles für uns getan haben.«
Sie stand ebenfalls auf und gab Graham kurz die Hand, dann wandte sie sich jedoch noch einmal Jamie zu.
»Ich weiß, dass das kein besonders angenehmer Tag für dich gewesen ist, aber ich werde mein Bestes tun, um sicherzustellen, dass es das letzte Mal war, dass du dir Sorgen darum machen musstest, was dir in der Vergangenheit zugestoßen ist.«
»Das hoffe ich«, sagte Jamie und hob seinen Rucksack vom Boden auf. »Ich würde wirklich gerne auf der Insel bleiben, wenn ich kann.«
Sie verabschiedeten sich und verließen das Büro. Als sie zum Ausgang gingen, nahm Timothy Graham kurz zur Seite, um mit ihm zu sprechen.
»Ich weiß nicht genau, wie ich das sagen soll ...«, begann er und seufzte. »Ich möchte Sie wissen lassen, dass Sie keine Rechnung hierfür bekommen werden.«
»Das müssen Sie nicht tun«, sagte Graham überrascht. »Ich kann mir die Kosten durchaus leisten.«
»Das weiß ich, aber ich möchte ein bisschen helfen, wenn ich kann.

Ich dachte, dass ich das tun könnte, indem ich dafür sorge, dass sie die Angelegenheit ernst nehmen und Jamie nicht ganz so viele, unangenehme Fragen stellen. Als er sein Shirt hochgezogen hat ... Ich meine, Sie hatten gesagt, dass er misshandelt wurde, aber ... aber ich hatte im Traum nicht daran gedacht, dass es so schrecklich sein würde. Sein Rücken ... Ich habe so etwas in meinem ganzen Leben noch nicht gesehen und Sie können mir glauben, dass ich schon Vieles gesehen habe.«

»Das ist wirklich sehr freundlich von Ihnen«, sagte Graham. »Damit habe ich nicht gerechnet.«

»Sie werden alle Hände voll damit zu tun haben, dass Jamies Zukunft besser sein wird als seine Vergangenheit. Wenn Sie sich nicht noch um meine Kosten Sorgen machen müssen, hilft das vielleicht auch ein bisschen. Aber bitte sagen Sie es niemandem. Es würde meinen Ruf ruinieren.«

»Ihr Geheimnis ist bei mir gut aufgehoben«, gluckste Graham. »Wenn mich jemand fragt, sagte ich einfach, Sie hätten ein Herz aus Stein.«

Während sich Graham und Timothy unterhielten, half Jamie Cindy dabei, die Weste wieder auszuziehen. Als er sah, wie sich die beiden Männer die Hand gaben, ging er zu ihnen und reichte Timothy die Weste.

»Vielen Dank, dass Sie mir geholfen haben«, sagte er aufrichtig. »Es war toll, dass Sie sie dazu bringen konnten, dass Cindy bei mir bleiben durfte.«

»Ich bin froh, dass ich helfen konnte«, erwiderte Timothy. »Ich weiß, dass dieses Treffen nicht einfach für dich war, aber ich verspreche dir, dass es das wert sein wird. Und später, wenn deine Eltern vor Gericht gestellt werden, komme ich zurück und helfe dir wieder.«

Sie sahen dem Mann einen Moment lang nach, als er sich auf den Rückweg in seine Kanzlei machte. Sobald er verschwunden war, sah Jamie zu Graham auf.

»Wie geht es jetzt weiter?«, fragte er.

»Jetzt fahren wir wieder nach Hause, während Matty die Untersuchung ins Rollen bringt«, erklärte Graham, während sie zu seinem Wagen gingen. »Somit bist du in Sicherheit und sie wird es uns wissen lassen, wann wir wieder in die Stadt kommen müssen.«

»Wenn wir auf die Insel zurückfliegen, gibt es da noch etwas, das ich vorher erledigen sollte.«

»Ich kann dir besorgen, was immer du brauchst«, sagte Graham.

»Nein, das ist es nicht«, sagte Jamie. »Ich habe etwas versteckt, das ich holen sollte.«

»Kein Problem, wir können überall hinfahren, wo du möchtest«, sagte Graham und entriegelte die Türen.

»Nein, das muss ich alleine machen«, sagte Jamie langsam.

»Du möchtest nicht, dass ich mitkomme?«, fragte Graham überrascht.

»Darum geht es nicht«, erwiderte der Junge. »Es ist etwas, das ich alleine tun muss. Anders funktioniert es nicht und ich muss es holen. Das ist nach heute vielleicht meine einzige Chance.«

Graham wollte schon protestieren, aber Frank legte ihm eine Hand auf die Schulter und nahm ihn ein Stück zur Seite.

»Ich weiß nicht, was er sucht, aber du musst ihn das tun lassen«, sagte er leise. »Jamie hat vermutlich irgendwo etwas versteckt, aber er braucht auch ein bisschen Zeit zum Nachdenken. Er ist dabei, eine große Entscheidung zu treffen, die sein Leben für immer verändern wird und er braucht ein wenig Zeit, um sich daran zu gewöhnen. Wenn er zurückkommt, kannst du dir sicher sein, dass er es wirklich tun will. Außerdem wirst du ihm zeigen müssen, dass du ihm vertraust. Du musst loslassen und ihn das tun lassen.«

»Das gefällt mir nicht, aber ich glaube, du hast recht«, sagte Graham widerwillig.

»Alles wird gut«, antwortete Frank. »Du wirst schon sehen. Das ist einer der Momente, in denen man als Elternteil darauf vertrauen muss, dass sein Sohn das Richtige tun wird. Du kannst ihm dabei nicht helfen. Solche Momente wird es in Zukunft noch viele geben. Du wirst dich mit der Zeit daran gewöhnen.«

Graham dachte kurz darüber nach, dann seufzte er und nickte, bevor er sich an Jamie wandte.

»Du weißt noch, wie du zu meinem Apartment kommst?«

»Ja, ich weiß, wo es ist. Es ist nicht allzu weit von dort entfernt, wo ich hinmuss. Mach dir keine Sorgen. Es sollte nicht länger als ein paar Stunden dauern und dann bin ich wieder da.«

»Ich werde auch auf dich warten«, sagte Frank.

Er lächelte und streckte Jamie seine große Hand entgegen. Der Junge ergriff sie und war überrascht, als ihm ein Geldbündel in die Hand gedrückt wurde.

»Nur für den Fall, dass du auf deinem Rückweg Hunger oder Durst bekommen solltest«, bemerkte er. »Und vergiss nicht, vorsichtig zu sein.«

Unsicher, was er tun sollte, reichte auch Graham dem Jungen die Hand. Zu seiner Überraschung ignorierte Jamie sie jedoch und schlang stattdessen seine Arme um Grahams Hüften. Er spürte, wie sich seine Augen mit Tränen füllten, während er die Umarmung erwiderte. Jamie sah nicht zu ihm auf und Graham befürchtete, dass dies eine Art Abschied war.

Nachdem er Graham losgelassen hatte, ging Jamie auf die Knie und umarmte auch Cindy noch einmal. Er flüsterte ihr etwas zu und Graham sah, wie sie ihm über die Wange leckte. Er konnte nicht verstehen, was Jamie sagte, aber er konnte sehen, dass auch der Junge feuchte Augen hatte.

»Ich sollte besser gehen«, brachte er heiser heraus und sah alle noch einmal an, bevor er sich umdrehte und davonging.

Graham blieb reglos stehen und sah Jamie nach. Er fragte sich, ob er ihn jemals wiedersehen würde. Als der Junge um eine Ecke bog, bellte Cindy und wollte ihm schon hinterherrennen, aber Frank hielt sie an ihrem Halsband fest.

* * *

Sobald Jamie außer Sichtweite war, wischte er sich die Tränen aus den Augen und sah sich an, was Frank ihm in die Hand gedrückt hatte. Als er das Geldbündel und sogar ein paar Fahrscheine für den Bus erkannte, wurde ihm bewusst, dass ihm der Mann alles gegeben haben musste, was er in der Tasche gehabt hatte. Jamie beschloss, dass er das, was er zu erledigen hatte, schneller hinter sich bringen konnte, wenn er mit dem Bus fuhr, aber er hoffte, Frank das Geld später vollzählig zurückgeben zu können. Jamie fand eine Bushaltestelle und stieg in den ersten Bus, der in die Lower East Side der Stadt fuhr. Die Fahrt dauerte nur zehn Minuten und als er aus dem Bus stieg, war er wieder dort, wo vor nicht einmal einem Monat alles begonnen hatte. Der Unterschied zwischen den Straßen der Stadt und der Insel, auf der Graham lebte, hätte nicht größer sein können.

Jamie wollte seine alten Freunde ein allerletztes Mal sehen, also ging er zu der Kreuzung, an der er sie zu finden glaubte. Auch er hatte dort die letzten Monate verbracht und versucht, irgendwie zu überleben. Als er um eine Ecke bog, entdeckte er sofort einen Jungen, etwas älter als er selbst, der mit dem Rücken an ein altes Backsteingebäude gelehnt war und die vorbeifahrenden Fahrzeuge beobachtete. Wie Jamie nur zu genau wusste, wartete er darauf, dass eines der Autos anhielt. Der Junge hatte eine Zigarette zwischen den Lippen und seine Kleidung war schmutzig und abgenutzt. Während er den Jungen beobachtete, hatte er das Gefühl, in die Vergangenheit zu blicken und sich selbst zu sehen.

»Hey, Mike«, rief Jamie.
Der Junge sah auf und starrte Jamie emotionslos an.
»Wen schreist du hier an?«, fragte er herausfordernd.
»Ich bin es, Jamie. Erkennst du mich nicht?«
Ihm war selbst nicht bewusst, wie sehr er sich verändert hatte, seitdem er zum letzten Mal in der Stadt gewesen war.
»Ich glaub es nicht!«, sagte der Junge plötzlich. »Sieh dich nur an! Wir haben alle gedacht, wir hätten dich verloren. Wohin um alles in der Welt bist du verschwunden? Und was ist mit den neuen Klamotten?«
»Ich habe ziemliches Glück gehabt«, erklärte Jamie. »Ein Mann hat mich gefunden und er hilft mir dabei, von der Straße zu kommen. Sein Name ist Graham. Ich habe die letzten paar Wochen bei ihm gewohnt. Wir sind gerade bei der Kinderfürsorge gewesen und sie werden gegen meine Eltern ermitteln und dann die Polizei einschalten.«
»Im Ernst?«, fragte der Junge. »Meinst du, du kannst dafür sorgen, dass sie weggesperrt werden? Es würden allen hier unten helfen, wenn dein Vater verschwinden würde.«
»Ja, das würde es«, stimmte Jamie zu. »Die Frau bei der Kinderfürsorge ist wirklich nett und Graham hat einen teuren Anwalt angeheuert, der dafür sorgen soll, dass sie mich nicht mehr wie sonst ignorieren können.«
»Dich nur noch um diesen neuen Kerl kümmern zu müssen, ist sicher besser für dich als deinen Alten am Hals zu haben«, sagte der Junge. »Völlig egal, auf was der steht.«
»Oh, so ist Graham aber nicht«, sagte Jamie. »Die ganze Zeit, die ich bei ihm bin, hat er mich nicht ein einziges Mal angefasst. Ich habe Köder ausgeworfen, Andeutungen gemacht und versucht, ihn anzumachen. Ich habe alles versucht, um herauszufinden, ob er anbeißen würde. Es ist aber rein gar nichts passiert. Graham will, dass ich einfach nur bei ihm lebe, als wäre ich sein Kind.«
»Wow«, sagte Mike verblüfft. »Du solltest dich wie eine Klette an ihn hängen und nicht mehr loslassen. Du bist da auf Gold gestoßen. Wenn du deine Meinung änderst, lass es mich wissen und ich frage ihn, ob er nicht mich stattdessen nehmen will.«
»Keine Chance, Mike«, lachte Jamie. »Sag mal, hast du John gesehen?«
Mike senkte den Blick und betrachtete seine dreckigen Turnschuhe, bevor er antwortete.
»Es tut mir leid, Jamie«, seufzte er. »*Die Klinge* hat ihn vor ein

paar Tagen erwischt. Andy hat ihn in der Gasse hinter der Spielhalle gefunden. Es war keine schöne Sache. Er war bereits tot, als Andy ihn fand.«

»Nein, das kann nicht sein!«, stieß Jamie geschockt aus. »Er ... er hat mir geholfen, als ich hierherkam. Er hat mir gezeigt, wie es läuft, wie man auf sich aufpasst und wen man meiden muss. Er hat mir beigebracht, wie man sichere Schlafplätze findet und ...«

»Tut mir leid, dass ich derjenige bin, der es dir sagen muss«, sagte Mike traurig. »Ich weiß, dass ihr gut befreundet wart. Er war vorsichtig, aber in unserem Geschäft weiß man es nie mit Sicherheit. Wenn wir nicht bald herausfinden, wer es getan hat, bin vielleicht eines Tages ich an der Reihe. Ich hoffe nur, dass es schnell geht, wenn es passiert.«

»Haben die Cops etwas unternommen?«, wollte Jamie wissen.

»Oh, sie sind gekommen und haben ein paar Fotos gemacht. Also das Gleiche, was sie immer tun. Dann haben sie John in einen Leichenwagen verfrachtet und sind verschwunden. Du weißt doch, wie es läuft. Wir sind nur Abschaum und es kümmert sie nicht. Insgesamt sind es inzwischen neun, die erwischt wurden und sie haben genauso wenig Ahnung wie wir, wer es getan hat. Immer, wenn jemand diesen Typ sieht, ist es auch das letzte Mal, dass sie irgendetwas sehen.«

Jamies Knie wurden weich und seine Augen füllten sich mit Tränen. Die Nachricht von Johns Tod hatte ihn schwer getroffen.

»Reiß dich zusammen, Jamie!«, sagte Mike laut, während er Jamie an den Schultern packte und ihn kräftig schüttelte. »Du kannst so kurz vor dem Ziel nicht zusammenbrechen. Du musst jetzt durchhalten – für dich selbst und für uns alle hier.«

Jamie schüttelte den Kopf und dachte einen Moment lang nach. Er war sich sicher, dass Frank seine Idee gefallen würde. Er schob die Hand in die Hosentasche und holte das Geld heraus, das Frank ihm gegeben hatte.

»Ich werde dir das hier geben«, sagte Jamie und reichte Mike das Geldbündel. »Versuche, so lange wie möglich damit auszukommen.«

»Wow«, sagte Mike überrascht. »Ist das dein Ernst? Woher hast du so viel Kohle?«

»Der Mann, der bei Graham nebenan wohnt, ist heute mit uns in die Stadt gekommen, um zu helfen«, erklärte Jamie. »Er hat es mir gegeben, als wir die Kinderfürsorge verlassen haben, falls irgendetwas sein sollte. Ich bin mir sicher, er würde wollen, dass ich dir damit helfe.«

»Vielen Dank, Jamie«, sagte Mike dankbar. »John hat immer gesagt, du bist etwas Besonderes. Ich werde jetzt für eine ganze Weile nicht arbeiten müssen. Vielleicht habe ich ja auch so viel Schwein wie du und erwische einen ordentlichen Kerl.«

»Es war schön, dich zu sehen«, sagte Jamie. »Aber jetzt muss ich los. Ich muss das Zeug aus meinem Versteck im Haus holen. Ich habe Namen und alles Mögliche aufgeschrieben und ich werde es den Cops übergeben. Meine Eltern sind nicht die einzigen, die zur Rechenschaft gezogen werden sollen.«

»Sei bitte vorsichtig, Jamie«, sagte Mike. »Dein Dad ist ein verdammt irrer Kerl. Wenn er dich erwischt, bringt er dich um. Vor allem, wenn du eine Liste mit Namen bei dir hast.«

»Ich weiß«, sagte Jamie und nickte. »Aber ich will, dass sie für alles bezahlen, was sie mir und all den anderen Kindern angetan haben. Ich werde dafür sorgen, dass sie und ihre irren Freunde untergehen. Ich habe immer gehofft und davon geträumt, dass der Tag irgendwann kommen würde und jetzt ist es so weit.«

»Willst du, dass ich mitkomme und dir helfe?«

»Nein«, sagte Jamie. »Meine Chancen sind größer, wenn ich es alleine mache. Wenn wir es zusammen machen, ist die Wahrscheinlichkeit größer, dass wir erwischt werden.«

»Pass auf dich auf, Jamie«, sagte Mike ernst. »Jetzt, da du den Jackpot gewonnen hast, solltest du nicht alles riskieren und den Held spielen.«

»Pass du auch auf dich auf«, sagte Jamie und umarmte Mike. »Denk daran, sparsam mit dem Geld zu sein.«

»Darauf kannst du dich verlassen.«

Die beiden Jungs sahen sich an und beide wussten, dass es unwahrscheinlich war, dass sie sich noch einmal wiedersehen würden. Sie umarmten sich ein letztes Mal, bevor sie in unterschiedliche Richtungen davongingen. Jamie ging in Richtung Osten, blieb aber nach ein paar Metern stehen und wandte sich noch einmal um. Er betrachtete die alte, so vertraute Nachbarschaft ein letztes Mal. So gefährlich die Gegend auch gewesen sein mochte, die Straßen und die anderen Jungs, die dort lebten, waren so etwas wie sein Zuhause und seine Familie gewesen. Sie hatten zusammen gelebt, gelacht und geweint. Manche sind auch zusammen gestorben. Jamie wusste, dass es anders sein würde, wenn er bei Graham lebte. Er würde nie die vollkommene Freiheit haben, die er manchmal auf der Straße verspürt hatte. Er würde Schlafenszeiten haben, Hausaufgaben und Hausarbeiten erledigen müssen. Aber er würde leben. Das Leben auf der Straße war schlimm gewesen. Sehr schlimm sogar. Aber es hatte auch immer wieder gute Zeiten gegeben und er wusste, dass er sich immer daran erinnern würde. Er hatte Freunde gefunden und Freunde verloren. Ihm war klar, dass ein Teil von ihm immer hier sein würde, ganz gleich was die Zukunft für ihn bereithielt. Aber zum allerersten Mal in seinem Leben freute er sich auf die Zukunft. Ihm kam noch immer alles wie ein wunderschöner Traum vor und ab und zu befürchtete er immer noch, dass er eines Tages zitternd in irgendeinem Hinterhof aufwachen würde.

Bevor die Zukunft endlich losgehen konnte, hatte Jamie jedoch noch etwas zu erledigen. Es gab noch einen Zwischenstopp, den er einlegen musste, bevor er zu Grahams Apartment zurückfahren konnte. Dass er vom Tod seines Freundes John erfahren hatte, bestärkte Jamie nur noch mehr in seinem Entschluss, seinen Plan in die Tat umzusetzen. Er wandte sich wieder um und ging weiter, bis er zur nächsten Bushaltestelle kam und er eine weitere von Franks Fahrkarten aus der Tasche zog. Es dauerte nicht lange, bis ein Bus kam, der ihn in den Nordosten der Stadt bringen würde. Zischend öffnete sich die Tür und er stieg ein. Nun war er auf dem Weg zu seinem alten Zuhause, auch wenn er es nicht als solches bezeichnen wollte. Es war für ihn einfach das Haus, in dem er aufgewachsen und aus dem er später entkommen war. Nie war es für ihn ein Zuhause im eigentlichen Sinne gewesen. Er hatte nur ein Ziel im Kopf und er hoffte, dass es klappen würde.

Unter den Holzdielen in seinem alten Zimmer war ein Notizbuch versteckt. In diesem hatte Jamie Namen, Daten und Ereignisse niedergeschrieben. Er wusste, dass die Namen eine besonders große Sache waren und er war fest entschlossen, dafür zu sorgen, dass jeder Einzelne von ihnen für das bezahlen würde, was sie ihm so lange angetan hatten. Die Frage war nur, ob sein Plan erfolgreich sein würde.

Jamies altes Haus lag im gleichen Teil der Stadt wie Grahams Apartment. Sobald er das Notizbuch geholt hatte, wollte er so schnell wie möglich zu Graham rennen und ihn dazu bringen, sofort mit ihm zum Flughafen zu fahren und in Daves Flugzeug ein für alle Mal die Stadt zu verlassen. Er wusste, dass er endlich in Sicherheit sein würde, sobald sie erst einmal wieder auf der Insel waren. Jamie stieg aus dem Bus aus und sah sich aufmerksam um. Dann ging er die letzten paar Blocks zu seinem Haus. Ihm stellten sich die Nackenhaare auf, aber er zwang sich dazu, einfach weiterzugehen. Als er die Ecke zur Straße erreicht hatte, in der sich das Haus befand, versteckte er sich in einer großen Hecke am Straßenrand und beobachtete.

Vor dem Haus parkte der Wagen seines Vaters. Das war Pech, aber da er keine Aktivitäten wahrnehmen konnte, kroch er aus der Hecke und schlich sich langsam an das Haus heran. Dabei nutzte er die am Straßenrand abgestellten Fahrzeuge als Deckung. Als er nah genug am Haus war, um zu erkennen, dass die Vorhänge auf der Vorderseite des Hauses zugezogen waren, sprintete er zum Fußweg, der an der rechten Seite des Hauses entlangführte. Jamie wartete einen Moment und versuchte, sein wie wild rasendes Herz und seine Atmung zu beruhigen. Gleichzeitig wusste er aber auch, dass er sich beeilen musste, denn mit jeder Minute, die er länger in der Gegend war, stieg auch die Gefahr für ihn. Er tastete nach dem Fenster an der Seite des Hauses und als er es nach oben drückte, stellte er erfreut fest, dass es nicht verschlossen war. Vorsichtig hob er den Kopf und spähte in das Haus. Als er sah, dass niemand in dem Zimmer war, schob er das Fenster langsam weit genug nach oben, damit er hindurchschlüpfen konnte und kletterte ins Haus. Er versuchte, keine Zeit zu verschwenden und ging sofort zu der losen Holzdiele in der Ecke des begehbaren Kleiderschrankes. Er hob sie an und zog das Notizbuch hervor. Während er zum Fenster zurückging, wickelte er es in ein altes, vom Boden des Kleiderschranks aufgehobenes T-Shirt, schob das Ganze in seinen Rucksack und warf diesen aus dem Fenster. Als er sein Bein hob, um ebenfalls wieder hinauszuklettern, knarrte hinter ihm der Fußboden.

»Glaubst du kleiner Hurensohn wirklich, dass du von mir weglaufen kannst und damit einfach so durchkommst?«, hörte er eine unheilvolle Stimme.

Jamie drehte den Kopf und ihm wurde schlecht, als er direkt in die dunklen, wütenden Augen seines Vaters blickte.

* * *

Graham blickte zum zehnten Mal in ebenso vielen Minuten auf seine Uhr, während er in seinem Apartment auf und ab ging. Cindy lag reglos auf dem Boden, ihren Kopf auf die Vorderpfoten gelegt und die geschlossene Wohnungstür fest im Blick. Frank versuchte Graham zu ignorieren und täuschte vor, in eine Zeitschrift vertieft zu sein. Als er jedoch feststellte, dass er den gleichen Absatz des Artikels schon zum fünften Mal durchlas, gab er es schließlich auf und legte das Magazin auf den Tisch.

»Warum nimmst du dir nicht noch eins hiervon?«, fragte Frank und bot Graham eine Schüssel mit Süßigkeiten an. »Die Zeit wird auch nicht schneller vergehen, wenn du deinen Teppich weiter abnutzt.«

Graham nahm ein Bonbon aus der Schüssel, wickelte es aus und begann, geräuschvoll daran zu lutschen.

»Er hat gesagt, es würde nicht lange dauern«, sagte Graham und begann von Neuem, in seiner Wohnung auf und ab zu gehen. »Das ist inzwischen mehr als vier Stunden her. Was soll ich nur machen? Irgendetwas ist ihm zugestoßen. Ich weiß es einfach.«

»Du solltest keine voreiligen Schlüsse ziehen«, ermahnte Frank ihn. »Es ist noch nicht so lange her. Ich bin mir sicher, dass es ihm gut geht. Wir haben die schwierigste Aufgabe zu erledigen, die man uns geben kann: Warten. Jamie muss seine Entscheidungen selbst treffen. Du hast ihm eine Möglichkeit angeboten. Er hat gesehen, wie du zu Hause bist und er hat eine ziemlich gute Vorstellung davon, wie es ist, auf der Insel zu leben. Trotz allem muss er selbst die Entscheidung treffen, hierher zurückzukommen und durch diese Tür dort zu gehen. Keiner von uns kann ihm diese Entscheidung abnehmen, auch wenn wir es gerne würden.«

»Was, wenn er nicht zurückkommt?«, sagte Graham und ließ sich seufzend auf einen Stuhl fallen.

»Wenn er nicht zurückkommt, dann kommt er nicht zurück«, sagte Frank. »Du kannst dich ihm nicht aufdrängen oder Jamie dazu zwingen, bei dir sein zu wollen. Wenn es vorbestimmt ist, wird es passieren. Vielleicht brauchte er nur einen Spaziergang, um über alles nachzudenken. Ich weiß, dass es mir so gehen würde, wenn ich an seiner Stelle wäre. Du darfst nicht vergessen, dass es vermutlich die größte Entscheidung ist, die Jamie jemals getroffen hat – abgesehen davon, von zuhause wegzulaufen. Außerdem kennst du Jungs nicht so gut, wie du vielleicht glaubst. Denk daran, dass ich einen davon zuhause habe. Manchmal vergisst Jason vollkommen die Zeit. Ein paar Stunden sind nichts, wenn man über etwas Wichtiges nachdenken muss.«

»Ja, ja«, grummelte Graham. »Du hast vermutlich recht. Aber es macht mich wahnsinnig.«

»Warum schauen wir nicht nach, ob wir in der Küche etwas Essbares auftreiben können?«, schlug Frank vor. »Es wird dich beschäftigen und ich glaube, dass du durchaus etwas zu Essen vertragen kannst.«

»Wie kannst du in dieser Situation überhaupt nur an so etwas denken? Jamie ist weiß der Teufel wo da draußen und du denkst an deinen Magen.«

»Es wird dich ablenken«, sagte Frank langsam und geduldig. »Und genau das brauchst du im Moment.«

»Ich kann nicht mal ans Essen denken«, brummte Graham. »Nicht im Moment.«

Frank öffnete den Mund, doch dann hob er die Hand, um auch Graham zum Schweigen zu bringen.

»Hast du das gehört?«, fragte er leise.

»Was gehört?«, fragte Graham skeptisch, doch dann bemerkte er, dass Cindy die Ohren aufstellte.

»Es hat fast geklungen, als würde etwas an Holz kratzen«, antwortete Frank und klang etwas nervös.

Er lauschte einen Moment.

»Da!«, zischte er leise. »Da war es schon wieder.«

Frank und Graham wechselten beunruhigte Blicke und als sie gerade beide etwas sagen wollten, hörten sie es noch einmal. Diesmal klang es deutlich nach einem Klopfen an der Wohnungstür. Es war sehr leise und hörte auch sofort wieder auf. Cindy begann zu wimmern und sie kroch auf die Tür zu. Graham erbleichte und Frank lief ein kalter Schauer über den Rücken, als sie beide aufsprangen und zum Eingang rannten. Graham war als Erster an der Tür und riss sie auf. Als er nach unten sah, setzte sein Herz für einen Moment aus.

»Jamie!«

Kapitel 15:
Kampf ums Leben

Grahams Beine begannen zu zittern und er fiel auf die Knie, während er ungläubig Jamies Körper betrachtete, der reglos vor der Tür lag. Offenbar hatte es der Junge mit letzter Kraft geschafft, sich zu Grahams Apartment zu schleppen. Jetzt schien er aber bewusstlos zu sein. Jamies Gesicht war geschwollen, blutverschmiert und seine Nase verbogen. Gerade als Graham im Begriff war, den Jungen hochzuheben und in die Wohnung zu tragen, zog er erschrocken die Hände zurück, denn er hatte erst jetzt gesehen, dass das Shirt und die Jeans des Jungen ebenfalls voller Blut waren. Zudem fiel ihm nun auch auf, dass der Junge den alten, abgenutzten Rucksack, den er immer bei sich hatte, fest mit der rechten Hand gepackt hielt. Diese Szene fühlte sich für Graham unendlich lang an, in Wirklichkeit dauerte sie aber nur wenige Sekunden.

»Ruf einen Krankenwagen«, rief Graham, aber noch bevor er den Satz ausgesprochen hatte, hastete Frank bereits zum Telefon.

Panisch tastete Graham an Jamies Hals nach einem Puls. Es dauerte einen Moment, bis er ihn fand. Er war sehr schwach, aber noch vorhanden. Jamies Atmung war ebenfalls schwach und flach. Graham sah hilflos zu Frank auf, als dieser von seinem Telefonat zurückkam.

»Was sollen wir nur tun?«, fragte er, während er die verklebten Haare aus Jamies Gesicht strich.

»Ich weiß es nicht«, antwortete Frank ängstlich. »Aber wir sollten ihn in die Wohnung holen. Wir können ihn nicht einfach da draußen liegen lassen.«

Frank ging neben Graham auf die Knie und gemeinsam hoben sie den Jungen vorsichtig an und trugen ihn in die Wohnung hinein. Dort legten sie Jamie ebenso behutsam auf dem Boden ab. Cindy kam zu ihnen und leckte eine der blutverschmierten Hände, die schlaff neben Jamie lagen.

»Jamie, kannst du mich hören?«, fragte Graham zärtlich, während er sich über das Gesicht des Jungen beugte.

Dieser regte sich und ein Auge öffnete sich einen Spalt breit.

»Es tut mir leid«, stöhnte er.

»Es gibt nichts, was dir leidtun müsste«, sagte Frank. »Hilfe ist unterwegs.«

»Er ... er hat mich erwischt«, hauchte Jamie kaum hörbar.

»Wer hat dich erwischt?«, fragte Graham. »Wer hat dir das angetan?«

»Ich ... ich konnte nicht schnell genug ...«

Jamie verstummte, atmete schwer und hob die Hand. Er ließ sie auf Franks ausgestrecktem Arm fallen.

»Mein Rucksack ...«, murmelte der Junge. »Notizbuch ...«

Frank und Graham wechselten einen Blick.

»Lasst nicht zu, dass er ...«, sagte Jamie und stöhnte auf. »... gewinnt.«

»Dein Rucksack ist hier, Jamie«, sagte Frank, ergriff ihn und öffnete den Reißverschluss.

Er warf einen Blick hinein und entdeckte ein Notizbuch. Es war in ein T-Shirt eingewickelt, das ebenfalls voller Blutspuren war.

»Ich habe das Notizbuch gefunden«, sagte er leise.

Jamies Fingernägel bohrten sich schmerzhaft in Franks Arm, als er abermals aufstöhnte.

»Schnappt ...«, begann Jamie erneut, verstummte dann aber.

Frank öffnete das Notizbuch und blätterte ein paar Seiten durch, auf denen in Jamies krakeliger Handschrift Namen und Daten geschrieben waren. Plötzlich verstand er alles. Ihm wurde klar, warum der Junge so dringend hatte zurückgehen müssen. Er dachte einen Moment lang nach und traf eine Entscheidung.

»Ich werde mich für dich darum kümmern, Jamie«, sagte er, legte das Notizbuch weg und bedeckte Jamies Hand mit seiner eigenen.

»Ich war nicht schnell genug«, murmelte der Junge. »Mein Va...«

Seine Augen schlossen sich und bevor er das Wort beenden konnte, verlor er das Bewusstsein. Frank und Graham sahen sich einen Moment lang ratlos an. Graham tastete noch einmal am Hals des Jungen nach einem Puls und war erleichtert, als er ihn fand.

»Hast du verstanden, was er zum Schluss gesagt hat?«, fragte Frank.

»Ich bin mir nicht sicher«, brachte Graham mit brüchiger Stimme hervor. »Hat es sich für dich auch wie *Vater* angehört?«

»Das habe ich auch verstanden.«

»Ich würde mein Geld darauf verwetten, dass ich weiß, wer das getan hat«, stieß Graham wütend aus.

»Das wird er schon bald bereuen«, brummte Frank.

Er senkte den Blick und sah zu Jamies Rucksack. In der Nähe des Reißverschlusses war im Inneren der Tasche ein kleines Schild angebracht. Er nahm den Rucksack und drehte das Schild um. Es war eine Adresse. Unauffällig warf er einen Blick zu Graham, aber dieser war zu sehr auf Jamie konzentriert, um zu bemerken, was Frank machte. Er riss das Adressschild ab und steckte es in seine Hosentasche.

»Ich gehe hinaus und zeige ihnen den Weg«, sagte Frank einen Moment später, als in einiger Entfernung die Sirene des Krankenwagens zu hören war.

Graham blieb bei Jamie und hielt seine Hand. Er wusste nicht, was er sonst tun sollte oder konnte. Es dauerte keine Minute, bis er eilige Schritte auf dem Flur hörte. Kurz darauf folgten zwei Sanitäter Frank in das Apartment. Frank packte Graham an der Schulter und zog ihn ein Stück zurück, damit er für die Rettungskräfte Platz machte. Cindy jaulte, ließ sich von ihm aber ebenfalls von Jamie wegziehen. Mit wachsamen Augen beobachtete sie, was die Männer mit Jamie machten.

»Was ist hier passiert?«, wollte einer von ihnen wissen.

Frank bemerkte das Misstrauen in seiner Stimme. Er sah Graham an, der jedoch kein Wort herausbrachte.

»Der Junge hat sich hierhergeschleppt, nachdem er so zugerichtet wurde«, erklärte Frank. »Wir haben hier auf ihn gewartet, als wir etwas an der Tür hörten. Als wir sie öffneten, haben wir ihn so gefunden. Wir haben ihn nur hier hereingeholt, weil es wärmer ist als im Flur.«

»Haben Sie schon die Polizei verständigt?«, fragte der Sanitäter, offenbar nicht sonderlich überzeugt von Franks Geschichte.

»Sofort, nachdem ich den Rettungswagen gerufen habe«, sagte Frank und wie aufs Stichwort ertönten in der Entfernung weitere Sirenen. »Das sind sie vermutlich.«

Die Sanitäter arbeiteten daran, Jamies Zustand zu stabilisieren und ihn für den Transport ins Krankenhaus vorzubereiten. Nachdem die Polizisten eingetroffen waren, erklärten Frank und Graham, was sie wussten. Als sie erwähnten, dass sie an diesem Tag einen Termin bei Matty gehabt hatten, horchte der jüngere der Beamten auf. Offenbar kannte er ihren Namen. Graham zeigte ihm sogar die Papiere, die belegten, dass er an diesem Tag offiziell zu Jamies Vormund ernannt worden war.

»Bitte, ich muss mit Ihnen fahren«, sagte Graham zu den Sanitätern, nachdem sie Jamie auf eine Trage gehoben und angeschnallt hatten.

»Das erlauben wir im Normalfall nicht«, antwortete einer von ihnen.

»Bitte«, flehte Graham ihn an. »Er muss wissen, dass jemand bei ihm ist, den er kennt und dem er vertrauen kann.«

Die Sanitäter sahen zu den Polizisten und als einer von ihnen nickte, gaben sie schließlich nach.

»In Ordnung«, sagte einer von ihnen. »Aber halten Sie sich im Hintergrund und mischen Sie sich nicht ein. Wenn es unterwegs zu Komplikationen kommt, werden wir vielleicht etwas unternehmen müssen, das Sie erschrecken oder verärgern könnte.«

»Keine Sorge, ich werde Ihnen keine Probleme bereiten«, versprach Graham.

»Dann lassen Sie uns gehen.«

Graham folgte den Sanitätern, die die Trage über den Flur schoben. Frank war direkt hinter ihnen. Er tippte Graham auf die Schulter.

»Gib mir deine Wohnungsschlüssel«, bat er ihn. »Ich schließe ab und kümmere mich um Cindy. Anschließend komme ich ins Krankenhaus nach.«

Graham gab Frank seine Schlüssel und beschleunigte den Schritt, um von den Sanitätern nicht zurückgelassen zu werden. Frank sah dabei zu, wie sie den Jungen in den Krankenwagen schoben und wie Graham mit ihnen einstieg. Er wartete noch einen Moment, bis sie mit heulenden Sirenen losgefahren waren, dann ging er in das Apartment zurück. Dort warteten die beiden Polizisten auf ihn, um ihm ein paar weitere Fragen zu stellen.

»Haben Sie eine Ahnung, wer dies getan haben könnte?«, fragte einer der beiden.

»Ich weiß, dass Jamies Vater ihn in der Vergangenheit geschlagen hat«, sagte Frank. »Ich wäre bereit, mein Geld darauf zu verwetten, dass das sein Werk ist.«

»Haben Sie Jamie gesagt?«, fragte der ältere der Männer.

»Ja, sein Name ist Jamie«, antwortete Frank und zeigte auch ihm noch einmal die Papiere, auf denen Jamies voller Name stand. »Kennen Sie ihn?«

»Ich habe ihn wegen des vielen Bluts nicht erkannt, aber ich bin ihm schon einmal begegnet. Wir hatten den Verdacht, dass mit der Familie etwas nicht stimmt, aber wir hatten nie ausreichend Beweise gegen sie in der Hand. Jedes Mal, wenn wir sie zur Befragung bei uns hatten, waren die Eltern die Unschuld in Person. Sie haben uns immer wieder erzählt, dass der Junge nur Probleme bereitet und

immer wieder wegläuft. Zudem haben wir eine Akte über den Jungen, also sieht es danach aus, als wäre das Kind tatsächlich das Problem. Sie können sich sicherlich vorstellen, wie das läuft.«
»Anstatt die Eltern auf die Wache zu zitieren, sollten Sie ihnen dieses Mal vielleicht einen Hausbesuch abstatten«, schlug Frank vor. »Sie könnten etwas finden, das ihnen dabei hilft, einen Fall aufzubauen.«
»Jamies Verletzungen bedeuten, dass wir dieses Mal einen ausreichenden Verdacht haben«, erklärte der Polizist. »Das macht einen großen Unterschied. Wir werden jetzt ins Krankenhaus fahren, um mehr Informationen zu den Verletzungen des Jungen zu bekommen. Außerdem werden wir einen Bericht anfertigen und dem Staatsanwalt übergeben, damit er einen Durchsuchungsbeschluss beantragen kann. Sobald das erledigt ist, statten wir den Eltern einen Besuch ab und ich verspreche Ihnen, dass wir der Sache auf den Grund gehen werden. Ich hoffe, dass Jamie durchkommen wird. Ich bin zwar kein Arzt, aber ich habe schon Einiges gesehen. Soweit ich es beurteilen kann, sieht es allerdings nicht gut aus.«
»Wie lange wird all das dauern?«, fragte Frank. »Bis Sie Ihre Berichte geschrieben haben, könnten sie schon über alle Berge sein.«
»Einen Bericht anzufertigen dauert nicht so lange, wie Sie wahrscheinlich glauben. Ich werde ihn auf dem Weg ins Krankenhaus schreiben und wenn wir dort ankommen, werde ich ihn bereits elektronisch übermittelt haben. Ich schätze, danach wird es weniger als eine Stunde dauern, bis seine Eltern Besuch bekommen.«
»Dann sehen wir uns im Krankenhaus«, sagte Frank. »Ich muss hier abschließen und noch ein paar Dinge erledigen, bevor ich dorthin nachkommen kann. Vielen Dank für Ihre Hilfe.«
»Wir sehen uns dann dort«, sagte einer der Polizisten und Frank schüttelte beiden die Hand.
Er wartete, bis sie gegangen waren, dann ging er zum Bücherregal, das sich an einer Seite des Raumes befand und zog Grahams Adressbuch heraus. Es dauerte nicht lange, bis er den Eintrag fand, den er suchte, dann nahm er das Telefon und wählte die Nummer.
»Dave, bist du das?«, fragte Frank, als das Gespräch entgegengenommen wurde.
»Ja, was ist los?«
»Mit Jamie ist etwas passiert«, erklärte Frank schnell. »Wie es aussieht, hat sein Vater ihn erwischt und ihn ziemlich verprügelt. Er ist gerade mit dem Rettungswagen auf dem Weg ins Krankenhaus.«
»Oh, nein!«, stieß Dave aus. »Kann ich irgendwie helfen?«

»Ja, das kannst du. Kannst du mich so schnell wie möglich in Grahams Apartment treffen? Cindy ist hier bei mir und ich brauche dich, um sie für mich auf die Insel zurückzubringen. Wir können uns hier nicht um sie kümmern.«

»Das ist kein Problem. Ich bin sogar in einer Mall, ganz in der Nähe. Ich kann in ein paar Minuten da sein.«

»Bitte beeile dich«, bat Frank ihn. »Ich habe nicht viel Zeit. Wenn du sie auf die Insel bringst, wird sich Jason solange um Cindy kümmern, bis wir wiederkommen.«

»In Ordnung, Frank. Ich bin schon auf dem Weg zu meinem Wagen. Ich komme so schnell ich kann.«

Frank beendete das Gespräch und legte das Telefon auf den Tisch. Er atmete ein paar Mal tief durch, bevor er es abermals in die Hand nahm und eine andere Nummer wählte.

»Cathy?«, fragte er, als seine Frau das Gespräch entgegennahm.

»Was ist passiert?«, fragte sie sofort. »Irgendetwas muss passiert sein. Ich kann es an deiner Stimme hören.«

»Es ist Jamie«, sagte Frank langsam. »Sein Vater hat ihn erwischt und ...«

Er verstummte und seufzte.

»Der Krankenwagen ist vor ein paar Minuten hier losgefahren«, fuhr er schließlich fort.

»Wird es ihm gut gehen?«, fragte sie ängstlich. »Was ist passiert?«

»Er sah wirklich schlimm aus«, erklärte Frank. »Überall war so viel Blut. Ich glaube, du solltest dir etwas für Jason einfallen lassen. Jamie hat ganz und gar nicht gut ausgesehen.«

»Oh, nein«, hauchte sie leise. »Und das nach allem, was ihm ohnehin schon zugestoßen ist. Der arme, kleine Kerl.«

»Ich werde hier nicht weggehen, bevor ich weiß, was passiert ist«, sagte Frank entschlossen. »Und ich werde dann ins Krankenhaus fahren und bei Graham bleiben. Ich habe Dave angerufen und er wird Cindy abholen, um sie auf die Insel zurückzubringen. Sag Jason, dass er sie abholen und sich um sie kümmern soll, während wir weg sind.«

»Frank ...«, sagte Cathy in einem warnenden Ton. »Tue nichts, was du bereuen könntest.«

»Es wird alles gut«, versprach er ihr. »Ich werde nur sehen, ob ich irgendetwas herausfinden kann.«

»Sei bitte vorsichtig.«

Sie konnte etwas Beunruhigendes in der Stimme ihres Mannes hören, auch wenn er sich große Mühe gab, es vor ihr zu verbergen.

»Jason und ich brauchen dich auch«, erinnerte sie ihn.

»Du brauchst dir keine Sorgen machen. Ich werde wiederkommen, aber nicht, bevor Jamie nicht auch fit genug ist, um nach Hause zu kommen. Es tut mir leid, aber ich muss jetzt Schluss machen. Ich liebe dich. Und sage bitte auch Jason, dass ich ihn liebe.«
»Wir lieben dich auch«, sagte Cathy mit einem Kloß im Hals. »Bitte komm bald zu uns zurück.«
Sobald er aufgelegt hatte, sah sich Frank in Grahams Apartment um. Er fand ein altes Paar Handschuhe und zwängte seine großen Hände hinein. Dann nahm er Jamies Rucksack vom Boden und vergewisserte sich, dass er Jamies Notizbuch wieder hineingelegt hatte. Nachdem er den Reißverschluss geschlossen und den Rucksack aufgesetzt hatte, rief er Cindy zu sich und verließ mit ihr die Wohnung, die er hinter sich abschloss. Er ging zu Grahams Wagen, holte eine Straßenkarte aus dem Handschuhfach und entfaltete sie auf der Motorhaube des Kleinwagens. Er zog das kleine Schild aus seiner Hosentasche und warf einen Blick darauf, bevor er auf der Karte nach der Adresse suchte. Sie lag nur ein paar Blocks entfernt. Er war gerade dabei, die Karte wieder zusammenzufalten, als Dave bei ihm ankam.
»Gibt es Neuigkeiten?«, fragte er sofort, als er aus seinem Wagen stieg.
»Nein, nichts Neues«, antwortete Frank. »Der Krankenwagen ist auch vor ein paar Minuten erst losgefahren. Danke, dass du so schnell gekommen bist, um Cindy abzuholen. Ich habe Cathy angerufen und sie wird Jason erklären, was passiert ist. Er wird Cindy abholen, wenn du auf die Insel zurückkommst.«
Dave bemerkte die zusammengefaltete Karte auf der Motorhaube.
»Du wirst nicht tun, von dem ich glaube, dass du es vorhast, oder?«
»Ich kann nicht zulassen, dass so etwas noch einmal passiert«, antwortete Frank, ohne Dave in die Augen zu sehen.
»Du wirst nicht damit leben können, wenn du es tust«, warnte Dave ihn.
»Es wird nichts dermaßen Permanentes«, sagte Frank. »Das ist er nicht wert. Aber ich werde dafür sorgen, dass Jamie von nun an vor ihm in Sicherheit ist.«
»Klingt für mich danach, als würdest du das Richtige tun«, sagte Dave nickend. »Brauchst du Hilfe?«
Frank sah überrascht zu Dave auf.
»Nein, ich komme schon klar.«
»Okay«, sagte Dave. »Später, wenn du dich um alles gekümmert hast und es dir von der Seele reden willst, denk daran, dass ich ein

guter Zuhörer bin.«
»Danke. Das werde ich wahrscheinlich gebrauchen können.«
»Wenn alles vorbei ist und du dazu bereit bist, lass es mich einfach wissen. Dann setzen wir uns bei ein paar Bier zusammen.«
Dave öffnete die Beifahrertür seines Wagens und Cindy sprang hinein. Er ging um den Wagen herum und öffnete die Tür. Er zögerte einen Augenblick, dann stieg er jedoch ein und fuhr davon. Frank sah ihm noch kurz nach, bevor er selbst in Grahams Wagen stieg und den Sitz nach hinten schob, damit er hinter dem Lenkrad Platz hatte. Nachdem er den Motor gestartet hatte, fuhr auch er los. Die Fahrt dauerte nur ein paar Minuten und Frank hielt mit dem Wagen einen Block vor der auf dem Schild in Jamies Rucksack angegebenen Adresse an. Nachdem er den Motor abgestellt hatte, sah er sich einen Moment lang um. Die Häuser links und rechts von der Straße waren ziemlich heruntergekommen. Er freute sich nicht auf das, was er jetzt tun würde. Es tat ihm in der Seele weh, dass all die Hilfe, die Jamie in den vergangenen Tagen und Wochen von ihnen bekommen hatte, möglicherweise umsonst gewesen war. Ihm war klar, dass er hinterher für ein paar Nächte nicht würde schlafen können, aber er war entschlossen, dafür zu sorgen, dass Jamie sich nie wieder fürchten musste.

Frank atmete noch einmal tief durch, bevor er aus dem Wagen stieg, die Straße überquerte und loslief. Er wollte sich dem Haus von der anderen Straßenseite aus nähern – für den Fall, dass jemand im Haus war und die Straße im Auge behielt. Er war sich sicher, so zumindest einen ersten Blick auf das Haus werfen zu können, ohne Verdacht zu erwecken. Er brauchte auch nicht lange, um es zu finden. Es war vielmehr ein Bungalow als ein Haus und Frank fragte sich, warum es nicht schon lange auseinandergefallen war. Die Hütte brauchte dringend einen neuen Anstrich, auf dem Dach fehlten bereits einige Schindeln und die Dachrinne war an einigen Stellen lose und hing herunter. Als er sich sicher war, dass ihn niemand beobachtete, überquerte er die Straße und näherte sich dem Haus. Er entdeckte einen kleinen Fußweg, der am Haus vorbei zur Rückseite zu führen schien. Frank sah sich einen Moment lang um, bevor er am Haus entlang dem Weg folgte, bis er zu einem offenem Fenster gelangte. Er spähte hinein und war sich sicher, dass es Jamies Schlafzimmer gewesen war. In einer Ecke stand ein kleines, ungemachtes Bett, an den Wänden hingen ein paar zerrissene Poster. Auf dem Boden lagen Kleidungsstücke herum. Als er genauer hinsah, bemerkte Frank die dunklen Flecken in der Bettwäsche und verschmierte Spuren, die zum

Fenster führten. Als er die Fensterbank genauer betrachtete, konnte Frank auch dort Blutspuren und sogar ein paar kleine, eingetrocknete Fingerabdrücke erkennen. Frank realisierte, dass die Flecken auf dem Bett anzeigten, wo Jamie nach dem Angriff seines Vaters gelegen haben musste und die anderen Blutspuren markierten seine Fluchtroute. Frank schob das teilweise geöffnete Fenster langsam weiter nach oben. Dabei versuchte er, möglichst keine Geräusche zu machen. Er sah sich noch einmal um, dann stieg er vorsichtig durch das Fenster ins Haus, immer darauf bedacht, Jamies Spuren nicht zu berühren. Er war jedoch zu groß und verwischte einen der Fingerabdrücke teilweise. Einen Augenblick lang sah er sich um und entdeckte auf ein paar Papierblättern, die im Zimmer verstreut waren, Jamies Namen. Die letzten Bedenken, ob er im richtigen Haus war, waren somit ausgeräumt. So leise, wie er konnte, ging er zur Zimmertür, öffnete sie einen Spalt breit und spähte hinaus. Er konnte aus einem der anderen Zimmer ein lautes Schnarchen hören. Sonst entdeckte er niemanden. Er öffnete die Tür weiter und sah den Hinterkopf eines Mannes, der im Wohnzimmer auf einem Sessel saß. Einer der Arme baumelte neben der Lehne. Unter ihr lag eine leere Schnapsflasche. Langsam schlich er sich an und als er sich dem Mann näherte, übermannte ihn der Gestank von Alkohol. Als ihm klar wurde, dass der Mann vermutlich nicht so schnell aufwachen würde, beschloss er, sich erst einmal den Rest des Hauses anzusehen. Er ging ins Elternschlafzimmer und es dauerte nicht lange, bis er das fand, von dem er sich sicher war, dass er es finden würde. Er hatte so gehofft, dass er sich irrte, aber dem war nicht so. In einem Schrank fand er eine große Kiste, die voller DVDs und CDs war. Alle waren mit der selben, groben Handschrift beschriftet. Frank wollte sich nicht ansehen, was sich auf den Datenträgern befand, aber er musste es, um sicherzugehen. Er ging zu einem Computer, der in der Ecke des Schlafzimmers stand und schob eine der CDs ins Laufwerk. Eine Liste mit Dateinamen öffnete sich kurz darauf automatisch. Es waren alles Bilddateien. Frank klickte eine von ihnen an, dann eine zweite. Sein Verdacht wurde bestätigt. Es waren Fotos von Jamie. Das Gesicht in den Fotos lächelte nicht, aber es gab keine Zweifel, was die Identität des Jungen auf den CDs anging. Frank schloss die Dateien, nahm die CD aus dem Laufwerk und legte sie in die Hülle zurück. Als Nächstes nahm er eine der DVDs. Er versicherte sich, dass die Lautsprecher des Computers ausgeschaltet waren, bevor er auch diese ins Laufwerk schob. Er musste sich keine zehn Sekunden des Videos ansehen, bevor ihm schlecht wurde und er sich beinahe übergab. Er nahm die Scheibe aus dem Laufwerk und legte auch sie zurück in die Kiste. Langsam richtete er sich auf, holte tief Luft, dann ging er zur Schlafzimmertür. Er blieb einen Moment lang im Türrahmen stehen und betrachtete die schlafende Gestalt im Wohnzimmer. Vor seinem geistigen Auge sah er Jamies blutüberströmten, kleinen Körper, während er darüber nachdachte, was er gleich tun würde. Mit Wut und Hass in den Augen öffnete er die Tür weiter und ging ins Wohnzimmer zurück.

* * *

Als der Krankenwagen an der Notaufnahme ankam, schoben die Sanitäter Graham beiseite, um die Trage, auf der Jamie lag, so schnell wie möglich ins Gebäude zu bringen. Gleich im Eingangsbereich wartete bereits ein Notfallteam, das den Jungen übernahm und ihn sofort in einen Behandlungsraum schob. Graham versuchte, ihnen zu folgen, doch eine Krankenschwester hielt ihn auf. Graham sah auf dem Schild an ihrer Kleidung, dass ihr Name Melody Schroder war.
»Es tut mir leid, aber Sie müssen hier draußen warten«, sagte sie freundlich, aber bestimmt.
Sie deutete auf die freien Stühle im Wartebereich der Notaufnahme.
»Aber ich muss da rein«, flehte Graham sie an. »Er wird Angst bekommen, wenn er aufwacht und es ist niemand bei ihm, den er kennt.«
»Die Ärzte werden sich um alles kümmern«, sagte sie ruhig und schob ihn behutsam zu einem der Stühle.
Noch bevor Graham protestieren konnte, verschwand sie auch schon durch die Tür im Behandlungszimmer. Ein Blick auf den bleichen Jungen hatte Melody gereicht, um zu wissen, dass es der Zustand des Jungen nicht erlauben würde, einfach aufzuwachen und Angst zu haben. Ihre Erfahrung und die Menge an Blut, die an Jamies Kleidung klebte, sagten ihr, dass es möglicherweise nur eine Frage von Minuten war, bis der Junge sterben würde.
Rational betrachtet wusste Graham, dass die Krankenschwester recht hatte und dass es nichts gab, was er hätte tun können. Dennoch konnte er nicht einfach dort sitzen und ruhig warten. Er stand auf und tigerte vor der Tür zum Behandlungszimmer auf und ab. Dadurch konnte er die Worte der Ärzte mithören, die dort drin alles versuchten, um Jamie das Leben zu retten.
»Sein Blutdruck sinkt«, rief eine männliche Stimme. »Das liegt am Blutverlust. Ich brauche vier Einheiten Null-Negativ, sofort! Außerdem brauche ich eine Kreuzprobe. So wie es aussieht, wird er noch viel mehr brauchen.«

»Woher kommt das ganze, verdammte Blut?«, fragte eine andere.
»Es ist überall.«
»Atemstillstand!«, schrie eine dritte Person. »Sofort intubieren!«
»Seht euch das an! Hier tritt das ganze Blut aus. Ich brauche weitere Konserven.«
»Das bringt nichts! Bereitet sofort einen OP vor. Er muss sofort operiert werden, sonst verlieren wir ihn.«
»Was ist mit dem Arm?«
»Das sieht nach einem glatten Bruch aus. Darüber machen wir uns später Sorgen.«
»Wir sollten seinen Schädel röntgen«, warf eine weitere Stimme ein.
»Ich habe später gesagt!«, konterte der Mann, der scheinbar das Sagen hatte. »Entweder bekommen wir die Blutung gestoppt oder die verdammten Röntgenbilder finden sich im Autopsiebericht wieder.«
»Seht euch seinen Rücken an!«, stieß eine weibliche Stimme aus.
»Sind das ... mein Gott! Ein paar davon sehen frisch aus.«

Graham entdeckte eine Lücke zwischen den beiden Schwingtüren zum Behandlungszimmer und er spähte hinein. Er konnte jedoch nicht mehr sehen als eine von Jamies schlaffen Händen, die leblos von der Trage hing. Blut rann seine dünnen Finger hinab und auf dem Boden darunter hatte sich bereits eine kleine Pfütze gebildet. Graham schloss die Augen und schüttelte den Kopf. Er konnte diesen Anblick nicht ertragen. Als er die Augen wieder öffnete, wandte er sich von der Tür ab und ging in den Wartebereich zurück. Aus dem Augenwinkel sah er, wie die automatische Tür zur Notaufnahme aufging und er entdeckte die beiden Polizisten, die zu seinem Apartment gekommen waren. Sie kamen auf ihn zu und begannen sofort, ihm Fragen zu stellen.

So verstörend die Fragen auch waren, Graham war beinahe erleichtert, denn sie lenkten ihn von dem ab, was er im Behandlungszimmer gesehen und vor allem davor gehört hatte. Es dauerte nicht lange, bis noch weitere Beamte auftauchten. Ein paar von ihnen trugen Uniformen, andere wiederum nicht. Warum dem so war, konnte Graham jedoch nicht nachvollziehen. Die Beamten, die zivile Kleidung trugen, zeigten jedem mit ihrem Auftreten ganz klar, dass sie Polizisten waren. Sie hätten niemanden täuschen können. Einer der Neuankömmlinge, einer der Uniformierten mit den Streifen eines Sergeant auf seinen Schultern, ging zum Empfang der Notaufnahme. Wie Graham aus ein paar aufgeschnappten Wortfetzen heraushörte, wollte der Mann offenbar in den Untersuchungsraum. Die Schwester wies ihn jedoch mit einem energischen Kopfschütteln ab und ließ ihn einfach stehen. Graham beobachtete ihn dabei, wie auch er zur Tür ging und durch den gleichen Spalt spähte, durch den Graham ein paar Minuten zuvor Jamies leblose Hand gesehen hatte. Der Mann trat kurz darauf zurück, schüttelte den Kopf und atmete tief durch. Dann wandte er sich an seine Kollegen und begann, allen Anweisungen zu erteilen. Die große Anzahl an Polizisten versperrte inzwischen den anderen Leuten im Krankenhaus den Gang. Die Schwester am Empfang griff schließlich zum Telefon und rief jemanden an. Ein paar Minuten später kam Melody in den Wartebereich.

»Sie müssen irgendwo anders hingehen«, sagte sie zu dem Sergeant. »Sie versperren den Gang, sodass wir mit den Patienten nicht durchkommen.«

»Wie bitte?«, fragte der Mann und baute sich vor ihr auf, als wolle er sie mit seiner Erscheinung beeindrucken.

»Sie kennen die Regeln genauso gut wie ich«, sagte Melody gelassen. »Also versuchen Sie es erst gar nicht. Machen Sie Platz und gehen Sie in den Wartebereich. Und zwar sofort. Sobald es Neuigkeiten über den Patienten gibt, werden wir Sie informieren.«

Graham, der dabei zusah, wie sich die Beamten in Bewegung setzten, fing an, diese Frau zu mögen. Er war davon beeindruckt, wie sie mit den Polizisten umging. Sie alle gehorchten ihr und es dauerte keine Minute, bis der Gang frei war. Zufrieden nickte sie und verschwand wieder im Behandlungszimmer. Während die Polizisten weiter Fragen stellten, ging Graham nervös im Wartebereich auf und ab. Die Tatsache, dass er nicht viele der Fragen beantworten konnte, schien die Beamten nicht davon abzuhalten, sie immer wieder zu stellen. Graham fiel auf, dass sich nur die Formulierung von Zeit zu Zeit ein wenig veränderte. Die ganze Zeit über behielt er die Tür zum Behandlungszimmer im Auge und er konnte sehen, wie immer wieder Mitarbeiter des Krankenhauses herauskamen oder hineingingen. Manchmal wurden zusätzliche Geräte in den Raum gebracht, andere Male hatte jemand eine Ampulle in der Hand und eilte damit in einen anderen Bereich des Krankenhauses. Die Geschwindigkeit, mit der sich alle bewegten, sagte Graham viel. Es bedeutete, dass Jamie noch immer durchhielt und um sein Leben kämpfte. Dennoch konnte er nichts dagegen tun, dass seine Angst mit jeder Minute größer wurde. Er hielt die Luft an, als die Tür zum Behandlungszimmer regelrecht aufflog und Melody an ihm vorbei und zum Aufzug rannte. Kurz darauf sah er, wie Jamie auf der Trage zum Aufzug gefahren wurde. Mehrere Ärzte rannten neben der Trage her. Die untere

Hälfte seines kleinen Körpers war mit einem blauen Laken bedeckt, das zahlreiche Blutflecken aufwies. Sein Oberkörper war nackt, aber ebenfalls von Blut und blauen Flecken übersät. Es war schwer, das Gesicht des Jungen zu erkennen, denn es war fast komplett von einer Sauerstoffmaske bedeckt. An einer Metallstange am Bett hingen mehrere Beutel mit Blut, die durch Schläuche mit Jamies Armen verbunden waren. Zwischen seinen leicht gespreizten Beinen stand ein Herzmonitor, der langsam vor sich hin piepte. Als Jamie an ihnen vorbeigefahren wurde, verstummten alle Polizisten. Aus dem Augenwinkel bemerkte Graham, dass einer der älteren Männer seine Augen schloss und sich abwandte. Die Fragen hörten auf und eine bedrückende Stille hing über dem gesamten Wartebereich. Graham setzte sich in Bewegung und versuchte, Jamie und den Ärzten zu folgen, aber ein anderer Mann, der aus dem Behandlungszimmer kam, hielt ihn auf.

»Sind Sie der Vater des Jungen?«, fragte er, nahm Graham behutsam am Arm und führte ihn den Wartebereich zurück.

»Ich bin Graham Martin«, erklärte er. »Heute Morgen bin ich zu Jamies Vormund ernannt worden.«

»Ist Ihnen bewusst, was mit Jamie passiert ist?«, fragte er freundlich, schob Graham auf einen Stuhl und nahm neben ihm Platz.

»Nicht genau«, gab Graham zu. »Aber ich kann mir zumindest einen Teil davon denken.«

»Es gibt keinen schönen Weg, um zu sagen, was ich Ihnen jetzt sagen muss«, sagte der Arzt und Graham bemerkte zwei Polizisten, die einen Notizblock aus der Tasche zogen und offenbar alles mitschrieben, was der Arzt sagte. »Die einzige Möglichkeit ist, es direkt auszusprechen. Jamie ist sehr brutal vergewaltigt und misshandelt worden. Die Prellungen, Blutergüsse, der gebrochene Arm, die Nase, mindestens eine seiner Rippen ...«

Der Arzt verstummte kurz und seufzte.

»All das, was sie sehen können, ist nicht lebensbedrohlich, auch wenn es schlimm aussieht. Wenn wir die Zeit haben, können wir all das behandeln und er wird wieder gesund.«

»Was meinen Sie damit, *wenn Sie die Zeit haben?*«, fragte Graham, der den Unterton in den Worten des Mannes sofort bemerkte.

»Jamie hat massive, innere Blutungen davongetragen«, erklärte ihm der Arzt. »Wie es aussieht, ist sein Dickdarm gerissen. Ich vermute, dass diese Verletzung durch einen Fremdkörper verursacht wurde. Mit solchen Verletzungen ist es ehrlich gesagt schon ein Wunder, dass er es überhaupt ins Krankenhaus geschafft hat. Wir haben ihm sofort Bluttransfusionen gegeben, aber das ganze Blut hat er fast sofort wieder verloren. Sein Blutdruck ist sehr niedrig und sein Puls ist sehr schwach. Er wird im Augenblick in den OP gebracht und sie werden alles versuchen, um den Schaden zu beheben und den Blutverlust zu stoppen.«

»Wird er ...?«, fragte Graham, konnte sich aber nicht dazu überwinden, den Satz zu beenden.

»Es tut mir leid, Ihnen das sagen zu müssen, aber wenn es jemanden gibt, den Sie informieren müssen, sollten Sie das umgehend tun. Seine Überlebenschancen stehen überhaupt nicht gut.«

Graham erbleichte und sackte regelrecht in sich zusammen. Der Sergeant, der in der Nähe stand und zugehört hatte, reichte Graham ein Glas Wasser. Er trank einen Schluck und versuchte, sich zu sammeln.

»Es gibt keine Chance?«, fragte er leise.

»Es gibt immer eine Chance«, sagte der Arzt freundlich. »Dass Jamie es überhaupt so weit geschafft hat, ist schon unglaublich. Ich möchte Ihnen aber nicht verschweigen, in welcher Gefahr er schwebt. Dennoch gibt es Menschen, die sich entgegen allen Erwartungen ins Leben zurückkämpfen. Ich hoffe genauso wie Sie, dass er es schaffen wird, aber ich muss ehrlich zu Ihnen sein. Es wäre viel schlimmer, wenn wir Ihnen erst eine geschönte Version der Tatsachen erzählen würden und Ihnen später schlechte Nachrichten überbringen müssten.«

»Es muss mir nicht gefallen, was ich höre, aber ich bin Ihnen für ihre Offenheit dankbar«, sagte Graham.

»Es gefällt mir auch nicht, Ihnen das sagen zu müssen«, sagte der Arzt traurig. »Es ist schlimm, sehen zu müssen, wenn ein Kind so zugerichtet wird. Weiß man schon, wer es getan hat?«

»Ich bin mir ziemlich sicher, dass es sein Vater war«, sagte Graham wütend.

Der Arzt schüttelte den Kopf, seufzte und blickte zu dem Sergeant auf.

»Wir haben ein paar Beweise und Ihre Leute werden sie analysieren wollen. Sie werden keine Probleme haben, sie beim Vergleich einem Verdächtigen zuzuordnen, wenn sie ihn finden.«

»Sind Sie sich sicher?«, fragte Graham.

»Allerdings. Die Beweise sind eindeutig, auch wenn Jamie nicht in der Lage sein sollte, auszusagen. Wir werden alles zusammenstellen, was für die Polizei relevant ist, aber ich muss jetzt gehen und im OP helfen. Ich verspreche Ihnen, dass entweder ich oder der Chirurg Sie informieren wird, sobald es Neuigkeiten gibt.«

»Vielen Dank, Doktor«, sagte Graham, schüttelte seine Hand und sah ihm nach, während er zum Aufzug ging, in dem Jamie ein paar Minuten zuvor verschwunden war.

Graham seufzte und legte den Kopf in seine Hände. Die Polizisten waren noch da und sprachen leise miteinander, aber niemand stellte Graham mehr irgendwelche Fragen. Sie alle hatten die düstere Prognose des Arztes gehört und wussten, was es bedeutete. Nach ein paar Minuten stand Graham von seinem Platz auf und ging zu einem der Polizisten, die zuerst zu seinem Haus gekommen waren.

»Entschuldigen Sie bitte«, sagte er und als sich der Mann zu ihm umdrehte, warf er einen Blick auf das Namensschild am Hemd des Mannes. »Constable Murphy ...«

»Logan«, unterbrach ihn der Mann. »Nennen Sie mich bitte Logan.«

»Logan ...«, begann Graham erneut. »Ich glaube, wir sollten die Kinderfürsorge informieren. Die Lady, die mit Jamies Fall betraut ist, heißt Matty ... äh ... Madeline Thompson.«

»Das haben wir bereits«, sagte Logan freundlich. »Sie sollte jeden Augenblick hier sein.«

Graham ging an seinen Platz zurück und setzte sich. Er versuchte, noch einmal aus dem Wasserglas zu trinken, aber er verschluckte sich und spuckte es wieder aus. Niemand lachte. Die meisten der Männer hatten selbst Töchter und Söhne und viele von ihnen versuchten, sich in Grahams Situation zu versetzen.

* * *

Auf einem Beistelltisch lag eine uralte Ausgabe des *National Geographic*. Graham nahm sie vom Tisch und blätterte sie durch. Als Nächstes nahm er ein zwei Jahre altes *Time Magazine* zur Hand und versuchte, sich auch damit abzulenken. Doch er las kein einziges Wort, sondern blätterte einfach die Seiten durch, ohne wirklich zu registrieren, was er auf ihnen sah. Die Minuten zogen sich für ihn wie Stunden und er blickte immer wieder zum Aufzug. Die Türen blieben jedoch geschlossen. Er war sich sicher, dass der Arzt jeden Moment zu ihm kommen und ihm die Nachrichten überbringen würde, die sein Leben für immer verändern würden. Ihm drehte sich der Magen um, als er plötzlich schnelle Schritte in seine Richtung hörte. Als er aufsah, atmete er erleichtert auf. Es war Matty.

»Haben Sie schon etwas gehört«, fragte sie schwer atmend, als sie vor ihm stehenblieb.

Graham stand auf und sie umarmte ihn.

»Nichts Neues, seitdem sie ihn in den OP gebracht haben«, sagte Graham.

Er warf einen Blick auf seine Uhr und war überrascht.

»Das ist schon fast zwei Stunden her«, fügte er hinzu.

»Das Warten ist immer das Schlimmste, nicht wahr?«, sagte Matty mitfühlend. »Ich musste aufgrund meiner Arbeit schon viel zu oft hierherkommen. Und es wird mit der Zeit auch nicht einfacher.«

»Es bringt mich um«, sagte Graham und schluckte, um die Tränen zurückzuhalten. »Wenn ich nur darauf bestanden hätte, dass er nicht alleine weggeht. Wenn ich es ihm nur irgendwie ausgeredet hätte.«

»Sie können sich selbst keine Schuld daran geben«, sagte Matty zärtlich. »Denn es ist nicht Ihre Schuld.«

In diesem Moment öffnete sich die Tür des Aufzugs und Grahams Herz setzte einen Schlag lang aus. Ein Arzt, der noch immer grüne OP-Kleidung trug, sah sich einen Moment lang um, bevor er zu ihnen gelaufen kam. Grahams Magen verknotete sich, während er aufstand. Er versuchte, im Gesicht des Arztes abzulesen, was dieser ihm gleich sagen würde. Die Miene des Mannes war jedoch völlig neutral.

»Sie sind Jamies Vormund?«, fragte er Graham.

»Ja«, bestätigte Graham und seine Knie wurden weich. »Ist er ...«

»Er lebt«, sagte der Arzt müde. »Ich hatte nicht daran geglaubt, dass er die Operation überstehen würde, aber irgendwie hat er es geschafft. Sein Herz ist zwei Mal stehengeblieben, aber wir konnten ihn beide Male wiederbeleben. Sein Rektalbereich war stark geschädigt und es hat über eine Stunde gedauert, es einigermaßen in Ordnung zu bringen. Wenn er durchhält und sich sein Zustand stabilisiert, werden wir ihn erneut operieren und die Feinarbeiten machen müssen. Für den Moment haben wir nur versucht, die schlimmsten Schäden zu beseitigen. Darüber hinaus hat er unzählige Blutergüsse am ganzen Körper, der linke Arm, die Nase und zwei Rippen sind gebrochen. Außerdem hat er einen Haarriss im Schädel. Auch wenn sich das schlimm anhört, all das ist nicht lebensbedrohlich. Im Moment bereiten uns der Schock, der enorme Blutverlust und vor allem eine mögliche Bauchfellentzündung die größten Sorgen. Die nächsten vierundzwanzig bis achtundvierzig Stunden werden ausschlaggebend sein. Er ist im Moment auf der Intensivstation und unter ständiger Beobachtung.«

Die ausführlichen Beschreibungen von Jamies Verletzungen trafen Graham wie Schläge. Er suchte im Gesicht des Mannes nach einem Anzeichen der Hoffnung, konnte jedoch keines finden.

»Glauben Sie, dass er es schaffen wird?«, fragte er ängstlich.
»Ich würde optimistisch bleiben«, sagte der Arzt vorsichtig. »Die Verletzungen sind allerdings so drastisch und der Blutverlust war so groß, dass seine Chancen im Augenblick nicht gut stehen.«
»Darf ich ihn sehen?«
»Im Augenblick noch nicht«, sagte der Arzt. »Wenn er stabil bleibt, können wir Sie vielleicht in ein paar Stunden ganz kurz zu ihm lassen.«
Graham bedankte sich und der Arzt ließ sie alleine. Graham ließ sich wieder in seinen Stuhl fallen und seufzte. Matty, die schweigend zugehört hatte, gab ihm ein paar Minuten, bevor sie ihm vorschlug, in die Cafeteria zu gehen und einen Tee zu trinken.

* * *

Mehrere Tassen und einige Stunden später saßen Graham und Matty noch immer in der Cafeteria und schoben sich die Krümel eines halb aufgegessenen Muffins hin und her. Melody kam in die Cafeteria und sah sich einen Moment lang um. Als sie Graham entdeckte, ging sie zu ihm und nahm auf dem Stuhl neben ihm Platz.
»Wenn Sie möchten, können Sie jetzt einen Moment zu Jamie«, sagte sie mit einem Lächeln.
»Wie geht es ihm?«, fragte Graham.
»Er ist sehr schwach und sein Zustand ist immer noch kritisch, aber im Moment hält er durch.«
Ihre Stimme klang beinahe fröhlich, als wolle sie Graham aufmuntern.
»Er muss ein sehr entschlossener, junger Mann sein. Die meisten Leute hätten es nicht so weit geschafft wie er.«
»Tief im Inneren ist er stark«, sagte Graham und nickte.
Alle drei erhoben sich und Melody führte Graham und Matty zur Intensivstation. Im Beobachtungsraum half sie Graham dabei, einen Kittel anzuziehen und einen Mundschutz aufzusetzen, bevor sie ihm erlaubte, zu Jamie zu gehen. Matty blieb draußen und sah durch die große Fensterscheibe zu, wie Graham den nur eingeschränkt zugänglichen Bereich der Station betrat. Melody führte ihn an mehreren Betten vorbei, die durch Vorhänge voneinander getrennt waren. Beinahe wäre er an Jamies Bett vorbeigegangen, denn er konnte ihn unter all den Schläuchen, Kabeln und Bandagen, die einen beachtlichen Teil seines kleinen Körpers bedeckten, gar nicht wiedererkennen.
»Gibt es irgendwelche Veränderungen?«, fragte Melody die andere Schwester leise, die neben Jamies Bett stand.

»Nein«, sagte die Frau nur.

»Sie können einen Moment bei ihm bleiben«, sagte Melody und trat ein paar Schritte zurück, um Graham zumindest symbolisch so etwas wie Privatsphäre zu geben, auch wenn sie nur wenige Meter von ihm entfernt stand.

Die andere Schwester blieb, wo sie war und behielt weiter die piependen Monitore im Auge. Graham trat an das Bett heran und sah sich Jamie an. Die Augen des Jungen waren geschlossen und sein Gesicht war schrecklich geschwollen. In beiden Armen steckten Infusionsnadeln, die ihn mit Blut und anderen Flüssigkeiten versorgten. Der Großteils seines Gesichts war von einer Maske bedeckt, die Jamie beim Atmen half. Graham war kein Arzt, aber selbst er konnte ein paar der Zahlen auf dem Monitor über Jamies Bett interpretieren. Sie sagten ihm, dass der Junge in keinem guten Zustand war. Er versuchte sich zu sammeln und berührte sanft Jamies Hand, die neben dem Jungen auf dem Bett lag.

»Ich bin es, Jamie«, sagte er leise. »Ich bin es, Graham. Du bist jetzt in Sicherheit und die Ärzte machen dich wieder gesund. Du hast ihn besiegt.«

Jamie bewegte sich nicht und reagierte in keinster Weise auf seine Worte. Nicht einmal der Herzmonitor zeigte auch nur die kleinste Veränderung an. Graham wusste, dass Jamie ihn vermutlich nicht einmal hören konnte, aber dennoch zögerte er nur kurz, bevor er weitersprach.

»Dir wird es bald schon besser gehen. Wenn du wieder auf den Beinen bist, fliegen wir auf die Insel zurück und du wirst wieder mit Jason Spaß haben können. Ihr werdet zusammen angeln oder mit Cindy wandern gehen können. Jetzt, da wir die Unterlagen der Kinderfürsorge haben, musst du nie wieder zu deinen Eltern zurück und kannst bei mir bleiben, solange du möchtest. Alles wird gut, das wirst du schon sehen. Du musst einfach nur stark bleiben und durchhalten.«

Ihm schossen Tränen in die Augen und er schluckte schwer.

»Bitte, Jamie«, sagte er und schluchzte. »Bitte halte durch.«

Grahams Lippen bewegten sich, aber er brachte kein weiteres Wort mehr heraus. Hilfesuchend sah er zu der Krankenschwester auf, die vergeblich zu lächeln versuchte. Graham hatte keinerlei Reaktion von Jamie auf seine Anwesenheit oder seine Worte bemerkt. Er spürte eine Hand auf seiner Schulter und Melody, die wieder zu ihm gekommen war, sagte leise, dass es Zeit war, wieder zu gehen. Graham sah Jamie noch einen Moment lang an, drückte die Hand des Jungen noch einmal sanft, dann folgte er Melody zurück in den Beobachtungsraum.

»Wie geht es ihm?«, fragte Matty, als er durch die Tür kam.

»Es ist, als wäre er vollkommen leblos«, sagte Graham und versuchte, die Tränen zurückzuhalten. »Er hat nicht einmal geblinzelt oder seine Hand bewegt. Absolut nichts.«

»Das ist zu diesem Zeitpunkt zu erwarten«, erklärte Melody freundlich. »Er ist im Augenblick so schwach, dass er selbst zu Ihrer Meinung nach simplen Dinge wie das Bewegen einer Hand oder eines Fingers nicht in der Lage ist. Sein Körper konzentriert sich ausschließlich darauf, am Leben zu bleiben. Es ist auch sehr unwahrscheinlich, dass wir in den nächsten Stunden eine Reaktion von Jamie bekommen werden. Ich würde vorschlagen, dass Sie nach Hause gehen, sich ausruhen und morgen Früh wiederkommen.«

»Aber ich muss hier sein«, protestierte Graham. »Für den Fall, dass er mich braucht.«

»Es besteht im Grunde keine Chance, dass sich für einige Zeit etwas dramatisch verbessert«, gab Melody zu bedenken.

»Ich werde hier nicht weggehen«, sagte Graham entschlossen. »Ich werde hier warten, ganz gleich, wie lange es dauert.«

Melody sah Graham einen Augenblick lang an, erkannte schließlich aber, dass sie ihn nicht würde überzeugen können. Also gab sie den Versuch auf und begleitete ihn und Matty wieder in den Wartebereich. Grahams Reaktion war in einer Situation wie dieser nicht ungewöhnlich und sie hatte Verständnis.

»Ich sollte ins Büro zurück«, bemerkte Matty, als sie im Wartebereich ankamen. »Ich muss mehrere Berichte schreiben und einreichen. Außerdem muss ich dabei helfen, die Untersuchungen zwischen der Polizei, der Staatsanwaltschaft und unserer Behörde zu koordinieren.«

»Danke, dass Sie gekommen sind«, sagte Graham. »Das weiß ich wirklich zu schätzen. Es tut gut, zu wissen, dass sich jemand sorgt.«

»Das tue ich immer. Es ist nur traurig, dass es manchmal so schlimm werden muss, bevor wir es herausfinden oder endlich etwas unternehmen können.«

Graham sah ihr einen Augenblick lang nach, dann ging er jedoch zu einem der Sofas und streckte sich darauf aus. Er glaubte nicht, dass er schlafen konnte, aber er war körperlich und emotional erschöpft. Außerdem sorgten der Lärm und die fluoreszierenden Lichter dafür, dass er Kopfschmerzen bekam.

Die Polizeipräsenz im Krankenhaus hatte nicht abgenommen. Ein paar der Beamten schienen Berichte zu schreiben, andere telefonierten oder hingen an ihren Funkgeräten. Zudem hatte Graham den Eindruck, als würden sie darauf bedacht sein, ihn nicht zu stören. Alle sprachen ausgesprochen leise und hielten einen respektvollen Abstand zu ihm. Es gelang ihm sogar, für eine Weile zu dösen, aber er war sofort hellwach, sobald er hörte, wie sich ihm Schritte näherten. Er öffnete die Augen und sah Frank, der vor ihm stand.

»Wie geht es ihm?«, fragte er und ließ sich neben neben Graham auf das Sofa fallen.

»Gerade so noch am Leben«, seufzte Graham. »Sie haben mich vor einer Weile kurz zu ihm gelassen.«

»Wie schlimm ist es?«

»Die Nase und der Arm sind gebrochen, er hat ein paar gebrochene Rippen, eine Schädelfraktur, Schnitte und Prellungen.«

Frank spürte, dass das nicht alles war.

»Und...?«, fragte er langsam.

Graham zögerte.

»Dieser Bastard hat ihn innen förmlich zerrissen.«

Er erklärte Frank, was er von den Ärzten erfahren hatte, aber als er Franks Hände bemerkte, verstummte er. Sie waren an den Knöcheln geschwollen und auch ein paar Schnitte waren zu erkennen. Er blickte auf und sah sich Frank genauer an. Graham konnte erkennen, dass sich ein großer, blauer Fleck an der Seite seines Gesichtes formte.

»Wo bist du gewesen?«, fragte er so leise, dass ihn die Polizisten nicht hören konnten. »Was ist mit dir passiert?«

»Kann ich Jamie sehen?«, wich Frank der Frage aus.

Graham sah seinen Freund einen Moment lang an, realisierte dann aber, dass er nichts aus Frank herausbekommen würde.

»Ich weiß es nicht«, sagte er schließlich. »Ich werde sie fragen. Ich weiß aber nicht, ob sie dich zu ihm lassen oder nicht.«

»Sag ihnen, ich bin sein lange verschollener Onkel«, schlug Frank vor.

Er war ein schwacher Versuch eines Scherzes und keiner von beiden konnte darüber lachen. Graham nickte, stand auf und ging an den Empfangstresen. Als die Schwester ihn ansah, fragte er sie, ob er noch einmal mit Melody sprechen könne. Dann ging er zu Frank zurück und setzte sich neben ihn. Es dauerte fünfzehn Minuten, bis Melody zu ihnen kam.

»Ich habe gehört, dass Jamies Onkel ihn sehen möchte«, sagte sie mit einem leichten Grinsen und einer außerordentlichen Betonung auf dem Wort *Onkel*.

»Bitte«, sagte Frank und stand auf. »Wenn es denn irgendwie möglich ist.«

»Wir erlauben für gewöhnlich nur unmittelbare Angehörige«, erwiderte sie, völlig unbeeindruckt von dem großen Mann, der vor ihr stand.

»Ich gehöre zur Familie«, sagte Frank. »Jedenfalls bin ich das, was abgesehen von Graham für Jamie einer Familie am nächsten kommt. Wir wohnen direkt nebenan und mein Sohn wird mir niemals vergeben, wenn ich Jamie nicht sehen darf. Es ist wirklich wichtig. Es gibt etwas, das ich ihm sagen muss.«

»Er ist im Augenblick nicht ansprechbar«, sagte Melody, noch immer nicht überzeugt.

»Bitte, ich muss zu ihm«, flehte Frank. »Es wird auch nicht lange dauern.«

Melody sah ihn einen Moment lang an, dann nickte sie.

»In Ordnung, aber wirklich nur ganz kurz«, sagte sie. »Jamie wird im Augenblick von einem unserer Ärzte untersucht. Bitte warten Sie hier und ich hole Sie dann. Es wird aber noch etwa eine halbe Stunde dauern.«

Es dauerte am Ende sogar eine dreiviertel Stunde, bevor sie wieder zu ihnen kam und Frank auf die Intensivstation begleitete. Als sie im Überwachungsraum ankamen, stattete sie Frank mit dem obligatorischen Kittel und dem Mundschutz aus, bevor sie ihn durch die Tür und an Jamies Bett führte. Sie warf einen kurzen Blick auf die Geräte, die den Jungen überwachten. In den wenigen Stunden, seitdem sie mit Graham bei ihm gewesen waren, hatte sich sein Zustand kein bisschen verändert. Die Schwester, die noch immer am Bett stand, warf Melody einen fragenden Blick zu.

»Jamies Onkel«, erklärte Melody.

Sie sah, wie die Schwester die Augenbrauen nach oben zog und lächelte. Frank hatte keinen von beiden täuschen können, aber sie hatten Verständnis. Melody ging um das Bett herum zu ihrer Kollegin und beide beobachteten, wie sich Frank behutsam dem Bett näherte. Er legte seine Hand neben Jamies auf das Bett und beugte sich über den Jungen.

»Jamie, hier ist Frank«, sagte der große Mann mit überraschender Zärtlichkeit. »Ich möchte, dass du weißt, dass du jetzt in Sicherheit bist. Er wird dir nie wieder wehtun können. Dafür habe ich gesorgt. Es ist für immer vorbei und es wird nie wieder passieren. Ruhe dich aus, sammle deine Kräfte und schon bald wirst du hier rauskommen und wieder mit uns allen auf der Insel sein.«

Frank richtete sich wieder auf, blickte aber schnell nach unten, als er spürte, wie etwas seine Hand berührte. Eine Sekunde später piepte der Herzmonitor plötzlich etwas schneller. Beide Schwestern sahen auf und konnten beobachten, wie sich die Anzeige von Jamies Herzfrequenz langsam veränderte. Als sie Franks Blick nach unten folgten, sahen sie erstaunt, wie sich Jamies Hand ganz langsam bewegte, bis sie auf Franks eigener Hand ruhte. Überrascht sah er zu Melody auf, während ihm Tränen über die Wangen liefen.

Kapitel 16:
Neuanfang

Die Zahl der Polizisten hatte im Wartebereich deutlich abgenommen, als Frank wieder zurückkam. Logan war aber noch da, ebenso der Sergeant, der offenbar für den Fall verantwortlich war. Zusammen mit den Angestellten des Krankenhauses hatten sie diverse Berichte im Zusammenhang mit Jamies Fall erstellt und auch einige Beweismittel gesichert. Darüber hinaus hatten sie Aussagen der Ärzte und Schwester aufgenommen, die Jamie behandelt und im Operationssaal um sein Leben gekämpft hatten. Frank sah, dass sich Graham auf eines der Sofas gelegt hatte und eingeschlafen war. Er nahm auf einem der Stühle daneben Platz.

Ungefähr zwanzig Minuten später kam ein weiterer, uniformierter Polizist eiligen Schrittes in den Wartebereich der Notaufnahme. Er ging sofort zu dem verantwortlichen Sergeant und unterhielt sich mit ihm. Es war eine hitzige, wenn auch leise Unterhaltung, die Logans Neugier weckte. Er ging zu ihnen, um ihnen zuzuhören. Mehrere Male sahen sie in Franks und Grahams Richtung, während sie diskutierten. Irgendwann zeigte der uniformierte Mann direkt auf Frank, aber der Sergeant schüttelte den Kopf. Es war offensichtlich, dass dem Polizisten diese Reaktion nicht gefiel, aber nach ein paar Minuten gab er sich geschlagen und verschwand. Logan sprach noch einen Moment lang mit dem Sergeant, bevor er zu Frank sah und ihm mit einer Kopfbewegung zu verstehen gab, dass er mit ihm sprechen wollte. Frank stand auf und folgte Logan in eine ruhige Ecke des Wartebereichs.

»Ich dachte, es würde Sie interessieren, dass soeben eine Hausdurchsuchung bei Jamies Eltern durchgeführt wurde«, sagte Logan leise. »Dabei haben die Kollegen eine sehr interessante Entdeckung gemacht.«

»Und was haben sie entdeckt?«, fragte Frank in einem unschuldigen Ton.

»Wie es scheint, haben sie dort Jamies Vater gefunden. Er war ziemlich übel zugerichtet. Jemand hat ihn zusammengeschlagen und er war bewusstlos. Wer auch immer es getan hat, hat ihm den Kiefer gebrochen. In einem der Schlafzimmer haben sie außerdem eine ziemlich große Kollektion an Fotos und Videos gefunden, auf denen zu sehen ist, wie Jamie sowohl von seinem Vater als auch von anderen Leuten misshandelt und missbraucht wird. Sie haben auch die Mutter noch erwischt, die sich mit einem gepackten Koffer durch die Hintertür aus dem Staub machen wollte. Die Kollegen dachten, es wäre noch Weihnachten und jemand hätte ihnen ein besonders schönes Geschenk hinterlassen. Durch das, was wir gefunden haben und durch die Aussagen der Ärzte haben sie nicht den Hauch einer Chance, irgendwie aus der Sache herauszukommen.«

»Was Sie nicht sagen«, bemerkte Frank. »Das sind wirklich gute Neuigkeiten.«

»Ich nehme an, dass Sie von alldem noch nichts wussten, oder?«, fragte Logan freundlich. »Wie ich gehört habe, war der Vater ein ziemlich großer Kerl. Es bräuchte sicherlich jemanden, der ebenso groß und stark ist, um es mit jemandem seiner Größe aufzunehmen.«

»Ich würde nie etwas tun, was der Situation nicht angemessen ist«, antwortete Frank und achtete darauf, dass sein Gesicht keine Emotionen zeigte.

»Das hat der Sergeant auch gesagt«, flüsterte Logan und nickte. »Wissen Sie übrigens, dass Schuhe in weicher Erde sehr schöne Abdrücke hinterlassen? Unglücklicherweise hat jedoch einer der Kollegen nicht richtig aufgepasst und ist draufgetreten. Er hat den Abdruck zerstört, sodass er leider nicht mehr zu verwerten ist.«

»Das ist wirklich zu schade«, sagte Frank und sah Logan überrascht an.

»Sie sollten sich übrigens Ihre Hand ansehen lassen«, sagte Logan. »Sie wollen sich doch keine Infektion einfangen, weil Sie etwas Widerwertiges angefasst haben.«

»Ja, ich sollte besser mit einer der Schwestern reden«, sagte Frank. »Ich habe mich heute Morgen beim Rasieren geschnitten.«

»Wenn es mein Junge gewesen wäre, hätte ich mich auch beim Rasieren geschnitten«, sagte Logan leise, nickte noch einmal und ging davon, um sich eine Tasse Kaffee zu holen.

Frank atmete erleichtert auf. Als er sich umsah, bemerkte er, dass der Sergeant ihn direkt ansah. Frank nickte ihm nervös zu. Der Mann lächelte und erwiderte den Gruß, bevor er sich wieder dem Bericht zuwandte, der vor ihm lag.

Ein paar Stunden später, die Frank und Graham damit verbracht hatten, im Wartebereich auf und ab zu gehen, hin und wieder ein bisschen zu dösen und ziellos in alten Magazinen zu blättern, gelang es Melody und Frank schließlich, Graham dazu zu überreden, nach

Hause zu fahren und sich ein bisschen auszuruhen. Graham gab erst nach, als Frank ihn darauf hinwies, dass Jamie einen ausgeruhten Graham brauchen würde, wenn er endlich aufwachte. Graham war sowohl körperlich als auch emotional völlig erschöpft, also ließ er sich von Frank zurück zu seinem kleinen Apartment fahren.

* * *

»Aufwachen«, sagte Frank und schüttelte Graham an der Schulter.
»Ich bin müde«, murmelte dieser. »Was willst du?«
Noch während er die Frage aussprach, erinnerte er sich plötzlich wieder an alles, was passiert war. Graham war sofort hellwach.
»Was ist passiert?«, fragte er alarmiert. »Geht es Jamie gut?«
»Das kann man wohl laut sagen«, antwortete Frank mit einem breiten Grinsen. »Er ist wach und wir dürfen ihn sehen.«
Als er diese Nachricht hörte, sprang er regelrecht aus dem Bett und stellte vermutlich einen neuen Weltrekord im Duschen und Anziehen auf. Während Graham im Badezimmer war, klappte Frank die Couch ein und rollte den Schlafsack zusammen, in dem er die Nacht verbracht hatte. Danach nahm er Jamies Rucksack und brachte ihn nach draußen in den Wagen.
»Wo kommt der Schlafsack eigentlich her?«, fragte Graham, als er kurz darauf aus dem Bad kam.
»Du hast so tief geschlafen, als wir gestern hier ankamen«, sagte Frank. »Nachdem ich die Couch ausgeklappt und dich darauf abgeladen hatte, habe ich Dave angerufen. Er hatte einen und hat ihn vorbeigebracht. Er bewahrt ihn für Notfälle im Büro auf.«
Sobald sie fertig waren, verließen sie das Apartment und stiegen in Grahams Wagen. Diesmal fuhr er selbst. Die Reifen des Kleinwagen quietschten, als sie davonrasten.
»Mach mal langsam«, scherzte Frank. »Wir wollen doch durch den Vordereingang ins Krankenhaus gehen und nicht durch die Notaufnahme reingebracht werden.«
Nicht einmal zehn Minuten später bog Graham auf den Parkplatz des Krankenhauses ein. Nachdem sie den Wagen abgestellt hatten, nahm Frank den Rucksack vom Rücksitz. Graham verriegelte den Wagen, sobald Frank die Tür geschlossen hatte.
»Warum hast du den mitgebracht?«, fragte Graham und deutete auf den Rucksack.
»Jamie wird ihn haben wollen«, sagte Frank ohne weitere Erklärungen.

Die beiden Männer rannten beinahe zum Eingang und sie waren ein wenig außer Atem, als sie am Empfangstresen ankamen.

»Hat Melody heute Dienst?«, schnaufte Graham, als die Frau auf der anderen Seite ihn ansah.

»Ja, sie ist da. Soll ich sie ausrufen lassen?«

Graham nickte, dann lief er ungeduldig auf dem Gang auf und ab, während die Schwester Melody ausrufen ließ. Da Frank sah, dass Graham beschäftigt war, ging er in den Wartebereich. Dort fand er einen Polizisten, der scheinbar immer noch wegen Jamies Fall vor Ort war und gerade damit beschäftigt zu sein schien, unterschiedliche Berichte zu ordnen. Frank sprach ihn an und der Mann hörte ihm aufmerksam zu. Dann griff er zu seinem Funkgerät. Frank bedankte sich bei ihm, dann ging er nach draußen vor die Tür. Er musste nur ein paar Minuten warten, bis ein Streifenwagen vor der Eingangstür anhielt und der Sergeant ausstieg, der für den Fall verantwortlich war. Er sprach kurz mit Frank, dann gingen beide zusammen hinein, um mit Graham auf Melody zu warten. Es dauerte noch einmal knappe zehn Minuten, bis sich die Türen des Fahrstuhls öffneten und Melody zu ihnen kam.

»Wie geht es ihm?«, fragte Graham ängstlich.

»Die Besserung ist bemerkenswert«, antwortete sie, offenbar erfreut, dass sie ihm gute Nachrichten mitteilen konnte. »Er atmet jetzt selbstständig und ist nicht mehr auf das Beatmungsgerät angewiesen. Er ist noch immer ziemlich schwach, aber er ist wach und ansprechbar. Wir haben ihm eine Nasenbrille angelegt, aber sie ist nur dazu da, um ihm zusätzlichen Sauerstoff zu geben und ihm das Atmen zu erleichtern. Es geht ihm zu einhundert Prozent besser als gestern, als er eingeliefert wurde.«

»Das ist wundervoll«, sagte Graham erleichtert, während Frank und der Sergeant breit grinsend neben ihm standen.

»Dürfen wir zu ihm?«, fragte Frank.

»Wenn Sie nicht gehen, treibt er das Personal auf der Intensivstation noch in den Wahnsinn«, scherzte Melody. »Er drückt alle paar Minuten auf den Rufknopf und fragt, ob Sie schon da sind.«

»Das klingt für mich, als mache er wirkliche Fortschritte«, bemerkte der Sergeant lachend. »Man muss sich mehr Sorgen machen, wenn sie still sind und nichts sagen.«

»Jamies Stimme wird ein bisschen rau klingen«, warnte Melody sie. »Deshalb müssen Sie sich jedoch keine Sorgen machen. Das ist nur eine Nebenwirkung des Beatmungsgeräts.«

Graham, Frank und der Polizist folgten Melody zum Fahrstuhl und gemeinsam fuhren sie hinauf zur Intensivstation. Während sie sich im Schwesternzimmer Schutzkittel anzogen und Mundschutz aufsetzten, hörten sie einen elektronischen Piepton.

»Sie sollten besser schnell reingehen«, gluckste die Schwester, die alle Patienten überwachte. »Sonst macht er den Rufknopf wirklich noch kaputt.«

Melody führte die drei Männer in den Patientenbereich und sie gingen die Reihe der durch Vorhänge abgetrennten Betten entlang. Graham hatte diesmal keine Schwierigkeiten dabei, Jamies Bett zu identifizieren. Es war das einzige Bett, in dem sich einer der Patienten regte und offenbar sogar versuchte, sich aufzusetzen. Als sie sich dem Bett näherten, konnten sie hören, wie ihn eine der Schwestern dafür tadelte, dass er sich so kurz nach seiner Operation so viel bewegte.

»Du musst ruhig bleiben«, sagte sie sorgenvoll. »Dein Arzt dreht mir den Hals um, wenn er sieht, wie du dich bewegst.«

»Jamie!«, sagte Graham, vielleicht ein bisschen zu laut für die Umgebung, in der sie sich befanden.

Er konnte aber nicht anders. Er war einfach nur erleichtert, den Jungen zu sehen.

»Graham, Frank!«, stieß Jamie in einer sehr rauen und schwachen Stimme aus, die allerdings nicht weniger enthusiastisch klang als Grahams.

»Wie geht es dir, Tiger?«, fragte Frank.

»Sie haben mich komplett verkabelt«, sagte Jamie heiser. »Wenn ich meine Finger richtig bewege, kann ich den Sender wechseln, der auf dem Fernseher im Wartezimmer läuft.«

»Das ist nur, damit sie dich im Auge behalten können, während du dich erholst«, erklärte Graham und lachte erleichtert auf.

»Du siehst aus wie die Rückseite vom Computer in Jasons Zimmer«, scherzte Frank.

»So wie du verkabelt bist, kannst du dabei helfen, unsere Notrufe entgegenzunehmen«, fügte der Sergeant hinzu. »Alles, was du noch brauchst, ist ein Headset.«

»Wir sind so erleichtert, dass es dir besser geht«, sagte Graham. »Wenn sich dein Zustand weiter so entwickelt, wird es nicht lange dauern, bis sie dich wieder gehen lassen.«

»Der Arzt sagt, dass er noch ein paar andere Dinge machen muss«, erklärte Jamie. »Aber er will damit noch ein paar Tage warten.«

»Du musst erst noch ein bisschen zu Kräften kommen«, sagte Graham und nickte. »Dann wirst du das ohne Probleme überstehen.«

»Das wird nicht so schlimm«, meldete sich Frank zu Wort. »Sie wollen dir nur einen neuen Anstrich verpassen und die Stoßstange polieren.«

»Ich glaube, nach allem, was passiert ist, kann meine Stoßstange eine Politur vertragen«, sagte Jamie verlegen.

»Ich habe dir hier etwas mitgebracht«, wechselte Frank das Thema und zog Jamies Rucksack unter dem Kittel hervor. »Ich glaube, darin ist etwas, das du dem Sergeant hier geben wolltest.«

»Du hast ihn!«, stieß Jamie erleichtert aus. »Ich hatte solche Angst, dass ich ihn nach allem, was passiert ist, verloren hätte. Kannst du es für mich rausholen?«

Frank öffnete den Reißverschluss des Rucksacks, steckte seine Hand hinein und förderte ein Notizbuch mit reichlich Eselsohren zu Tage. Er reichte es Jamie, der das Notizbuch entgegennahm, aufschlug und schnell ein paar der Seiten überflog. Zufrieden nickend schloss er es wieder und hielt es dem Sergeant hin.

»Wenn Sie mit meinem Dad reden, fragen Sie ihn nach ein paar der Leute, die ich hier aufgeschrieben habe«, sagte er. »Das sollte ihm reichlich zu tun geben, alles zu erklären.«

Der Sergeant nahm das Notizbuch behutsam aus Jamies ausgestreckter Hand und schlug die erste Seite auf. Er las die ersten paar Einträge und zog überrascht die Augenbrauen nach oben. Er blätterte um und überflog eine weitere Seite.

»Hast du all diese Notizen gemacht?«, fragte er. »Diese Einträge sind die Aufzeichnungen darüber, was diese Leute mit dir gemacht haben?«

»Ja, Sir«, antwortete Jamie. »Ich habe nicht alles aufschreiben können, aber wenn ich dazu in der Lage war, habe ich versucht, die Namen der Leute aufzuschreiben und was passiert ist.«

»Deshalb bist du dorthin zurückgegangen, nicht wahr?«, fragte der Polizist, sichtlich beeindruckt.

»Ich wollte ihn wissen lassen, dass ich ihn nicht vergessen habe«, sagte Jamie finster. »Ich hatte gehofft, dass ich ihm eines Tages würde heimzahlen können, was er mir angetan hat.«

»Du bist ein unglaublich mutiger, junger Mann. Ich werde dafür sorgen, dass es sofort in die richtigen Hände gerät.«

»Ich glaube, Jamie sollte sich jetzt ein bisschen ausruhen«, warf Melody ein.

Es war wie ein Vorschlag formuliert, aber ihr Ton sagte deutlich, dass sie keine Widerrede duldete.

»Ruh' dich aus und lass es ruhig angehen, Jamie«, sagte Graham. »Wir werden dich schneller wieder auf den Beinen haben, als du denkst.«

»Und hör auf, mit den Schwestern zu flirten«, fügte Frank mit gespielter Ernsthaftigkeit hinzu. »Wir haben schon Beschwerden von ihren Ehemännern bekommen.«

»Ach menno!«, sagte Jamie und setzte einen übertriebenen Schmollmund auf.

Graham, Frank und der Sergeant wandten sich zum Gehen um, als Jamie sie noch einmal aufhielt.

»Darf Frank noch einen Moment lang hierbleiben?«, fragte er. »Ich muss ihn etwas fragen.«

»Aber nur eine Minute«, sagte Melody, bevor sie Graham und den Polizisten nach draußen brachte.

»Was ist los, Jamie?«, fragte Frank und beugte sich zu dem Jungen hinunter.

»Ich habe eine der Schwestern reden hören und ich erinnere mich an etwas. Aber ich weiß nicht, ob ich es nur geträumt habe oder nicht. Hast du ... ich meine ... hast ...«

Frank verstand, was Jamie ihn fragen wollte. Er legte seine Pranke auf die zierliche Hand des Jungen und drückte sie sanft.

»Du musst dir jetzt nie wieder Sorgen machen wegen ihm«, war alles, was er sagte.

Jamie senkte den Blick und sah die Kratzer an Franks Hand. Erst als er das Gesicht des Mannes genauer betrachtete, fielen ihm auch einige Schrammen in seinem Gesicht auf.

»Das hättest du nicht tun müssen«, sagte Jamie sanft. »Ich weiß, dass du nicht so ein Mensch bist. Du bist nicht wie er. Du wirst dich deswegen später schlecht fühlen.«

»Ich wollte sichergehen, dass es nie wieder passieren kann«, antwortete Frank und drückte noch einmal Jamies Hand. »Das ist es wert, wenn ich weiß, dass du in Sicherheit bist und dass es für immer vorbei ist.«

»Danke«, sagte Jamie, dem in diesem Moment eine enorme Last von den Schultern fiel. »Es wird sicher toll sein, sich nicht ständig fragen zu müssen, wann das nächste Mal sein wird.«

»Nie wieder, Jamie«, sagte Frank zärtlich. »Nie wieder.«

* * *

Jamies Zustand verbesserte sich mit jedem Tag und er durfte Besucher empfangen. Graham und Frank verbrachten natürlich jede Minute mit Jamie, die sie bei ihm sein durften. Immer wieder kamen Ermittler der Polizei, um den Jungen zu befragen. Entweder Graham oder Frank waren anwesend, während er die Fragen beantwortete. Es tat ihnen in der Seele weh, mit anzuhören, was Jamie den Polizisten erzählte, dennoch blieben sie an seiner Seite, damit er sich nicht alleingelassen fühlte. Selbst ein paar der älteren und erfahreneren Polizisten, die in ihrer Laufbahn schon Einiges gesehen und gehört hatten, brauchten immer wieder Pausen, um sich von dem zu erholen, was ihnen der Junge berichtete. Als sich nach ein paar Tagen abzeichnete, dass mit keinen weiteren Komplikationen zu rechnen war, durfte Jamie die Intensivstation verlassen und wurde in ein Einzelzimmer verlegt. Das bedeutete, dass er mehr Privatsphäre hatte und es gab mehr Zeit und Freiraum für Besucher. Am Morgen, nachdem Jamie verlegt worden war, erwartete Graham und Frank eine Überraschung, als sie im Krankenhaus ankamen. Vor Jamies Zimmer standen Ron und mehrere Mitglieder seines Stammes. Die Männer waren alle groß, gut gebaut und hatten einen ernsten Gesichtsausdruck. Sie beobachteten die Gänge und beäugten jeden, der an ihnen vorbeiging.

»Hallo Ron«, begrüßte Graham den Mann. »Ich wusste nicht, dass Sie herkommen wollten. Sind Sie schon bei Jamie gewesen?«

»Wir sind letzte Nacht angekommen, nachdem wir informiert worden sind«, erklärte Ron. »Heute Morgen waren wir dann bei Jamie, nachdem er aufgewacht war.«

»Was ist hier los?«, fragte Frank, der das Gefühl hatte, dass irgendetwas nicht stimmte.

»Wir sind hier, um dafür zu sorgen, dass Jamie weiterhin in Sicherheit ist«, sagte Ron. »Wir werden einen der Unseren nicht alleinlassen.«

In diesem Augenblick ging die Tür zu Jamies Zimmer auf. Ein Mann in der vollen Uniform eines Polizeipräsidenten kam heraus. Durch die offene Tür konnte Graham sehen, dass noch drei weitere Polizisten in normalen Uniformen im Zimmer waren. Einer von ihnen sprach mit Jamie, ein weiterer war damit beschäftigt, Notizen zu machen. Der dritte Polizist stand in einer Ecke und telefonierte.

»Was ist passiert?«, fragte Graham besorgt. »Irgendetwas ist doch nicht in Ordnung.«

»Sie sind Graham Martin?«, fragte der Polizeipräsident.

»Ja, ich bin Graham Martin und das ist Frank Tomlinson, mein Nachbar.«

»Sie haben einen ausgesprochen mutigen Jungen da drin«, sagte der Mann. »Ich bin heute Morgen gekommen, um ihm persönlich zu gratulieren. Ich dachte, die Uniform mit allem Drum und Dran wäre eine hübsche Note nach allem, was er durchgemacht hat.«

»Das ist sehr nett von Ihnen«, sagte Graham nickend. »Können Sie mir sagen, was passiert ist?«

»Das Notizbuch, das wir vor ein paar Tagen von Jamie erhalten haben, hat ein ziemliches Aufruhr verursacht. Wir haben uns sofort an die Arbeit gemacht und im Stillen eine Untersuchung eingeleitet. Aufgrund von Jamies Notizen und den Beweisen, die wir im Haus seiner Eltern sichergestellt hatten, konnten wir zahlreiche Leute identifizieren. Gestern Abend haben wir dann damit begonnen, Leute zu verhaften und zu befragen. Die ersten Anklagen liegen bereits vor. Ein paar sehr wichtige Leute in dieser Stadt werden gerade ziemlich nervös und wir wollen nicht, dass Jamie etwas zustößt. Ihr Junge hat uns dabei geholfen, eine Sauerei größeren Ausmaßes aufzudecken. Ich hatte eigentlich vor, ein paar meiner Leute vor seinem Zimmer zu postieren, aber dann sind gestern Abend Ihre Freunde eingetroffen. Nachdem wir mit ihnen gesprochen haben, sind wir zuversichtlich, dass sie die Angelegenheiten angemessen regeln können. Nur zur Sicherheit werde ich auch noch einen Kollegen für die nächsten Tage abstellen.«

»Ist es so gefährlich?«, fragte Graham besorgt. »Erwarten Sie, dass jemand versuchen wird, Jamie etwas anzutun?«

»Nein, darum müssen Sie sich keine Sorgen machen«, sagte der Polizeipräsident beschwichtigend. »Durch unser großes Aufgebot hier wird niemand dumm genug sein, auch nur zu versuchen, irgendetwas zu unternehmen. Außerdem sind die großen Fische im Moment viel zu sehr damit beschäftigt, ihre Spuren zu verwischen und sich eine Erklärung für ihre Verwicklung in diese Angelegenheit einfallen zu lassen. Es wird ihnen jedoch nichts nützen. Wir haben bereits einige Schlüsselfiguren in Gewahrsam und sie versuchen, ihre eigene Haut zu retten, indem sie auspacken. Zusammen mit dem, was uns Ihr Junge geliefert hat, sollte es nicht lange dauern, um der Sache auf den Grund zu gehen.«

* * *

Die nächsten paar Wochen waren für die Polizei, Graham und auch Jamie nicht gerade ruhig. Die Polizei war nicht länger im Krankenhaus vor Ort präsent, die Beamten waren jedoch nicht untätig gewesen. Es hatte zahlreiche Verhaftungen gegeben und die Gefahr für Jamie war gebannt, da alle, die für ihn eine Bedrohung darstellten, im Gefängnis auf ihre Prozesse warteten.

Ein paar Tage nach dem Angriff auf Jamie war Graham zu seinem Büro gefahren, um seinen Urlaub zu verlängern. Obwohl seiner Bitte prinzipiell nachgekommen worden war, hatte insbesondere sein direkter Vorgesetzter nur widerwillig zugestimmt. Nachdem Graham und Frank am Abend das Krankenhaus verlassen hatten und zu Grahams Apartment gefahren waren, sprachen sie beim Essen über das Thema. Dabei wurden Grahams letzte Zweifel daran beseitigt, dass es für ihn nach so vielen Jahren hinter seinem Schreibtisch nun an der Zeit war, seinen Hut zu nehmen und in den Ruhestand zu gehen. Vorausgesetzt natürlich, dass Jamie noch immer bei ihm bleiben wollte. Für den Fall, dass Jamie ihn fragen würde, hatte er sein Kündigungsschreiben bereits fertig verfasst und es wartete nur noch darauf, zur Post gebracht zu werden.

Jamie hatte in dieser Zeit auch eine Menge Stress. Obwohl er die Intensivstation verlassen hatte, wurde er noch immer engmaschig überwacht. Jeden Tag warteten Tests auf ihn, seine Verbände mussten gewechselt werden und er wurde immer wieder untersucht, bevor weitere Tests durchgeführt wurden. Zuerst ließ Jamie alles über sich ergehen, ohne sich zu beschweren, aber in den letzten Tagen hatten ihn die ständigen Untersuchungen zunehmend genervt. Für die Ärzte war dies jedoch ein gutes Zeichen. Es war an der Zeit, die notwendige Folgeoperation durchzuführen. Sobald es dem Jungen gut genug ging, um sich zu beschweren, machten sie einen Termin für die zweite Operation, um die filigraneren Arbeiten im schon operierten Bereich durchzuführen, zu denen sie bei Jamies Einlieferung aufgrund seines schlechten Zustands nicht in der Lage gewesen waren. Jamie überstand die Operation ohne Komplikationen.

Am Tag nach der Operation musste er sich ausruhen. Den ganzen Vormittag über saßen jedoch Graham und Frank an seinem Bett. Jason hatte Dave eine Genesungskarte mitgegeben und Frank hatte sie bei Dave abgeholt. Als Jamie sie las, wurde sein Gesicht feuerrot, aber er weigerte sich standhaft, sie Graham und Frank zu zeigen oder ihnen zu verraten, was Jason geschrieben hatte.

»Du weißt, dass du wahrscheinlich bald wieder hier rauskommst?«, wechselte Graham das Thema. »Nach der gestrigen Operation sollte es nun vorbei sein.«

»Das hoffe ich«, antwortete Jamie. »Die Leute hier sind zwar alle so nett und alles, aber ich habe langsam die Nase voll davon, hier rumzuliegen und wie ein Nadelkissen behandelt zu werden.«

»Ich habe gestern Abend am Telefon mit Jason gesprochen«, warf Frank ein. »Er sagt, dass er bei dem Computerspiel, das ihr beide so mögt, ziemlich viel übt. Er meint, dass er dich endlich schlagen kann, wenn du zurückkommst.«

»Nie im Leben!«, lachte Jamie.»Ich werde ihn so fertigmachen.«
Während sie sich unterhielten, ging die Tür zu Jamies Zimmer auf. Alle wandten sich zu den Besuchern um. Es waren Jamies Arzt und eine Schwester. Jamie stöhnte, als ihm klar wurde, was das bedeutete. Graham und Frank klopften ihm noch einmal auf die Schulter, bevor sie das Zimmer verließen, um dem Jungen etwas Privatsphäre zu geben, während er untersucht wurde. Es dauerte fast zwanzig Minuten, bis der Arzt und die Schwester wieder herauskamen. Die Schwester ging direkt zum Aufzug, der Arzt kam jedoch zu Graham, um mit ihm zu sprechen.
»Wie geht es Jamie?«, wollte Graham sofort wissen.
»Die Wunden verheilen sehr gut«, berichtete der Mann.»Ich bin mit seinen Fortschritten sehr zufrieden. Unter den Umständen erholt er sich unglaublich schnell.«
»Wir geben unser Bestes, ihn zu unterstützen«, warf Frank ein.»Ich habe Jamie außerdem gerade ein paar gute Neuigkeiten mitgeteilt. Wir haben die Ergebnisse der zweiten Testreihe auf sexuell übertragbare Krankheiten bekommen und alle sind negativ. Auch darüber muss er sich jetzt keine Sorgen mehr machen.«
»Das ist wundervoll«, sagte Graham erleichtert.»Ich hatte mich gar nicht getraut, danach zu fragen.«
»Er wird jedoch ernährungsbedingt ein paar Schwierigkeiten haben«, fuhr der Arzt fort.»Er wurde viele Jahre schlecht behandelt und als er dann auf sich allein gestellt war, waren seine Mahlzeiten unregelmäßig und alles andere als ausgewogen. Er wird für eine Weile Nahrungsergänzungsmittel einnehmen müssen. So können wir versuchen, die Jahre der Vernachlässigung auszugleichen. Im Großen und Ganzen sollte es ihm jedoch gut gehen. Ich werde ihm ein paar Rezepte ausstellen und ihnen eine Liste mit Dingen zusammenstellen, die Sie benötigen werden.«
»Von jetzt an wird er immer vernünftig zu essen bekommen«, versprach Graham.»Ich werde alles dafür tun, dass es von jetzt an anders für ihn sein wird.«
»Daran habe ich nicht die geringsten Zweifel«, sagte der Arzt freundlich.»Wenn sich in den nächsten Tagen nichts großartig verändert, können wir bald darüber nachdenken, wann er entlassen werden kann.«
»Wirklich?«, fragte Graham überrascht.
Er hatte damit gerechnet, dass es nach der letzten Operation noch ein paar Wochen dauern würde, bis sie Jamie nach Hause schicken würden.

»Es wird alles davon abhängen, wie sich Jamies Zustand entwickelt. Und natürlich auch davon, wohin er entlassen wird.«

»Was meinen Sie damit?«, fragte Graham irritiert. »Er wird doch mit mir wieder nach Hause kommen, oder?«

»Ja, natürlich«, sagte der Mann schnell. »So habe ich das nicht gemeint. Es ist jedoch so, dass Jamies Gesundheitszustand in der nächsten Zeit weiterhin überwacht werden muss. Es ist also wichtig, dass ein Arzt in der Nähe ist.«

»Das wird vermutlich ein Problem werden«, sagte Graham enttäuscht. »Ich wohne auf Hornby Island. Dort ist es nicht gerade wie in einer großen Stadt.«

»Ich habe mit Mr. Munro über dieses Thema gesprochen und wir glauben, eine Lösung für dieses Problem zu haben«, antwortete der Arzt lächelnd.

»Ach ja?«

»Er hat mir erzählt, wie sich Jamie vor ein paar Wochen verletzt hat und dann in der kleinen Klinik behandelt wurde, die sie in ihrem Dorf haben.«

»Das stimmt«, meldete sich Frank zu Wort. »Er hat sich den Knöchel verletzt und der Dorfarzt hat ihn behandelt.«

»Ganz genau«, sagte der Arzt und nickte. »Ich habe bereits mit dem Doktor dort telefoniert und er hat angedeutet, dass er sich sehr darüber freuen würde, wenn Jamie noch ein paar Tage zur Überwachung dort bleiben würde, wenn wir ihn entlassen. Er kann außerdem alle notwendigen Folgeuntersuchungen in den nächsten Wochen durchführen. Auf diese Weise müssten Sie ihn nicht einmal dafür hierherbringen.«

»Sind die Einrichtungen dort für das, was Jamie brauchen wird, auch geeignet?«, fragte Graham.

»Mr. Munro und ich haben auch darüber gesprochen. Das war einer der Gründe dafür, dass er auf die Insel zurückgekehrt ist, nachdem sich hier alles beruhigt hatte. Wir wollten beide sicherstellen, dass die Klinik alles Notwendige hat, bevor Jamie entlassen wird. Keiner von uns hat es Jamie gegenüber bisher erwähnt. Wir wollten Ihnen diese Möglichkeit nicht aufzwingen. Wir wollten lediglich prüfen, ob es möglich wäre, wenn es für Sie in Ordnung ist.«

»Ich finde, das ist eine großartige Idee. Von meinem Haus bis ins Dorf läuft man nur zwanzig Minuten. Was denken Sie, wann Jamie entlassen werden kann?«

»Zuerst einmal müsste er von hier auf die Insel transportiert werden«, erklärte der Mann. »Dann würde er ein paar weitere Tage dort

in der Klinik bleiben müssen, um sicherzustellen, dass wirklich alles in Ordnung ist. Danach könnte er mit Ihnen nach Hause gehen. Das Wichtigste, was Sie nicht außer Acht lassen dürfen, ist die Tatsache, dass Jamie nach wie vor sehr schwach ist und viel Ruhe brauchen wird. Seine Verletzungen verheilen gut, aber sein Körper hat eine Menge durchgemacht. Ich möchte, dass er sich eine Zeit lang nicht überanstrengt. Das bedeutet, dass Sie auch erst einmal einen anderen Weg zur Klinik und zurück finden müssen als zu Fuß zu gehen.«
»Das ist kein Problem«, sagte Frank. »Wir haben beide Fahrzeuge und können ihn jederzeit fahren.«
»Aber wann kann er gehen?«, hakte Graham noch einmal nach. Er fühlte sich wie ein kleines Kind, das bei einer langen Autofahrt ständig nachfragte, ob sie schon da wären.
»Was würden Sie vom kommenden Freitag halten?«, schlug der Arzt grinsend vor.
»Das ist schon in fünf Tagen!«, sagte Frank begeistert. »Sind Sie sicher, dass es ihm schon gut genug dafür geht?«
»Alles deutet darauf hin, dass er sich schneller erholt, als man erhoffen durfte. Als ich ihn vor ein paar Minuten untersucht habe, sah alles großartig aus.«
»Das sind wirklich gute Neuigkeiten«, sagte Graham, schüttelte dem Mann die Hand und ging zu Jamies Zimmertür. »Ich werde zu ihm gehen und es ihm sofort sagen.«

* * *

Es war am Donnerstagnachmittag, als es sanft an der Tür von Jamies Zimmer klopfte. Da es ein angenehm warmer Tag war, saßen Graham und Frank gemeinsam mit Jamie an der geöffneten Tür zum kleinen Balkon, von dem aus man den hübsch angelegten Garten des Krankenhauses betrachten konnte. Graham stand auf und ging zur Zimmertür, um nachzusehen. Als er die Tür öffnete, entdeckte er Matty, die mit einem bekümmerten Ausdruck im Gesicht auf dem Gang stand.
»Warum klopfen Sie?«, fragte Graham, überrascht über das offensichtliche Unbehagen der Frau. »Kommen Sie doch rein.«
»Kann ich einen Moment hier draußen mit Ihnen reden?«
Die Sorge stand Matty ins Gesicht geschrieben und Graham fragte sich, was um alles in der Welt passiert sein konnte. Er wandte sich zu Jamie und Frank um, die ihn neugierig ansahen. Er sagte ihnen, dass es nicht lange dauern würde, dann trat er aus dem Zimmer und

schloss die Tür hinter sich. Matty ging ein paar Schritte den Korridor hinunter und Graham folgte ihr.

»Ich weiß nicht genau, wie ich Ihnen das sagen soll«, begann sie zögerlich.

Graham wartete einen Moment, doch als ihm klar war, dass sie nicht weitersprechen würde, ergriff er das Wort.

»Was ist los?«, fragte er, langsam besorgt. »Ist Jamie in Gefahr? Sie werden ihn nicht seinen Eltern zurückgeben, oder?«

»Oh nein, nichts dergleichen«, sagte Matty. »Aber es ist etwas, das ihn aufregen wird.«

»Was ist es?«, fragte Graham, jetzt wirklich beunruhigt. »Was ist passiert?«

»Seine Eltern wurden heute für die Vorverhandlung ins Gericht gebracht«, sagte Matty. »Die Anklagepunkte wurden verlesen und auf Anraten ihres Anwalts haben sie sich in den meisten Punkten schuldig bekannt. Die Mutter hat außerdem zugestimmt, gegen die anderen Beteiligten auszusagen.«

»Aber das sollten doch gute Nachrichten sein«, sagte Graham verwirrt. »Das bedeutet, dass Jamie vielleicht nicht selbst vor Gericht aussagen muss.«

»Ja, das ist natürlich gut. Mit all den Beweisen, die sie gegen sie haben, wird ihr Anwalt vermutlich um Gnade flehen. Sie werden versuchen, mildernde Umstände vorzubringen, wenn es in der nächsten Anhörung um die Höhe der Strafe geht. Sie werden vortragen, was sie selbst für eine schwere Kindheit hatten und all solche Sachen.«

»Machen Sie sich Sorgen, dass sie glimpflich davonkommen?«, fragte Graham und versuchte, ihren Gedanken zu folgen.

»Das wird ganz sicher nicht passieren. Ich kenne den Richter, der für den Fall verantwortlich ist. Außerdem habe ich mit dem Staatsanwalt gesprochen und es ist so gut wie sicher, dass zumindest der Vater nie wieder auf freien Fuß kommt.«

»Was ist es dann?«, fragte Graham gereizt. »Alles, was Sie bisher gesagt haben, klingt besser, als wir erwarten durften.«

»Das ist es«, sagte Matty und zog einen versiegelten Umschlag aus ihrer Handtasche.

»Was ist das?«

»Es ist ein Brief von seiner Mutter«, sagte Matty bitter. »Nachdem sie ihn geschrieben hat, hat ihr Anwalt ihn dem Gericht übergeben und der Richter hat angeordnet, dass er Jamie zugestellt werden muss.«

»Oh, nein!«, sagte Graham, der nun verstand, was vor sich ging.

»Er wird wieder Angst bekommen. Können wir das Ding nicht einfach entsorgen?«

»Unglücklicherweise kann ich das nicht«, sagte Matty und Graham hatte den Eindruck, dass sie den Tränen nahe war. »Ich bin eine Staatsbeamtin und mir wurde aufgetragen, ihn zu überbringen. Ich will das nicht und nur der Gedanke daran, was ihm das antun wird, bricht mir schon das Herz. Aber ich habe keine Wahl. Es ist eine richterliche Anordnung.«

»Also hat Jamie auch keine Wahl und muss ihn lesen?«, fragte Graham resigniert.

»Nein, das habe ich nicht gesagt«, erwiderte Matty, beinahe schüchtern.

»Also haben Sie eine Idee?«, fragte Graham hoffnungsvoll.

»Ich habe den Befehl erhalten, den Brief zu *überbringen*«, sagte sie, wobei sie das letzte Wort besonders betonte. »Das ist meine Anweisung.«

»Warten Sie mal kurz«, sagte Graham, der Licht am Ende des Tunnels sah. »Sie sagen, dass Sie den Brief nur hierherbringen müssen. Jamie muss wissen, dass Sie den Brief zu ihm gebracht haben.«

»Ich muss Jamie den Brief übergeben«, sagte sie vorsichtig.

»Ich glaube, ich verstehe«, sagte er und nickte. »Lassen Sie uns zu Jamie gehen.«

Graham und Matty gingen zur Tür und blieben kurz stehen. Sie holten noch einmal tief Luft, dann öffnete Graham die Tür und Matty folgte ihm in Jamies Zimmer. Graham setzte sich zu Jamies Linken auf seinen Stuhl, Matty nahm auf der anderen Seite neben Frank Platz.

»Jamie, wir haben ein kleines Problem«, begann Graham. »Matty hier hat einen Umschlag enthalten, der einen Brief von jemandem enthält. Der Anwalt dieser Person hat den Brief dem Gericht übergeben und der Richter hat angeordnet, dass dir der Brief überbracht werden muss.«

»Er ist von denen, nicht wahr?«, sagte Jamie mit Verachtung in seiner Stimme.

»Ja, ich befürchte, das ist er«, sagte Graham. »Matty wollte ihn nicht herbringen, aber sie hat keine Wahl. Der Richter hat es befohlen.«

»Ich muss ihn lesen?«, fragte Jamie angewidert, während er den Umschlag mit einem düsterem Blick bedachte.

»Ihr wurde nur befohlen, ihn dir zu überbringen«, sagte Graham deutlich. »Mehr nicht.«

Jamie sah zu Graham und betrachtete den Mann einen Moment lang nachdenklich. Plötzlich ging ihm ein Licht auf. Wie zur Bestätigung sah der Junge zu Frank. Der Mann lächelte und nickte.
»Hat jemand ein paar Streichhölzer?«, fragte Jamie leise.
Matty öffnete ihre Handtasche, holte ein kleines Streichholzheftchen heraus und reichte es Jamie. Frank stand auf und ging in die Ecke des Raumes, um einen kleinen Mülleimer zu holen.
»Brauchst du Hilfe?«, fragte Graham zärtlich.
»Nein«, sagte Jamie bestimmt und zündete eines der Streichhölzer an. »Das möchte ich alleine machen.«
Matty stand in der Balkontür und hielt den Umschlag ein paar Zentimeter über den Eimer. Jamie bewegte seine Hand, sodass die kleine Flamme eine Ecke des Umschlags in Brand steckte. Es dauerte nicht lange, bis sich das Feuer ausbreitete. Matty ließ den Brief in den Mülleimer fallen und stellte diesen auf den Balkon hinaus. Alle vier sahen dabei zu, wie der ganze Brief von den Flammen umschlungen wurde. Graham sah zu Jamie auf, der mit zusammengebissenen Zähnen und einem angewiderten Ausdruck im Gesicht dabei zusah, wie der Brief brannte. Der Junge blinzelte nicht ein einziges Mal, bevor der Brief vollkommen verbrannt war. Schnell war nur noch Asche im Eimer übrig.
»Schafft das Ding bitte hier raus«, sagte Jamie wütend, als die Flammen erloschen waren.
Frank nickte, trug den Mülleimer zum Waschbecken und löschte die Asche mit ein wenig Wasser. Matty folgte ihm und hielt ihm die Zimmertür auf.
»Wie kommt es, dass Sie Streichhölzer dabeihaben?«, fragte Frank sie. »Ich wusste gar nicht, dass Sie rauchen.«
»Das tue ich auch nicht«, sagte Matty mit einem bedeutungsvollen Grinsen. »Ich bin nur gerne auf alles vorbereitet.«

* * *

Das Flugzeug setzte sanft auf der Wasseroberfläche auf und Dave manövrierte es vorsichtig an den alten Kai, der direkt beim kleinen Dorf auf der Insel war. Jamie konnte durch das Fenster sehen, dass sich unzählige Menschen versammelt hatten.
»Was machen all die Leute da draußen?«, fragte er.
Graham sah kurz zu Frank und musste grinsen.
»Ich glaube, sie sind wegen dir hier«, antwortete er.
»Wegen mir?«, fragte Jamie überrascht. »Aber warum?«

»Oh, ich weiß nicht«, sagte Frank mit einem Grinsen im Gesicht. »Vielleicht glauben sie, dass etwas sehr Wichtiges passiert oder dass jemand Wichtiges hier eintrifft.«
Langsam legte das Flugzeug an dem hölzernen Anlegeplatz an. Dave sprang aus der Maschine und machte sie fest, bevor er die Türen für die Passagiere öffnete. Er half erst Graham und dann Frank beim Aussteigen, bevor er zu Jamie zurückkam, ihn behutsam von seinem Platz hob und zur Tür trug. Dort übergab er ihn vorsichtig an Frank, der den Jungen auf seinen Füßen abstellte. Einen Moment lang zitterten seine Beine, doch dann stand Jamie sicher auf dem Boden. Dave reichte Frank Jamies Rucksack, der ihn für den Jungen hielt. Jamie blickte auf und betrachtete die Menschenmenge in einigen Metern Entfernung vor sich. Es schien, als wäre das ganze Dorf und ein Großteil der anderen Einwohner der Insel gekommen. Während Jamie die Leute ansah und sich fragte, was los war, teilte sich die Menge und Ron kam langsam zu ihnen gelaufen. Als der Mann bei ihnen ankam, blieb er vor Jamie stehen und sah den Jungen an.

»Wir sind heute alle hier, um dich nach deiner schwierigen Reise wieder zu Hause zu begrüßen«, verkündete er feierlich und laut genug, damit alle ihn hören konnten. »Die *Wendigowak* haben versucht, dich uns zu entreißen, aber du hast dich ihnen zur Wehr gesetzt. Sie haben versucht, dich zu zerstören, aber du hast dich nicht unterkriegen lassen. Du hast unter Beweis gestellt, wie stark und mutig du in Wirklichkeit bist. Du hast dich gewehrt und bist von einem Ort zurückgekehrt, den nie jemand zu Gesicht bekommen sollte.«

Jamie sah zu Ron auf und der Klang seiner Worte hatte eine beruhigende Wirkung auf ihn. Er war nervös, weil er im Mittelpunkt stand, aber die Nervosität ließ nach, je mehr der Mann sprach. Irgendetwas an der Art des Mannes gab Jamie das Gefühl, dass Ron alles über ihn und seine Vergangenheit wusste und ihn gerade deshalb noch mehr respektierte. Obwohl er glaubte, dass Ron in sein Inneres blicken konnte und von all den schlimmen Dingen wusste, die ihm zugestoßen waren, schämte er sich keineswegs dafür.

»Unser Schöpfer stellt nur sehr wenige Auserwählte vor so große Herausforderungen«, sprach Ron weiter. »Auf diese Art werden die großen Anführer von morgen ausgewählt und getestet. Aus Schwierigkeiten entsteht Kraft, aus dem Kampf erwächst Verständnis und aus dem Sieg entsteht Mitgefühl. Nur mit all diesen Qualitäten besitzt ein Anführer die Weisheit, die Menschen zu führen. Du hast unter Beweis gestellt, dass du all diese Qualitäten in dir vereinst und daher erweisen wir dir unsere Ehre. Gestern hast du uns als Junge verlassen, heute kehrst du als Mann zu uns zurück. Wir möchten dich dazu einladen, ein Mitglied unseres Stammes zu werden. Erweist du uns die Ehre und nimmst die Einladung an?«

Jamie betrachtete all die Leute, die nur wegen ihm gekommen waren. Alle hatten freundliche und fröhliche Gesichter. Bisher hatte er wegen allem, was ihm zugestoßen war, immer große Scham empfunden, doch dieses Gefühl verschwand, als er in diese Gesichter blickte. Mit einer unausgesprochenen Frage im Gesicht sah er zu Graham auf, der hinter ihm stand. Graham lächelte ihn an und nickte.

»Ich nehme an«, sagte der Junge mit einem Selbstbewusstsein in der Stimme, von dem er selbst nicht wusste, woher es genau kam.

Ron zog eine indianische Kette hervor und hängte sie dem Jungen um den Hals.

»Mit dieser Kette erkläre ich dich jetzt und für immer zu einem Mitglied unseres Stammes«, verkündete er. »Du bist jetzt einer von uns. Jede Tat gegen dich ist eine Tat gegen uns alle. Wir gehören jetzt zusammen und werden immer füreinander einstehen. Du hast in deinem Leben einen weiten Weg alleine zurücklegen müssen. Es war eine lange und beschwerliche Reise voller Gefahren und Feinden. Aber jetzt hast du Freunde, die dich auf dem Rest deines Weges begleiten werden. Nie wieder wirst du einer Gefahr alleine gegenübertreten müssen.«

Sobald Ron verstummte, begannen die versammelten Leute zu applaudieren. Die ganze Aufmerksamkeit überwältigte Jamie ein bisschen, aber gleichzeitig war er auch stolz. Er sah abermals zu Graham auf, der ihn ebenso stolz anlächelte. Er legte einen Arm um den Jungen und drückte ihn sanft. Im gleichen Augenblick ertönte ein lautes Bellen, gefolgt vom Schrei eines Jungen, der einen großen, weißen Hund offenbar nicht mehr zurückhalten konnte.

»Cindy, komm sofort zurück!«, rief Jason, doch Cindy reagierte nicht.

Sobald sie sich losgerissen hatte, rannte sie zu Jamie, hob die Vorderpfoten, bis sie auf seinen Schultern lagen und begann wie verrückt, sein Gesicht abzulecken. Graham packte Jamie schnell, um ihn aufrechtzuhalten. Der Junge war noch immer schwach und Cindy hätte ihn sonst mit ihrer Freude umgeworfen. Jamie lachte und streichelte Cindy mit seinem gesunden Arm und versuchte sogar, sie mit dem anderen zu umarmen, obwohl der Arm in einer Schiene steckte.

»Es ist so schön, dich zu sehen«, sagte Jamie fröhlich, während er Cindys Rücken streichelte.

Während Cindy damit beschäftigt war, Jamies Gesicht zu waschen, kam auch Jason zu ihnen gelaufen. Er drückte seinen Vater zur Begrüßung und hatte ein breites Grinsen im Gesicht. Auch seine Mutter kam zu ihnen, gab Frank einen Kuss und blieb neben ihm stehen, während dieser einen Arm um sie legte. Es dauerte eine Weile, bis sich Cindy wieder beruhigt hatte. Jason ging zu Jamie und streckte ihm die Hand entgegen. Als er sah, dass der rechte Arm seines Freundes in einer Schiene steckte, senkte er die Hand wieder. Jason öffnete den Mund und versuchte mehrere Male, etwas zu sagen. Es kam jedoch kein Ton heraus. Graham konnte sehen, dass es den Jungen frustrierte. Er gab schließlich auf und umarmte Jamie einfach.

»Ich bin so froh, dass du in Ordnung bist«, sagte Jason schließlich. »Wenn du ... Ich weiß nicht, was ich dann getan hätte. Ich werde dich nie wieder alleine hier weggehen lassen.«

»Ich bin auch froh, wieder hier zu sein«, sagte Jamie fröhlich. »Ich habe aber das Armband verloren, das du für mich gemacht hast. Es wurde zerrissen, als mich mein Dad erwischt hat. Das tut mir wirklich leid.«

»Deshalb bist du wieder hier und in Sicherheit«, sagte Jason. »Es ist abgefallen, damit dein Wunsch wahr werden konnte. Jetzt kannst du für immer hier bei mir bleiben.«

»Dieser Teil ist etwas ganz Besonderes«, sagte Jamie und lächelte seinen Freund an. »Ich möchte nie wieder dorthin zurück.«

»Und ich will nicht, dass dir jemals wieder wehgetan wird«, sagte Jason leise. »Du bist viel zu wichtig für mich.«

Er beugte sich nach vorne und küsste Jamie auf die Lippen. Als er realisierte, was er gerade vor all den Leuten getan hatte, wurde sein Gesicht feuerrot. Er rannte zu seinem Vater und vergrub das Gesicht an Franks Brust. Der Mann sah überrascht zu seinem Sohn hinunter, während er einen Arm um ihn schlang. Dann sah er zu Jamie, der ein fröhliches Lächeln auf den Lippen hatte. Als er bemerkte, dass Frank ihn ansah, errötete auch er.

»Vielleicht ist es langsam Zeit für ein Gespräch von Vater zu Sohn«, sagte Frank leise zu Jason.

»Ähm ... Dad!«, stöhnte der Junge verlegen.

Jamie sah Frank mit einem schüchternen Grinsen an.

»Auf der anderen Seite ist es dafür vielleicht schon zu spät«, gluckste Frank.

Ein paar Minuten später kam der Arzt des Dorfes zu ihnen, der Jamie bereits behandelt hatte, als er sich den Knöchel verletzt hatte. Er verkündete lautstark, dass der Junge jetzt ein bisschen Ruhe brauchte. Jamie war nach all der Aufregung jetzt wieder ein bisschen wackelig auf den Beinen. Ron ging zu ihm, hob ihn ohne Schwierigkeiten hoch und trug Jamie bis ins Dorf und zu der kleinen Klinik. Der Arzt öffnete ihnen die Tür und Ron setzte den Jungen auf einem Bett ab, das für ihn dort vorbereitet war. Jamie hatte noch einen weiten Weg vor sich, bis er wieder zu Kräften kommen würde und alle konnten sehen, wie erschöpft er vom Rückflug auf die Insel und all dem Aufruhr bei seinem Empfang war. Alle sagten, dass sie nach Hause gehen und dem Jungen etwas Ruhe gönnen würden. Cindy legte sich sofort neben Jamies Bett auf den Boden. Graham versuchte, sie zu überreden, mit ihm nach Hause zu gehen, aber sie rührte sich nicht vom Fleck. Als er ihr Halsband packte und sanft daran zog, entblößte sie ihre Zähne und bedachte ihn mit einem leisen Knurren. Graham gab sich geschlagen und ließ sie los. Jetzt, da Jamie wieder da war, würde Cindy nicht mehr von seiner Seite weichen. Da war er sich sicher.

»Ich schätze, ich sollte gehen und mich auch ein bisschen ausruhen«, sagte er. »Ich hoffe, es macht dir nichts aus, wenn ich nach Hause gehe, um ein bisschen zu schlafen. Die ganze Aufregung der letzten Wochen hat mich auch ziemlich fertiggemacht.«

»Das ist okay«, sagte Jamie. »Ich hatte noch gar keine Gelegenheit, es vorher zu sagen: Vielen Dank, dass du dich um mich gekümmert und ins Krankenhaus gebracht hast. Ich wusste, wenn ich es nur irgendwie zu deinem Apartment schaffe, wird alles gut.«

»Es wird auch alles gut, Jamie«, versprach Graham ihm. »Ich werde meinen Boss bei der Arbeit um ein bisschen mehr Urlaub bitten, damit ich hier sein und dir helfen kann, während du dich erholst. Er wird wahrscheinlich verärgert sein, aber du bist mir viel wichtiger.«

»Das musst du nicht tun«, sagte Jamie und war besorgt, Graham zur Last zu fallen. »Ich möchte dir keine Probleme bereiten.«

»Es ist kein Problem und ich freue mich darauf«, sagte Graham beschwichtigend. »Ich suche schon seit einer langen Zeit nach etwas, das mir wirklich wichtig ist und ich glaube, er sitzt hier vor mir. Ich war mir nicht sicher gewesen, aber ich wusste es, als ich die Tür meines Apartments geöffnet hatte und dich dort verletzt liegen sah. Jetzt, da sich alles wieder beruhigt hat, meinst du, du könntest dich daran gewöhnen, mich um dich zu haben?«

»Ich habe viel nachgedacht, als ich im Krankenhaus war und ich habe mich gefragt ... ich meine ... äh ... also, vielleicht könntest du ...«

Jamie verstummte und räusperte sich verlegen.

»Was ich meine ist ...«, setzte er noch einmal an. »Nein, du würdest niemals ein Kind wie mich wollen. Nicht nach allem, was ich gemacht habe.«

»Los, Jamie«, sagte Grahan zärtlich. »Frag schon.«

Jamie holte tief Luft und senkte den Blick.

»Könntest du ...«, hauchte er kaum hörbar. »... vielleicht mein Dad sein?«

Graham hatte gehofft, dass Jamie fragen würde. Er hatte sogar darüber nachgedacht, was er antworten würde, falls Jamie ihm die Frage stellte. Doch jetzt, da der Moment gekommen war, fehlten Graham die Worte. Er öffnete den Mund, schloss ihn jedoch gleich wieder. Räuspernd versuchte er, seine Gedanken zu sammeln.

»Es wäre das Wundervollste in meinem ganzen Leben«, sagte er leise. »Matty sagte, dass ich nicht derjenige sein sollte, der es dir vorschlägt. Sie hat gesagt, dass ich warten müsse, bis du das Thema zur Sprache bringst, falls du es möchtest. Sie meinte aber, nach allem, was passiert ist, sollte es nicht besonders schwierig sein, das zu arrangieren. Aber nur, wenn du es auch möchtest.«

»Ich bin auch ganz artig«, sagte Jamie und sah vorsichtig zu Graham auf. »Bitte?«

Grahams Augen füllten sich mit Tränen und er verlor jede Beherrschung. Er überwand die zwei Meter, die ihn von dem Jungen trennten und er nahm ihn fest in die Arme.

»Ja, Jamie«, sagte er leise. »Es wäre mir eine Ehre, wenn du mein Sohn wirst.«

Epilog

Es war ein Nachmittag und Graham lag auf der Couch in seinem Wohnzimmer. Cindy saß vor ihm auf dem Boden, den Kopf auf seine Brust gelegt. Er kraulte ihren Kopf, während er mit geschlossenen Augen der Musik lauschte, die aus den Lautsprechern seiner Stereoanlage kam. Es war ein altes Album, aber er liebte es dennoch. Schließlich wurde auch er allmählich alt. Als er den Kopf drehte und aus dem Fenster blickte, konnte er sehen, wie der kalte Winterwind die Äste und Zweige der kahlen Bäume erzittern ließ. Wenn er spazieren ging, spürte er den kalten Wind inzwischen stärker als noch vor ein paar Jahren. So war das nun einmal. Die Zeit blieb nicht stehen, sondern lief immer weiter. Er fragte sich, wo um alles in der Welt die Jahre geblieben waren. Es fühlte sich an, als wäre es erst gestern gewesen, als sein bisheriges Leben völlig auf den Kopf gestellt worden war. Danach hatte er das Gefühl, für ihn hätte ein neues Leben begonnen. Aber das war inzwischen acht Jahre her. Wo war nur die Zeit geblieben?

Graham und Cindy blickten auf, als Jamie in das Zimmer kam. Er hatte ein großes Tablett mit Keksen in der Hand.

»Ich habe Jason und ein paar andere eingeladen«, verkündete er, während er das Tablett auf den Couchtisch stellte.

Graham wollte gerade etwas sagen, aber Jamie war schon wieder verschwunden, bevor er den Mund öffnen konnte. So war es in den letzten Wochen beinahe jeden Tag gewesen. Graham konnte spüren, dass Jamie etwas beschäftigte. Er wusste nicht genau, was es war, aber er war sich sicher, dass es etwas Großes sein musste. Der Junge war groß geworden und im Laufe der Jahre war er aus seinem Schneckenhaus herausgekommen. Graham staunte immer wieder, wie sehr sich Jamie entwickelt und auch verändert hatte, seitdem er als sein Sohn permanent bei ihm eingezogen war. Er hatte es sogar geschafft, Jamie zu adoptieren und die beiden hatten zu Beginn eine Menge Zeit gebraucht, um sich aneinander zu gewöhnen. Jamie hatte wieder lernen müssen, ein Kind zu sein und für Graham war es eine völlig neue Erfahrung, Vater zu sein. Sie hatten hart daran gearbeitet, eine Familie zu werden. Es war für Graham anstrengend gewesen, dem Jungen dabei zu helfen, die Fesseln seiner Vergangenheit abzustreifen. Es hatte lange gedauert, bis die Alpträume, die Jamie zu Beginn fast jede Nacht heimgesucht hatten, langsam immer seltener wurden. Es gab Phasen, in denen es besser wurde, aber auch Phasen, in denen es anstrengender war. Dennoch hatten Graham und Jamie immer zusammengehalten und inzwischen kam es nur noch äußerst selten vor, dass Jamie schlecht schlief oder nachts schweißgebadet aufwachte.

In den letzten Wochen hatte Graham jedoch bemerkt, wie sich Jamie langsam immer weiter in sich zurückzog. Er war sehr viel ruhiger geworden, sprach weniger, blieb oft für sich oder machte ganz alleine lange Spaziergänge. Selbst von Jason hatte er sich zurückgezogen und auch Cindy durfte ihn auf seinen Ausflügen nicht mehr begleiten. Graham war besorgt, aber nicht beunruhigt. Es war nicht das erste Mal, dass der Junge so eine nachdenkliche Phase durchmachte. Zu Beginn war es der Normalzustand, aber im Laufe der Jahre war das immer seltener vorgekommen. Doch jetzt war diese Launenhaftigkeit zurück und Graham befürchtete, dass sie schlimmer werden könnte als zuvor. Er spürte, dass Jamie an einem Wendepunkt in seinem Leben stand und zum ersten Mal seit vielen, vielen Jahren hatte er ein bisschen Angst.

Jamie war kein kleiner Junge mehr. Das war er eine lange Zeit nicht mehr gewesen. Diese Unbekümmertheit und Unschuld war ihm schon geraubt worden, bevor sie sich begegnet waren. Ihm war schon immer aufgefallen, dass Jamie seltener lachte und weniger ausgelassen spielte wie die anderen Kinder, die auf der Insel lebten. Obwohl er ihre Gesellschaft genoss, war Jamie immer zurückhaltend gewesen. Selbst dann, als er schließlich begann, mit ihnen zur Schule zu gehen. Graham bemerkte immer wieder, dass der Junge seine Umgebung und die Menschen um sich herum ständig im Auge behielt und beobachtete.

Ein Klopfen an der Tür riss Graham aus seinen Gedanken. Er stand von der Couch auf und ging zur Tür.

»Frank, Cathy, Jason«, begrüßte er die Tomlinsons. »Kommt doch rein.«

»Hast du eine Ahnung, was los ist?«, fragte Jason besorgt. »Als wir heute Morgen aufgewacht sind, haben wir an der Haustür einen Zettel gefunden, auf dem stand, dass Jamie uns für heute Nachmittag einladen möchte.«

»Nein, Jamie hat kein Wort gesagt«, antwortete Graham. »Er hat im Augenblick wieder eine ruhige Phase, also versuche ich, ihm die Zeit zu geben, die er braucht, um über alles nachzudenken. Worum auch immer es gehen mag.«

»Er spricht auch mit mir nicht darüber«, erwiderte Jason. »Es macht mir langsam Sorgen. Wenn ich versuche, ihn danach zu fragen, macht er dicht und wechselt das Thema.«

»Er ist normalerweise nicht so«, warf Cathy ein. »Jamie mag zwar seine guten und schlechten Phasen haben, aber er ist für gewöhnlich so positiv und glücklich.«

»Ich denke, er wird es uns wissen lassen, wenn er dazu bereit ist«, sagte Frank. »Wir müssen ihm einfach seinen Freiraum geben und ihn gleichzeitig wissen lassen, dass wir für ihn da sind.«

»Ich gehe nach oben und sage ihm, dass wir hier sind«, sagte Jason und ging die Treppe nach oben.

Er blieb kurz vor der geschlossenen Tür stehen und holte tief Luft, bevor er anklopfte.

»Kommt doch rein und setzt euch schon einmal«, sagte Graham zu Frank und Cathy. »Jamie hat ein paar Kekse auf den Tisch gestellt. Möchtet ihr etwas trinken? Tee oder Kaffee?«

Beide sagten, dass sie Tee wollten und Graham ging in die Küche. Er war gerade dabei, das heiße Wasser in eine Kanne zu füllen, als Jason zu ihm kam. Ohne ein Wort zu sagen, nahm er die Tassen und Untertassen vom Küchentisch, die Jamie dort bereitgestellt hatte und trug sie ins Wohnzimmer. Frank stand von seinem Platz auf, als es ein weiteres Mal an der Tür klopfte. Er ging zur Tür und öffnete sie.

»Dave, Ron, wie geht es euch?«, begrüßte Frank die Neuankömmlinge und ließ sie ins Haus. »Was führt euch heute auf diese Seite der Insel?«

»Jamie hat mir eine Nachricht auf dem Anrufbeantworter hinterlassen, dass ich herkommen soll«, erklärte Dave.

»Ich habe heute Morgen eine Nachricht gefunden, die er mir unter der Tür durchgeschoben hat«, sagte Ron.

»Weißt du, worum es geht?«, fragte Dave. »Wir haben uns unterhalten, während wir vom Dorf aus hierhergelaufen sind. Keiner von uns weiß, was los ist.«

»Im Augenblick wisst ihr genauso viel wie wir«, antwortete Frank. »Was auch immer es ist, ich bin mir sicher, dass wir es in Kürze erfahren werden.«

Sie gingen ins Wohnzimmer und nahmen Platz. Es dauerte nicht lange, bis auch Graham mit dem Tee zu ihnen kam und sich setzte. Einen Moment lang herrschte Stille, während sie sich alle ansahen. Frank nahm schließlich die Teekanne und schenkte jedem ein, während Graham das Tablett mit den Keksen herumreichte. Noch immer hatte niemand etwas gesagt. Überraschenderweise war es Jamie, der die Stille durchbrach.

»Paps?«

Graham wandte sich um und entdeckte Jamie, der am Fuß der Treppe stand.

Paps. Graham liebte es, wenn Jamie ihn so nannte. Für ihn war es die größte Ehre, die ihm je zuteilgeworden war. Gleichzeitig verwendete Jamie dieses Wort nur, wenn ihn etwas Großes beschäftigte. Graham bemerkte, dass Jamie etwas in seiner rechten Hand hielt. Seinen Rucksack. Es war der gleiche Rucksack, den der Junge bei sich gehabt hatte, als sie sich begegnet waren. Der gleiche Rucksack, an den sich Jamie geklammert hatte, als Graham ihn halbtot vor der Tür seines Apartments gefunden hatte. Graham lief ein kalter Schauer über den Rücken.

»Ja, Jamie?«, sagte er und versuchte, sich seine Nervosität nicht anmerken zu lassen. »Wir sind alle hier.«

Langsam kam Jamie in den Raum, den Rucksack fest in der Hand. Selbst Cindy spürte die Anspannung, die in der Luft lag. Sie rückte näher an Graham heran und begann zu wimmern. Graham legte ihr eine Hand auf den Kopf und streichelte ihn sanft. Jamie stellte den Rucksack zwischen sich und seiner adoptierten Familie auf dem Fußboden ab und betrachtete ihn einen Moment lang. Über all die Jahre hatte Jamie ihn behalten. Er war in den schlimmen Zeiten so etwas wie sein Sicherheitsnetz gewesen und hatte ihm immer, wenn er weglaufen musste, gute Dienste erwiesen. Wann immer er sich auch für einen kurzen Moment an einem Ort sicher gefühlt hatte, Jamie hatte immer wieder weglaufen müssen. Jedes Mal, wenn das der Fall gewesen war, war sein Rucksack mit seinem Inhalt da und hatte ihm mehr als einmal das Leben gerettet. Auch nachdem Jamie bei Graham eingezogen war, hatte der Rucksack jederzeit unter dem Bett des Jungen bereitgelegen für den Fall, dass er gebraucht wurde. Jamie hatte ihn lange nicht mehr benutzt, doch jetzt stand er auf dem Boden des Wohnzimmers und alle starrten ihn an.

»Vielen Dank, dass ihr alle gekommen seid«, sagte Jamie leise. »Vor acht Jahren hat sich mein Leben verändert. Ich hatte großes Glück und habe eine zweite Chance auf ein Leben bekommen. Mir wurde eine neue Familie geschenkt. Eine echte Familie. Das ist etwas, das ich noch nie gehabt hatte. Seitdem seid ihr alle, jeder auf seine eigene Weise, für mich ein Teil dieser neuen Familie geworden. Es war nicht immer leicht gewesen und jeder von euch hat mir durch viele schwierigen Zeiten geholfen. Ich kann nicht in Worte fassen, wie dankbar ich euch für alles bin, was ihr für mich getan habt.«

Jamie verstummte kurz und betrachtete die Anwesenden einen Moment.
»Als ich anfangs hierherkam, dachte ich, dass ich von meiner Vergangenheit befreit wäre. Aber die Ketten, die sie mir angelegt hatten, waren in meinem Kopf immer noch da. Über die Jahre habt ihr alle mir dabei geholfen, diese Ketten eine nach der anderen zu durchbrechen. Ohne es zu wollen, habe ich meine Wut oft an euch allen ausgelassen, während ihr mir zu helfen versucht habt. Dafür möchte ich mich entschuldigen. Ihr seid immer für mich da gewesen und habt mich nie im Stich gelassen. Ich habe noch nie zuvor jemanden gekannt, der nicht das Weite gesucht hat, wenn es schwierig wurde.«

Graham sah sich um. Alle hörten aufmerksam und angespannt zu.

»Seitdem ich hier angekommen bin, ist dieses Haus mein Zuhause«, fuhr Jamie fort. »Ich hatte noch nie so etwas wie ein richtiges Zuhause. Es hat nie einen Ort gegeben, an dem ich mich sicher und geborgen fühlen konnte und wo ich nicht immer mit einem offenen Auge schlafen musste. Dieses Haus ist der Ort, an dem ich nie um mein Leben fürchten musste, wenn mir ein Teller hinuntergefallen war oder wenn ich vergessen habe, meine Schuhe auszuziehen, bevor ich ins Haus kam. Hier kann ich mich entspannen und muss nicht ständig auf der Hut sein. In diesem Haus habe ich gelernt, dass ein Mann ein wahrer Freund und ein Vater sein kann und kein Feind, vor dem ich mich fürchten muss. Es ist der Ort, an dem mir ein ganz besonderer Mann etwas geschenkt hat, was mir bis dahin noch nie widerfahren war: Verständnis und Güte. Von jedem von euch habe ich ein Geschenk erhalten, das mir mehr bedeutet als alles Andere auf der Welt: eure Zeit und eure Liebe. Beachtet zu werden hatte für mich bisher immer nur eines bedeutet, also hatte ich immer gehofft, unsichtbar und vergessen zu werden. Ich war jedoch nie lange unsichtbar, aber ich habe mich danach gesehnt, vergessen zu werden, damit mir nicht mehr wehgetan wird. Das alles hat sich geändert, als ich hierhergekommen bin. Ihr alle habt mir geholfen und niemand hat jemals eine Gegenleistung dafür verlangt. Es war das, was am schwierigsten zu lernen war. Jeder hatte immer etwas verlangt und nie hatte mir jemand etwas geschenkt. Auf der Straße bekommt man nichts umsonst und alles hat seinen Preis. Ich habe lange gebraucht, um zu lernen, dass ihr nicht heimlich Buch führt und mir irgendwann die Rechnung für eure Güte präsentiert. Ihr habt mir ohne Hintergedanken eure Zeit, eure Aufmerksamkeit und eure Liebe geschenkt. Das alles war so anders als alles, was ich bisher gekannt habe. Zu allem, was ich gerade erwähnt habe, habe ich hier noch etwas gefunden, von dem ich nie zu träumen gewagt habe, es je in meinem Leben zu bekommen. Ich habe hier Liebe gefunden und jemanden, der für mich etwas ganz Besonderes ist. Ich habe jemanden gefunden, den meine Vergangenheit nicht kümmert, den es nicht interessiert, was ich tun musste oder was mit mir gemacht wurde. Er ist jemand, der niemals etwas nimmt oder verlangt, immer Geduld mit mir hat und für mich da ist.«

Während er sprach, betrachtete Jamie all die Leute vor sich, die Teil seiner neuen Familie waren. Graham, der ihn von der Straße geholt und ihm ein Zuhause gegeben hatte. Die Tomlinsons, die ihm gezeigt hatten, was es bedeutete, eine Familie zu sein. Frank, der Jamie seinen ersten, echten Job gegeben und ihm erlaubt hatte, nicht nur Geld zu verdienen, sondern vor allem ein Selbstwertgefühl zu entwickeln. Ron hatte ihm neue Wurzeln geschenkt. Dave war immer mit einem offenen Ohr für ihn da gewesen, wenn er jemanden zum Reden gebraucht hatte. Außerdem hatte er ihm eines der größten Abenteuer seines Lebens beschert, als er ihm beigebracht hatte, wie man ein Flugzeug fliegt. Und natürlich war da noch Jason, der ihm beigebracht hatte, dass Liebe bedeutet, einen anderen Menschen so zu akzeptieren, wie er war – unabhängig von seiner Vergangenheit und seinen Problemen.

Cathy und Graham wischten sich Tränen aus den Augen, während Frank und Jason schluckten, um ihre eigenen zurückzuhalten. Nur Ron schien die Ruhe selbst zu sein. Er lächelte den Jungen an, während er über die unglaubliche Entwicklung nachdachte, die Jamie durchgemacht hatte.

»Jetzt ist es an der Zeit, noch einen weiteren Schritt hinter mich zu bringen«, sprach Jamie weiter, ging auf die Knie und öffnete seinen Rucksack. »Dieser Rucksack war mein altes Leben. Er enthielt alles, was ich auf dieser Welt besaß. Ich hatte ihn immer in meiner Nähe für den Fall, dass ich wieder weglaufen musste. Für eine lange Zeit, selbst hier, habe ich ihn nie aus den Augen gelassen.«

Alle saßen wie angewurzelt da und wagten kaum zu atmen. Cindy beobachtete jede von Jamies Bewegungen aufmerksam. Sie hatte die Muskeln angespannt und die Ohren aufgestellt.

Jamie griff in den Rucksack und holte ein altes Paar Jeans heraus. Sie waren abgetragen, dreckig und an manchen Stellen gerissen. Der Geruch, der von der Hose ausging, versetzte Graham in Gedanken sofort in die Vergangenheit zurück. Vor seinem geistigen Auge ging er noch einmal zu der Haltestelle der U-Bahn an dem Tag, an dem ihm Jamie begegnet war.

Der Junge betrachtete die Jeans einen Augenblick lang, dann legte er sie wortlos neben dem Rucksack auf den Boden. Als Nächstes holte er eine Jacke heraus, gefolgt von mehreren Paar alter Unterhosen, die er auf die Jeans legte. Ein altes T-Shirt, das auf einer Seite getrocknete Blutflecken aufwies, war als Nächstes an der Reihe. Jamie starrte es lange an, bevor er es auf den Haufen auf dem Boden legte. Er schob die Hand ein weiteres Mal in den Rucksack und holte einen kleinen Stapel Fotos heraus. Graham erhaschte einen flüchtigen Blick auf eines der Bilder. Der Junge darin sah aus wie der Jamie, den er zuerst getroffen hatte. Cathy erkannte das gleiche Gesicht in einem anderen Foto. Der Junge auf den Bildern war nackt und sein Gesicht war ausdruckslos. Ohne die Bilder anzusehen, warf Jamie sie ebenfalls auf den Stapel. Es herrschte eine bedrückende Stille, als Jamie aufstand und die Sachen vom Boden aufhob. Er trug sie zum Holzofen auf der anderen Seite des Raumes und legte sie abermals auf den Boden. Vorsichtig öffnete er die Tür, nahm die Bilder und sah sie einen Moment lang an, bevor er sie ins Feuer warf. Nach und nach nahm Jamie die Kleidungsstücke von dem kleinen Haufen und warf sie in den Ofen. Zuerst war die Jeans an der Reihe, dann die Jacke und die Unterwäsche. Alle sahen zu, wie die Kleider langsam verbrannten. Als nur noch das T-Shirt übrig war, durchbrach Cathy die Stille.

»Bitte, Jamie«, sagte sie, als er die Hand mit dem Shirt gerade zum Ofen bewegte. »Dürfte ich das haben?«

Jamie hielt inne und wandte sich um. Er sah, wie Tränen über ihr Gesicht liefen.

»Ich würde es gerne behalten, damit ich niemals vergesse, was es bedeutet, einem Kind wehzutun.«

Jamie lächelte, stand auf und ging langsam zu ihr. Behutsam legte er ihr das T-Shirt auf die ausgestreckten Hände. Einen Moment lang sahen sie sich wortlos an, dann drehte sich Jamie zu dem Rucksack um, der noch immer auf dem Boden lag. Er ging zu ihm und hob ihn auf, bevor er zum Ofen zurückging. Er zögerte einen Moment und sah zu seiner Familie. Dann warf er auch den Rucksack in die Flammen und schloss die Tür des Ofens. Er richtete sich auf und starrte lange ins Feuer, das die letzten Überreste seines alten Lebens verschlang, zu dem er vor so langer Zeit gezwungen worden war. Die Flammen nahmen auch die Reste der Dämonen mit sich, die ihn so lange verfolgt hatten. Jamie wusste nun, dass er nicht mehr auf der Hut und jederzeit dazu bereit sein musste, wieder wegzulaufen. Er wusste, dass er in Sicherheit war und seine Vergangenheit endgültig

hinter sich lassen konnte.
Jamie wandte sich um und ging zu dem Sessel, auf dem Graham saß. Vorsichtig und behutsam nahm er auf dem Schoß des Mannes Platz. Er war nicht mehr der kleine, unterernährte Junge, der er gewesen war, als sie sich begegnet waren. Inzwischen war er über einsachzig groß und ein starker, junger Mann. Graham reichte ihm kaum bis zu den Schultern, wenn sie nebeneinanderstanden und war im fortgeschrittenen Alter mehr und mehr von Jamie abhängig, während dieser immer selbständiger wurde. Graham konnte sich nicht daran erinnern, dass Jamie jemals auf seinem Schoß gesessen hatte. Nicht einmal, als er noch viel jünger gewesen war. In diesem Moment hatte Graham jedoch das Gefühl, dass der Junge trotz des Größen- und Gewichtsunterschieds leicht wie eine Feder war. Cindy drückte ihre Schnauze an Jamies Bein und sah mit ihren großen, braunen Augen zu ihm auf. Jamie streckte die Hand aus und streichelte einen Moment lang ihren Kopf, bevor er seine Arme um Graham schlang und ihm tief in die Augen sah.

»Es ist schön, zuhause zu sein, Paps.«

Printed in Poland
by Amazon Fulfillment
Poland Sp. z o.o., Wrocław

28049414R00154